文春文庫

東京セブンローズ
上

井上ひさし

文藝春秋

東京セブンローズ　上

四月

今朝はやく、角《かど》の兄が千住の古澤家へ結納を届けに行ってくれた。兄に托したのは、このあひだ、團扇《うちは》二百五十本と物々交換で手に入れた袴地一反、それに現金五百圓である。材料不足でしばらく團扇を作ってゐないわが家としてはずいぶん張り込んだつもりだし、これぐらゐが精一杯のところだ。戻ってきた兄は、

「先日のお見合だが、古澤の忠夫くんは、お前のところの絹子ちゃんの手しか見てゐなかつたらしいよ」

といった。

「そこで明後日《あさって》、二十七日の午前中に、忠夫くんをここへ寄越すさうだ。古澤の奥さんが、うちの忠夫に花嫁さんのお顔をたっぷりと拝ませてやってください、といってゐた」

絹子は赤くなり、文子と武子は、

「お姉さんも忠夫さんの顔を見てゐないんでせう」

とからかつてゐる。妻と相談して、明後日は二人を新橋演舞場へ行かせることに決めた。六代目の初日がちやうど明後日だ。家の者抜きで二人だけになれば、たがひに顔ぐらゐは見ることができるだらう。

町内の高橋さんとこの八重櫻が咲いた。通りすがりの人たちが見上げては、へえ、と感心してゐる。


（二十五日）


早起きしてオート三輪の修繕をした。だがどうやつても動かない。古澤殖産館の肥料や農耕具を、うちのオート三輪で葛飾の農家に配達してまはるといふ仕事を引き受けてゐるので必死でやつたが、どうしてもだめだつた。正午のラヂオで佐々木政夫といふ人のマンドリン獨奏「巡邏兵《じゆんらへい》」を聞いてゐるうちにすこし元氣が出て、文子にハンドルをとらせ、自分は麻縄で前曳《まへび》きし、妻に後押しをさせて、日本橋本町のダイハツ商會へ行つた。見てもらふと、

「どこもかしこも磨り減つてしまつてゐますね。部品があれば何とか動くやうになるかもしれませんが、製造元の當商會にも部品がありませんし、まあ、諦めるほかないでせう」

といふ。再び日本橋から根津のわが家まで、焼野原のなかをすごすご曳いて戻つてきた。泣きたいぐらゐ辛い。この結果を千住の古澤殖産館に電話で知らせてあやまつた。それから角《かど》の兄のところへ行き、

「小運送で頑張らうと思つたが、肝腎のオート三輪が動かないんぢや仕方がありません。明日から又、團扇の材料探しにあちこち驅け回ってみます。折角、古澤さんといふ荷主を紹介してくれたのに、期待に添へず申し譯がない」

　とここでも頭を下げた。すると兄がいふのに、

「取手に山本といふ造酒屋《つくりざかや》のあるのは知ってゐるな。五年ばかり前に、名入りの團扇を二千本だつたか、注文してくれたことがあつたらう。ほら、おれが注文を取ってきてやつたぢやないか。こなひだ、こっそり酒を頒《わ》けてもらひに行ったら、あそこの旦那が『うちではもうオート三輪には用がなくなつてしまつた。手金として千圓も打ってくれる人があったら讓ってあげてもいい』といってゐたぜ。つまり殘りは月賦でいいといふわけだ。明日にでも、出かけてみてはどうだらう。なんならおれが買ふことにして、お前には賃貸するといふ形にしてもいいよ」

　兄は手さげ金庫から、最近、日本銀行が發行した二百圓札を五枚、取り出した。このごろの百圓札は紙質も印刷も安っぽくて、いい加減で、ちつとも有難味がないが、はじめて見るその二百圓札は指で彈くとぴんと澄んだ音を立てた。この一ヶ月は、あの頑固なオート三輪のおかげで頭を惱ませつぱなしだつた。焼跡の埃つぽい空氣を吸ひながら

いらいらしてゐるよりも、春たけなはの田園風景を賞しつつ英氣を養ふのも惡くはないと思ひ、ぴんぴんのお札を預かつて兄の家を辭した。

もつとも、うちのオート三輪に「頑固」などと惡態を吐《つ》いては罰が當るだらう。あれを買ひ入れたのは、たしか八年前、昭和十二年の春、山中團扇店の全盛時代。朝日新聞社の訪歐機「神風號」が東京ロンドン間を九十四時間十七分五十六秒で飛んで國際新記録をたてたとき、讀者に配る新記録樹立祝賀記念團扇を一手に引き受けたのがうちだつた。職人が常時十二、三人はゐた。あの年の九月の後樂園球場開場のときの景品團扇もうちがやつた。だからあのオート三輪は大車輪で働いた。惡口をいつちやいけない。

また小運送業を思ひ立つたのも、うちにあのオート三輪があつたからだし、そのせゐで古澤殖産館と知り合ふことができ、おかげで絹子が古澤へ嫁に行くことにもなつた。「頑固」どころか、じつに氣のきく出雲の神樣のやうなオート三輪である。

高橋さんの家の横を通りかかつたとき、突然、B29の爆音がした。單機である。空襲警報どころか警戒警報も鳴らぬのに、をかしいと思ひながら夜空を見上げた。偵察か。しかし偵察なら晝間くるはずだが。すると肝を潰すことに、一瞬、單機爆音が掻き消え、それから不意に編隊爆音が降つてきたのである。

「あ、山中さんとこのをぢさんがウロウロしてら」

高橋さんの家の二階から麻布中學一年生の昭一くんが顔を出した。

「をぢさんで五人目だよ。このレコードに引つ掛かつたのは」

昭一くんの顏が引つ込み、そして直ぐB29の編隊爆音が止んだ。

「ニッチクから『B29の爆音』といふレコードが發賣になつたんだ」

昭一くんが説明書を振つてみせ、

「ほら、ここに『決死的錄音遂に完成す』と書いてある。といつても見えないか」

「この非常時につまらんレコードを出したものだ。それに買ふやつも買ふやつだ」

睨みつけてやると、昭一くんは、

「をぢさんの非國民」

と囃した。

「監修が陸軍の築城部本部なんだ。さうして防衛總司令部と陸軍省が推薦してゐるのであります」

ときどき妙な惡《わる》さはするが、根はまじめだし、それに性格は明朗である。ときにはうちの清より可愛いと思ふぐらゐだ。うちの清は勉強家だが、どうも暗い。自分は昭一くんと手を振つて別れた。

家では妻が絹子の着物を縫つてゐた。このところ明け方近くまで針を動かしてゐる。布團一組に着物を三枚、一人で縫はうといふのだから大事《おほごと》である。

「いい加減にして休みなさいよ。さう根をつめては、いまに倒れてしまふ」

と聲をかけると、妻がいつた。

「警報が鳴つたら、絹子の嫁入支度は大風呂敷で包んでしまひます。お父さんはそれを上野公園の横穴まで運んでくださいよ。絹子の嫁入支度が焼けでもしたら、わたしはもう死にますから」

自分は日記をつけるために小机を妻の横へ持ち出した。

（二十六日）

早朝から上野驛に出かけて切符を買ふ行列をした。空はよく晴れて、白い雲が一つ二つゆつくりと東から西へ流れて行く。空襲も半月遠のくと、罹災者の去來もをさまって驛は平靜に戻ってゐる。汽車が北千住から荒川放水路を渡ると窓外の様子が一變した。褐色の燒野原が青々とした麥畑と入れ替ったのだ。麥畑のところどころに黃色や薄紅色が見える。菜の花と櫻だ。金町あたりは柳並木が多く、若い芽の壁が陽光を照り返してきて眩しいぐらゐである。

午前十時ちやうどに山本酒造店に着いた。御當主は柏の陸軍製絨所《せいじゅうしょ》に徵用で出てゐるとのことで、御隱居に用向きを述べたが、一向に要領を得ない。

「オート三輪のことは倅に訊いてみないとわからん。ときにあんたは誰だっけ？」

と何度も同じことをいふ。自分はそのたびに辛抱して、

「根津の山中です。いつぞやは名入り團扇を大量に御注文くださいまして、ありがたうございました」

同じ答を繰り返した。何度目かに御隱居が銅鑼を叩いたやうな聲で、

「團扇はいらん」

と怒鳴り、あと「いらん、いらん」の一點張り、山本さんの奥さんに聞くと、このあひだB29の投げ捨てて行ったドラム罐が御隱居のすぐ傍《そば》、五間《けん》と離れてゐない所に落ち、それ以來、すこし様子がをかしいのだといふ。

「その上、この二、三日は特別に不機嫌なんですよ。おぢいちゃんの大好物は鰻の蒲焼なんですけど、このへんの養魚池が一齊に田んぼになることが決まりましてね。『今年から鰻丼とはさやうならですね』といったら、途端にぷーっとふくれて、そのままふくれっぱなしなんです。かうなるともう子どもです」

さういへば今朝、上野驛で切符買ひの行列をしながら讀んだ朝日新聞にも「當分蒲焼もお預け」といふ見出しが載ってゐた。濱名鰻の名産地である濱名湖岸の標準農村南庄内《しやうない》村では自給態勢《たいせい》確立と全村自作農をめざし、農大出の村長徳田勝彦氏の提唱で村内六十三町歩の養魚池を二毛作の美田とすることとなった、とその記事にはあった。さしあたり今年は四十町歩を田植に間に合せ、今秋にはお米二千俵を増産、前年より一千俵増しの供出をする決心だといふが、養魚池を美田に轉換しようといふこの動きは全國的なものであるらしい。お米の増産は涙のこぼれるほどありがたいが、自分にも鰻丼は好物のひとつである。うれしいやうな、辛いやうな氣分だ。まあ、これからは夢の中で鰻丼と對面することにしよう。食物の夢を自在に見ることが出來るのが自分の特技である。就寢時に、たとへば「鮪《まぐろ》の刺身をお菜に白い飯を腹一杯喰ふ夢を見たい」と念じると、ちゃんとその通りの夢を見るのだ。早速、今晩は、鰻を念じてみよう。

山本さんの奥さんが、

「主人に話しておきますから。たぶん『賣る』といふと思ひます」

といってくれたのでほっとした。ほっとしたついでに食糧をお願ひしてみた。大豆五升、馬鈴薯三貫目、三ツ葉大束二把を十圓で賣ってくれた。これだけあって十圓とはタダのやうなものである。奥さんの紹介で農家を二軒まはった。米一升、大豆一升、玉葱二把、うどん粉二貫目を得て、四十五圓拂った。この十日間で、味の素一打《ダース》、上海苔五帖、砂糖五百匁、∧サ《ヤマサ》醬油大壜一本、鹽鱈五百匁、ブルドックソースとトマトケチャップ各一本、集めたことになる。これに加へて今日のこの戰果である。絹子にうんと御馳走をたべさせてわが家から送り出すことができる。里歸りのときの御馳走もこれでなんとか賄ふことができよう。これに少しの魚肉と牛肉があれば完璧だが、贅澤は敵である。

家に歸ったのは午後五時近くだった。自分が擔いで來たものを見て妻は娘ッ子のやうに「キャア」と叫んだ。よほどうれしかったと見える。そこへ絹子が歸って來た。今日は直接《ちか》に京成上野驛で古澤の忠夫くんと待ち合せたのださうだ。

「忠夫くんに送ってもらはなかったのかい」

と訊くと、なんでも忠夫くんは恥かしがって、絹子を家の前まで送っては來たものの、どうしても内部《なか》へ入らうとしない。

「惡いことに、そこへ高橋さんとこの昭一くんが通りかかって、『やあ、根津の宮永町《みやながちやう》小町《こまち》をお嫁さんにしようといふ果報者はあなたさまでございますか』なんて囃したものだから、忠夫さんは眞つ赤になつて驅け出して行つちやつた」

「昭ちやんのやつ、こんど出つ喰はしたらうんとつちめてやるから、お姉さん、仇討はあたしにまかせといて」

武子が腕まくりしてみせた。

「麻布中學に入れたのは、あたしのお蔭なんだから。あたしが勉强をみてやつたせゐで、昭ちやんはずいぶん出來るやうになつたのよ。あたしの前では借りてきた猫みたいに大人しくしてゐる癖に。もう許せない」

「お早熟《ませ》をいひたい盛りなのよ」

と文子が箸をおいて、

「昭ちやんは、今朝、あたしにこんなことをいつたのよ。『宮永町小町二代目襲名おめでたうございます』つて。さういふことがいひたくて仕方がないのね、あの年頃は」

「文子姉さんが宮永町小町二代目？　それはお世辭よ。お世辭でいつたのよ」

清が箸を卓袱臺《ちやぶだい》に叩きつけるやうに置いて二階に上つてしまつた。座に白けた風が吹きはじめたので、取り繕ふつもりもあつて自分は絹子にたづねた。

「新橋演舞場はどうだつた？」

「開演時間が延びに延びてだいぶ待たされたわ」

「それは初日だから仕方がないさ」

「狂言の『棒しばり』が終ると、菊五郎が太郎冠者の拵《こしら》へのままで口上をいつたの。これが大變な受け方だつた。……鯉三郎、源之助はじめ十八名の者が空襲で行方不明《ゆくかたしれず》。そのほか罹災者は數知れず。一座でまだ罹災と無縁でゐるのは男女藏ただ一人である。御囃方や鳴り物の連中も事情は同じ、大方《おほかた》の者が散り散りバラバラになつてしまひ、賴りは和三郎君の三味線ただ一棹です。その上、衣裳や大道具小道具の類《たぐひ》もすべてB29の餌となつて灰の山、間に合せで御覽いただいてゐる。わたしどもに殘されたのは、ただひとつ、身についた藝だけである。この藝だけは間に合せでも寄せ集めでもない、一生かかつて體得したもの。いささかの自信はございます」

「六代目ならではの口上だな」

「……わたしは江戸ッ子です。親代々ここに住み、皆様の御贔屓に與《あづか》つてきた。江戸の、東京の舞臺の上で爆死しようと悔いはない。かへつて本望である。空襲で焼け出された皆様の心を和《やは》らげ、戰力增强にお勵みの產業戰士の方々の慰めになるならば、わたしの職域御奉公もまた成就するわけだから、最後まで帝都に踏みとどまる決心である。新聞の紙幅がせまくなり、演目《だしもの》はむろんのこと、劇場名《こやのな》、初日の日取りも廣告できなくなつた。そこでわたしどもがここに立て籠り、一所懸命、藝の精進を續けてゐることは、よくは世間に知られてゐないと思ふ。どうかわたしどもが新橋演舞場で何かやつてゐるらしいといふことを、口から口へと世の中へおひろめねがひたい。この大聖戰に勝拔く日までおたがひに頑張りませう。……これが六代目の口上だつた。でも、六代目は痩せてゐたわねえ。去年の秋、お父さんと觀たときは、はち切れさうな軀をしてゐたのに、この半年間のうちにぺつしやんこ。骨と皮でした」

「この節は、誰だつてさうさ」

「幕間《あひ》に、忠夫さんと持ち寄りのお辨當をたべた。忠夫さんのには牛のカツレツがあつた。おいしかつたわ」

「何等で觀たの」

と妻が訊いた。

「一等席。平土間のトの十一、十二」

「奢つたんだねえ」

「一人十五圓五十錢よ。忠夫さんがわたしの分まで出してくださつた」

「二等か三等で觀て、差額は貯金すればいいのに。もつとも今日は絹子たちには特別な日なんだから仕方がないね。でも、古澤家の人になつたら貯金に勵まなくてはだめよ」

武子が節をつけて、

「家は燒けても貯金は燒けぬ。手持の現金は最も危險です」

といつたので、皆が笑ひ出した。この「家は燒けても貯金は燒けぬ」は、貯金奬勵のために大藏省が考へ出した惹句だが、このところ一寸した流行文句になつてゐる。たとへば、朝起きると晴れてゐるやうなとき、ぼそぼそと「家は燒けても朝日は燒けぬ、たか」などと呟くわけだ。どこかで取つておきのお汁粉を出されたときは、「家は燒けても汁粉は焼けぬ、ですな」と世辭をいふのである。

「それで忠夫さんとは話をしたの」

こんどは文子が訊いた。

「お店のことをいろいろ聞きました。忠夫さんはまだ二十四歳なのに、もう義父《おとう》さんに代つてばりばり商賣してゐるみたい。トラックの運轉免許を持つてゐるんだつて。それでお店の方は月百萬圓ぐらゐの商ひをしてゐるさうよ」

それぐらゐの商ひはしてゐるだらうと自分も睨んでゐた。食糧増産と兵器増産が現下の國是である。食糧と兵器に關係してゐる所だけはどこも凄いやうな景氣だ。古澤殖産館は肥料と農耕具を農家に賣つてゐる。このふたつなしでは食糧増産は叶はぬから、國もこのふたつは製造停止にしない。モノさへあれば怖いことはない、なにしろかならず買ひ手がつくのだ。一方、農家の方も肥料や農耕具欲しさに、米や大豆をそつと古澤殖産館に回してくる。それを闇で捌く。これでは儲からぬ方がどうかしてゐる。

「松戸の下矢切《しもやぎり》といふ所に、いま、忠夫さんのおばあさんの隠居所を建ててゐるともいつてゐたわ。忠夫さんの妹の時子さんがおばあさんについて下矢切に住むことになるさうよ。一種の疎開だわね」

「つまり間もなく小姑がゐなくなるつてわけか」

と武子がいつた。

「よかつたぢやない」

「かへって荷が重い」

「あら、なぜ」

「時子さんは働き者なの。十四のときにお母さんが亡くなって……」

「それぢやいま居るお母さんは？」

「二度目のお母さん」

「龜戸の藝者さんだつたさうよ」

と妻が嘴《くちばし》を入れた。角《かど》の兄がこの縁談を持ち込んできたとき、「いづれ分ることだからいふが、古澤の奥さんは花柳界上りだ。忠夫くんとは兎に角、妹《した》の時子ちやんとはうまく行つてゐない。そこんところを含んどいてくれ」といつてゐた。このことを妻はそれとなく絹子に吹き込まうとしてゐるやうである。

「臺所もだめ、お店番もできない。そこで時子さんとは初中終《しょっちゅう》ぶつかるんださうよ。ただ口だけは達者でね。繼母《けいぼ》といへども母は母、その母に向つて何といふ口のききやう、何といふ態度と、これ一點張りでがんがん時子さんを責め立てる。最後に泣くのはいつも時子さんらしいね。絹子もたぶん扱ひに手古摺ることになるんぢやないかねえ」

「忠夫さんはただ『おふくろとはうまくやつてください』としかいつてなかつたけど」

「そりや誰だつて最初のうちは家の中のことをぶちまけたりはしませんよ」

「とにかく時子さんはお母さんが亡くなると女學校をやめて臺所をやりはじめた。店員さんが五人もゐるからその御飯《ごはんだ》出しが大變。それなのに臺所仕事をやすやすとやつてのけて、そのうちにお店の仕事も兼任しだしたんだつて。トラックの運轉免許を取つて忠夫さんに負けないぐらゐ働いた。上野から千住にかけて、女でトラックの運轉免許を持つてゐるのは、たつたの三人だけなんださうよ。その時子さんがおばあさんと下矢切に引つ込んでしまふ。わたしは時子さんの代りは出來やしない。だから荷が重いといつたの」

「その時子さんがいくら働き者でも、忠夫さんの奥さん役だけは無理ですよ。だから胸を張つてらつしやい」

妻は慰めにもならぬ理窟を持ち出して絹子を慰めてゐる。自分は立つてラヂオを入れた。午後七時の報道は、ベルリン市の三分の二が赤軍によつて占領されたといつてゐた。報道後、下村宏情報局總裁の「沖繩の戰に勝つ手」を一家で聞いた。總裁は、沖繩での今日までの戰績は我方でも無論相當の犧牲は出てゐるが、しかし飛行機と艦船とでは敵側の犧牲が桁違ひに大きい、と述べた。そして續けて、とにかく今こそ前線も銃後もない、一億國民は一つの火の玉となり決死の覺悟で沖繩の戰にその總力を擧げ海陸總特攻の皇軍將士および現地島民諸君の敢闘に應へなければならないとも述べ、最後に、一億總特攻あつてこそ神州はまさに不滅であり大東亞戰爭の完遂期して待つべきである、と結んだ。なんでもベルリン市では、獨軍兵士と共に戰ふベルリン婦人の數も次第に殖え、彼女等は街上を通過する赤軍戰車目がけて窓から手榴彈を投げつけてゐるといふ。このベルリン婦人の姿こそ銃後の皇民の鑑だと、總裁は說いてゐた。市川八百藏の連續物語

「山岡鐵舟」の第五回を聞きながら、これを記してゐる。

（二十七日）

四月十九日の晝からこっち、東京の中心部へは空襲がなく長閑《のどか》な春が續いてゐる。もっとも毎日、B29が一機づつ數回は飛來して、帝都上空に例の飛行機雲で模樣を描く。きっと次の爆彈投下目標を偵察してゐるのだらう。大空襲の前はいつもかうだ。挨拶に困るぐらゐ靜かである。次の大空襲のことを思ふと肝が冷えるが、明日の心配をしても何の益もない。帝都で生活する祕訣はただひとつ、現在《いま》がよければすべてよし、この現在《いま》の靜けさを賞翫する以外に途《みち》はない。とにかく夜間爆擊がないせゐで、安眠できる。これが一等ありがたい。ねがはくば絹子の嫁入りや里歸りが終るまで、空襲がありませんやうに。

帝都のこの平穩は特攻隊の烈士たちの贈物にちがひない、と自分は信じてゐる。敵の機動部隊が沖繩本島へ押し寄せて來てゐるが、これへ壯烈な體當り攻擊を敢行するのがわが特別攻擊飛行隊員の勇士たちだ。昨夜の下村宏情報局總裁の放送講話にもあった如く、特攻隊による敵の艦船の被害は甚大である。もし沖繩戰に勝利しようと思ふなら、帝都より九州の特攻隊基地を叩くのが先であらう。敵はさう考へてB29の大編隊を九州へさし向けてゐるのである。自然、帝都空襲までは手が回らない。今日の朝日新聞には、自分の推測の正しさを裏付ける記事が載ってゐた。「昨二十七日未明、敵B29約百五十機は前日に引續き南九州地區各基地を連襲《れんしふ》した」と。帝都に靜けさと安眠とを恵んでくれてゐる特攻隊の勇士に心の底からお禮を申しあげたい。

新聞といへば、今朝、共同配給所の德山さんが回ってきて、

「山中さんところは朝日と讀賣でしたね」

といった。自分が、

「去年までは朝毎讀の三紙だったが、この正月、一紙減らしてくれといふから、毎日新聞を諦めた。それが何かいけなかつたのですか」

と問ひ返すと、德山さんがいふにはかうである。

「明日の各新聞に一齊に社告が出ると思ひますが、五月から新聞はどちらさまも一紙限り、といふことになったんですよ。朝日でも讀賣でも、どちらでも構ひませんが、とにかくどちらかをおやめになってください」

豫想もしない難問である。自分はただ唸るだけだつた。團扇と扇子の製造が出來なくなってからこの方、頭の痛いことばかり續いてゐるが、それでも新聞をひろげ、ラヂオに耳を傾けてゐるときだけは、苦勞を忘れることができた。自分に殘された數少いたのしみが、朝日と讀賣であり、ラヂオである。そのたのしみの三分の一を奪はれるのは辛い。

「えーと、新聞社からかういふものが回ってきてゐるのですがね」

德山さんは號外と同じ大きさの紙を出して見せてくれた。

「明日の各新聞の一面にこれと同じものが載ります」

自分は「朝日か、讀賣か」といふ難問に答へを出す時を稼ぐため、文面を引き寫させてもらつた。

來る五月一日を以て、二種の新聞を御購讀の各位には、一紙に限り購讀願ふことになりました。右は戰局緊迫に伴ふ新聞用紙事情に對處し報道使命の完遂を期さんための措置でありますから各位の御協力を願ひます。就《つい》ては各配給所より夫々手配致しますから御諒承願ひます。

朝日新聞
東京新聞
日本産業經濟
毎日新聞
讀賣報知

書き寫しながら考へた。八年前、自分は朝日、讀賣兩社の仕事をさせてもらつた。朝日からの注文は團扇二萬本であつた。讀賣は三千本であつた。どちらもありがたい注文主だが、どつちがどれだけありがたいかとなると、朝日の方が團扇一萬七千本分ありがたい。ここは涙をのんで讀賣を諦めるしかあるまい。そこで自分は甚だ元氣のない聲で德山さんにいつた。

「朝日を殘しませう」　（二十八日）

今日は天長の佳節である。

天皇陛下には今日二十九日御目出度く第四十四回の御誕辰《ごたんしん》を迎へさせ給ふた。玉體ますます御靖康《ごせいかう》にわたらせられ、嚴《きび》しき時局下、軍務の御統帥《とうすい》に、政務の御總攬《そうらん》に日夜御精勵遊ばさるゝ御趣を拜するだに恐懼《きようく》感激に堪《た》へざるところである。

日曜日でもあり、空襲の氣配もなし、かういふ日こそ寝溜めしてゆっくり骨休めをしたいところだが、さうは問屋がおろさない。谷中の圓相寺《ゑんさうじ》に預けておいた自分の最後の財産、團扇二千本と扇子四百本を新宿角筈《つのはず》の叔父の家まで運ばなくてはならないのだ。山梨へ疎開する叔父一家に托して、わが家の飯の種を安全な所へ避難させようといふ作戦である。圓相寺の住職も田舍へ引き籠るのださうだ。死《し》人《びと》や罹災者で溢れてゐるこの帝都こそ坊主の働き場所だらうに、陸續と聖職者が東京を見捨てて出て行くのだから世も末だ。

角《かど》の兄からリアカーを借りた。金貸し業の兄が裏でリアカーの賃貸しなどしてゐる。どうせ借金のかたに巻き上げたのだらうが、こっちも相當に抜け目がない。兄の方は最後の最後まで帝都に踏みとどまって、ここから出て行く人たちの財産を安く買ひ叩かうと決めてゐるやうだ。清は、「海軍經理學校突破」と書いた鉢巻をしめて机に獅嚙《しが》みついてゐるので、高橋さんとこの昭一くんをリアカーの後押しに頼んだ。

「新宿まで往復して一圓」

と破格の駄賃をはづんだが、いい顔をしない。そこで、

「文子と武子が脇を押すんだがねえ」

と言ひ添へた。昭一くんは直ぐいい顔になつた。

本郷區の燒跡を通りかかると人集《だか》りがしてゐた。昭一くんは後押しが厭になつたのか、文子や武子の傍に居ることにさう有難味を感じなくなつたのか（多分、その兩方だらう）、

「一寸、休んで行かうよ、をぢさん」

と注文をつけてきた。ここで抜けられては後《あと》が辛い。一息入れることにしてその人集りを昭一くんと一緒に覗いてみた。トタン板や瓦を片附けたところへ椅子を竝べて、二十名ぐらゐが坐つてゐる。横の棒杙《ぼうぐひ》に一枚の紙が貼り付けられ、そこに何やら書いてある。「產業報國會運動主催・野天座談會『地下生活者、新生活について語る』」と讀めた。

司會者と覺《おぼ》しき、眞新しい國民服の三十二、三の男が、「お集りいただいた皆さんは燒け出されてもへこたれることなく、堂々と地下の壕舍で生活を續けてをられます。我々はこの神國の地上に建つ建物をすべて燒き拂はれても、その場その場に踏みとどまつて鬼畜米英に勝利するその日まで戰ひ拔かねばなりません。つまり一億國民が一人殘らず地下生活者となつても、それでも戰ひ續けなければならないのです。皆さんはすで

に一ケ月の壕生活を體驗なさいました。さう、一億國民に先驅《さきが》けて一億總特攻時代にふさはしい生活を實踐なさつておいでなのです。さういふ皆さんの先驗的な地下生活は、國民全員にとつて貴重この上ない教科書です。この座談會は小册子にして全國に配ることになつてをりますので、一つ活潑に御發言願ひます」

と挨拶してゐる。座談會は始まつたばかりのところらしい。出席者たちが次々に、

――壕の中から入口を見上げたら、たまたま野良犬がこつちを見下してゐた。野良犬に見下されたのは生れてはじめての體驗で、まことに新鮮な思ひをした。

――壕の中では諸道具は一切不要である。不要な道具なのに、それがなくては生活できない、と錯覺して來たことがいかに多かつたか。それをしみじみ反省してゐる今日この頃である。

――欲シガリマセン勝ツマデハとか贅澤は敵だとか一億の合言葉がいろいろあつたが、壕生活をしてこそ、さういふ合言葉が眞の意味で實踐されることになるのではあるまいか。

――警報がいつ出ても安心で、これが地下生活最大の利點だ。

――壕舍はその氣になれば毎日少しづつ掘り廣げることが出來る。居住空間を自分の力で押し廣げるといふ喜びは、地下生活者でなければ分るまい。

――同感だ。それに掘り廣げる過程で、いろんなものを掘り當てることが出來るから面白い。自分は先日、壺を一つ掘り當てた。まだ使える壺だつたから大いに有難い。

——地下には雑音がなくていい。隣りが氣にならない。隣りからこつそり覗かれる心配もないし……。

このあたりまでは景氣がよかつた。が、やはり不便もあると見えて、

——ただ、濕氣には閉口だ。

——電氣が來ないのも困る。

——地下生活者には蠟燭を配給してもらひたい。

——都では道路計畫をどういふ方針のもとに行ふのか、早急に指示してもらひたい。壕舍を掘る位置などもこれがわからぬのでは困る。

——米、味噌の配給所も燒跡の壕舍で行ふやうにしてもらひたい。現在はよほど遠くまで行かねば配給が受けられない。じつに不便だ。壕舍式の配給所を新造せよ。

——燒跡を耕すには地主の許可を得なければならないか。地主には疎開してゐる人が多いので交渉しやうがなく、困つてゐる。

——壕舍にも新聞を配給すべきだ。

次第に切羽詰つた口調になつた。これではもはや座談會とはいへない。春風駘蕩としたところはちつともなくて、まるで一揆の談合のやうである。隅の方でにこにこしながら聞いてゐた今時《いまどき》では珍しい白ワイシャツにネクタイの老紳士が立つて、「東京帝大工學部教授の山崎匡輔《きやうすけ》です。ここ本郷と帝大とは切つても切れない縁があるのだから、建築に限らず法律上の問題は法科で、醫療のことは醫科でと何かのお力にな

らうと思ひ、御意見を拜聽してをつた者です」

と挨拶した。

「明日でも學生有志に、たとへば『地下生活觀察援助會』といふやうな名前の集まりを組織させ、皆さんのところを巡回させませう。何でも相談なさればいい。いづれにもせよ、貴重な體驗談を有難う」

自分も同じ思ひであつた。いづれ根津一帶も燒野原となるだらうが、さうなれば自分たちも上野のお山の横穴で地下生活を行はねばなるまい。いまの話を頭のどこかに留めておけば、いざとなつたとき、さうまごまごしないでも濟むといふものだ。特に蠟燭が大事だ。譜段から心掛けておかう。

「低調低調、低調な座談會……」

昭一くんは文子と武子が番をしてゐるリアカーの方へ歩き出した。

「出席者が男ばかりだから面白くないんだ。人選を誤つてる」

「女が出席すると座談會は面白くなるといふ規則でもあるのかね」

「女が出席してゐれば壕舍生活では軀が不潔になつて困るといふ話がきつと出たもの。をぢさんね、友達に明電舍の重役の子がゐるんだけど、そいつが明電舍の女子寮で發生したことを話してくれたんだ」

明電舍には女子挺身隊や女工員ばかりが入つてゐる明芳寮《めいはう》といふ寮があるといふ。明芳寮には浴場の設備がない。そこで彼女たちは近所の錢湯「草津黃金湯」に通つてゐる。明

どこの銭湯も同様だが、草津黄金湯も物凄く混み合ふ。自然に寮生たちの足が遠のいた。そこまではいいが、足が遠つたために不潔がちになり、遂に大勢の皮膚病患者が發生した。

「明電舎にはもう一つ明武寮《めいぶ》といふのがあるんだ。こつちは男子工員ばつかり。ところが女の子よりもつとずつと不潔にしてゐるのに皮膚病にかかる者は一人としてゐない。つまり女は垢に弱いんだ。だから女を出席させれば、軀を清潔に保つための苦心談がいろいろ聞けて面白いだらうと思ふんだ」

「なんだ、さういふことか」

「さういふことが大切です。淺草松竹で水戸光子の出てゐる『乙女のゐる基地』つていふの觀たんだけど、水戸光子たちのゐる寮に風呂場がないのに、いつも顏や頸や手首がぴかぴか光つてゐる。さういふのはをかしいでせう？　科學精神が合言葉だつてのに、映畫の人はちつとも科學してないんだから……」

自分は思はず笑つてしまつた。

「軟派だな、昭一くんは」

「さうでもありません。ぼくは江田島に行くんです」

「お父さん、何を笑つてゐるの？」

武子が聲をかけてきた。

「昭一くん、何の話してたのよ」

「男の話」

打切棒《ぶっきらぼう》に答へて昭一くんはリアカーの後《うしろ》に取り付いた。

歸りは空荷だから輕い。文子と武子を電車で歸らせ、昭一くんと交替で曳いて戻った。歸り道で昭一くんが話してくれたことだが、明電舍明芳寮の皮膚病の流行を喰ひ止めたのは、草津黄金湯の主人の俠氣だった。主人は女湯を月八回、午後七時から八時まで明芳寮の寮生のためにのみ開放したといふ。

卓袱臺の上にオジヤの鍋がのってゐた。さっそく皆で夕食を攝る。絹子の様子がどうもをかしい。涙をぽろぽろとオジヤに落してゐた。

「どうした?」

と訊くと妻が答へた。

「わたしが叱りました。着物を縫ひ違へてしまったんです。わたしのいふことを右から左へそのまま聞き流してゐるからいけないんです。他人《ひと》のならいざ知らず自分の着物でせう。もっと一所懸命になってくれないと困ります。こんな風だと古澤の人たちに笑はれます。輕く見られてしまひます。第一に母親のわたしがどうのかうのといはれます。だから叱ったんです……」

妻は自分の吐いた言葉に唆《そその》かされて昂奮しだした。これがこの女の困ったところだ。勝手に激してしまふときがあるのだ。二十四年も一緒に暮してきた相手だから大抵のことには馴れっこになってゐるが、この性癖にだけは馴染めない。

「絹子はもうわが娘ではない」

氣が付いたら自分が怒鳴つてゐた。

「ほとんど古澤家の人間といつていい。お前に絹子を叱る資格なぞない」

するとと妻は、

「もうすこしお上りなさい」

とオジヤを丼に半分ぐらゐ注ぎ足してくれた。おまけやオセジに欺されるやうな自分ではない。ただ新宿まで歩きの往復で腹が空き切つてゐたのでたべてしまつた。


（二十九日）

今朝、突如としてラヂオがいつた。「敵數個編隊は南方洋上を北上し、本土に接近しつつあり。充分なる警戒を要す」。兄から借りたままになつてゐるリアカーに絹子のものを積み上げた。いつもは食糧品や日用品を積むが、今日はちがふ。リアカーを曳いて上野の横穴へ繰り出さうとしたとき、町會長がメガホンでかう呼びかけてゐるのが聞えた。「六十歳以上の老人と妊婦だけは横穴へ向つて下さい。それ以外は町内に踏みとどまること。家を空つぽにして全員が横穴へ潜り込んで仕舞つては町内を守ることはできませんぞ。宮永町を守ることのできるのは宮永町の人間です。根津は完全に焼け殘つてゐる。だからこそ根津を守らなければなりません。焼け出された人たちの悲慘な姿を皆さんは毎日のやうに見てゐる筈です。ああなるのが厭なら根津を守らなければならない。この宮永町を守らなければならない。防空能力者であるにもかかはらず、町を捨てて逃げ出す者があつたら町會へ投書して下さい。町會は早速警察に報告し、嚴罰に處してもらひますから。退避するのは宮永町が火の海になつたときです。それまでは防空能力者は退避してはいけません」

こう諄《くど》く足止めをかけられては町を出るわけにも行かぬ。リアカーはそのまま、家の前に水の入つた馬穴《バケツ》を十個も竝べ、梯子は軒に立て、縄ばたきを構へて立つてゐた。やがて空襲警報が鳴り出した。ラヂオの防空情報は「各編隊共、京濱西部を襲ひつつあり、帝都上空に機影なし」と告げた。凝《じ》つと待つてゐるのはいかにも辛いので、自分は裏庭で薪を割つた。警報が解除になつたのは午前十一時三十分、絹子の嫁入支度をおろし、茹でた馬鈴薯で晝を濟ませた。投彈地域は京濱西部から立川、所澤に及んだといふ。飛行場が狙ひだつたのだな、とぴんと來た。

絹子は朝のうちに三菱商事へ行き、退社届を出す筈だつたが、空襲警報が發令されたので出かけるのは見合せた。だが、晝食中に急に立つて、「やはり今日のうちに濟ませてしまふことにするわ」といつた。斷水中の蛇口から空氣が洩れるみたいな言ひ方だつた。三年と一ケ月も勤めると、さすがに情が移つて退社するのが辛いのだらう。

午後おそく朗報が舞ひ込んだ。一日三本の煙草配給が五月一日から五本に回復するといふことは知つてゐたが、なんと五月九日までの分四十五本が今日配給になるといふのだ。自分は煙草好きで、どう倹約しても一日七本は灰にしてしまふ。足りない分は角《かど》の兄から闇で買ふ。十本二圓の代用品で、コーヒータバコといふ名前が付いてゐる。紙には國語と英語とが小さな活字で印刷してあるから、英和か和英の字引の成れの果てにちがひない。葉は、ヨモギと煙草の混ぜ物で、香りをよくする狙ひがあるのだらうか、コーヒー粉を振りかけてある。兄は「光」も持つてゐる。十本入一箱がじつに十一圓五十錢である。いくらなんでも一本一圓十五錢では手が出ない。それでコーヒータバコなるものをふかしてゐるのである。隣組長の高橋さんの家へ行き、奥さんから煙草を受け取つた。「光」である。表に出てすぐ燐寸を擦る。七日振りに口にする本物の煙草の味は格別だ。頭がぼーつとなる。ニコチンが隅々に回つて指先がちりちりと痺れてきた。

「をぢさん、煙草賣る氣ない？」

昭一くんが二階からこつちを見下してゐた。

「賣る氣はないのかなあ」

「中學一年生の分際でなにをいつてる。お母さんに言ひ付けるぞ」

「やつぱり賣る氣はないか。をぢさん、それでいいんです。さうでなくてはいけません。日本人は闇なんかやつてはいけません。さうでないと僕たちだつて敵艦に體當りできません。立派な日本人を守るためなら喜んでこの命を捧げます。でも平氣で闇をやるやうな日本人のために一つしかない命を捨てるのは眞平です」

なんとか言ひ繕ひながら昭一くんは顏を引つ込めた。

（三十日）

五月

妻が絹子を連れて三越へ出かけた。結婚式場は三越と決めてあつたのだが、今朝、向うから、「四日のお式にお召しになる振袖の模様を今日お決めください。カツラ合せもしたいと思ひますが……」と知らせてきたのである。三越は式に必要なものはなにもかも損料拂ひで貸してくれる。こんな便利重寶な式場は目下のところ三越だけだ。呉服太物みな配給制となり、それを手に入れるには衣料切符が要《い》る。それに衣料切符を皆、振袖のために注ぎ込んだりしては他の衣料が入手できなくなる。絹子に振袖を着せてやつたが、他の五人は一年間、着のみ着のままといふのでは物笑ひの種になるだけだし、第一、當の絹子が少しも喜ぶまい。となると闇で手に入れるか、普段着で式を擧げるか、二つに一つだ。わが家の懐は心細い。昭一くんが知つたら怒るかもしれないが、二年前にこしらへた團扇や扇子を少しづつ闇で捌いて食ひつないでゐる。その團扇や扇子も殘り少くなつてきた。かといつて普段着の擧式では、贅澤をいふやうであるが、絹子が可哀相だ。忠夫くんが氣をきかせて、「絹子さんの振袖は古澤家で都合しませうか」と申し出てくれたが、妻は言下に斷つた。山中家は落ちぶれた團扇屋であるかもしれぬが、まだ多少の誇は殘つてゐる。相手方にすつかりおぶさつてニコニコしてゐるのは願ひ下げだ。さういふ次第でどつちを向いても振袖は遠かつた。

ところが妻が、三越の式場では損料拂ひで振袖を貸してゐると聞き込んで來て、難問は一氣に解決した。あとで知つたことだが、三越の式場は大繁昌で、日に平均十二組もの擧式を引き受けてゐるさうだ。第一組が午前七時からで、最終組は午後七時開始などといふ日も稀ではないやうである。最終組やその前の組のなかには披露宴を濟ませてからやつてくるのもゐるらしい。たいてい機嫌よく醉つ拂つてゐて、このあひだなぞは神主の祝詞に合せて舞ひ踊るといふ猛者がゐたといふ。順番は籤引で決める。先日、妻が紙縒《こより》を引いたところ「二」と出た。だから擧式は五月四日の午前八時からである。

我が家の、振袖にまつはる事情の好轉とあたかも歩調を合せるやうに、沖縄の戰況も帝國に有利に展開しはじめた。この四月十二日にあつけなく頓死し黄泉《よみ》の國へ逆落《さかおと》しとなつた敵の總大將ルーズベルトは、

「四月二十五日までに必ずや沖縄本島を攻め落してみせる」

と公言した。彼の後釜のトルーマンもまた、

「四月二十五日までに沖縄本島を完全占領といふ前大統領の言葉はいはば遺言のやうなものである。遺言はどうあつても執行されなければならぬ」

と揚言した。

だが見よ。約束の四月二十五日は疾うに過ぎ暦は五月といふのに敵はまだその遺言とやらを實現できないでゐる。そればかりか殉忠に徹したる陸海軍特攻隊はじめ皇軍將兵の必死必殺の敢闘に押されて、いまや大いに弱つて來た。もう一押しだ。もう一押しで

敵は沖縄沖の藻屑とならう。

翻つて歐洲の戰局を見れば、友邦獨乙の遂に矢折れ彈丸《たま》盡きてベルリン市陷落はここ數日のうちに迫つた。しかしこれは自分の獨斷ではあるが、獨乙の慘敗もまた我が帝國を勝利の園へと導く好ましき遠因、神風の一つとなるのではあるまいか。歐洲の戰場に於ける主なる戰勝國は米、英、ソ聯の三ケ國である。この三ケ國は當面の敵獨乙が健在の間はどうやら仲間割れもせずにやつてきた。だがその獨乙が降伏した後はどうだらうか。今迄通り仲よくやれるか。やれまい、やれる筈はない。三ケ國とも地《ぢ》は大泥棒だ。戰利品の分割をめぐつて地金《ぢがね》あらはれ、仲間割れするにきまつてゐる。おそらくソ聯對米英といふ喧嘩になるだらう。そのときは我が帝國も一時、ソ聯と手を組むべきである。これは誰でも知つてゐることだが、大東亞の聖戰の開戰前夜は、我が帝國とソ聯とは蜜月の間柄にあつた。その間柄を復活せしめて協同して米英を倒すのだ。その上で最後にソ聯と雌雄を決すればよい。さういふ次第で獨乙の敗退を悲しむ必要はまつたくないのである。

そんなことをあれこれ思案してゐるところへ、高橋さんの御主人がガリ版《ばん》と鐵筆と原紙とを大事さうに抱へてやつてこられた。高橋さんは新聞社の寫眞部主任をしておいでで、隣組長でもあり、宮永町町會の役員をもつとめてをられる。

「山中さんの字の綺麗なのを見込んでお願ひにあがりました。じつは防空總本部からかういふお達しが回つてきましてね」

國民服の隠しから高橋さんは謄寫版刷りを取り出して自分に示した。右肩に「戰災者必携」とあつた。

「根津にもいづれ焼夷彈の雨が降ります。このあたりは焼野原になります。その印刷物には焼け出された場合どう行動すればよいかが詳しく書いてありますから、根津一帯に住む人間は、一度は眼を通しておいた方がよいと考へます。ガリ版にして根津の各世帯に配りたいのですが」

「なるほど。わたしにガリを切れとおつしやるのですな」

「切つていただいた原紙を、明朝、根津國民學校に持つて行き、そこで印刷にかけます。夕方までには、根津の人びとが山中さんの字でそれを讀むことになります。筆耕料は蠟燭二本です」

「そんなことは御心配なく。これも御奉公ですから。しかし蠟燭とはありがたい」

「山中さんの謄寫筆耕は本格的なものだと伺ひましたが、どこで習得されたのですか」

「神田鈴蘭通りの第一東光社です」

第一東光社の謄寫印刷業界に於ける地位は、東京帝大法科の法曹界に於けるそれとよく似てゐる。その第一東光社の見習筆耕者だつた自分は、つまり法曹界に於ける帝大法科學生のやうなものだ。

「活版屋から活字が根こそぎ徴發されましてね。それが自分に謄寫筆耕を思ひ立たせたのです」

活字は潰されて鉛の彈丸になつたといふ。となると、「命」といふ活字と「中」といふ活字がたまたま一丸となる場合もあつたらうと思ふ。さういふ彈丸の命中率は相當に高かつたのではないか。

「自分のところは主として名入り團扇を扱つてをりましたから、活版が駄目ならガリ版ででも、御得意の名前を入れなきやなりません。そこで文字通り四十の手習、一時期、第一東光社に勤めて小僧のやうなことをしながらガリ版文字を習ひました」

「なるほど。しかしそれは御苦勞なさいましたね」

「なに、生れつき字を書くのが好きなだけのことで。さうでもなければ活版屋が潰れるのと一緒に自分も名入り團扇屋を廢業してをつたでせうね。字を書くのが好きだつたからこそ、『いつそガリ版文字で名入り團扇を』と思ひ付いたのでせう。ほんの短い間でしたが、うちの名入り團扇は一寸した評判をとりました」

或る日のこと、針仕事に勵む妻を眺めてゐるうちにふと思ひ付いて、重ねた新聞紙の上に原節子の顏寫眞を載せ、さらにその上に原紙を置いて、原節子の顏の輪郭に忠實に針の先でチヨンチヨンチヨンと突いてみたのである。刷つてみるとなかなか結構な出來であつた。そこで次に高峰三枝子の浴衣姿の寫眞を針先で刺し團扇紙《がみ》に刷つた。淺草松竹から賴まれてゐた納涼團扇一千本をこの新手法で拵へてやらうと思つたのだ。たしか昭和十七年夏のことで、インクは靑を使つた筈だ。靑一色では愛嬌がないので、口許に繪筆でチヨンと薄紅を入れた。あの團扇は大當りした。

「うちでも一本いただきました」

高橋さんがいつた。さういへば隣近所に一本宛配つた記憶がある。

「いまでは臺所用に落ちぶれて、高峰三枝子もすつかり煤けてしまつてゐますが」

「そのうち團扇紙が拂底して自然廢業といふ恰好になつてしまひましたが、ガリ版と自分との因縁といへばざつとそんなところでせうか」

高橋さんに必ず明朝までと請け合つて、早速仕事にかかつた。ガリ版の刻み目に蠟が詰まつてゐるので、新品のタハシをおろしてゴシゴシと目を立てた。ところで防空總本部の「戰災者必携」に、次のやうな一文があつた。「罹《り》災《さい》者が市内電車、省線電車、郊外電車などを利用する場合、大災害の直後は罹災證明書を見せて、或は證明書がなくても、無賃乘車できる。地方の縁故先に避難するため鐵道を利用する罹災者の輸送取扱に關しては、大災害の場合に限りその直後數日間を限り證明書なしに（場合によつては驛で整理票を渡すことあり）無賃乘車できる」

自分は「大災害の直後は」や「大災害の場合に限り」といふ規定に疑問を抱く。しばしば驛で、驛員と罹災者とが口から泡吹き口論するのを見聞する機會があるが、あれは哀しき口論である。「あの空襲による災害は大で、この空襲のは小で……」といふ議論は罹災者には無意味であると思ふからだ。罹災者にとつては、「自分の家から焼け出された」といふことが、すなはち大災害である。さういふ心遣が國民を感動させる、上がさういふ心遣で臨めば下はそれに應《こた》へる、一億總特攻精神はさういふ心遣の交流によつてのみ養はれるものと信ずる。自分は、故意に、「大災害の直後であると否とにかかはらず」「大災害の場合であると否とにかかはらず」と誤記してやった。根津の人間がもし焼け出されたら、自分の筆耕によるこの戰災者必携を楯にとって驛員と渡り合へばよい。「……さうおつしやいますが、驛員さん、防空總本部のこの必携には、『であると否とにかかはらず』と書いてあります」と頑張ればよい。もっとも高橋さんがこの誤記を見つけたら、訂正する外はないが……。妻と絹子は午後五時に歸宅した。

（一日）

大雨の中を高橋さんが原紙を受け取りに見えた。原紙を掲げて透《すか》し見て、ウームと唸った。

「みごとです。これからは山中さんにすべてお願ひしようかな」

「こっちはちつとも構ひませんよ。今のところはブラブラしてをりますから」

「それはありがたい。ではガリ版と鐵筆はお預けしておきます」

高橋さんは例の故意の誤記には氣づかなかったやうである。

今日は絹子の嫁入支度を千住の古澤殖産館へ運ぶ豫定になってゐた。がしかしこの大雨では無理だ。それなら明日行かうと思ってゐた駒込郵便局に今日のうちに行っておく手だと考へ、下妻《しもつま》の實家へ式服を取りに向ふ妻と家を出た。衣料はすべて妻の實家に預けてあるのだ。妻を見送ってから角《かど》の兄のところへ寄って、

「嫁入支度を運ぶのは明日にした。なにしろこの雨だし……」

と報告した。がどうも様子がをかしい。嫂《あによめ》のお妙《たへ》さんが臺所で眼を赤くし、茶の間では美松家《みまつや》のお仙ちやんが肩を聳やかし、鼻から闇煙草の高價な煙を吹き出してゐた。兄はといへば、二人の間で茶碗の破片を拾ひ集めてゐたが、こつちの顔を見るやホッとした表情になり、

「信介、お前は何も知らない男だね」

と土間におりてきた。土間といつてもここの土間は上等で、四坪もあつて廣い上に、コンクリである。長椅子と卓子も置かれてゐる。兄はここで客と會ふ。

「明日は、日が惡い。なにしろ申《さる》の日だ。申の日に嫁入道具を運ぶと、あとできつと離縁になる。申は去《さる》に通じるのだ。さうだ、嫁入道具の中に桐箱入りの花瓶があつたな。あれを、このおれが千住へ届けてやらう。今日のうちに何か一つでも運んでおけば、すなはち嫁入道具は今日運んだことになるのだ」

「そんなものですか」

「さう。さういふことになつてゐるのさ」

兄は唐傘で自分の尻を押した。

「それに古澤の旦那と商賣の話もある。ついでといつちや惡いが、おれが届けておく」

外へ出ると兄は急に聲をひそめて、

「信介、お前、どこかへ行くところか」

と訊いてきた。いろいろと物入りなので駒込郵便局へ積立貯金をおろしに行くところだと答へると、兄が、

「本當に何も知らない男だな。駒込郵便局はこなひだの、四月十三日の空襲ですっかり灰になっちまった。淺嘉町に假《かり》局が出來てゐるからそっちへ行くことだ」

と教へてくれた。

「ときに信介、お前、見たらう」

「見たって何を？」

「うちのばあさんとお仙ちゃんの睨み合ひをだよ」

「それなら見ました」

「うちのばあさんはお仙ちゃんの叔母だぜ。といふことはお仙ちゃんはうちのばあさんの姪だ」

「當然、さうなるな」

「家族みたいなもんぢやないか。それがああして角つき合せてゐる。女といふやつはどうも料簡が狭い」

千住に花瓶を届けに行ってくれるはずなのに、兄はブラッと自分について來る。これは何か相談ごとがあるのだな、と思った。焼野原に出た。普段は埃っぽくてきな臭い匂ひが立ちこめてゐるのに、雨のせゐか今日は埃も匂ひもない。あちこちの壕舎に忙しく働く姿が見える。壕内の溜り水を汲み出してゐるのだ。

「兄さんところはうまく行ってゐる方ぢやないかな」

根津の人口は、空襲の始まる前に較べて三倍近くも殖えた。罹災者たちが縁故に縋つて續々と入り込んで來てゐるのだ。十日や二十日はうまく行く。がしかし一ケ月もすると、どの家も地獄になる。食物や衣料で爭ひが起る。

「宮永町に二、三、例があるけれども、一等非道《ひど》い地獄は、その家の主人と罹災者の方の女とが、そのう……」

「出來ちまふ場合があるな」

「さう。さうなつたら、もうまさに地獄だ」

「うちがそれなんだよ」

兄は輕く言つてのけた。

「おれにも考へはあつたのだ。お仙ちやんは知つての通り一人息子を戰地でなくし、空襲で淺草の食堂もろとも亭主まで燒き殺されちまつた。さう、一人ぽつちよ。死ぬまで叔母の、といふことはおれのところで暮すほかはない。叔母とは血が繫がつてゐるから負ひ目も引け目もありやしない。しかしおれとは他人だ。きつと息の詰まる思ひをすることが多からう。それぢや可哀相ぢやないか。うちのばあさんだつて『關係のない姪ッ子が入り込んぢまつてごめんなさいね』とおれに餘計な氣遣をしなきやならない。それでおれは、お仙ちやんと出來ちまへばあらゆる難問は皆、解決する、と考へたのだ。お仙ちやんは『この人はあたしの旦那だから、何の遠慮もいらないんだわ』と思へばいい。

ばあさんはばあさんで『もう姪のことで何も引け目を感じなくてもいいんだ。なにしろあっちはあっちでうちの亭主と出來てゐるんだから』と思へばいい。しかして二人は叔母と姪だ。當初はいろいろあるかもしれないが、そのうち巧く行くだらうと考へた。ところが十日經《た》っても揉めてるね。なあ、信介。絹子ちゃんが古澤へ嫁に行っちまへば一部屋、明《あ》くだらう。そこへお仙ちゃんを住まはせようと思ふんだが、どうだね。考へといとくれ」

考へとけといふ方は樂だらうが、考へさせられる方は災難だ。百年間ぶっ續けに考へたところで答の出る問題ではないからだ。兄は水溜を機敏に跳び越えながら宮永町の方へ歩いて行った。

淺嘉町の假《かり》局は戰場のやうな騷ぎで、積立貯金を二口、おろすのに半日はたっぷりかかった。局員は罹災者の緊急拂出しの方をどうしても優先させる。だから横からの割込みにも文句はいへない。これは仕方のないことである。混み合ふ理由の一つとして、たいていの罹災者が保證人を連れて來てゐることが擧げられよう。これは、貯金通帳、定額貯金證書、積立貯金通帳、据置貯金證書、國債證書、證券保管證など、あらゆる通帳や證書を燒失しても、罹災證明書を示し適當な保證人を立てれば一回につき五千圓まで即時拂戾を受けられるといふ規定《きまり》が出來たせゐである。ここに或る人があって、保證人と前もって打合せておき、たとへば二千圓しか貯金がない癖に、「五千圓の貯金があった」と言ひ立て、保證人もそれを保證したとする。假局の方も元帳を燒かれてしまってゐるから、この嘘を見抜くことが出來ない。そこで局側は請求通りに支拂ふ。……さういふ詐欺行爲が起らないだらうか。きつと起るだらう。さうしたら國家の財政はどうなつてしまふのか。もつと恐ろしいのはさういふ風潮がひろまつて一億總詐欺漢になつてしまふことである。それではこの大東亞の聖戰が鬼畜對詐欺漢の泥仕合に墮《お》ちてしまはう。そこまで考へが到達したとき、自分はこれまで覺えたことのない烈しい怒りを敵の空襲に對して、さうしてB29の大編隊に對して抱いた。

疲れ切つて家に戻ると絹子が、

「あら、こんなところに血が付いてゐるわ」

と濡らした手拭で國民服の左肘のあたりを拭いてくれた。見ると血ではなく、朱肉である。さういへば假局の壁に、

「印章ヲ亡失セル者ニハ拇印ノ使用ヲ許ス」

と記した紙が貼り出してあつた。きつと罹災者の赤い拇指《おや》がこの左肘に觸れたのだらう。

（二日）

曇空の下を千住までリアカーを曳いて行つた。後押しは清に頼んだ。こんなことで學校を休ませるだなんて理解のない親父だ。だれかに頼めばいいのにと、文句ばかりいつてゐたが、力は惜しまずに出してくれた。途中の燒野原に一尾、鯉の紙幟りが揭げられ

てゐた。日本人の負けじ魂を見たやうな氣がした。

古澤家が總出で自分たち親子を出迎へてくれた。店員がてきぱきと荷をおろす。古澤の主人が、

「離れに晝餉が支度してあります」

とねぎらってくれた。清は、そのときはもうリアカーの梶棒を上げてゐて、

「絹子の弟の清です。姉を頼みます」

挨拶しながら今、來た方へ歩きはじめてゐた。忠夫くんの妹の時子さんが、

「お腹、空《す》いてゐるんでしよ」

と清のあとを追った。

「カツ丼つくっておいたの。上ってらっしゃいよ」

「いりません」

清は驅け出した。時子さんが引き返してきた。

「振られちやった」

「無愛想な子で、すみませんな」

「でも勝負はこれからよ。自轉車で追ひかけます」

「はあ……？」

「大いそぎでおむすび拵へて自轉車で追ひかけます。道は一本、道灌山道。すぐに追ひつきます。をぢさま、ゆっくりしてらっしゃってね」

時子さんは土間に下駄を脱ぎ散らして臺所へ飛び込んだ。自分は一ぺんで時子さんが氣に入つてしまつた。

忠夫くんは青砥の手前のお花茶屋へ配達があるといひ、おばあさんは晝寝をするといふ。離座敷に落ち着いたのは結局、古澤の主人と自分の二人である。そのうちに奥さんがビールを一本、持つて現れ、さつそくコップに注いでくれた。思はず自分は震へ出した。

「ビールとは二度とお目にかかれまいと思つてをりました」

一息に飲む。體が氣持よく彈《はじ》けて散り散りばらばらになつてしまひさうだ。

「これでもう思ひ殘すことはありません」

「ぢやあもう一本冷して來ませう」

嬉しさの餘りこつちの軀が宙に浮いてしまひさうなことを言ひおいて奥さんが出て行つた。

「明日の披露宴はここでやるつもりでをります。で、明後日からは忠夫夫婦の新居になります。だから新しい疊を入れさせました」

たしかに疊は青い。乾いた草の匂ひがしてゐる。自分の家の疊は踏めばぶよぶよとして海の上に坐つてゐるやうだが、膝の下にいまあるのは心地よい硬さである。

「カツ丼を上つてください。この豚肉はたいしたことないが、明日の牛肉は凄いですぞ」

「いや、この豚肉もじつに美味い」

「明日の牛肉にはかなはん」

古澤の主人は一寸怒つたやうな聲を出した。

「店員を一人、山形縣の米澤へ行かせてある。明日の一番で上野に着く手筈になつてゐます。牛肉は米澤が一番ですな」

「よく切符が手に入りましたね」

「汽車の切符といふものは、ないと思つたら永久にない。しかしあると思へば目の前にある。さういふものです」

古澤の主人は禪家のやうなことをいつた。

「魚も屆きますぞ。銚子へ、やはり店員をやつてあります」

少しばかり慘《みじ》めな氣がしてきた。そこで、

「昨夜の七時の報道をお聽きになりましたか」

と話題を他へ變へた。

「ヒットラー總統が爆死したといひます。ムッソリーニ統帥《とうすい》もまたイタリア叛徒に殺害されたといひます」

「さうらしいですな。しかし殘念なのはイトコンニヤクですわ」

「は……？」

「米澤肉で鋤焼《すきやき》を、と思つてをつたのですが、イトコンニヤクだけはどうしても入手できんのです」

「ああ、絲のやうになつてゐる蒟蒻のことですか。しかしべつに鋤焼にこだはらなくてもよろしいぢやないですか。かういふ時節です。皿の上に肉がのつてゐるだけでも大事件なんですから。天婦羅油でさつと焙つて弁醬油で食べる。それだけでも空前、ではないでせうが、絶後の大御馳走となるでせう」

「醬油はキッコーマンの方が上等だと思ひませんか」

「いや、べつにこだはりません。キッコーマンも大歓迎です」

「鋤焼にはこだはりたいですなあ。古澤殖産館の慶事には、昔から鋤焼がつきものですから。といふのは創業以來、鋤や鍬を扱つて來たからで……」

「あ、なるほど」

「蒟蒻を千六本《せんろつぽん》にしてごまかすほかはない、と思つてをりますわい」

この老人は案外絹子を氣に入るかもしれない、と思つた。絹子は臺所仕事が大好きだし、庖丁捌きときたら板前はだしだ。絹子の大根を千六本に刻むときの手際のよさといつたら、あれはもう一つの藝である。地震で鳴る簞笥の引き手のカタカタよりもまづ二倍は速い。爆走する蒸氣機關車のあのジヤカジヤカジヤカジヤカと、いい勝負をする。絹子のあの庖丁の音は、この口のいやしい老人の心を瞬時のうちにしつかりと摑むはず。

「煙草は光だ。光を千本、用意した。ビールは百本貯めた。しかしなによりも自慢できるのは引出物だ」

「電球、か何かですか」

「電球もいいが、それだけでは少し月並ではないかな」

「でせうか」

「電球二個にするめ一束。どうぢや」

「凄いものです」

「まだある。加へることの乾燥芋一袋」

「………」

「止《とど》めの眞打が、洗濯石鹼一本。六個が一本に繫がつてゐるやつがあるでせうが。羊羹の親玉然としたのが」

宮家《みやけ》のやんごとなき姫君と維新に武功のあつた有爵《いうしやく》家の御曹司との華燭の典の引出物なら、そのやうな贅澤もあるいは許されよう。だが千住の農機具店の跡取息子と根津の團扇屋の娘との披露宴の引出物がそんなに豪勢であつてよいのか。沖繩に於ける皇軍兵士の死闘を、燒跡壕舍に於ける罹災者の辛苦を思へば電球二個が分相應のところ、するめ一束つけてさへ思ひ上りだ。それがどうだ、闇で買へば一本二十圓もする洗濯石鹼までつけるといふ。「週刊朝日」が二十錢、中央線國分寺驛前の土地一坪が十圓、エフェドリン鎭咳藥が一瓶五十錢、それでも高いと評判なのに、一本二十圓の洗濯石鹼とは。それに絹子の氣持も少しは察して貰ひたいものだ。豪華絢爛たる引出物を見、さうして自分の親は一錢も出してゐないと知ればさぞや肩身の狹い思ひをするであらう。

「顔色が悪いやうぢやな。どうかなさつたか」

古澤の主人がいつた。

「震へてもいらつしやる……」

自分は、大事な用件のあつたことを急に思ひ出してドキリとしたからでせう、とその場を繕つて離座敷から逃げ出した。奥さんと庭ですれちがつた。奥さんが、

「ビールがやつと冷えました」

といふのへ、

「明日の樂しみにとつておきませう」

と答へて門を潛り出た。

午後五時に、妻が下妻から戻つて來た。義父も一緒である。義父は陽氣な性質《たち》であるが、今日は凝《じつ》と默り込んでゐる。臺所でスイトン汁粉《しるこ》を煮てゐた妻の傍へ行き、

「下妻のおぢいちやんと何かあつたのか」

と訊いた。

「また、いつもの父娘《おやこ》喧嘩かね」

「ちがひますよ。汽車が荒川放水路を渡つたときから、あれなんです。この前、上京したときと餘りにも景色がちがつてゐるものだから……」

「さうか。おぢいちやんのもつとも最近の上京は、あれは去年の、十月だつたな」

「ええ。栗を擔いで來てくれました」

「で、空襲が始まったのが十一月下旬か。なるほど。驚くわけだ」

「新聞やラヂオがあるから、東京はどうもひどいことになってゐるらしい、とは思ってゐたみたいよ。『でも、これほどだとは夢にも思ってゐなかったわい』って、涙をこぼしてゐました」

スイトン汁粉は我が家では元帥級の御馳走である。あの清でさへスイトン汁粉の前ではにこにこしてゐる。口數も多い。古澤の時子さんが自轉車で追ひかけて來てくれたこと、そのときに海苔のおむすびを三個も呉れたこと、おむすびを三個たべるのに一體どれくらゐ時間がかかるものかと、腕時計で時刻をたしかめてからパクついたこと、さうしたら三分も經《た》たぬうちに平らげてしまったこと、いくら何でもこれでは早喰《はやぐ》ひが過ぎると思ったら、腕時計が、たべてゐる間に停まってゐたこと、結局おむすびを三個たべるのに要する時間はわからずじまひで終ってしまったこと……清はじつによく喋った。高橋さんところの昭一くんと入れ替ったのではあるまいかと錯覺したぐらゐである。

「とにかく、絹姉《きぬあねえ》を失ったかはりに、ぼくには新しく時子さんといふ姉さんが出來たんだ。この物々交換、ぢやないか、かういふ場合は人々交換《ひとひとこうかん》かな、どっちでもいいけど、とにかくこの交換はぼくに有利だ」

「生意氣いってる」

と絹子は清の丼に、自分の丼からスイトンを一個、移した。

「罰よ」

「時子さんとは仲よくした方がいいよ。あの人は何だか頼りになりさうな感じだもの。忠夫さんなんぞ適當にあしらつておいて、時子さんと仲好しになればいい」

「さうは行きません。忠夫さんはわたしの夫なのよ。はい、罰としてもう一個」

義父はスイトンを一口たべただけで箸をおき、縁側に出てしまつた。縁先の牡丹を眺めながら、清たちの會話《やりとり》に耳を傾けてゐる風《ふう》であつた。お茶の入つた土瓶を下げて自分も縁側へ出た。湯呑に茶を注ぎ、義父に手渡した。

「信介さん、下妻へ來るかね」

「疎開ですか」

「さういふことになる」

「しかし、菊江さんの一家を預かつてゐることだし、さうは行かんでせう」

菊江さんは妻の妹だ。御亭主はジャワ島で戰死した。子供は三人ゐるがまだ幼い。そこへ割り込むわけには行かない。

「物置を直すさ。物置が厭なら知り合ひの者に頼んであげよう」

「物置、上等ぢやありませんか」

「では、來てくれるのだね」

「しかし宮永町には愛着があるし、決心するのは難しい。これが兄貴ならどこへでも行くでせう。團扇屋を繼がずに、なにもかもこつちへ押しつけて、臺灣へ行つたり、滿洲へ行つたり、かと思ふと宮永町に舞ひ戻つて來たり、なにしろ身が輕いから、ときどき羨ましくなります。こっちは逆に一度も町の外へ出て住んだことがない。第一、下妻へ引っ込んだりしたら仕事が出來ない」

「仕事？」

「小運送をやらうと思ってゐるんですよ。これはもうだめですがね……」

庭へおり、四歩で横切って車庫の板壁を叩いてみせた。

「……壽命が來ました。しかし中古の自動三輪を手に入れるあてがあります」

「ガソリンがなからうが」

「物置の穴倉の底にガソリンを三十ガロンばかり隠してあります。それからモビル油六升、ギヤー用油二ガロン、グリース三キロ……」

「そのガソリンが盡きたら？」

「絹子の嫁ぎ先から仕事を回してもらふことになってゐますから、ガソリンも何とかなりますよ。農機具商へはガソリンが特配になるんです」

「なるほど」

「それに根津一帯は焼けないといふ氣がします。なんの根據もありませんがね、さういふ勘が……」

「いやいや、ここらは危いと思ふ。なにしろ帝大の近間《ちかま》だものな」

「だれでも最初はさう思ひます。毎日のやうにB29が單機で飛んで來て、丹念に偵察して行くのだから、この次はきつと帝大が狙はれるにちがひないと思ふ。ところがいつまで經《た》つてもこの邊には燒夷彈が落つこつて來ない。燒け殘つてゐるのを承知してゐながら落つことさない。なぜだらう」

「なぜかね」

「燒きたくないんぢやないですか」

「何だか禪坊主の講釋を聞いてゐるやうな氣分になつてきた」

義父はすこし呆れ顔になつて茶の間へ立つた。今日の晝、古澤の主人のものの言ひ方に、まるで禪家のやうだと呟いたことを思ひ出し、すると自分も古澤の主人と似たところがあるのかなと、しばらくその場に突つ立つて思案してゐた。似てゐるのかも知れぬ。この帝都で生きて行くには、「自分は悟つてゐる」と思はねばだめなのだ。物事を理詰めで突きつめようとしては、一日も生きられぬ。自分で「自分は悟つてゐる」と信じ込むところ、そこが似てゐるのであらう。より一層信じなければならぬ、自分を、根津宮永町を、さうして帝國を。靜かな晩である。この靜けさが少くとも明日一日だけは續くと信じよう。明日は絹子の嫁ぐ日だ。


（三日）

午前九時から、日本橋三越の結婚式場で、古澤忠夫と山中絹子との婚儀がおごそかに行はれた。本當なら式の開始は、その一時間前、八時からの筈であつた。ところが七時半に式場へ着いて待機してゐた自分等の前で、式場係の中年女子社員と、國民服のいやに権高《けんだか》な中年男とが猛烈な舌戦を始め、そのせゐで一時間の遅れとなってしまったのである。兩人の會話《やりとり》を聞くうちに事情が呑み込めてきた。權高男は三越結婚式場に備付けの文金高島田のカッラを徴發に來た中央物資活用協會の役人で、今日の晝、北關東一帶の軍需工場の產業戰士慰問のために旅立つ移動演劇隊になにがなんでも文金高島田のカツラを持たせてやらなければならぬ、と言ひ立てた。その演劇隊の今回の演目《だしもの》の柱である『特攻隊基地の花嫁』といふ狂言は文金高島田のカッラなしでは成立しない、とも力說した。又、花嫁ものはどこでも好評なので移動演劇隊は今後、それがどのやうな筋立であれ、每回必ず芝居のどこかに文金高島田の花嫁を登場させる方針なのでカッラはいくらあっても、これで充分といふことはない、そこでそれに備へて、ここにあるカッラは全部、中央物資活用協會が預かることになった。このことは、昨日、店長の了解を得てゐる、と言ひ足した。

三越女子社員の方はといへば、第一組の花嫁さんだけが文金高島田で第二組以下が自前の頭では、同じ日なのに不公平です、せめて本日の花嫁さんだけでも……、それに今日一日、お時間を戴くことが出來れば、そこは天下の三越のこと、カッラの五つや六つ、集められぬこともない、どうか本日だけは……と粘り強く喰ひ下ってゐる。

自分は意外に思ひながら二人の會話《やりとり》に耳を傾けてゐた。各新聞の右下隅は中央物資活用協會の指定席のやうなもので、そこには實にしばしば、「戰局は正に重大だ　航空決戰にぜひアルミ貨を」といふ大活字の廣告が躍ってゐる。それから、「十錢、五錢、一錢のアルミ貨が航空新鋭機生産上如何に重要であるかは皆さん御承知の通りであります。即ち之等アルミ貨の一枚々々が其儘航空機の翼となり發動機となつて特攻將兵の勇戰に供されるのであります。驕敵撃滅のため此際全國民一丸となつて即刻お引換へ下さい。引換場所＝全國銀行、信託會社、保險會社、市街地信用組合、農業會、信用組合、無盡會社……」といふ本文には暗誦できるくらゐによく親しんでゐる。そのせゐで中央物資活用協會とアルミ貨の結びつきは、買物は三越、觀劇は帝劇、心臓と救心、外傷とハリバ軟膏、中年女子と帝國臟器のオバホルモンと同じくらゐ堅いのである。その協會がアルミ貨のほかに文金高島田も集めてゐたとは意外であつた。

結果は當然のことながら三越女子社員が押し切られた。一生に一度の晴れの日なのだから絹子に文金高島田をかぶらせてやりたかつたと思はぬでもないが、しかし自分は中央物資活用協會が押し切つたのはよかつたと考へる。なにしろ今は戰時なのだ。その後、カツラの運び出しやらなにやらで時間を喰ひ、どうやら式がはじまつたのが、最初に記したやうに午前九時だつた。振袖だけでも絹子は充分に美しかつた。立派に見えて、なんだか自分の娘ではないやうな氣さへした。忠夫くんは新調の國民服で澄してゐる。あれで上背が今より二、三寸高くて、例のドラ燒の皮ほども厚いレンズの入つた眼鏡をしてゐなければ絹子とぴつたり釣り合つたらうが、しかし物は考へやうで背丈も視力も普通並みだつたら、忠夫くんは召集されてゐたらうし、召集されてゐたら今日のよろこびはない。さう思つたら急に忠夫くんも立派に見え出した。二人が神前に立つと神主が手拭を載せた三方を捧げて入場した。手拭には飴玉ぐらゐの大きさに汚點《しみ》が付いてゐる。赤錆色《あかさび》の汚點だ。絹子の前に三方を置くと神主は、

「お式をはじめる前、新婦がまだ穢《けが》れのない乙女でいらつしやるうちに、血を頂戴いたしたいと思ひます」

といつた。打合せになかつたことのやうで、絹子は伏せてゐた面をあげ、忠夫くんの方を見た。

「當式場では、盃ごとの前に、盡忠の皇國乙女の皆様から清淨の血を數滴宛いただき、血染めの日の丸鉢巻を謹製いたすことになりました」

神主は三方から何か摘みあげた。

「新婦にはこの針で左の藥指の先、さう、腹のところを突き刺していただきます。さうして血をこの手拭の上に絞り出してください」

汚點と思つたのは自分の早合點で、どうやらそれは前の第一組の花嫁の、正確には花嫁になる寸前の、いはば乙女時代最後の血であつたらしい。

「すでに御承知の如く、ヒットラー總統とムッソリーニ統帥の盟邦兩首班の急逝に伴ふ歐洲情勢の激變によつて、いはゆる樞軸《すうぢく》關係がもはや著しく影を薄めた事實は蔽《おほ》へません。然しながら、かつて東西期せずして新秩序の建設を目指して起《た》つた三國のうち、獨伊兩盟邦の運命がいかに終始しやうとも、わが帝國の行路は依然として明かであります。宣戰の大詔《たいせう》といふ炳乎《へいこ》たる一燈を掲げて精進するわが帝國にとつて四邊の暗夜の深淺は

全く問題ではありません。與國を誘ひ、帝國の存立を危くし、經濟斷交をも敢《あへ》てした敵鬼畜米英に對して我方が自衛の立場を一貫せんとする以上、大東亞戰爭の完遂を見るまで、斷じて帝國の態度に動搖のあらう筈はないのであります」

式場の一同は神主の思ひがけない雄辯に聞き惚れた。ひとり絹子だけは反り身になって神主が景氣づけに振り回す右手を避けてゐる。神主の右手には針がある。

「一體、この聖戰の目的はどこにあつたのでせうか。帝國の保全にあつた。さうして東亞の解放にあつた。さらにいへばこれは道義に基く共存共榮の眞秩序を大東亞と世界とに建設せんとする人類正義の大本に立脚する戰爭なのであります。從ってこの國民的信念を堅持する限り歐洲戰局の急變はほとんど意とするに足りません。卽ち銃後も前線と均《ひと》しき勇氣を燃やし、最後の一人となつても國を興すの氣魄と希望とを持って邁進するならば帝國は不滅であります。古澤、そして山中の御兩家の皆樣、私はたつた今、『最後の一人となつても國を興すの氣魄』と申しましたが、この氣魄こそが特攻精神です。今この瞬間にも特攻隊基地から、悠久の大義に殉じようと、五體に必殺の氣を漲らせた若鷲たちが沖繩の海めざし、片道分の燃料のみ積んで、次々に飛び立つてゐることでせう。この手拭はその特攻隊基地へ屆けられ、航空部隊指揮官から出擊直前の若鷲たちに授けられます。さうです、山中絹子は古澤忠夫の妻となる前にそれら若鷲たちの新妻になるのです。かうして銃後と前線とが血の絆《きづな》によつて見事に結び合され、この絆を通《とほ》して、若鷲たちのあの『一人となつても國を興すの氣魄』が山中絹子へも乘り移ります。

当然、この特攻精神は夫である古澤忠夫へも傳へられて、銃後に特攻精神は滿ち……」

このとき頭上の一階でサイレンが鳴り出した。警戒警報だ。神主は天井を見あげてその場でひと回りすると三方に針を落し、式場の隅に控へてゐた例の女子社員の傍へと寄つた。

「ここは地階ですからそつくり防空壕のやうなものです。焼夷彈の直撃を喰つてもびくともしませんよ」

女子社員が大聲でいつたのは自分等にも聞かせようとしてのことだらう。

「それにまたどうせ偵察でせうよ。晝日中《ひなか》の空襲といふのはあまり例がありませんもの。なによりも後がつかへてゐます。續けてください」

神主もこちら同様、ここは初めてらしい。神主が神前に戻つたとき、絹子は三方の上で指の血を絞つてゐた。

式が終つて別室で寫眞機の前に竝んだ。妻はまだ潤んだ眼をしてゐる。

「おい、涙を拭けよ」

と小聲でいつたら、

「あなたこそ」

と答が返つてきた。寫眞師がこはい顏してこつちを見た。

「動いたり喋つたりしないでください。乾板は一組一枚ときめられてゐるのですからね。撮り直しはできないんですよ」

寫眞師がシャッターを押す寸前に警報解除のサイレンが聞えてきた。和やかな、いい寫眞がきつと撮れたらうと思ふ。

　寫場の隣の廣い部屋に細長い机が二列に竝べてあつた。机上に丸善アテナインキの壺ぐらゐの量の赤飯と果汁が支度されてゐた。身内の紹介をし合ひながらいとほしむやうにたべた。少くとも自分等山中家の人間の赤飯は蠶《かひこ》の前の桑の葉みたいになかなかなくならないのであつた。古澤家の面々は馬が人參を喰ふやうに一氣に片付けてしまつた。兩家の日頃の食卓事情が赤飯のたべ方に現れたのだと思ふ。最後に例の女子社員が麥酒一打を抱へて顔を出し、

「本日擧式なさつた方と明日以降なさる方とでは天地雲泥の差がございます。本當におめでたうございました」

　と頭をさげた。帝都の配給を司《つかさど》るのは都經濟局食料課の仕事であるが、その食料課から前日、「入營出征および冠婚葬祭のための特殊用酒の配給を、五月五日から從來の半量とする」といふ通達が來たのださうだ。つまり入退營・應召歸還關係はこれまで合成清酒二升、あるひは麥酒一打だつたのが明日から半分に、同じく冠婚葬祭の合成清酒一升、あるひは麥酒六本が明日から半量の配給になるのだといふ。

「御兩家の分、合せて一打の麥酒がここにございます。文金高島田なしで不愉快でしたでせうが、明日からの方はカツラのないのはもとより酒の特配も半分でもつとお氣の毒。そのへんをお含みいただいて、これからも三越をお引立てくださいますやうに」

「引立てたいは山々だが、肝腎の商品がないんぢやねえ」

と古澤の主人が輕くからむ。

「どの階も空地ばかりだ。おまけに賣り物ときたら、マナイタだのスリコギだの下駄だの木工品だけぢやないか」

「それでも髙島屋さんよりは揃つてをりますよ。髙島屋さんは全階、軍刀賣り場ばかりですから」

三越女子社員の反撃が奏功したところでおひらきになつた。

忠夫くんと絹子、それからひとまづ古澤家一同を見送つてから根津に引き揚げ、正午、妻と二人で千住大橋際《ぎは》の古澤殖産館へ出かけた。披露宴は、刺身を盛りつけた大皿あり、湯氣立てて煮える米澤肉の鋤焼あり、南京豆を滿載した菓子盆あり、山菜の大鉢ありで、時計の針が昭和十二、三年頃へ逆戻りしたかと錯覺しさうな、超の字のつく豪華版である。おまけに清酒と麥酒は飲み放題、煙草は喫ひ放題、今更ながら古澤家の內證のよいのに驚いた。仲人役の角《かど》の兄が自分の前へも回つて來て、「なあ、信介、今日のこの披露宴にどれだけ錢《ぜに》がかかつてゐるか分るか。引出物は別で、なんと一人當り百三十圓ださうだぜ。絹ちやんは玉の輿に乘つたよ」と恩着せがましくいひながら立て續けに光を喫ふ。その喫ひ方も二本つまんで一本は口に咥へ、殘る一本を燐寸《マッチ》を取り出すついでにポケットへ隱匿してしまふといふ手妻使ひのやうなやり方である。古澤家に出入りして闇の片棒を擔いでゐるお蔭で決して景氣は惡くない筈なのに、手妻を使ふとは不愉快である。自分は「絹子をだしに闇物資のおこぼれを戴かうだなんて、これっぽっちも考へておりませんよ」と言ってやった。もっとも煙草の手妻を使ってゐるのは兄だけではなかった。氣をつけて見てゐると全員の指先が器用に動く。なかには南京豆を口中と懐中とへ同時に放り込む名人もあって、何だか奇術師の懇親會へ招ばれて來てゐるやうな氣分になった。

突然、三味線のジャジャ弾きが聞え、それに合せて「母の背中にちさい手で　振ったあの日の日の丸の　遠いほのかな思ひ出が　胸に燃えたつ愛國の　血潮の中にまだ殘る」と日の丸行進曲を唄って踊る女がゐた。

「美松家のお仙ちゃんではないですか」

自分は驚いて兄に質した。

「それに嫂《ねえ》さんの姿が見えない。三越には來てゐたけど……」

「結婚式にはうちのばあさん、披露宴にはお仙ちゃん。役割をさう分擔させたわけさ」

兄は目を細めてお仙ちゃんを眺め、三味線に合せ腰さへ浮かしながら、

「知っての通りお仙ちゃんは淺草の美松家食堂にをさまる前は觀音様裏の料亭街で引っ張り凧の藝妓《げいこ》だった。昔とった杵柄、かういふ席の座持ちにはもって來いの打ってつけさ。お仙ちゃんの代りにここへ髮の毛も齒も總拔けのうちのばあさんがゐたとしてごらん。いっぺんで座が沈んでしまふぜ。つまり適材適所といふわけだ」

たうとう浮かれてお仙ちゃんと竝んで踊り出した。三味線を鳴らしてゐるのは忠夫く

んの二度目のお母さんである。こつちも龜戸花街の出、昔とつた杵柄の口《くち》だ。

海軍で古澤の主人と戰友だつたといふ人と組みになつて鋤燒を突つついた。この人は藤川といつて現在は千葉縣鎌ケ谷で役場の收入役をしてゐるとのことだが、關東大震災の際、急を聞いて品川沖に驅けつけた呉鎭《くれちん》艦隊の旗艦から、古澤の主人と一緒に帝都の燒土に立ちこめる黑煙を眺めた仲ださうだ。

「そのときの呉鎭長官が誰あらう今の鈴木貫太郎首相です。皇城がどうなつたか、それが心配で矢も楯もたまらず、呉から品川沖へ艦隊の出動を命じなすつたわけだ。一億臣民こぞつて天皇陛下を敬愛し奉つてをるが、しかし鈴木首相ほどのお方はをらぬでせうな」

「さういへば侍從長もなさつてをりますね」

「さう、天皇陛下の御手足のやうなお方だ」

「といふことは……」

「東條內閣や小磯內閣とはまるでちがふ。天皇陛下の御親政內閣ですよ。お上《かみ》の御意志がはじめて政治の前面に出てくるのではないかと思ふ」

「いよいよ一億上下、打つて一丸の本土決戰ですね」

「さて、それはどうでせう……」

收入役は光を一本咥へ、一本をポケットに仕舞つて燐寸を擦つた。

「お上は戰局の收拾に入られたと見てをりますがね」

この一日を樂しく生きることができれば、それが最上等。お仙ちやんがゐて酒がある。今日一日、明日からのことを考へてもはじまらない。

「憲兵隊に引致されても知らんぞ。明日からのことを考へてもはじまらない」

兄が一升壜抱へてまた回つてきた。

「おいおい、戰はぬ方への、戰爭の前途を口にしてはいけない」

「戰はぬ方への、ね」

「收拾？」

五月四日は極樂だ」

兄は酒を喇叭《ラッパ》飮みにした。

引出物が配られたのは午後六時だつた。燈火管制といふものがある、夜間、電燈を點《つ》け放しにして騷ぐわけには行かぬ。引出物の內容は昨三日の日錄にも記したやうに、電球二個、するめ一束、乾燥芋一袋、洗濯石鹼一本、以上である。今日、全國で何百組、いや何千組の結婚式があつたかは知らぬが、その豪華なことでは古澤家のが最右翼だつたにちがひない。歸り際に絹子が新聞包をそつと持たせてくれた。

「餘り物の米澤肉よ。淸たちにたべさせてあげて」

古澤家の主婦の如く振舞つて實家《さと》へ物資を融通したりするのは、いくらなんでもまだ早いと思ふ。が、有難く頂戴した。戶外へ出たところで頭を掠めて行つた黑いものがある。燕がいつの間にか南から渡つて來てゐるのだつた。

（四日）

終日、家にゐて、昨日の日録を認《したた》めた。午前十時三十五分警戒警報、同十一時二十分解除。この間に一機宛別々に三機來襲した。また偵察だと思つたから、圖々しく居直つてペンを動かしてゐた。夕方、宮永町の町會長の青山基一郎さんが來て、

「山中さんは防火能力者であるにもかかはらず、今日午前の警報時に何の支度もせずに家に引きこもつておいでだつたさうですな。この宮永町を敵の燒夷彈から守ることのできるのは宮永町の人間です。防火能力者が一人缺ければ、その分だけ宮永町が危くなる。全く無責任です。今度かういふことがあつたら警察に報告しますから、その積りでおいでなさい」

と訓戒をたれて歸つた。どうして町會長は、警報下の自分がゲートルも卷かずに居たことを知つてゐるのだらう。ひよつとすると千里眼の持主か。

夜はラヂオの月丘夢路と川田正子の歌を聽きながら早々と寢て仕舞ふ。午後十一時半警戒警報で目醒めた。同四十分空襲警報となる。夜間の警報はよく適中するから、やつぱり來たかと覺悟しながらゲートルを卷き、防空頭巾をかぶる。それでも絹子の嫁入支度を避難させる必要はもはやないから、どこか氣が樂である。探照燈の光の棒が雲の多い夜空を撫で回つてゐる。光が消えると、雲間に星が出た。氣を張つてゐたが結局何事もなし。午前零時三十分に空襲警報が、同五十分に警戒警報がそれぞれ解除になつた。

今日夕方七時のラヂオ報道では、二十何機とかが機械水雷を瀬戸内海に投下したといつ

てゐた。本土制空權が敵の手に移つてしまつたのだらうか。薄寒《うすざむ》く心細い一日だつた。なほ、義父は早朝の汽車で下妻へ歸つた。

（五日）

　朝八時半、絹子が忠夫くんを伴つて里歸りした。古澤殖産館は日曜が定休日なのださうだ。そこで朝食をすませてすぐ出て來たのだといふ。たつた二日で絹子は別人のやうに變つてしまつた。一昨日まではなにかにつけて「鋭い」娘だつた。鼻筋がぴゆつと通つて口許きりり、細い目は冷たく澄み切つてゐて、頸筋も鶴のやうに細かつた。女學校時分は卓球部の副將として鳴らし、そのせゐだらう、全身が彈機《ばね》で、座敷を横切るにも最短距離をズバッと通るやうなところがあつた。「絹ちやんは滅法界《めつぽふかい》な美少女だが、しかしこのままだと美青年になつちまふぜ」と角の兄もいつてゐたくらゐである。ところが今朝の絹子はどうだ。水母《くらげ》で海綿を包んだやうに柔かでまるつこい。眼なぞは濡らした天鵞絨《ビロード》だ、潤《うる》んで光澤《つや》がある。一口でいへば豐かで溫かい。古澤家のたべものがよほどいいのだらう。それとも結婚すると娘は誰でもかうなるのか。二人の土産は、角の兄に洋服の生地一着分、自分に鹽鮭一尾と麥酒三本、妻に砂糖五百匁、武子、文子、清の三人には絲柾目の通つた桐下駄一足宛。三人は下駄よりも砂糖に歡聲をあげてゐた。

　さつそく妻はこのあひだうち買ひ集めておいた鹽鱈を煮《に》にかかる。鱈と馬鈴薯と玉葱の煮付に鹽鮭で賑やかに晝飯をとらうといふわけだ。がしかしさうは問屋が、いやB29

が卸してはくれない。午前九時警戒警報發令、七輪の火を消して避難支度をした。警戒警報は二十五分後に解除になつたけれども、煮物は途中で火を落すとどうもよろしくないやうだ。何だか不味い鱈イモができあがつた。午前十一時二十五分、鮭を焼いてそれを肴に忠夫くんと麥酒を飲まうとしてゐると、また警戒警報の發令である。ゲートルを巻き、外へ出たら、それを待つてゐたかのやうに警報が解除になつた。鮭は冷《さ》め、麥酒の氣は抜けてゐた。正午、全員揃つて炊き立ての白い御飯に箸をつけようとしたとき、三度目の警戒警報發令。これが解除になつたのは零時二十五分だつた。つまり自分と忠夫くんの場合、午前十一時二十五分から一時間、鮭と麥酒と炊き立て御飯のうまさうな匂ひを嗅いでは外へ出て、外に出てはまた嗅ぐをただ繰り返してゐたことになる。喰ふものは何でも歡迎だがお預けだけは御免である。

晝飯をすますと、絹子と忠夫くんは武子たちを連れて淺草へ出掛けた。淺草松竹に大河内傳次郎主演の東寶映畫がかかつてゐるのだといふ。題名は『日本剣豪傳』だといつてゐた。五人を送り出してから妻と二人で後片付をした。そのとき妻がこんなことをいつた。

「絹子と忠夫さんのために、古澤ではもう一萬圓もつかつてゐるさうですよ。結納でせう、座敷の普請でせう、それから披露宴に今日のお土産、たしかにそれぐらゐつかつてゐるかもしれませんね。時々、近所の誰かが古澤の家へ投石するらしいです。『この闇成金め』といふわけです。絹子は、どうも氣味の惡い家だ、とこぼしてゐました」

「忠夫くんはどう思ってゐるのだらう」

「なにが……」

「自分の家の金づかひの荒さについて、彼はどう考へてゐるのかってことさ」

「さあ、別に何も考へてゐないのではないですか」

忠夫くんが歸りに家へ寄つたら彼《か》の銀行王、安田善次郎翁の話をしてやらうと思つた。翁はどんな賓客にも、そばのもりしか出さなかつた。夫人が見兼ねて「せめてざるになさつたら」と進言した。翁は答へて曰く「ざるでは水のやうに金が洩れ落ちてしまふではないか」。この心掛けがなくてはとても銀行王にはなれやせぬ。もつともこれは徳川夢聲の漫談のマクラだから、さう當《あて》になる話ぢやないが。

武子たちは午後四時過ぎに歸つて來た。忠夫くんや絹子とは淺草の吾妻橋西詰《にしづめ》で別れたさうだ。市街電車で終點の南千住車庫まで行き、その先は歩くといってゐたとか。別れ際に小遣を十圓宛くれたといふ。とても銀行王は無理だ。


（六日）

Ｂ29の性能がぐんと向上したのではないかと思はれる節がある。近頃、帝都を偵察するＢ29の、上空に滞在する時間が長くなってゐるからさう思ふのだ。以前は十五分から三十分ぐらゐで引き揚げてゐたのが、今日の午前などはたつぷり一時間も飛び回った。その間《かん》は警戒警報が解けぬから困る。とくにこの數日は水道制限で水の出るのは午前十時から零時三十分までの二時間半だけと定まつてゐる。その時間帯に合せたかの如く飛來し、一時間も飛び回るから、我々としては水の汲み置きもできない始末である。例によつて水道の蛇口は老人の小水よろしくチヨロチヨロとしか出ない。馬穴《バケツ》が一杯になるのに十五分も二十分もかかるのだ。ときには水が止まつてしまふこともあり、二時間半で五つか六つの馬穴に水を滿たすことができれば御《オン》の字である。ところが警戒警報發令中は汲み置き作業に專念できぬから、馬穴が二つ三つ一杯になるあたりで斷水時間が來てしまふ。これでは寢しなに軀を拭くのもままならぬ。それどころか炊事の水にも事缺くことになる。だからB29一機にいつまでもうろうろされると困るのである。それにしてもなぜ近頃のB29にはあゝも餘裕があるのだらう。薄氣味惡い飛行機だ。

午後六時からうちの仕事場で隣組の常會があつた。おかみさん連は燈りが洩れぬやう遮蔽幕を張りめぐらせた奧座敷で愛國繃帶《あいこくはうたい》をつくつてゐる。前線では繃帶が不足してゐる、空襲があればこれまた繃帶が必要になる、さらに本土決戰に備へて繃帶資材の貯藏が望ましい。そこで大日本婦人會が繃帶の獻納運動をはじめたのである。ここの隣組には千本の割當が來た。しかし白木綿なぞ持つてゐる家があるわけはない。古敷布、古カーテン、古浴衣など古の字のつく布地を持ち寄つて、縫ひ目をときほぐし、引き裂き、鋏で斷ちして繃帶をつくつてゐる。古物のない人はまだ充分に役に立ちさうな衣料品を抱きしめ、浮かぬ顏でやつて來る。時折、衣地を裂く音が男子連中のゐる仕事場まで聞えてくる。だれかが泣いてゐるやうな音だ。

「東京都に割當てられた本年度の國民貯蓄額は百十億圓です。前年度が九十五億圓でしたから、さう、一割六分增となりますね」

仕事場は暗くしてあるが、その暗いなかで隣組長の高橋さんの聲がしてゐる。新聞社にお勤めだけあつて言ふことによく調べが行き届いてゐる。もつとも高橋さんの專門は寫眞だけれども。

「現在の東京都の人口は、わが社の調査では二百二十萬人……」

だれかがエッと息をのんだ。自分も、エッとこそいはなかつたけれど、この數字には仰天した。去年二月の臨時人口調査では七百五十萬近い都民が居た筈だ。たしかに大勢の都民が疎開で出て行き、空襲で亡くなつた。しかしそれでも四百萬人はこの帝都に留まつてゐるだらうと思ひ込んでゐたのに僅かの二百二十萬人！　去年の二月から一年三ケ月の間に、人口の七割が消え失せてしまつた。いつたいこれはどういふことだ。

「百十億圓を二百二十萬人で割りますと、一人頭《あたま》五千圓になります」

こんどは全員がエッといつた。

「さうなんです。私の場合で申しますと月給が二百圓。一年では、あれやこれや合せて三千圓になるかならないかといふところ。つまり全收入をそつくり貯金しても、私一人分の割當額にさへ達しない。本當をいふと、私のところは五人家族、そこで二萬五千圓は貯金しなければならぬのですが、一人分さへ覺束ないのですから、この百十億圓なる目標額は繪に描いた餅ですね。政府は勿論そのことを知つてゐます。知つてゐてなぜ百十億圓といふ目標を打ち出し、そして割當ててきたのか。政府のお役人は自分たちも一所懸命、仕事をしてゐるといふことをだれかに見せたくて、たぶんこんな繪空事を……」高橋さんはここでふつと聲を呑んだ。「……時局批評はつつしみませう。とにかく、都では百十億圓のうち、九十五億圓は一般貯蓄で消化しようと考へてゐるやうです。殘りの十五億圓が、つまり計畫貯蓄。十五億圓がわれわれ都民の義務……」

「脅かしちやいやですよ」

仕立屋の源さんがいつた。源さんはこの隣組で一等景氣がいい。今夜の常會にも乾燥芋を二袋も提供してゐる（自分はスルメを一枚供出した）。二年前の六月だつたか、「戰時衣生活簡素化實施要綱」といふのが行はれて、和服の長袖と背廣のダブルが禁止になつた。そこでダブルをシングルに仕立て直す仕事でこの二年間、潤つてゐる。苦勞といへば絲さがし、それで彼の口癖は「絲の切れ目が圓の切れ目」である。

「最初から、十五億圓があたし等のつとめであるとおつしやつて下されば、怯えずとも濟んだのに」

「いや、十五億でも大變ですよ。うちの場合を例にして申しませう」

と高橋さんは以下の數字をあげた。

地域組合で十五圓

隣保消化で二十五圓

職域組合で二十圓

婦人會（奥さん）で五圓
中等學校（昭一くん）で二圓
國民學校（和子ちゃん・治郎くん）で各々一圓
これで六十九圓。
「二百圓の俸給からこれだけは都民の義務として貯蓄しなければならんのです。この他にも所得税が三十圓。すると二百圓もらつても、生活に使へる金は半分の百圓です。弱音を吐くわけぢやありませんが、辛いです。……とにかく來月から奥さん方の分も含めて一軒につき四、五十圓宛の見當で持ち寄ることにしませう」
表で高橋さんとこの昭一くんがうちの清と話をしてゐる。仕事場では誰も口をきかうとしないので、二人の話し聲がよく聞える。
「ドイツ軍の降伏は計略だと思ふな。だつて、ナチ黨員は全部、地下に潜つてしまつたつていふでせう。ナチ黨の宣傳部員、組織部員、祕密警察隊、親衞隊首腦部、みんな行方を晦ましてゐる。清さん、これ絶對にをかしいよ。降伏したと見せかけておいて、そのうちナチ黨は米英ソの聯合軍に對し地下運動で反撃を開始するんだ、きつとさうだよ」
「中學一年生の考へることつてそんなにも幼稚なのかい。ぼくは中學二年生だからもつと深く情勢を掘り下げてゐるぜ。歐洲では戰爭が終つたわけだらう。つまり歐洲では米英ソとも手持ち無沙汰になつたつてことだ。そこでどつと東亞へ歐洲の戰力を差し向けてくる」

「中學一年生よりさらに幼稚だい」

「まあ聞けよ、昭ちやん。とくに英國は必死になるね。東亞には英國の植民地が多いだろ。米國に手柄を立てられたりしては一大事だ。それだけ米國の發言力が強くなつて結局は植民地を削り取られてしまふ。だからこれからは英國が强敵になるんぢやないかな。大車輪で攻めてくるぜ。英國といふ國は世界で一番いやらしい國なんだ。今日、學校で小使さんと話したんだけど、小使さんの曰く、『連中は、自分たち英語を話す人間だけがちやんとした人間で、ほかの民族は人間にして人間ではない、と信じてゐる』んださうだ。米國も英語を話すが、米國なんぞ自分たちの出店《でみせ》としか考へてゐない。したがつて英國が最高、次がぐーんとさがつて米國、殘りは全部豚。さう信じ込んでゐるんだつてさ。その證據に連中は外國にベタベタ蔑稱を貼り付ける。イタリア人はワップ、これは氣障《きざ》な洒落者つて意味、フランス人はフロッギー、意味は蛙野郎。ドイツ人はスクエアヘッドで四角頭《あたま》。支那人がチンクだ。目が吊り上つてゐるといふ意味だつて」

「府立五中の小使さんて凄い物識りなんだね」

「以前は府立五中の英語教師だつたんだ」

「さうか、それで詳しいのか。それで淸さん、連中は帝國國民を何て呼んでゐるの」

「イエローベリー。臆病野郎といふ意味。肌が黄色、卽ちイエロー。そのイエローにべリーをくつつけると臆病者といふ意味になるんだつて」

「あつ、もうイギリス野郎は許せない。江田島を卒《で》たら一番先に英國人を殺してやる。ねえ、清さん、ソ聯は大日本帝國と組む氣がないかしら。だつて日本とソ聯は中立條約を結んでゐるだろ。だからその中立條約を一歩進めて……」

「どうかな、それは。といふのはさ、その中立條約のずつと前に、日本は獨伊兩國と日獨伊防共協定といふのを締結してゐる。防共なんだぜ。共產主義の脅威から三國は手を携へ合つて防ぎ合ひませう、と申し合せてゐるんだ。さうしてこの日獨伊防共協定を土臺に、日獨伊三國同盟、日獨伊單獨不講和協定、日獨伊軍事協定などが結ばれた。日ソ中立條約はその後《あと》だもの、ソ聯は內心では『こいつめ』と思つてゐるかもしれないぜ。それにこの間、ソ聯は、中立條約を延長するつもりはないと通告してきたぢやないか。それに條約の發效期間はあと一年あるけど、いつ廢棄を通告してくるか知れやしない。いいぢやないか、昭ちやん、ソ聯となぞ組まなくても。大東亞戰爭に勝利したあとは、どうせソ聯とやんなくちやいけないんだしさ」

「さうだね、清さん」

「ただし米英と戰つてゐる間だけはソ聯に大人しくしてゐてもらひたいね。とにかく米英との戰さの片がつくまで攻めてこないやう祈るしかないよ」

「東鄉外相も昨日、さう言つてゐたよ。今朝の新聞に外相の重大言明といふのが出てたけど、帝國の敵は米英兩國のみであるとくどいくらゐ繰り返してゐた」

仕立屋の源さんが、

「いつまでもああやって喋らせておいていいんですか」

と、高橋さんとこっちとの兩方にかけていった。

「戰爭の前途をああ大っぴらに口にしてゐちや危い。なにしろ憲兵は遠耳がきくんだから」

「よほどのことを喋らぬかぎり大丈夫さ」

齒醫者の五十嵐先生が今夜の常會ではじめて口をきいた。先生はずっと居眠りしてゐたやうだ。「帝國にとって貴重この上ない若い肉彈をさうはむやみに引っ張るまい。さて、私はこのへんで失禮して勉强々々……」

そのとき愛國繃帶の方も片付いたらしく奥から五十嵐先生の奥さんが出て來た。

「主人は今度、齒科醫のほかにお醫者樣も兼ねることになったんですよ。なんといっても現状ではお醫者樣が不足してをりませう、そこで厚生省が、齒科醫師に、試驗した上で、醫師免許を與へるといふ特例を設けることになったんですって」

「つまりそのために勉强しなければならんわけだね」

「へえ。それで試驗はいつなんですか」

仕立屋の源さんが訊いた。

「九月下旬だよ」

「すると六十の手習ひってわけですか。なんだかおっかない話ですね。それは先生の齒醫者としての腕は根津一ですよ、しかしそのお年でこれから醫師修業となると、こりやあ問題です」

「心配ない」

五十嵐先生は斷乎たる口調でいふ。「昨今は七面倒な病氣にかかる人間なぞをらんわい。殆どが空襲による外傷か、さうでなければ皮膚病ぢや。つまり外傷の手當と皮膚病に塗る膏藥の名さへ知つてをれば、充分、醫師のつとめは果せる。厚生省としても醫師にそれ以上のことは望んでをらぬのではないかな」

深夜、風が吹き出したが警報は鳴らなかつた。熟睡した。


（七日）


午前十一時三十分警戒警報發令。ラヂオ放送は、大型機が十數機、海岸線に接近しつつありといひ、いふそばから小型機が百機と訂正した。途端に空襲警報が發令された。折角の大詔奉戴日なのに機銃掃射とはありがたくない。雲は低く、地上は薄暗く、時々妙な鹽梅に強い風が吹く。どうも氣味が惡い。

「町會長に油を絞られてもいいから、今日は上野公園の横穴へ退避しよう」

と妻へいつてゐるところへ、本郷郵便局の配達夫が速達のはがきを屆けに來た。この五月から郵便局と電信電話局は休日と休暇日を全廢して頑張つてゐる。また戰災地の局は二十四時間入口を開けつ放しにしてゐるし、かうして空襲警報下でも配達に走り回つてくれてもゐる。自分は、はがきを奉戴し、配達夫に一片の乾燥芋を進呈した。それは取手の山本酒造店主人からのもので、文面はかうだ。

自動三輪車の件でわざわざ御來駕くださつたとのこと、お目にかかることができず殘念でした。强《た》つてのお望みとあれば手放してもよいと思つてゐます。ただし月賦は歡迎しません。卽金で「七」。これがこちらの條件です。どうしてもこの線は讓れません。週末には柏の陸軍製絨所《せいじゆうしよ》から自宅に歸つてをります。週末に都合がつかぬ場合は、女房と話し合つて下さつてもよい。女房に話をよく呑み込ませておきます。

敬具

速達の受付局は取手郵便局、受付月日は四月二十八日。取手から根津へ辿りつくのに十一日間かかつたことになる。まあしかし郵便車が敵機に襲はれて大事な通信物が灰になるといふのはよくあること、何日かからうと無事に着いてくれたのはありがたい。小型機は十機ばかり根津上空を掠め飛んだだけで何事もなく正午過ぎ（正確には零時二十五分）空襲警報が解除になつた。なほこれは後で知つたことだが、小型機P51百機はB29二乃至三機の誘導により超低空で千葉に侵入、十五乃至三十機編隊で飛行場及び軍需工場を狙ひ機銃掃射を行つたといふ。

さつそくリュックサックを肩に角の兄の家に行く。兄は錆びた亞鉛板《トタン》で座敷を中央から二つに區切つてゐる最中だつた。

「絹ちやんの披露宴に、お仙ちやんを連れて行つたらう。あれ以來うちのばあさんはすつかりこれさ」

兄は額に左右の人差指を立ててツノにしてみせた。

「お仙ちやんの顔を二度と見たくないと言ひ張る。かといつて今更お仙ちやんを追ひ出すわけにも行かない。そこで苦肉の策の中仕切《なかじきり》つてわけだ。どうもばあさんは鋤焼を喰ひ損ねたのが口惜しいらしいのだ。喰ひもののせゐで祟つてゐるのさ」

山本酒造店主人からのはがきを兄に示し、四月二十六日に千圓借りてゐるが、さらに六千圓融通して欲しいと頼んだ。山梨に疎開した團扇二千本と扇子四百本を擔保にしよう、ともつけ加へた。小運送をはじめれば日錢が入る、例へば一日十圓宛返濟してもいいとも言ひ添へた。

「團扇と扇子はおれが買ひ取ることにしよう。これから夏に向つて引つ張り凧だ。この取引は惡くない」

兄は手さげ金庫からぴんぴんの二百圓札をかぞへ出した。

「自動三輪車が七千圓といふのは決して高くはない。しかし五百圓ぐらゐ値切つてみろ」

天井から洗濯石鹼を三本おろし自分の背負つてゐたリュックサックに捻ぢ込んでくれた。

「それでいい頃合を見計らつて奥さんに石鹼を渡すのさ」

なるほど本職の闇屋といふものは人間心理を知つてゐる。

「最初つから出しちやいかん。この人はよほど自動三輪車が欲しいらしいと讀まれてしまふからな。交渉が難澁しさうになつたら、『あ、奥さんにお土産を持つて來てゐたんでした』と輕く出すのが祕傳《こつ》だ。難澁しなけりや出す必要はない。三本の石鹼はそつくり信介のものになる。石鹼は米にも馬鈴薯にもなんにだつて化けてくれるぜ」

兄の家を出たとき警戒警報も解除になつた。取手となると現下の鐵道事情では中距離扱ひ、行列しないと切符が買へない。自分はここでも兄から教はつた手を使ひ、ひとまづ松戸までの切符を求めた。松戸は近距離扱ひである。切符賣場にこんな貼紙がしてあつたので寫しておいた。

近距離だから往復切符が買へるだらうと窓口で「○○までの往復」と告げる利用者がゐます。が、これは特攻精神の何たるかをちつとも辨へない非國民の言です。鐵石の信念を持つて水漬《みづ》く屍を志す特攻隊員は片道分の燃料しか積むことなく基地を飛び立つのです。だから特攻隊の別名を「必殺の片道切符」といふのです。この特攻精神に倣つて私どもは往復切符の取扱ひを一切停止してをります。

上野驛長

松戸までの切符で取手へ行き、乗越料金四圓二十錢拂つた。これが兄直傳の近距離切符で中距離まで行く法である。今日は火曜だから御主人は不在、それで山本酒造店の奥さんと交渉した。奥さんは空豆の鹽茹《ゆで》や味噌まぶしの握飯を出してくださる一方で、「主人から、七千圓を鐚錢《びた》一文でも譲ってはいけない、とかたく言ひつかってゐますから」と頑張った。がしかしやはり洗濯石鹼の敵ではない。自分が一本出すと、「六千五百圓で手を打ったと報告したら、主人にぶたれてしまひます。でも、ぶたれるのには慣れてゐますし……」とそはそはしだした。二本目を奥さんの膝の前においたら、「ぶたれたらぶち返してやりますわ。この頃はときどきぶち返すんです」といって笑ひ、「六千五百で手を打ちませうか」と、本當にポンと手を打ち合せた。三本目は、出さなかった。御主人の歸る土曜の午後にオート三輪を引き取りに來ることにきめ、内金として五千圓渡した。御土産に電球二個、食用油二合、人參三本、味噌六百匁、それから原酒を四合、戴いた。あんまり有難くて、三本目の洗濯石鹼も差しあげた。やはり自分は闇屋には向かないやうである。この間《かん》ずうつと御隱居の姿が見えぬので、そのことを口に出すと、奥さんは急にポロリと涙をこぼした。

「本當に狂ってしまひました。飛行機の爆音が一寸でもすると、『ドラム罐爆彈ぢや、ドラム罐爆彈ぢや』と喚きながら道路へ飛び出して行くんです。さうして手ふり足ふりして踊り狂ひ、最後は口から泡を吹いて倒れてしまひます。一昨日《をとヽひ》、主人が市川の病院に入院させました……」

奥さんの眼は涙に濡れて夕月のやうにぽつかりと浮かび出てゐる。

「帝都には至近弾のせゐでをかしくなつた人たちが大勢をりますよ。上野驛にも十數人ゐました。構内で踊り狂つてゐるのを驛員に棒でもつて叩き出されてをりました。家族はじめ誰一人として面倒をみようとしないのです。いや、ひよつとしたら家族は全滅してしまつてゐるかもしれません。それに較べたらこちらの御隠居さんはどれほど仕合せなことか。御主人のやうに面倒をみてくれる方がゐる、奥さんのやうに泣いてくれる方もある……」

と慰めをいつて山本酒造店を辭したが、果して慰めになつたかどうか。

取手驛で東京行の切符を買はうとすると、「賣切」の札が出てゐた。「松戸までの切符は買へませんか」と窓口の女子職員に問うた。「この時刻になると、なるべく上りの切符は賣らないやうにしてゐます。だから切符の枚數がうんと少いのです」と戰闘帽の女子職員は答へた。「すると下りなら賣るのですね」と訊く。「はい、いくらでも」と女子職員は即答した。

暮れかかる關東平野を牛のやうにのろのろと下り列車は北上した。三輛編成で機關車の前面にまで人が獅噛《しが》みついてゐる。自分はデッキに縋つて、線路沿ひに立ち並ぶ電柱に頭をぶつけたりせぬやう、できるだけ車内に頭を突っ込ませてゐた。景色も何も見えやせぬ。仕方がないから、鐵道がなぜ乘客の入京を制限しようとしてゐるのか考へてみる。帝都には物資が缺乏してゐるといふことが第一の理由だらう。第二に當局は帝都の夜襲によつて車輛が燒失することをおそれてゐるのではなからうか。だから夜間に入京する列車を削減してゐるのだ。第三は、……なかなか思ひつかない。思ひつかないでゐるうちに列車は下妻驛に着いた。もう眞暗だつた。銀行につとめてゐる妻のいとこに食用油二合進呈し、明日の上り切符を依賴した。それから妻の實家へ行き義父に原酒を贈つた。義父は火桶を抱へて默然とラヂオの『物語姿三四郎』に耳を傾けてゐる。まだ宵ながら、菊江さん（妻の妹）も三人の兒も床に就いてをり、あたりは森閑としてゐる。減張《メリハリ》の利いた德川夢聲の聲が家中に響きわたる。漬物で御飯をいただき、九時前には寢かして貰ふ。

（八日）

晩春から初夏にかけて下妻町の砂沼《さぬま》ではヤマメが面白いほどよく釣れる、と妻がいつてゐたことがある。妻のこの言葉を思ひ出して、義父に本當かどうか聞いてみた。義父は、

「和江の言葉の眞僞を自分でたしかめてはどうかね。わしもお供しよう」と答へた。

朝食後、釣道具一式を自轉車に積んで義父と砂沼へ向つた。喰ひ場所をよく知つてゐるらしく、義父は沼の東側、八幡社の裏の岸に直行した。それは鬼怒川と繫つてゐる廣大な沼、いや、いつそ湖といつた方が分りがはやい。雲が多いのに妙に明るい日で、空のどこかでひばりが囀つてゐる。こちら岸には綠があり、對岸は麥畑である。風がこちらから水面を渡つて行くと、やがて黃金の麥の穗がつぎつぎに搖れて對岸の景色は金屛

風のやうに閃めく。妻の里歸りのお供をして十回近く下妻に來てゐると思ふが、「砂沼を見物に行きませうよ」と誘はれるたびに、「なに、根津の人間には上野の不忍池が一つあれば充分」と嘯《うそぶ》いて、義父の家でごろ寝が專門、これまで一度も訪れたことはなかつた。岸に立つた瞬間、自分はこれまで隨分損をしてゐたことになるぞと思つた。

義父は柄付き網で岸邊をしやくひ回つてゐる。ヤマメは網で掬ひ上げるものなのかと感心して見てゐたら、さうではない。義父は餌にする小エビを獲つてゐたのだつた。義父の手つきを眞似て鉤に小エビをつけて水面に絲を垂れる。白い浮子《うき》が直立する。浮子の天邊にお齒黑蜻蛉がとまる。ここまでは義父と同じ手順だが、この先がちがふ。義父の浮子から蜻蛉が飛び立つと見る間に、竿頭は勢ひよく宙に跳ねて、鉤の小エビは三寸の魚に化けてゐた。頭から尾まで紅刷毛でさつと刷いたやうな紅色の霞がかかつてゐる。じつに美しい魚だつた。

十尾ほど釣りあげたところで、義父が引き揚げた。義父は指物大工で住居の一部に自作の簞笥や机を飾つてゐるが、今朝は土浦から机を見に來る客がゐるのだといふ。なほ、去り際に義父が、

「下妻に疎開してくれば釣も上手になるんだがね」

といつた。自分は、

「わたしもさう思ひます。ですが、昨夜もお話ししたやうに自動三輪が手に入ることになりましてね。もうしばらく東京に踏みとどまつてゐることにしますよ」

と答へておいた。

ヤマメには素人と玄人との見分けがつくらしく、結局、一尾も釣り上げることができなかつた。素人をばかにしてゐるのである。素人の相手をしてゐる暇はないらしいのである。そのうちに微かにサイレンの音が聞えて來た。警戒警報の發令だ。田舍だけに寺の鐘や監視所の半鐘も鳴り出す。ひばりや蛙もそれに唱和して、帝都で聞く警報とちがつて長閑《のどか》なものだ。何百回となく耳にしてもう慣れてゐる筈なのに、帝都に居るとそのたびにどきんとする。心臓を巨人の手でぐいと摑まれたやうな氣がして、軀の芯から震へがくる。だが、この砂沼のほとりで聞くとかへつて欠伸《あくび》が出てくる。眠くなつてくる。

突如、東の空に轟音が湧き起つた。かなりの低空飛行で重爆機が數編隊こつちへやつてくるのが見えた。鼠色の機體に眞紅の日の丸を染めて堂々とやつてくる。土浦から飛び立つたものにちがひあるまい。敵襲を避けてどこかへ避難しようとしてゐるところなのだ。本土決戰の檜舞臺まで口惜しいだらうがどうぞ上手に逃げ回つてゐておくれ、と思ひをこめて手を振つた。重爆機の編隊は水面に機影を映しつつ悠々と西へ飛び去つた。

間もなく空襲警報になる。八幡社社殿に入つてうとうとした。目をさましたら十一時半である。ふたたび沼の岸に出て巻煙草で一服する。釣人が四、五人、靜かに絲を垂らしてゐた。釣人からはのんびりと紫煙が立ち昇つてゐる。警報はすべて解除になつたやうだ。ふと、仙境必ずしも勝景の地にあらず、といふ文句が口をついて出た。さうなのだ、煙草が美味しく、數條の紫煙が人に浩然の氣を養はせる所はすべて仙境なのだ。今日、自分は半日の仙境を得た。殘念だが、現在の帝都ではこの仙境は望めまい。人は帝都では不安を紛はさうとしてせかせか煙を吐き出してゐる。ほんの一瞬ではあるが、自動三輪を買ふのはやめて、この砂沼のそばに引つ越してこようかと思つた。

午後一時の汽車で下妻を發《た》ち、夕方五時、根津の我が家へ戻つた。自分の顔を見るや妻が叫んだ。「信州湯田中溫泉で橘屋が、市村羽左衞門が亡くなりましたよ。亡くなつたのは一昨々日《さきをとつひ》の正午過ぎ。心臟麻痺だつたさうよ。この二月、新橋演舞場の『盛綱』を觀といてよかつた」

亭主の消息が一晩知れなくなつたのだから隨分心配してゐただらうと思つてゐたのに、案外であつた。

（九日）

終日、車庫で過ごした。車庫を離れたのは、正午、警戒警報が發令になつたときだけである。ボロ自動三輪の解體は骨が折れる。がしかし總體では動かず、したがつて役立たずの自動三輪も、ばらばらにして部品群にしてしまへば話はちがつてくる。大部分の部品がまだ使へるし、高値で賣れもするからである。燒跡の半燒けの自動三輪でさへ、半日もしないうちに解體され、持ち去られてしまふ御時世だ。うちのには火が入つてゐないから、「上の部」の部品だ。午後四時すぎ、學校から歸つた淸が珍しく手助けしてくれた。淸によれば、昨日は變な日だつたといふ。第一に警報が東京では一回も發令されなかつたさうだ。これは五月二日以來のことだといふ。さらに清はかう續けた。

「初めて本物の警報が鳴つたのは、去年の十一月一日だ。三年前にドーリットルの空襲つてのがあつたけど、あれは去年からのと較べると全く質が違ふから、この際、計算に入れない。さて去年の十一月一日から昨日までの日數は丁度百九十日。そのうち警報が鳴らなかつた日は六十三日。三日のうち二日は警報が出てゐるんだ。三、四、五月で見るともつと凄いんだぜ。三月一日から昨日までの七十日間に警報が出なかつたのは十五日。六日のうち五日は警報が鳴る勘定だ」

たしかに清は海軍經理學校向きだ。

「昨日は天氣も變だつた。朝は雨だろ、そしたら突然、快晴になつて、正午には曇。風が冷めたくなつたと思つたら土砂降り。雷。夕方、父さんが歸る寸前は雨が降つてゐるのに陽が眩しくて仕方がない、とかういふ調子さ」

「ふうん、たしかに奇妙だね」

「ドイツがいよいよ無條件降伏しただろ、帝國は孤軍奮鬪するしかない。そこで天が帝國に同情し、同情するの餘り號泣した。數度の雨は天の涙、五月に珍しい雷は天の泣き聲である、といふ説もあるんだ」

「誰の説だね」

「高橋さんとこの昭ちやんさ」

「ぢやあんまり當てにはならないね」

「天變地異の前兆だといふ說もあるよ。つまり神風の吹く前兆……」
「また昭一くんの說だらう」
「校長先生が今朝の訓話でさう力說してゐた」
「ぢやあ當てになるかもしれんな」

（十日）

朝から厚い雨雲が帝都上空を覆ひ、鬱陶しい一日だった。今にも泣き出しさうに見えて一向に雨にならず、生殺《なま》しに遭《あ》った蛇の氣持がよく分る。降るなら降る、晴れるなら晴れると、はっきり態度を決めてもらひたい。空から雲で重石《おもし》をかけられてゐるやうで頭の芯がぼんやりと痛む。ボロ自動三輪車の解體に正午までかかった。その間に、八時三十分と十時二十五分との二回、警戒警報が發令になった。二回ともB29一機、上空をゆっくりと遊歩して去る。何を企んでゐるのだらう。帝都をじっくりと偵察し、そのうち焼殘りを一氣に淸掃するつもりか。

自動三輪車の部品を賣捌いてやらうか、と角の兄が顔を出す。前日までは賣る氣でゐたが、今朝になって氣が變った。取手の山本酒造店から譲り受けることになってゐる自動三輪車にも、命數といふものがあるだらう。そのうちあちこちが故障しだすにちがひないから、ここにある部品が役立つ日がきっとくる。さういふ遠謀深慮があって兄の申し出を斷った。座敷の疊をあげて下に敷いてあった新聞紙を集め、部品を一個一個丁寧に包んだ。車庫にしまつておくのも不用心だ。泥棒もこはいが、空襲はもつとこはい。軒先の下水のマンホールなどはどうか。日中では人目に立つ。明朝は四時に起きてその作業をしよう。澁團扇に使ふ澁紙が押入れに殘つてゐた筈だから、さらにそいつで包んで小さな樽に詰めて隱せば、下水の濕氣も寄りつくまい。ここまで思案して、頭の重い割に今日はよく頭が働くわい、と自分で自分に感心した。

午後はガリ版を切つた。隣組長高橋さんの依賴で、五月一日に切つた「戰災者必携」と同じく、防空總本部からのお達しである。「P51に對する心構へ」といふ題で本文はかうだ。

硫黃島が敵の手に渡つてから敵基地戰鬪機の來襲が再三に及んでゐるが、この敵基地戰鬪機の親玉格がP51である。P51の來襲はこれから更に本調子になりさうだ。そこでP51の攻擊戰法をよく吞み込んでこれに備へることが必要である。すでに「B」に對しては幾度かの敢鬪によつて絕對に負けない確信と戰訓とを學びとつたわれわれであるが、「P」に對しても然り、小敵といへど侮らず、彼の戰法を逆手にとつて我の戰法とし、最後の勝利を獲得せねばならない。

○硫黃島からのP51は航續力の關係で增加タンクをつける必要がある。增加タンクをつけても本土上空滯空時間はせいぜい十五分から二十分である。從つて爆裝も出來るが重量が張るから大きな爆彈は積めない。P51の攻擊は銃擊か砲擊である。機關砲は十二・七粍《ミリ》か十三粍。四門装備してゐる。
○戦闘機の銃砲撃は、機關銃、機關砲がいづれも固定装置となつてゐるから、機首の向いた方角が危険だ。しかも超低空の急降下だから狙はれたら必ず命中する。ぼんやり見上げて立つてゐると危い。また爆撃に較べると銃砲撃は藝が細かいから注意しなければならない。
○P51の攻撃目標は航空施設工場にあるやうだが、最近は列車や船や自動車などの輸送手段を目の仇にしてゐる。特に機關車をよく狙ふ。汽車は走つてゐるから大丈夫だなどと思つたらとんでもない見當違ひである。飛行機の速さから見れば走つてゐる汽車などは靜止狀態と殆どかはりなく、動目標の部類に入らない。ビルマでも比島でも、P51は走つてゐる自動車に飽《あ》くまでも喰ひ下り、焼き拂ふまで急降下を續けた。この點鐵道當局も乗客の退避に特に適切な指導を行はねばならぬ。乗客も車外に出たら素早く地物を利用して出來るだけ低い姿勢をとることが必要だ。銃砲撃に對しては姿勢が低いほど死角が大きく安全となる。
○銃砲撃だから火事は起らぬと思つては間違ひである。去る八日の千葉縣下の來襲でも一部に火災が起つてゐる。P51の機關砲は五發に一發の割合で焼夷實包を混ぜて射つて來る。これは發火する。戦闘機の來襲にも退避と同時に初期防火に對する充分な備へが必要である。要するに、空襲に對しては退避と消火が鐵則だ。
○なほ、マニラでは白服を着てゐたために目標となつて射たれた者が大勢ゐる。これから夏に向ひては特に白っぽい服装をして外出してはいけない。白服や白っぽい地の浴衣はほどいて愛國繃帯にしよう。（防空總本部）

最後の○印の上に、「この部分を肉太の字で、大きく筆耕ねがひます。高橋拜」と鉛筆で注文がつけてあった。注文通り仕上げて高橋さんのところへ届けた。筆耕料は前回同様、蠟燭二本であった。

（十一日）

「ねえ、山中さん、今、女房が赤飯を炊き、天婦羅を揚げてゐるんですよ。この自動三輪は長い間うちの商賣を手傳ってくれたのだから、山中さんへお渡しする前に、どうしても感謝祭をしなければ義理が立たないと女房が言ひ張りましてね。感謝祭にどうかつき合ってやってくださいませんか」

取手の山本酒造店の御主人が自分を見るなりかういった。なるほど、縁先に自動三輪が出してある。その前に小机があり、小机の上には御神酒《おみき》と一皿の赤飯が供へられてゐる。

「柏の製絨所から昨夜《ゆふべ》歸って來ましてね、半徹夜で點檢しました。勿論、洗車もしておきましたよ」

山本さんが御神酒を注いでくださった。

「さつき陸前濱街道を牛久沼まで走つてみました。じつに快調に走つてくれました。どこにも問題はないと思ひます」

　東京は雨のざんざ降りだつたが、ここ取手の正午の太陽はさんさんと光の金粉を撒《ま》いてゐる。殘金の千五百圓とお土産の鹽鮭半尾と砂糖二百匁を山本さんに渡し、御神酒をいただきながら三輪車を一トまはりした。荷臺にガソリン五ガロン、モビール五升、ギヤー用油一ガロン、グリース一瓩《キロ》が積んであつた。目をまるくしてゐると山本さんがいつた。

「おまけ兼お禮兼おわびです。じつは前照燈がこはれてゐるのです」

「前照燈なぞなくても構ひません。どうせ夜間走るつもりはありませんから。それでお禮とおつしやるのは……？」

「洗濯石鹼を三本もいただいて本當にたすかりました」

　天婦羅を盛つた大皿を捧げて奥さんが出てきた。こんなに喜んで貰へるのなら近いうちに暇を見て、石鹼を持つて來てさしあげよう。天婦羅をおかずに赤飯を戴きながら自分はさう考へた。古澤殖產館が闇石鹼の流通路を知つてゐることは確かだから、賴めば十本や二十本は都合してくれる筈だ。いや、山本酒造店にはまだ相當量の原酒があるだらうし、酒と石鹼との物々交換なら古澤の方から話に乘つて來さうだ。自分はこの兩者の間をとりもつて、手數料に毛の生えた程度の金を儲けさせていただく。つまり三方一兩得《とく》……。ここまで考へを進めて自分は愕然となつた。これでは闇屋ではないか。しかし人の喜ぶ顔が見たさに物資を流通させる者と、金儲けのために物を動かす者とは同罪で、等しく「闇屋」と呼ばれるとしたら、それは正しいだらうか。前者のやうな場合はむしろ「光屋」と呼ばれるべきではないか。山本さん夫婦と談笑しながら、自分はそんなことを考へてゐた。

午後一時、ほやほやの愛車にまたがり、エンヂンの發動をおこす逆回轉キックを左足で蹴つた。いや、その跳返《はね》しの凄いこと。踵をいやといふほど叩き返されてしまつた。だが山本さん夫婦の前で顏をしかめてみせるのも嫌味な話だ。自分はことさらに笑顔を装ひ、山本家の緣先の空地をゆつくりと五周して、山本さん夫婦にたつぷりと別れを惜しむ機會を與へて差し上げた。山本家のお子さんたちが日の丸の小旗を打ち振つて門の外まで追ひかけてきた。自分は警笛のゴムポンプを十回も二十回も押し潰してその見送りに應へた。

利根川に架かる大利根橋を渡り、我孫子を經《へ》て柏を過ぎ、松戸から水戸街道に別れを告げて南進、市川へ出た。その頃にはすつかり馴れて、わが意のままに車は走る。なかなか素直な性質《たち》の車で惡癖はキックの跳返しの大袈裟なこと、これ一つだけである。じつは途中でP51に襲はれたらどうしようと怯えてゐたのだが、そのPの字に出ツ喰はすこともなく薫風を從へての久し振りの長走《ながつぱし》り、本當にいい氣分だ。

帝都の空も朝とちがつて晴れてゐる。あまり氣分がいいものだから、藏前橋を渡つたところで右に折れ清杉通を北進して千住へ行つた。

「これはいい車だ。うーん、八千圓は安いね」

古澤の主人がほめてくれた。八千圓とは角の兄が古澤氏に吹いた値段だらう。「さうぢやない、六千五百圓が本當で……」とはいへないから、「はあ、その値段でガソリン、モビール、ギヤー用油など全部ついてゐるんですよ」と説明する。古澤さんは「そいつはなほ安いや。どうだね、信介さん、おれに一萬圓で賣つてくれないか」とさつそく財布を引つ張り出す。なるほど、闇夜を生きるにはこれぐらゐ押しが強くなくてはかなふまい。自分は大いに感心し、そして斷つた。

自分の聲を聞きつけて絹子が顔を出した。

「晩御飯に親子丼をつくつてゐるところなの。たべて行けば」

時子さんも引き止めてくれた。茶の間に上つて古澤氏と麥酒を飲んだ。やがて親子丼が運ばれてきた。親子丼は古澤の家族だけだらうと思つたらさうではない。五人の店員もみな親子丼である。家族と差別しないところは立派だ。古澤さんをすこし見直した。もつとも晝は農耕具や肥料で稼ぎ、夜は闇で稼いでゐるからこそ全員親子丼といふ離れ業も可能なのだらうけれど。

堅い鶏肉《とり》を丁寧に嚙みしめてゐると、臺所から巡査がそつと入つて來、古澤さんの奥さんに「今日は六本出してください」と小聲でいふ。奥さんは臺所の揚《あ》げ板をずらし、穴倉の底から麥酒の空壜を六本取り出した。巡査は風呂敷で空壜を包み、「では、明日持つて來ますから。さう、暗くなつてからになりませうね」と告げて、現れたときと同じやうにすつと消えた。

「巡査の闇値は高い」

不審顔の自分に古澤さんがいふ。

「麦酒一本十五圓だからね。しかしおれは默つて買ふ。巡査と闇友達になつておくといろいろ便利をするときがあるからね」

「闇を取締まるべき巡査が闇か」

「さうさ、當然だよ。彼の月給は六十圓だ。六十圓で喰へるか」

それは喰へない。なにしろ米が一升二十圓もする世の中だ。

「この近くに鐵兜《てつかぶと》工場がある。月給は六十八圓だ。當然、ここの産業戰士諸君も喰へない。そこで産業戰士諸君はこつそり鍋や釜を作つてゐる」

「なるほど恰好が似てゐるね」

「さう、遠目には鐵兜を生産してゐるやうに見える。ところが巡邏憲兵は鐵兜と鍋釜のちがひをよく知つてゐるんだ。そこで憲兵が見回りに來るぞとなると、巡査が工場へその旨注進する。かはりに巡査は鍋釜を十も二十も貰ふ。さうやつて助け合つてゐるのさ。千住消防署には消防車が一臺ある。さてある夜、空襲がある。消防車はサイレンを鳴らして消火に驅けつける――、かといふと必ずしもさうぢやない、サイレン鳴らして火の手とは反對の方角へ走る。千住大橋を渡つて草加あたりへ突ッ走る。消防車には鍋釜がびつしり積んである。歸りは米だの野菜だのを滿載してゐる」

「安い月給を集團の闇で補つてゐるわけか。なるほど、さうか」

「草加越谷《こしがや》千住の先よといふぐらゐで、越谷までのすときもあるが、埼玉縣の道路を千住の消防車があんまり得意さうに走つてゐると密告される危險がある。そこで大抵は草加で取引する。實際の事情はもつと複雜だが、とにかく皆で力を合せ、助け合つて、いつてみれば南千住の町全體が一個の巨大なる闇公社なのだ。お上がくださる月給の不足分を、さうやつて埋めてゐるわけだ。そりや全員、目が回りさうに忙しいさ。なにしろ皆、勤め口を二つ掛け持ちしてゐるやうなものだからね。しかしこの巨大なる闇公社のおかげでどうやら皆がたべられる。そしてこれが大事なところだが、本土決戰の日まで體力を溫存できますな」

「ははあ、つまりそこへ結びつくわけですか」

「闇をしないのが皇國皇民としての生き方だと說教する偉い人もゐるけれど、そのために榮養失調になり、大事な決戰の秋《とき》にひよろひよろして竹槍を息杖《いきづゑ》に歩くやうぢやどうにもならない。大いに闇を行つて體力をつけておく、これが眞の意味の盡忠精神だと信ずる」

それなりに筋が通つてゐる。自分はすつかり呑まれてただお茶ばかり飮んでゐた。

「信介さん、帝都にもまた帝都近郊にも物資が全くないわけぢやないんです。探してみれば結構、物はある。あるところにはちやんとあるんだ。たとへてみれば帝都とその近郊は一個の巨大なる風呂桶ですな」

〈巨大なる〉が古澤さんの愛用の句らしい。
「上部は火傷しさうに熱く、下部はまだ冷たい。上部と下部とを掻き混ぜる板が必要だ。この板がつまり闇行爲です。しかしてこの闇行爲の本質はなにかと問へば、ずばり物資の移動でせう。信介さんは自動三輪といふ、またとない物資移動手段を入手された。あなたに課せられた責任は重大ですな」
歸り際に時子さんが「これ、清くんに」と、干柿の砂糖煮を十個持たせてくれた。根津へ戻つたのは午後六時半だつた。取手の山本さんから貰つて來た赤飯を文子たちがおいしさうにたべてゐる。妻にいつて、干柿を二個、高橋さんに届けさせ、自分もやはり干柿を舐めながらこれを書いてゐる。

（十二日）

朝から上天氣。水で自動三輪を拭いてやつてゐると、目黑區の海軍技術研究所へ出掛けようとしてゐた文子と武子が寄つてきて、一層近づいては「いいわね」と呟き、遠ざかつては「隨分速さうね」と頷いてゐる。文子は小石川表町の淑徳實科女學校に在籍してゐるが、學校から命ぜられて、去年の秋より海軍技術研究所へ行つてゐる。歸つても口止めさせられてゐるらしく所内のことは何も喋らない。どうも製圖助手のやうなことをしてゐるみたいである。さういへば文子はノートを謄寫筆耕者の手そつくりな、カキカキした字で埋めてゐた。それが學校の教師の目に止まつたのだらう。武子は駒込西片町の女子高等學園の生徒で、こなひだまで沖電氣の工場へ勤勞動員で出てゐたが、文子の口ききで四月中旬から研究所に行ってゐる。仕事は製圖助手のそのまた助手といったところらしい。らしいらしいと推測ばかりで情けないが、とにかく學校關係のことと軍關係のことはよくわからないのである。

正直なところ、この三月の決戰教育措置要綱といふのがわからない。國民學校初等科を例外として、國民學校高等科から大學までの全學校の授業を全部停止するとお上が決めた。例外は醫學部だけで、これが「本土戰場化に對應すべき決戰施策の一環」だといふ。非國民的言辭を弄しようとは思はぬが、しかし教育を全部停止したらそのうち米英におくれをとることになるのではないかと、それが心配である。清は小石川の陸軍兵器庫で穴掘りをしてゐる。兵器庫をそつくり地下に隱してしまふのださうだ。加へて一萬人を收容する大地下壕を併設するのだともいふ。この間、ついうつかりして、

「折角、府立に入れたといふのに殘念だね」

と言つたら、物凄い目付きで睨まれた。

「何も知らず、何も知らうとせずに、教育を全部停止すると米英におくれをとるだなんて分つたやうなことをいつてゐる大人は、厭だな。いいかい、父さん、わが帝國はきちつと打つべき手は打つてゐるんだよ」

清によると、一月から東京高師、金澤高師、廣島高師、東京女高師の四校に「特別科學學級」といふのが出來たのださうだ。

「東京高師を例にとると、國民學校四年級、五年級、六年級、中學一年級、二年級と五つの特別科學學級があるんだ。定員は各十五名……」

「秀才中の秀才を集めたわけか」

「さう、少數精鋭主義さ。三月はじめのラヂオの『少國民の科學』の時間に出てゐた國民學校四年級の子が凄いことを考へてゐたんだ」

二萬分ノ一の東京地圖を使つて、白鬚橋から永代橋までの、隅田川の面積を求めてゐるところだ、とその子はいつたさうだ。先づその子は地圖を大きな板に貼りつけた。次に隅田川の兩岸に蟲ピンを打ちつけて行つた。白鬚橋や永代橋にも打つた。かうして隅田川は蟲ピンの塀でかこはれてしまつた。第三に、かこつた中に空氣銃に使ふ鉛玉を敷きつめた。前もつて鉛玉何個で何エーカーか求めておいた。だから敷きつめた鉛玉の數をかぞへれば、面積がわかる……。

「面積を鉛玉に置きかへたところが凄いよ。しかも相手はまだ四年生なんだぜ」

「鉛玉のないやつはどうすりやいいのだらう」

「だから父さんとは話したくないんだよな。五中からも東京高師の中學二年級に一人選抜されたんだ」

「よそからも採《と》るのか」

「さうだよ。選抜方法は、第一に成績が拔群のもの。第二に父兄近親者の遺傳的資質調査。特に父親の素質を重視したらしい。五中から選拔された生徒の父親は東京帝大教授だつた。さういふわけだから、本式の勉强は特別科學學級にまかせておけばいいし、連中はきつと何かやつてくれると思ふ。帝國はあらゆる授業を停止したわけぢやないんだ」

一ト月以上も前の淸との會話を思ひ出したのも、今日が平穩無事だつたせゐだらう。なほ、午前十一時四十分警戒警報發令。B29一機飛來。空襲警報は鳴らなかつた。これは仕立屋の源さんがいつてゐたことだが、防空總本部と東部軍作戰本部は「たとへ帝都上空をB29が侵犯しても、それが偵察のための侵入で爆彈を落す氣配なしと見た場合は、電力節約のため、空襲警報のサイレン吹鳴を省略する」といふことにしたさうである。サイレン吹鳴は、あれで結構、電力を喰ふものらしい。

（十三日）

「初仕事、初仕事……」

かういひながら角の兄がやつて來たのは午前七時。自分はそのとき、乾布摩擦の最中だつた。

「小運送の仕事を一口、取つて來てやつた」

池之端七軒町の前山紙店が、王子浮間町の太平製紙所へ遮蔽紙を取りに行つて來てほしい、といつてゐるさうだ。

「遮蔽紙を知つてるだらう。黑い羅紗紙だよ。窓に貼れば燈《あか》りが外に洩れないつてやつ」

「勿論、知つてる」

「新聞紙の二倍大のものが一萬二千枚。一度ぢや無理だな。二回に分けたはうがいい」

「わかつた」

自分は二着ある國民服の、古い方に袖を通した。

「それにしても、よくそれだけの遮蔽紙があつたものだな」

「防空資材に關しては當局も大目に見てゐるわけさ。運送賃は二百五十圓。ちやんと前金で貰つてきてある」

巻脚絆をしてゐた自分の前に兄はポンと十圓札の束を置いた。

「お金をいくら積まれてもだめです、ガソリンを都合しておいてくださいといつておいた。夕方までガソリンを二口、手に入れておくつてさ」

しばらく茫《ぼう》となつた。王子へ二往復、これは半日で濟む仕事だ。半日で一流會社の中堅社員の月給分を稼いでしまふとは。

「吹つ掛けすぎぢやないのかな」

「輕井澤まで小型トラック一臺五千圓、大型なら一臺一萬圓といふ御時世だ。相場だよ」

「だけどこつちはもぐりだよ」

「日本通運を見習ひなさいよ。日通は、軍需資材以外のものは運べないと定《き》められてゐるのに、白晝堂々、引越荷物を積んで走り回つてゐるぢやないか。引越荷物についてのみいへば日通ももぐりの仲間さ。信介は日通をお手本に堂々ともぐればいいのさ。高い運賃を拂っても、向うは向うでまた商賣になってゐるんだ。さうでなければ向うから斷ってくる」

兄は、ヒフミヨの五枚と唱へながら十圓札を摘みあげ、

「口錢二割いただきますよ。口錢二割も相場だな」

札で顏をあふいでゐる。

七軒町に寄って前山紙店の主人を荷臺にのせ、太平製紙所に向った。途中で警戒警報が鳴ったが氣にせずに走った。街路樹は一本のこらず、墨壺に漬けたやうに眞ッ黑だ。おまけに葉をつけてゐる樹もない。火で枯らされてしまったのだ。走るうちに自分は、黑しか色のない、針金細工の國へ來てゐるのではないかと錯覺した。どうも不吉な初商《はつあきな》ひだな、と思った。

しかし「不吉」と思ったのはとんだ見當ちがひで、二回目のときに、製紙所の守衛が自分を呼び止めて、「人事課長がなにか頼みたいことがあるといってなさった。事務室に聲をかけてみてくれないか」と告げた。なにごとだらうと顏を出したところ、

「野田の先の關宿まで行ってくれないか」

向うから仕事が轉がり込んできた。太平製紙所の寮には十五人の工員が住み込んでゐるさうで、彼等の賄ひが苦勞の種。あれこれ心掛けてゐるうちに鹽藏鰊《にしん》を千二百尾、見

つけた。それを取つて來てほしいといふのである。

「關宿といへば、古河《こが》の南を掠めるやうにして流れてきた利根川が本家と分家とにわかれる、その分岐點ですね。本家はそのまま利根川を名乘つて銚子に出る。分家は江戸川となつて野田、流山《ながれやま》、松戸、そして市川から行徳を經て東京灣に注ぐ……」

「さうさう」

「しかし利根川で鰊がとれるとは初耳でした」

「まあまあ、そのへんのことはナニとして、ガソリンはこつちもち、運賃は現物の鹽藏鰊百尾といふところで如何ですか」

ことわつたら罰が當る。前山紙店行きの遮蔽紙の外に大日本農業報國會の關宿分會長宛の手紙と紙十七連を預かつてひとまづ根津へ引き揚げることになつた。遮蔽紙を届けて初商ひをちやんと濟ませてから、午後三時頃に東京を發つといふ運行計畫である。課長の言では、紙十七連と手紙を持つて關宿の農業倉庫に行けばいいのだといふ。「農業倉庫に鰊といふのも奇なる話だ。いまに海から米が獲れるかもしれない」といつたら、課長は「そのへんもナニといふことにして、ひとつ賴みます」と笑つてゐた。そのうちにだんだんに判つてきたことだが、太平製紙所は長い間、東京遞信局御用をうけたまはつて、各種爲替の元紙《もとがみ》を專門につくつてきたところであるらしい。「できうるかぎり粗惡で、かといつて破れたりはしない超低廉な紙をつくらせたら、どこにも負けやしません」

課長は珍しくかう明言した。ところが今年の三月、東京遞信局から、

「爲替元紙は打切り。永年ご苦勞さん」

と藪から棒の挨拶があった。東京遞信局は、各郵便局での電信爲替や通常爲替の取扱ひを中止させる方向へ持って行かうとしてゐるのださうだ。さういへば、燒ける前の駒込郵便局で、「電信爲替、通常爲替の取扱ひは本土決戰終了後まで中止します。小爲替だけは當分受附けます。但し一人二枚までとします」といふ貼紙を見たことがある。

「現在はドラム罐や馬穴の原料をつくってゐます」

課長は背後の壁に積みあげた馬糞紙《ボール》に顎をしやくってみせた。

「馬糞紙のやうでせう。ところがずっと丈夫なんです。竹製の枠をつければドラム罐にも馬穴にもなります」

「紙なのに水が洩らない……?」

「三十分ぐらゐは大丈夫でせうか。陸軍の航空技術研究所の指導を仰いでゐますが、どうもこの、少々高くついても丈夫な紙をといふ方針は、うちの傳統にはなかった體《てい》のもので惡戰苦鬪してゐます」

「すると遮蔽紙のはうは……?」

「五十餘名の人間、まづ喰はなきやどうにもなりません。お上も大目に見てくださってゐます」

最後に自分は、人事課長がなぜ鰊の手配なのですか、と訊いた。

「人事の管理とはつまるところ食事の管理のことですからな」

といふ答へが返つてきた。なるほど、至言である。ところまで記したところで茶の間の柱時計が三時を打つた。萬年筆を擱いて關宿へ出發することにしよう。


（十四日）


關宿の農業倉庫へは前日、十四日の午後六時に着いた。宿直員がすぐ紙をおろし、木箱入りの鰊を積んでくれた。しかしそのまま蜻蛉返りは無理である。前照燈がこはれてゐるから夜道は危い。明け方四時出發と決め、農業倉庫の宿直室の隅に泊めてもらふことにした。

「明け方も危い。とにかく前方には充分に氣を配つて走らせなさるがいい」

宿直員がかう教へてくれた。自分と同じ年輩の、赤い鼻をした男である。鼻が赤いのは酒焼けによるものだらう。

「野良から引き揚げる連中がぞろぞろ歩いてをるからな」

「引き揚げる？　野良へ出かけるの間違ひぢやありませんか。引き揚げるのは夕方でせう」

「去年まではさうだつた。だが、今年からはあべこべになつた」

宿直員は合成清酒の入つた二合壜の口を舐め舐め、

「このあたり東葛飾《かつしか》の米作地帯では、夜の七時に田へ出て行き、朝の三、四時に田から帰るといふ時間割を採《と》ってをる」

といった。

「わしら農業會のものが、さう指導してゐるところなのだよ」

「……空襲と關係ありますか」

「あるどころぢやない。空襲のせゐ、とりわけあのP51のせゐだね。田に出てゐる者をおもしろがって狙ってくる。もう十六人も殺されてをる」

「たしかに狙はれたら最後ですな。田んぼでは隠れるところがない」

「上からは、『開豁なる田畑には畦畔沿ひに蛸壺式の簡素なる小待避所を設置せよ』だの、『空襲下農作業の的確なる運行を圖るため部落毎に傳達員を設置せよ。さうして標識等適當なる方法により情報、警戒等を作業場に迅速に傳達せよ』だの、『農作業適期《てきき》完遂は食糧増産上の最緊要事なるを以て皇土死守敢闘の農民精神を最高度に發揮し、空襲警報發令中といへども敵機視界聽《ちょう》音界に在らざる限り豫め計畫せる作業これを繼續せよ』だの、次々に通達がくる……」

「よく憶えておいでですな」

「通達暗誦がわしらの仕事ぢやもの。必要に應じてかういふ指導要領がぱっと口から出るやうになってゐないといけない。蛸壺壕を掘れ、部落毎に傳達員をおけ、さうしておけば警報が鳴っても慌てることはない。たしかに正しい。ところがここいらには壕を掘る人手がない。傳達員をおく餘裕がない。したがって警報が鳴ったら逃げねばならん」

「なるほど、それで夜書さかさまなんですな」

「さうさう。さらに念を入れて、各人は一枚づつ空俵を携行すること、と指導してをる。夕方、あるひは明け方P51に襲はれることがあるかもしれん。そのときは空俵に潜り、故意《わざ》とそのへんに轉がつてゐる。つまり僞裝ぢやね」

どこへ行つても話題の中心は食糧不足と空襲だ。みんなB29やP51の來襲をどうやつてしのぐかで智恵をしぼつてゐる。ここで自分は一ト月前の朝日新聞投書欄「鐵箒《てつさう》」に揭げられた一文を思ひ出した。それはたしか次のやうな趣旨だつたと思ふ。


……敵の爆撃の翌日は決つて交通線に異狀が出る。このことが生産低下の原因になつてゐることはたしかだから、政府はよろしく對策を立ててほしい。なにより考へねばならぬことは生產關係者の通勤が、丸ノ内周邊の勤人の通勤によつて非常に亂され、大いに犧牲になつてゐる點である。官吏にしても會社員にしても、只《ただ》、周圍に對する面子《メンツ》だけで勤務先に辿りついてはゐないか。事務所で先《ま》づ二、三時間空襲の雜談をやる。さうして何ら實質的な仕事もせず匆々に引揚げる。投書生の見るところ殆どの丸ノ内人種がかうだ。これはこの上もなく非生產的なことである。空襲の翌日、空襲の雜談をするためにのみ通勤してくる官吏、會社員は皇國の國益を毒する害蟲である。そこで空襲の翌日は生產關係要員にのみ乘車を局限し、さうでない勤人の通勤はやめさせて、地域別に勤勞奉仕に動員しては如何か。フラフラと出かけてフラフラとかへってゆくやうな有害無益な通勤に對して政府の斷乎たる措置を望む。……

自分は投書子の意見に九分九厘まで同意する。がしかし一分の異論があって、B29とP51を話題に持ち出せば、日本國中どこへ行ってもたちまちそこに親密な場が成立するといふ事實を投書子は忘れてならぬ。空襲と闇、この二個の話題こそが今や一億の民を支へてゐる。この二個が一億の心を一つに結ぶ强力サクラ糊なのだ。かうして見ず知らず同士が五分もせぬうちに百年の知己の如く肚うち割った話ができるのも、互《たがひ》に空襲を憎んでゐるからである。一枚の掛布團を仲よく半分宛使って眠ることができるのも、互にとって闇が切實な話題だからである。

ここで付言しておくと、農業倉庫が紙を手に入れようとしたのは、來年の春の農耕具や肥料購入に備へてとのこと。鰊では、いくら鹽藏用だといっても、來春までは保《も》たぬ。そこで保存のきく紙（模造紙ださうだ）に切換へたわけだ。自分は「長女の嫁ぎ先が農耕具や肥料を扱ってゐるから、そのときにまた相談に乘りませう」といっておいたが、とにかくこのやうに農業倉庫の宿直者が初めての客に闕宿の農業會の機密をちよろっと洩らしてしまふのも、空襲と闇の話で充分に下地ができてゐたからに相違ない。彼は寢しなにこんなことをいった。

「なにも印刷されてゐない眞ッ白な模造紙が紙幣に限りなく近づいて行き、美事に印刷された紙幣が時のたつにつれて限りなく紙屑に近づいて行く。どうしてかね」

農業倉庫は江戸川の岸に建つてゐる。川波の岸を叩く音が氣になつてなかなか眠れない。さらに農業報國會職員が來春の心配をしてゐるのも、よく考へてみれば妙である。本土決戰になれば、農民は直ちに農兵となつて、軍の指揮の下、最後の一人になるまで戰ふだらう。農民は國民義勇隊の主柱だから當然さうなる。もう一つ、これは誰もが口にしてゐることだから、ここに誌しても構はないと思ふが、帝都を窺ふ敵は、三方から上陸して東京へ攻め込むはずだ。第一の敵は九十九里濱に上陸し西へ一直線に進む。第二の敵は鹿島灘に上陸し西南進する。水戸海岸に上陸した第三の敵は常磐線水戸線東北本線を遮斷しつつ南下する。この場合は下妻も危い。義父の許へ疎開する決心がどうしても最後のところで鈍るのは、この第三の敵のことが頭のどこかにあるせゐだと思はれる。下妻で迎撃するのも盡忠、帝都で迎撃するのも報國、盡忠報國の精神に變りはない。それなら疎開は無駄ではないか。しかしそのことには今はこれ以上觸れずに先へ進めば、左翼、中央、右翼の敵、どれもがこの關宿を通過しさうな氣がする。來春あたりは代《しろ》搔き棒を握つて田を耕すどころではない、握るのは多分、竹槍だ。にもかかはらず來春の肥料の心配をせずにゐられないのが、やはり農民魂か。そして彼が寢しなに發した難問。あれこれ考へてゐるうちに眼が冴えてきた。數時間輾轉反側し、寢入つたのは午後十一時近くだつたと思ふ。

なにか割れる音と罵聲で目をさました。外はまだ暗い。燐寸を擦つて宿直室の柱時計をたしかめると、午前二時半だつた。

「タンゴだと？　敵性音樂ではないか」

　ふたたび怒鳴り聲、そして瓦のやうなものが砕ける音。農業倉庫を正面から見ると、右方が江戸川、左方が空地になってゐる。聲と物音はその空地のさらに向う、三叉路のあたりから聞えてきた。倉庫の高壁とその前の空地がチェロかなんぞの胴のやうな役目をしてゐるらしく、びっくりするほどよく響く。自動三輪のことも氣になって空地に出た。三叉路の角のひとつが派出所だった。丸浮子《うき》の親分のやうな赤い常夜燈がさがってゐるからすぐわかる。内部《なか》の燈《あか》りが外の闇へこぼれ出して派出所の前に燐のやうな光を漂はせてゐた。自動三輪が問題になってゐるのではないと知って、すこしほっとしながら空地の境まで進んだ。リアカーをはさんで巡査と青年が向ひ合ってゐる。

「コンチネンタル・タンゴです」

　青年はお辭儀をしながら、しかし相當強い調子でいった。

「つまりドイツ生れのタンゴです。敵性音樂ではありません。ドイツ生れのタンゴは禁止されてをりません」

　青年の物言ひにはすこし訛りがある。

「それからこのレコードの出所《でどころ》はちゃんとしてゐます。下總中山法華經寺前の岩間醫院の院長先生が猿島《さしま》の青年團に贈ってくださったものです」

　猿島は利根川を渡って眞東に一里か二里行ったところで、下妻へも近い。

「岩間醫院を出たのが昨日の正午です。なんでしたらたしかめてください。岩間醫院の電話番號は……」

「三國同盟が失效したのを知っとるのか。ドイツはもう同盟國でも何でもないのだぞ。いやそれどころか、連中は腑抜けだ。無條件降伏をするとは見下げ果てた弱蟲どもだ。さういふ連中の音樂のどこがいいのだ」

「いいも惡いもこれから聞かうといふのです。ほかに高峰三枝子と藤山一郎のレコードも入ってゐます。それから川田正子に渡邊はま子。……皆が待ちこがれてゐます。連日の麥作の手入れでせう、馬鈴薯の植付でせう、甘藷の床伏《ふ》せ、田への水入れでせう。全員くたくたです。かういふときになにか息抜きがあればなあと話し合ってゐたところ、役場を通してレコードを二百枚寄贈したいといふ話があったのです」

「いまこの皇國で、なにか息抜きがあればなあなどとふやけたことをいってをるのは貴樣たちぐらゐなものだぞ。立派な軀をしてゐながら戰地へも行かず、じつに軟弱なやつだ」

「おれは足が惡いのです。田畑が戰地だと思ってゐます」

「……ああいへばかういふだな。口の惡達者なやつだ。とにかくレコードはこの場で破棄處置にする。ふん、息抜きだと？　戰時下に息抜きなんてものがあると思ってゐるのか。さ、自分の手で一枚づつ割ってみろ。手は惡くないんだろ」

「戰時下だからこそ生活に潤ひと落着きを、といふのが町村警視總監の抱負のやうですね」

氣がつくと、自分は巡査の前に立つてゐた。

「こなひだラヂオでさう放送なすつてをりました。東京と關宿とでは若干事情がちがひませうが、しかしまるつきり正反對といふこともありますまい。放送のあつた翌日から帝都では映畫封切館が殖えましたよ。たしか五月十日でしたか、二十二館がいつぺんに復活したんです。一地區一封切館の原則を廢し、觀たいと思ふものは全員觀ることができるやうにと、觀客の集まりさうな殘存繁華街や工場街には封切館が二館も三館もできてをります。王子の工場街では深夜上映をはじめたところさへあります。つまり勤勞者への慰《ゐ》樂《らく》普及による決戰生活の刷新ですな。さういふ次第ですから猿島にだつて慰樂があつていいと思ひますがね。大いに樂しみ大いに戰ふ。これも町村警視總監のおことばでした」

「なんだね、あんたは」

巡査はサーベルの柄を握り直し、

「見掛けない顔だが、何者だね」

と鋭く問ふ。

「新米の……」

ついいつてしまつた。もつとも「……闇屋のやうなものです」といふ續きはさすがに口内に押しとどめた。

「新米の、何だ?」

「農業報國會の職員だよ」

宿直員がこっちへやつてきた。

「まだ見習だがね。これを奥さんに」

宿直員は右手にさげてゐた二尾の鹽藏鰊を振子のやうに振つて派出所へ入つて行つた。ありがたい助け舟だつた。

「茹でるとうまい。特に鹽汁がからだにいい。あなたがたのやうに激務におつきの方々は鹽分をうんと攝らないといかん」

「全くわけの分らん連中ばかり通りやがる」

聞こえよがしにいつて巡査も派出所へ入つた。自分は青年を見送つてから、顔を洗ひに倉庫へ引き返した。關宿を午前三時半に出發し、七時過ぎ王子の太平製紙所に着いた。歸宅して一眠り。それからこの日記を書いてゐる。なお昨十四日朝、B29約四百機が一時間半に亙り名古屋地區に來襲し市街地に對し主として燒夷彈による無差別攻撃を加へた。名古屋は全滅したと皆がいつてゐる。名古屋城の閣上に聳えてゐた金の鯱のうち北側の雄鯱が燒失したらしい。南側の雌鯱はすでに疎開を終つてゐたので事なきを得たといふ。晝間大型機の燒夷彈のみによる大擧市街地爆撃といふのは珍しい。いや今度が初めてだ。いやな感じである。名古屋は日本一の團扇の産地だつた。全國消費量の七割以上をここが作つてゐたと記憶する。若い頃、三ケ月の短期間だつたが、熱田神宮近くの竹本涼風舍へ修業に行つてゐたこともあつて自分には縁の深いところだ。懷しい顔が次々にあらはれては消える。自分とたしか同じ年の涼風舍の旦那はどうしたらう。無事でゐてくれればいいが。しかし自分はかういふ祈りが近頃、まつたく通じなくなつてきてゐることを悲しく承知してゐる。

（十五日）

百尾の鹽藏鰊は朝のうちに捌けてしまつた。その內譯は、古澤殖產館に五十尾、白米二斗と交換。角の兄に三十尾、自動三輪購入の際に借りた七千圓へ一尾八圓の計算で充當、卽ち借金殘額六千七百六十圓。團扇二千本と扇子四百本は取り返した。名古屋があゝいふことになつた以上、今夏の涼風具の値上りは目に見えてゐるからだ。隣組に十尾。口止め料のやうなものだ。但し高橋さんところは別である。高橋さんには眞實よろこんで戴きたいと思つてお裾分けしたつもりである。

そして我が家のために十尾。

この鹽藏鰊は好評だつたが、その理由は、關宿農業倉庫の宿直者が喝破したやうに、魚肉そのものよりも、たつぷり鹽がきいてゐるところにあつたのは明らかだ。なにしろ東北本線に「製鹽機關車」といふのが走つてゐるぐらゐで、鹽は米ほどにも貴重なのだ。自分はこの間、上野驛で製鹽機關車の實物を見た。十二日の朝、取手の山本酒造店へ自動三輪を引き取りに行かうとして切符賣場で行列してゐると、こんな貼紙がしてあつたのだ。

本日午前七時から十時まで、大待合室の改札口から見える位置に、東北本線が世界最初に走らせた製鹽機關車が停ってをります。その方法は驚くほど單純で、俗に「偉大な發明ほど、その原理は單純明快である」といはれてをりますから、これはよほど偉大な發明ではあるまいか、と關係者一同ひそかに自負してをります。

さて、その方法でありますが、青森驛を發《た》つ際、青森港から海水を二斗汲んでおきます。これを普通の釜に口まで入れて、機關車の煙突の下にある汽罐場煙室へ据ゑつけます。さうして同煙室から放出する熱を利用して海水を蒸發させるのです。ですから燃料の心配はまったくありません。また煙灰その他塵芥等を防ぐため釜の蓋の裏へ一寸位の厚さの石綿を詰めて密閉しますから、清淨な鹽が採《と》れずにはおきません。更に蓋の中央へ内徑四分位の穴をあけ外部へ蒸氣を發散させますから、釜が破裂することもないのです。途中の盛岡、仙臺、福島、宇都宮等で釜に海水を補給しますが、上野驛に着く頃には、釜の中に六、七合の鹽が出來ております。

かうして國鐵は鐵路を鹽田に變へようと努力をつみかさねてゐます。地の鹽國鐵にふさはしい工夫だとお思ひになりませんか。いまに國鐵は專賣局をも兼ねることになるかもしれません。どうか今話題の製鹽機關車をお見逃しなさいませんやうに。

上野驛長

たしかに改札口のこちらからその機關車が見えた。機關車の前に机が出ており、その上に黒釜と白木の一升マスが竝んでゐた。なんだか大層心強い氣分になり、取手まで愉快に搖られて行つたのをおぼえてゐる。鹽鱈、鹽鮭、そして鹽藏鰊と「鹽」の字のつく魚が珍重されるのは、保存がきくといふほかに、なにやら知れず人の心を強く勵ますところが鹽にはあるからだらう。

雨雲厚き午前十一時四十分警戒警報發令。B29一機飛來。零時五分解除。警報が解けるのを待ってゐたかの如く空晴れる。その青空に誘はれてラヂオを風呂敷で包み、新橋田村町の東京放送會館へ出かけた。この二、三日、ラヂオの調子がをかしいので診察してもらはうと考へたのだ。ところが受付の女子職員がいふにはかうである。

「會館では以前のやうに診察修理を行ってをりません。御要望が多いので、各區を緊急修理隊が巡回してをります。本郷區は月末になる豫定です。詳細は放送いたします」

「ラヂオがこの調子では、その放送が聴けないぢやないですか。またその放送を聴くことのできる者はラヂオを直す必要がないわけだし、どうもどこか變ですよ」

「さうでせうか」

女子職員はただにこにこしながら首を傾げてゐるばかり。諦めて放送會館を出た。澁面《しぶづら》が相手ならいくらも辯じやうがあるけれども、笑顔の相手にはつけこむ隙がない。隣りの富國生命ビルの壁に「警報は一度出ると、その日はもう安心です。二度三度と續

け て發令されることは、最近は稀になりました。さう、今日の割當はもうすみました。Bにも Pにも邪魔されずのんびり散髪いたしませう 地下理容室」と書いた紙が貼ってあつた。のんびり、といふ四文字に心が動く。地下へおりてドアを押すと、白髪の老人が、

「御存知のやうな給水事情ですから洗髪はお斷りしてをりますが、よろしうございますな」

と迎へに出てきた。鏡の四周はハトロン紙の細片で補強してある。椅子に坐るとハトロン紙の枠の中に煤けた顏の男がゐた。煤け具合のすさまじさにびつくりする。鏡の中の男の方もこつちと同じくらゐ驚いてゐた。

「洗髪なさつた方がよろしい」

老人がいつた。

「水はないのでせう」

「それがないこともないのです」

老人は隅の、ガラクタの山をかきわけた。山の底から木桶があらはれた。蓋をずらし、右手を皿にして掬ひあげ、ミルク皿に顏を突つ込んだ猫のやうにピチヤピチヤ音をさせて手皿を舐めた。

「さつき屆いたばかりです。山清水みたいにきれいでせう。さつぱりしますよ。五圓にまけておきます」

「なまじつか中途半端に洗はうものなら、頭の皮にへばりついてゐた雲垢《ふけ》がみな浮き上ってきてしまひます。せつかくだけど、寝た子を起したくありません」

散髪は十五分で終った。理髪代が三圓。それとは別に一圓の貯蓄券を買はされた。この四月からさういふ規則《きまり》になったのださうだ。

「貯蓄券をお失しになってはいけません。五年後に拂ひ戻してもらへますから」

「どこの床屋でもかうですか」

「それはさうです。うちが勝手にやってゐるわけぢやない。いまに床屋ばかりではなく、例へば下駄を買っても同時に貯蓄券をどうぞといふことになるらしい。いいぢやありませんか。それだけお國に盡すことになるんですから」

「それは、まあさうだな。しかしなぜ床屋からはじめたんだらう。散髪は贅澤ってことかしらん」

何氣なくさう呟いたら、老人は待ってゐましたとばかりに、さうして大いに勢ひ込んで、

「チヨキンチヨキンの鋏の音が、貯金といふ音と合ふからでせう」

と答へた。自分と同じことを呟く客が多いと見える。

日比谷公園をぶらぶら歩いてゐるうちに、木々の向うにB29を發見した。子どもが四、五人、巨きな尾翼に石を投げつけてゐる。石が命中するたびに、子どもたちは「命中」だの、「撃墜」だのと囃し立てた。

(なるほど。これが日比谷公園名物のツギハギB29か)

手をあげて投石を制しながら一周した。防空總本部が勸進元になつて、帝都のあちこちに撃墜されて散らばつてゐたB29の殘骸を寄せ集め組み合せこの公園に復元したのが、たしか二月末か三月のはじめだつた。その第一日に淸が出かけて行き、「呆れたな」といひながら戻つてきた。「殘骸の見つからない部分を材木で補《おぎな》つてあつた。原寸大なんだ。あまり大きいので呆れちまつた」と繰り返してゐた。しかしいま自分の前に寢そべつてゐる寄木細工には、その材木部分がなくなつてしまつてゐた。木ツ端さへ見つからない。

(薪にしようとして、さつそく持ち去つた者がゐるな)

とぴんと來た。都の薪炭配給は二ケ月遲れが常態である。しかも例へば、三月分四月分を配給せずにおき、ある日突然、豆炭《まめたん》を二袋配つて、「これは五月分の配給です」といふ。それればかりでなく、「五月分の配給をすましましたので、三、四月分の配給は打ち切ります」と宣告する。これはほとんど詐欺である。さういふ事情だから材木補足部分が消えても當り前、いや、むしろなくならない方がかへつて不思議だ。

巨きな尾翼に黑ペンキで「TO25」と記號が描いてある。一文字が疊半疊分ぐらゐはありさうだ。その黑ペンキの記號部分に釘やナイフで引つ搔いた落書が白く光つてゐる。「バカモノ」といふのが一番多い。「マヌケ」も三つある。「今にみてろ」が二つ。他に「ザマミロ白トンボ」、「必ず討つ」、「ふまれてもふまれてもなほ芽を出す春の草」。もつとも長いのは「ルーズベルトがベルトを忘れ、ただのルーズになつちやつた」と都々逸仕立て。もつとも短いのは「死ネ」だつた。

帰つて妻に落書のことを話してやつた。妻は砂糖を百匁も舐めたやうな甘い顔をして聞いてゐる。氣になつて、

「なにかいいことでもあつたのか」

と訊くと、かういふ答が返つてきた。

「二十四年前の今日、大正十年五月十六日にちよつといいことがありました」

「さうか。結婚記念日つてやつか。すつかり忘れてたな」

「いつ思ひ出してくださるのかと、朝から樂しみにしてゐたんです。えーと、いま、時刻は午後三時四十分ですか。去年は三時きつかりに思ひ出してくださつたんですけれどね。年々、氣付くのが遲くなつて行くみたいですよ」

「二十九歳でお前と一緒になつたはずだから、今年で五十三歳になるわけだな。早いものだねえ」

「わたしは十九でした。十六で下妻からここへ奉公に上つて、それからまる三年、お勝手で働いてゐました。一等うれしかつたのは、最初に二人で淺草へ遊びに行つたときのこと。行きも歸りも歩きでした」

「忘れちまつたな」

「歸りに上野廣小路で通りすがりの職人さんたちにからかはれました」

「さうだつたつけ？」

「わたしの襟に南京豆の皮がついていたんです。あなたが見付けて取ってくれた。そこへ職人さんたちが『イヨッ、御兩人』なんて聲をかけてきた。『ようよう、お安くないね』ともいつてました」

「よく憶えてゐるものだ」

「松坂屋へ逃げ込んで、半襟を買ってくださつた」

「それぢや下駄でも買ってやらうか。小運送の方もどうやらうまく行きさうだし、今日は天氣がいいし、何だか氣が大きくなってきた。古澤殖産館に行けば桐の上物があるかもしれない。絹子にも會へるし、どうだい、行くかい」

「いいんですよ、氣になさらなくとも」

「すこしは氣にするさ。大事なことをすつぽり忘れてしまつてゐたんだから、罪ほろぼしはさせてもらふ。自動三輪で行けばあつといふ間に着いちやふよ」

「それでは、別のものをおねだりさせていただきます」

妻は坐り直して口調も改め、

「ちよつと贅澤なおねがひ……」

風呂場へちらと目をやつてから、

「お風呂へ入りたいんです」

一息にいつた。そしてかう言ひ添へた。

「今月の二日の夜、實家で入ったのが最後でした」

こつちは一ト月も風呂と縁が切れてゐる。第一に薪がない、次に水がない。銭湯は工場街にしかない。生産最優先が現下の合言葉だから、都は工場街の銭湯の面倒だけはどうやらみてゐる。强制疎開によつて廢屋となつた建物を燃料として使ふことを許してゐる。だが根津あたりの銭湯にはうるさいことをいつてくるらしい。廢屋を薪にしてもよいが、羽目板を一枚でも剝したら、その廢屋についての全責任はその銭湯にある、そこをきちんと整地して都へ返納せよ、期限は五日以内とする——などと不可能なことを要求してくる。たとへ燃料の都合がついても、水が出ない。工場街へ回し、そこでもし餘つたら根津へ流してやつてもよい、とかういふ調子なのだ。そこで現在、根津で常時開場してゐる銭湯は一軒もない。また、工場街の銭湯は遠い。往復するだけでも小一時間かゝる。その上、やはり肩身が狹い。自分はすつかり風呂嫌ひになつてしまつた。文子と武子は研究所で入つてくるし、清も動員先にシャワーがある、子どもさへ不自由しないなら、こつちは半年に一度で充分だ。さう考へて來た。そして妻が風呂好きだつたといふことをすつかり忘れてしまつてゐたのである。

「水のあてはある」

富國生命ビルの地下理容室の老人をちらと頭に浮かべた。あの老人から水を買へばよい。問題は薪だが、そのとき清が庭木戸から歸ってきたので難問はあつけなく解決した。

自分は清に、

「板塀をぶつこはしておいてくれ」

といひ、それから慌ててかう言ひ直した。

「その前に、家の中にある馬穴や鍋を一つのこらず三輪に積むのだ」

新湯に入つたのは自分である。木桶二つ分で八十圓もした湯なので、大事に使つた。身體を擦《こす》つたあと、手拭を洗桶に漬けると、雪花菜《おから》そつくりの垢が浮かび、手で掬つて丸めるとゴムマリほどになつた。向脛に垢出しをかけてみた。鼠の糞ぐらゐもある垢玉が簀の子に轉げ落ちた。脛が全部垢で出來てゐるのではないかと一瞬おそろしくなつたぐらゐだ。下着が大きく感じられてならぬ。どうも垢で肥《ふと》つてゐたらしい。塀がなくなつて往來から直接《ちか》に風が入つてくる。輕くなつた身體はその風に乘つていまにも宙に浮きさうだ。そして風は身體をすいすい吹き通つて行く。自分は簾に生れ變つたのかもしれないと思つた。いまならBもPも怖くない。「さ、どうぞ殺《や》つして下さい」とさへいへる。風呂場では妻がツンツントンツルトンと口三味線を彈いてゐる。

（十六日）

朝、床の中で自分は不思議な感覺を味はつた。南の海の、氣持よく溫《あたた》まつた水の中を自由自在、融通無礙に遊泳する魚になつたやうな氣がしたのだ。自分の肌と布團とがお互ひに百年の知己の如く穩やかに滑《なめ》らかに接觸し合つてゐる。肌がすべすべして、自分の軀は布團の敷布の上を自由に滑《すべ》つていきさうな感じなのである。布團の中にゐるといふことが、これまでになくいい氣分なのだ。これはどうしたことだらうと腹這ひになつて昨夜の吸ひかけ煙草で一服して、さうか、昨日は一ト月ぶりに風呂を立てたんだつけ、と思ひ當つた。垢が落ちたせゐで、肌が布團とよく馴染むのだ。

縁先に坐つて妻の淹れてくれた茶を飲むうちに、うちの小庭の様子がだいぶ違つて見えるのに氣付いた。昨夕、風呂を焚くまでは、正面にいつも焦茶色の板塀があつたのが、いまはその燻《くすぶ》つた色合ひの背景が綺麗さつぱり消え失せて、幅二間の道が見えてゐる。その先は隣組長の高橋さんとこの勝手口だ。まるで目隠しがとれたみたいに明るい。この明るさの中で梅や沈丁花の香をかぎたいものだと思つた。木瓜《ぼけ》を、海棠を、そして椿の開くのを見たいと思つた。だがそれはおそらく叶はぬ望みだらう。醜翼B29の投下する六封度《ポンド》油脂《ゆし》焼夷彈が今夜にもこの小さな庭を焼き拂つてしまふか知れぬのだし、第一この秋は本土決戰が確實に豫想される。多分、この庭も戰場になる筈だ。つまり皇土一都一道二府四十三縣に來年は和やかな春がくるとは思はれぬ。それならばよし、いま庭の隅でうなだれてゐるつゝじの花を心ゆくまで眺めてゐよう。さう思つて坐り直したとき、高橋さんとこの勝手口が開《あ》いた。

「昨夜はお蔭様で命の洗濯をさせていただきました」

左肩からたすき掛けにしたズック地の防空鞄を右手で抑へながら高橋さんが庭へ入つてこられた。よほどの變人でもあればとにかく、外出する際は誰でも防空鞄を肩にかける。出先での空襲に備へて、煎り米や梅干などの非常食、マーキロに繃帶、各種證明書に通帳類、それから印鑑に現金などが誰の防空鞄にも詰まってゐる。防空頭巾に巻脚絆《ゲートル》、そしてこの防空鞄が外出する男子にとっての三種の神器である。これに國民服と戰鬪帽が加はれば、もう申し分がない。ところがこの春ごろから防空鞄を狙ふ掏摸《すり》どもが帝都に跳梁しはじめた。鋭利な刃物で垂れ蓋の紐を切り、現金を抜き取るのだ。たいていの人間は戰災を怖れて手持ちの現金をありつたけ携行してゐる。いってみれば防空鞄はそれぞれにとって移動式の小金庫だから、誰のを狙っても外れはないわけだ。そこで掏摸防止策として、ほとんどが常時、右手なり左手なりで防空鞄をしっかりと抑へて歩いてゐる。警視廳の警察官募集の惹句は「仰げ皇城　護れ帝都」だが、警察官でなくとも帝都を護るために空襲を怖れず配給の遲配にもめげず、東京に踏みとどまってゐる者は少くないのである。さういふ東京の住民に「常に片手を防空鞄にかけておく」といふ珍妙な癖をつけてしまった掏摸どもを自分は心から憎む。

「昨夜の御禮にラッキョウ漬を持ってきました」

高橋さんは防空鞄の垂れ蓋の紐をほどいて小壜を取り出した。近頃では珍しい硝子壜の中では大きな飴色のラッキョウがなまじっかな寶石よりもはるかに目映《まばゆ》く光り輝いてゐる。例の味の素などもブリキ不足のためにボール紙の容器に入ってゐるくらゐで、硝子製の容器を見るのは久しぶりだ。だからラッキョウが餘計に美しく目に映るのだらう。勿論、配給の玄米を一升瓶に入れて細棒で搗くといふ精米法はどこでもやってゐることで、硝子の一升瓶は必需品であり、べつに珍しくはない。ただ大抵の一升瓶は青味がかつてゐて半透明なのだ。これほど透《す》き徹《とほ》つた硝子壜を見るのは今年に入つてはじめてではないだらうか。

「それはいけません。それでは御禮の二重取《にぢゆうど》りです」

我が家だけで風呂に漬かるのでは勿體ないと思ひ、自分は妻を觸《ふ》れに出して隣組の人たちに湯を馳走した。手ぶらで來た人は一人もない。或る人は煉炭一個、或る人は木炭を新聞紙に一ト包みといふやうにそれぞれ土産持參で見えた。高橋さんは昭一くんと二人でこられて古新聞紙を二十枚もくださつた。新聞紙は厠の落し紙としてまことに貴重で、それだけでも充分にありがたかつた。この上、ラッキョウなど頂戴しては罰が當る。

「構ひません。受け取つてください。妻の實家が新潟で、去年の春、義父が一樽運んで來てくれました。だからうちにはまだ充分殘つてゐるのです。しかしラッキョウの株がこんなにも上《あが》るとは思つてもゐませんでしたなあ。お互ひラッキョウを嚙《かじ》つてしぶとく生きのびませう。御手數ですが、壜のはうは妻にお返し願ひます」

高橋さんもラッキョウを食へば爆彈に當らないといふ噂を信じておいでのやうだ。これは三月十日未明の大空襲による被害地區から誰がいふともなくひろまつた噂らしい。ラッキョウの匂ひがあんまり非道いので敵の六封度油脂燒夷彈がそれを避けて落ちるのださうだ。異說もあつて、ラッキョウは六封度油脂燒夷彈と姿、恰好がよく似ており、ラッキョウを食ふのは燒夷彈を食ふに通ずる、すなはち、ラッキョウを食ふ人間を燒夷彈の方が怖れて、それで避けて落ちるのだといふ。さらにもう一つ異說があつて、ラヂオの軍管區情報の「敵機は東方海上に脱去《だつきよ》せり」から由來してゐるとその說はいふ。つまり都民の一部はラッキョウを食ふと敵機脱去が早まるかもしれないといふ駄洒落に縋つて生きてゐるわけだ。「近ごろは當《あて》になるものが何一つありやしませんよ。彈よけラッキョウを迷信だといつて嗤ふ資格のある人間は誰一人としてをらんでせう」

憲兵が聞いたら目を吊り上げさうなことを高橋さんはごく自然に口にのぼせ、それから、

「さうさう、町會長さんが山中さんに折入つて相談があるといつてゐましたよ。昨夜、お風呂をいただいて歸つたら隣組長の緊急連絡會を開くから卽刻集合といふお觸れが回つてきてゐましてね、その席上で町會長さんから傳言を賴まれてきました。ずいぶん急いでゐたやうです。では」

町會長はこの三月から國民義勇隊の分隊長をも兼ねてゐる。その分隊長からの呼び出しを放つておくわけには行かぬので、彈よけラッキョウで朝食をしたためてから、町會長宅を訪ねた。町會長は貸家業者である。この根津に永和莊と勝鬨《かちどき》莊、そして東亞莊の三棟のアパートを所有してゐる。勝鬨と東亞の二棟は木造二階建のよくあるやつだが、永和莊は昭和十年の建造で、根津には珍しい鐵筋の三階造りだ。屋上があつて、三月十日の大空襲のときは、この屋上が見物人で溢れさうになつた。根津では一等展望がいいのである。町會長宅はこの永和莊の一階の半分を占めてゐる。

「山中さんには愛町心といふものが若干缺けておいでのやうだ」

町會長は自分の顔を見ると先づから切り出しておいて、竹製の灰吹きの縁をぽんと煙管《きせる》で打つた。

「防火能力者であるにもかかはらず、警報時に何の支度もせずに家に引きこもつておいでだつた。それも一度ならず二度までもさうなさつてゐたとか。全く無責任です。困つたものです。よろしいか、防火能力者なのにこの宮永町を守らないといふことは、根津を守らぬといふことです。根津をないがしろにすれば帝都が危《あや》ふい。帝都危ふければ全皇土が危ふい。愛町心のない人間は、つまり愛國魂をどこかに置き忘れた腑抜けである。このへんでぜひ愛町心を取り戻していただきたい。そこで今日はその愛町心を、愛國魂を奪回する機會をあなたにお與へしたいと思ひます」

自分は町會長が指先でもてあそんでゐる煙管に目を奪はれてゐた。灰吹きを煙管の雁首でぽんと景氣よく叩く音を隨分久し振りに聞いて驚いてゐたのだ。町會長の煙管の雁首は眞鍮である。獻納《けんなふ》に次ぐ獻納で世間から眞鍮の煙管が煙と消えてから久しい。現在は陶製の煙管一色で、景氣よく叩いて灰吹きへ火皿の灰を落すと眞ッ二つになつてしまふ。そこで煙草喫《の》みは左の掌に陶製の煙管を打ちつけるのを常法とする。煙管ばかりではなく、秤の分銅も戸の敷居の上を走る戸滑りもアイロンも釦《ボタン》も湯たんぽも皆陶製である。ペン先にも陶製が出來て、一時、日本橋の丸善で賣り出したことがあつた。が、さすがに陶製のペン先はすぐすたれた。すぐ蚯蚓《みみず》に負けぬぐらゐの太い字になつてしまふ。丸善アテナインキと紙がもつたいない。細筆に墨のはうがよほどいい。そこで一ト月もしないうちに丸善の店頭から姿を消した。自分はいまでも陶製のペン先を一本持つてゐて、氣の向いたときなどに封書の宛名を書いたりするが、あんまり先が太くて書きにくくて仕方がない。このあひだ高橋さんとこの昭一くんに見事に一本とられてしまつた。昭一くんは自分が書いた封書の文字を見て、

「あ、かういふのが、蚯蚓のぬたくつたやうな字つていふんだな」

と叫んだのだ。まつたく陶製ペン先は閉口である。現在、自分が愛用してゐるのは「大和《やまと》硝子筆」といふやつで、竹軸に硝子ペンを捻ぢ込んで用ひる。さういへば、あの金ペンの萬年筆を獻納してからもう四年にもなるか。

「家探ししてゐたらこんなものが出てきましてね、二、三日手許においてたつぷりみのりを喫つてから獻納するつもりです」

町會長はさういつて煙管の雁首で背後を指した。壁にびつしり額入りの感謝狀がかけてある。そのうちの一枚はかうだ。「感謝狀／今次大東亞戰爭ニ際シ出動軍隊慰問ノ爲恤兵金品ノ御寄附ヲ辱ウシ感謝ニ堪ヘス玆ニ深厚ナル謝意ヲ表ス／昭和十七年十一月／陸軍大臣　東條英機／根津宮永町會長青山基一郎殿」。町會長は國民服の胸ポケットから小さく疊んだ藁半紙をそろそろと引き出し、丁寧にひろげた。藁半紙は三枚、細かい字で埋つてゐる。

「昨日、區長と話し合つた結果、この宮永町に國民義勇突擊隊を設置することになつたのです」

「……突撃隊といひますと？」

「文字通り鬼畜米英本土上陸軍に對し眞ッ向から突撃する隊のことですよ。その秋《とき》に備へて十七歳から六十歳までの男子には一人残らず挺身斬込戰術を體得させる。女子には護身術を修めさせようといふ計畫ですな。隣組がいつまでも出征兵士の歡送だの、防空演習だの、國債の割當《わりあて》の消化だの、金屬回收だの、税金收納事務だの、配給業務だの、貯蓄の奬勵だのに甘んじてゐてはいけない」

「しかしどれも大切な仕事だと思ひますよ」

「たしかに大切な仕事には違ひない。がしかしそればかりでは精神が弛緩する一方だ。町内會を突撃隊と改稱することで町民諸氏のたるんだ精神を洗ひ直し、仕立て直したい。さう區長と意見が一致したのです。この宮永町の住民のなかに『あゝ、此處も燒夷彈で燒けてくれないかな』と言ひ歩く馬鹿者がゐるさうだ。山中さんも聞いたことがあるでせう」

　自分は首を横に振った。がしかしさう言ひ歩く人間の氣持が判らないではない。空襲があつて罹災者が出る。罹災者には當然、罹災證明書が發行される。この證明書があると、清酒が吞めるのだ。燒け殘った地域の酒屋へ行き、證明書を提示すれば酒一合の立吞みが許される。むろん無料《ただ》だ。ただし持ち歸りはできないけれども。

　この三月中旬、四谷若葉町の酒屋の前で、一合酒にすっかり醉って、「あゝなにもかも燒けて却ってスーッとした」と大聲を發しながら大笑ひしてゐた男を見たことがある。

男はそのうち四谷驛の方角へ歩調をとって歩き出し、途中で何度も歩道から車道へよろけては食《は》み出しながら、「一ノ橋落チタ　二ノ橋落チタ　三ノ橋ハ落チナイデ　二重橋ガ落チタ　最後ニ宮城燒ケ落チタ」と出鱈目な節でがなりたてた。黑襟付きの黃土色の服に黑い卷脚絆、焦茶色の鐵兜の警防團員が二名、猫のやうに素速く飛び出して來て、あッと言ふいとまもなく男の姿は步道から搔き消えた。隨分油を絞られたらうと思ふ。もしかしたら憲兵嚴諭になったかもしれぬ。しかしこれは特別で、大抵の罹災者は妙にさつぱりとした表情で酒屋の前の地べたに蹲《かが》んで酒を舐めてゐる。あゝ、あれにあやかりたいと思ふ一瞬は誰にでもあるのではないか。

「このあひだ一戸に一足づつ下駄が配給になった」

と町會長は續けた。

「何番組がさうしたとはつきり名指しはしませんが、或る隣組はその下駄を持ち寄り、風呂の薪にしたさうです。いくら風呂に入りたいからといって、それぢやあんまり沒義道《もぎだう》がすぎる」

「うちの隣組ではそんなことはしませんが、しかしその隣組の人たちの氣持は分らないでもありません。なにしろこのあひだの配給下駄は鼻緒がすげてなかつたでせう。下駄の臺だけがどんと來た。鼻緒をつくらうにも適當な材料はなし、かといって繩をすげるわけにも行きませんし、エイ面倒くさいといふので風呂を沸したのだと思ひます」

「面倒くさがっちやいけない。身のまはりをよく見れば鼻緒の代りになりさうなものは、いくらでもあるんだから。例へば羽織の紐……」

「羽織なぞ持つてゐる人はもうゐないぢやないですか。皆、闇米かなんかに化けてしまつてゐる。青山町會長さんは物持ちでおいでだから別でせうが」

「風呂敷だつてあるでせう」

「あれも貴重品です」

「國民服のズボンの裾はどうです。どうせ巻脚絆で隠れてしまふんだから裾なぞは無用の長物だ」

「とうの昔に鼻緒に化けてをります。何だつたら巻脚絆をほどいてお見せしませうか。このズボンの裾は脛の眞ン中ぐらゐまでしかないんです」

「とにかく新品の下駄を薪にしちやいかん」

町會長は再び眞鍮の煙管で灰吹きを叩いた。

「宮永町の人間の性根はたるみ切つてゐる。そこで全國の先頭を切つて宮永町町會を國民義勇宮永町突撃隊に改編しようといふことになつた。區長は諸手をあげて賛成してくださつた。さらに內閣情報局と都の防衛局が後押ししてくださる」

永和莊の店子に情報局の吏員と都防衛局の職員がゐた筈である。店子を通して情報局や都防衛局へ繋がつたのだらう。

「そこで山中さんに頼みといふのは、これの原紙切りです」

例の三枚の藁半紙を町會長は自分に差し出した。一枚目の頭に、硬芯の鉛筆で刻みつけるやうに「國民義勇宮永町突撃隊隊員必携」と書いてある。

「細かい字で切ってもらひたいですな。原紙一枚にをさまりますか」

「無理をすれば何とか」

「刷るのも頼みたいのだがね。謄寫版の器械とローラーとインキは明日までにお宅へ運ばせる。二百枚刷ってください」

「紙がないでせう」

　絶對にあるわけがないのだ。といふのは、半月ばかり前、次のやうな文面の回覧板が回って來たのを憶えてゐたからだ。

　　回覧板用々紙についての御願ひ
　時局下、回覧板用々紙を入手すること極めて難しく町會事務擔當者は頭を惱ませてをります。このまゝ用紙が入手出來ない場合は、町會事務所の表の掲示板に回覧事項を貼り出し、之を各隣組の組長さんにお寫しいただいて、組内へ傳へてもらふといふ方法しかありませんが、それでは不便この上なく、組長さんは回覧事項の筆寫に忙殺され、他の仕事ができなくなってしまひます。そこでお願ひですが、使ひ古しでも何でもかまひません、半紙判大の裏白の紙がありましたら、一枚でも二枚でも結構です、何とか御寄贈くださいませんでせうか。また、各組長さんのお手許に使った回覧紙で裏の白いのがありましたら、どうかお返し願ひます。

一片の紙も集らなかつたと聞いてゐる。裏白の反古紙がもしあれば、誰だつて袋綴ぢにして帳面を作る筈だ。あるひは細く切つて後架に備へる。間違つたつて供出する者はゐない。

「このまま表の掲示板に貼り出して隣組長に寫してもらふ方が早いんぢやないですか。二百枚もの紙を探す手間を考へれば、結局、その方が……」

「隊員必携とあるでせうが。宮永町の隣組員一人一人に配布しなければならない。さうでなければ必携にはならんでせう。隣組員に配るほかに、情報局と都防衛局へも提出する。で、最大の眼目は大本營陸軍部にお讀みいただくこと。その傳手《つて》はあるんですよ。さういふ次第だから二百枚刷つても足らないぐらゐだ」

「さうはいつても紙が……」

「だからあるんですよ、紙は。牛込に新潮社といふ出版社がある。出版部の伊藤さんをたづねてください。情報局から文學報國會へ、文學報國會から新潮社へとちやんと話は通つてゐます。オート三輪でひとッ走りしてきてください」

「ガソリンをいただけますか。町會の公務ですから手間賃を、とはいひません。がしかしガソリンはいただかないと……」

「愛町心をガソリンにして走つていただくんですな」

曰くのありさうな目で町會長はこつちを見た。途端に自分はこの間、下妻からの戻り

の列車で同席した五十年輩の職人さんの話を思ひ出し、

「では、その愛町心でやっつけてみませう」

と答へて町會長宅を辭した。その職人さんは常磐炭礦の耐熱煉瓦工だった。南方からのガソリンが途絶して以來、炭礦では石炭を高熱爐に投じて液化し、航空燃料をつくってゐる、だから耐熱煉瓦工は大いにもててあれこれ合せて五百圓も給料を戴いてゐる、とその職人さんはいってゐた。だとすると小運送業はその貴重な燃料のお裾分けに與ってゐるわけで、たしかに物資の流通を計って聖戰遂行の一助となるといふ大義名分はあるものの、誰かに睨まれたらお仕舞ひだ。「ガソリンの一滴は血の一滴、その貴重なガソリンを使って何某は闇をやってゐる」と難癖をつけられ、關東軍需監理部あたりに貨物自動車やオート三輪やリアカーを徴發された業者はいくらでもゐる。自分はここで「町會の役に立つ小運送屋」といふ評判を得ておくのが大切だと踏んだのである。

新潮社の出版部は四階にあった。案内の女子職員の「伊藤先生、お客様です」といふ聲で顔をあげたのは、四十歳位の眼鏡をかけた人である。赤城の子守唄の、あの東海林太郎とよく似てゐる。東海林太郎に高等學校か大學の教授をやらせたらこんな感じになるに違ひない。眼鏡の奥の眼は淋しく澄んでゐる。用件をいふと、伊藤さんは机の下から新聞紙で包んだものを取り出した。

「社名入りの原稿用紙しかありません。裏へ刷ってはどうですか」

どこか加減でも惡さうな、かぼそい聲である。自分は禮を述べて推し戴いたが、机上を見て思はず息を呑んだ。細字でびつしり書き込まれた大學ノートの上に黑軸の金ペン萬年筆が載つてゐたのだ。不躾とは思つたが、一寸觸らせてくださいとお願ひしてみた。

「どうぞ。金ペンを獻納しないなぞ、よほどの非國民だと思ふでせう」

程のよい持ち重《おも》りにうつとりしてゐる自分に伊藤さんがいふ。

「しかしそいつは僕の武器のやうなものだから誰になんと叩かれようと手離すわけには行かぬのです」

萬年筆をそつと大學ノートの上へ戻したとき、警戒警報が鳴つた。部屋が一瞬騒がしくなり一分もしないうちにシンとなつた。部屋にゐるのは伊藤さんと自分だけである。壁の時計は十一時三十分を指してゐた。

「あなたは退避なさい。社の横に防空壕がありますよ。伊藤をよく知つてゐるとおつしやい。入れてくれますから」

さういひながら大學ノートを閉ぢ、萬年筆を丁寧に胸に納め、机上に書物をひろげた。警報發令を合圖に書見開始などといふ人物に會つたのははじめてだ。目をまるくしてゐると、

「今日は芯から疲れました。朝五時の一番電車で出て、九時四十分上野發の列車で家族を北海道へ送り出して來たところなのです」

「疎開ですか」

「さう。思ひ切つて北海道へやりました。荷造りや地方轉出の手續でも精力を使ひ果し

てしまひましたしね。防空壕まで行く氣力、體力が殘されてゐません」

　警報を耳にする度《たび》に胃袋がぐつと胸の邊まで迫《せ》り上つて來るのが常なのに、今日は胃袋は動かず胸も騷がない。それどころか伊藤さんの隣りの椅子に腰を下してしまつた。奇妙である。この人の重い腰や平靜心が感染《うつ》してしまつたのか。

「防空壕は苦手です。どうせ焼け死ぬなら壕舍以外のところがいい。わたしは根津に住んでゐますが、御存知かどうか、やくざの多い所で、この一月でしたか、武藏挺身隊根津分隊なるものが發足しました。世間様の厄介者で役立たずのやくざ博徒ではあるが、せめて聖戰中は世の中のためにならうといふのが發足の動機ださうで。司法省かどこかの肝煎《きもいり》でたしか正月に上野精養軒で結成式をあげたと思ひます。三月十日未明の大空襲の後片付けに出動したのもこの連中ですが、そのうちの一人がうちの近所にをりましてね、防空壕で蒸焼にされた死體にだけは關はりたくないといつてをりました。防空壕には人間の脂《あぶら》が馬穴《バケツ》で五、六杯分もギトギトと粘つて貯つてゐるさうです。それからどこの壕舍にも仰天するくらゐ、大勢の死人《しびと》が詰まつてゐるとか。なかには互ひに首を絞め合つてゐる佛がゐる、苦しみ抜いてゐるうちにさうなつたのでせうが、隣りの死人の目玉へ指を突き入れたまま焦げてゐる佛がある、足で向ひの佛の腹を蹴破つてゐる死人がある……。さういふ死に方はあんまりゾッとしませんな。防空壕は眞ッ平です」

「僕は三月十二日に深川の門前仲町まで行つてみました」

「ははあ、流行《はやり》の焼跡見物人といふやつですね。うちの近所の、そのやくざにいはせると、焼跡見物人ぐらゐ腹の立つ奴等は居ないさうです。『他人《ひと》の不幸をわざわざ見物に來やがつて何が面白《おもしれ》えいんだ。そんなに見たけりや傍へ來てよッく見やがれ。これがお前達の明日の姿だぜ』と怒鳴つてやるのだといつてました」

「たしかに好奇心がなかつたとはいひません。しかし僕は自分の目で空襲による死といふものをしつかりと見定めておきたいと思つた。そしてその實體を虚飾を排した文字で記錄すべきであると思つた」

伊藤さんはこれまでとは違ふ勁い口調でいひ、傍《かたはら》の大學ノートをそつと撫でた。

「それが我々の仕事なのです」

「我々の、とおつしやると？」

「筆を持つて生活してゐる人間のことですが」

「はあ……」

「三月十二日にはまだ屍體の片付けは終つてゐませんでしたよ。皆、裸でふくれ上つてゐました。地面が焼けるのでせう、大抵が足に非道い火傷を負つてゐた」

「さうさう、革靴をはいて逃げると、逃げ切れることが多いといひます」

「屍體のそばにはきまつたやうに米がこぼれてゐました」

「最後の最後まで米だけは手離さなかつたのでせうな」

「その米が地面の熱で煎り米のやうになつてゐる。赤い米もあつた。これは死者の血で染つたのでせう。その米を罹災者が拾つて口に入れてゐる」

「地獄繪圖ですな」

「それが人間でせう。とにかく、いつまで生きるか分らぬ今、僕は充分に見、充分に讀み、さうして見、聞き、讀みしたことや、自分の生活を、充分に書き殘さなければと考へてゐます。そして……、それだけです」

「いつまで生きるか分らぬ今、ですか」

「特に僕は胸が惡いものだから」

「たしかにいつまで生きられるか分りませんね。東京空襲はまたありませうな」

「この間、名古屋がやられましたね。B29が四百機も飛來したといひます。つまりそのB29が東京《こつち》へ來るのは必至ぢやないでせうか。月曜の夜、それから金曜の夜から土曜の未明にかけてが危《あぶな》いと思ひますよ。三月十日も土曜だつたでせう。爆撃を終へて基地に戻れば土曜の午後、敵は日曜日はゆつくり骨休めをする氣です。名古屋空襲は月曜の夜だつた。週末に充分休養を取つてから出て來てゐる」

「今日は木曜、しかも晝……。さつき空襲警報が鳴りましたが、伊藤さんの理論から行くと今日は大丈夫ですね」

「當てにしてもらつては困ります。たださうぢやないかしらんと見當をつけてゐるだけのことですから」

そのとき近くで「●《カン》　●●《カンカン》」と一點ト二點班打（連打）の鐘が鳴つた。空襲警報解除令である。伊藤さんに、荷物をどこかへ移したいのに運送屋が見つからぬときはどうか聲をかけてくださいと言ひ、略圖を描いてお渡しした。
歸宅したのは午後二時、P51が四十機ばかり、立川の方の飛行場を襲つたさうだ。

（十七日）

朝八時二十分警戒警報、同五十分解除。正午十二時五分警戒警報、同二十分解除。右發令時間合計四十五分間を除いて、あとは丸一日、町會長から仰せつかつた仕事に沒頭した。例の「國民義勇宮永町突撃隊隊員必携」の原紙切りである。最初の段落には「對戰車肉薄攻撃」といふ小見出しがあつて、以下にかう書いてある。

敵の使つてゐる戰車はM1重戰車とM4の中戰車である。M1重戰車は長さ三間五尺四寸五分、幅一間四尺二寸、高さ一間五尺五寸で、これは根津のやうに人家密集地區には大きすぎて不向きである。根津へ攻めて來るのはM4の中戰車に決まつたやうなものだ。このM4は、長さ三間一尺八寸五分、幅一間一尺八分、高さ一間三尺五寸。備砲は二寸五分七厘八毛砲（七十八ミリ）一門。ほかに機關銃を三挺備へてゐる。砲塔前部の裝甲はかなり厚くて、二寸八分もある。しかし後部は二寸弱である。

一方、大本營陸軍部のさる高級將校より町會長が承つたところでは、宮永町突撃隊が入手可能の肉薄攻撃資材には次のやうなものがある。

◇手投爆雷　安全栓を拔いてぶつつけると命中と同時に發火する。

◇火焔瓶　戰車の板に瓶を横にぶつつける。
◇劍突爆雷　木銃の先に爆雷をつけたもの。エイヤッと突けば瞬間發火する。
◇座布團爆雷　座布團のやうな形をした爆雷で安全栓を抜けば十秒後に發火する。
◇糞尿彈　ハトロン紙の大型封筒の内部に蠟を厚目に塗つて補强し固形排泄物を詰めたもの。軍は支給しないから日頃からハトロン紙の狀袋を備蓄しておくこと。

なほ、座布團爆雷と糞尿彈は高いところに潛んでゐて下を通る敵戰車に投げつけて攻擊するとよい。宮永町町民は今日からでも屋根や樹木など高いところへ登る訓練を開始しなければならない。また、爆雷や火焔瓶等の投擲《とうてき》はなか〳〵うまく命中するものではない。一發必中のためには敵戰車と刺し違へる烈々たる覺悟が必要であり、不斷の訓練が絕對の要諦である。

眼がしよぼついてきたので、しばらく緣先へ出て小庭に咲きかけの花蘇芳を眺めた。白樺《しらかば》色の幹にからみつく米粒ほどの小さな蕾が今まさに薄紅色の花に轉じようとしてゐる。思はず息をのむ可憐な美しさである。

「なんだい、これは」

背後で角《かど》の兄の聲がした。町會長からの賴まれ仕事だと答へると、兄は緣先へ出て原紙を空にかざして透《すか》し讀み、

「あの家作《かさく》持ちのぢいさんは有名になりたくて仕方がないらしい」

といった。全國はじめての町内會突撃隊結成となれば、その記事がきっと新聞に載る。その新聞を勳章がはりにする氣だ、と兄は續けた。自分は、さうとばかりは限らないと思ふと答へた。內容から見て、大本營陸軍部の後押しがあることはほぼ確實だからである。例へば「狙擊と白兵戰鬪」といふ小見出しのもとにこんなことが記してある。

◇狙擊　先づ射擊姿勢であるが、地形、敵狀によって立ち射ち、膝射ち、伏射ちの三姿勢がある。立ち射ちはどうしても手が動くからなるべく立木とか壁に銃を托《たく》して射つとよい。膝射ちは足部よりも臀部の方が稍《やゝ》高くなってゐるところ、伏射ちは兩臂《ひぢ》が同一の高さにあるやうな場所を選んで姿勢をとること。いづれも地形地物を利用して出來るだけ敵に對し軀を遮蔽《しやへい》することに留意しなければならない。

次に彈込め。三八式步兵銃の場合であるが、五發を一度に込めるには一擧《きよ》に彈丸の根本を押しこむこと。いゝ加減に押しこむと二重裝塡《てん》になって遊底が動かなくなる。

射擊についていへば、三百メートル以上離れた敵兵は、之を射ってはならない。よほどの名手でもない限り命中しないからである。できるだけ敵兵を引きつけておいて、引金は銃の握把を握りしめるやうにして自然に引くことが祕訣である。一擧《きよ》に引く「ガク引き」は命中しない。なほ、伏せてゐる敵は胸を、前進して來る敵は下腹を、落下傘で降下する敵は身長の二倍半下を狙ふとよい。

◇白兵戦闘　銃、剣はもちろん刀、槍、竹槍から鎌、ナタ、玄能《げんのう》、出刃庖丁、鳶口に至るまで、白兵戦闘兵器として用ひることができる。刀や槍を用ふる場合は斬撃《ざんげき》や横拂ひよりも、相手は背高ノッポなのだから、腹部目がけてぐさりと突き刺した方が効果がある。ナタ、玄能、出刃包丁、鳶口、鎌等を用ひるときは後から奇襲すると最も効果がある。背後からの奇襲は卑怯か。決してさうではない。相手はわが神土へ土足で入りこんだ無禮者である。それらが相手だからどんなに卑怯な手段をとつても卑怯といふことにはならない。正面から立ち向つた場合は半身に構へて、敵の突き出す剣を拂ひ、瞬間胸元に飛びこんで刺殺する。なほ鎌の柄は三尺位が手頃である。格闘になつたら「みづおち」を突くか、睾丸を蹴る。あるひは唐手、柔道の手を用ひて絞殺する。一人一殺でよい。とにかくあらゆる手を用ひてなんとしてゞも敵を殺さねばならない。事態は最早「肉を斬らして骨を斷つ」ではなく「骨を斷つが」自分も「骨を斷たれる」ところまでに至つてゐる。しかし斷じて屈せざる氣魄のあるところ戰は必ず勝つ。……

三八式歩兵銃の使ひ方を詳説してゐるところなどを見れば、宮永町突撃隊に十挺ぐらゐ歩兵銃が下賜されるのではないか。爆雷についても同様で、軍といふ後押しがないのなら、さういつた正規の兵器爆雷の使ひ方を說いても仕方がないと思ふ。自分の、この考へを兄はにやにやしながら聞いてゐたが、呵々と大笑ひしてから、

「信介のいふとほり後《うしろ》に大本營陸軍部が控へてゐるのかもしれない。宮永町の町會を皮切りに、陸軍部は全國の町内會を突擊隊に變替《へんがへ》しようとしてゐるのかもしれない。宮永町はその模範、御手本といふわけだ。だが、數多い町會からなぜ宮永町がその皮切りに選ばれたか。あの青山のぢいさんが目立ちたがり屋だからさ。有名になりたくてバタバタしてゐるから、陸軍部から眞ッ先に白羽の矢が立つたのだ」

かう大聲で言ひ放つ。自分はどきりとして庭越しに道を窺つた。幸ひ通行人はゐない。

「今のは流言蜚語ととられても仕方のない發言だぜ、兄さん。他人《ひと》に聞かれでもしたら大事《おほごと》になる」

「あのな、信介、このごろ根津ではやつてゐる底拔け德利といふ怪談を知つてるかい」

「さあ、知らないな。こなひだ、高橋さんとこの昭一くんが、麻布中學ではやつてゐる怪談を敎へてくれたけれど、かうなんだ。澁谷驛にリュックサックへ米だの麥だの闇食糧を入れて出入りする者が多いので、或る雨の夜、驛前交番の巡査が、こいつは臭いと睨んだ二十七八のぞつとするやうな美人の背中のリュックサックを錐でぐさつと刺した。ところが米粒も麥粒も落ちて來ずに、滴《したた》り落ちたは眞ッ赤な血。その母親はリュックサックをねんねこ半纏《ばんてん》がはりに使つてゐたわけだ」

「なるほど、よくありさうなところが一寸怖いね。こつちの話はかうだ。根津權現樣に入る角の酒屋へ、夜、酒を買ひに來た白髮白髯のおぢいさんがゐた。たしかに購入券も購入通帳もちやんとしたものだつたから、酒屋のをばさんは、おぢいさん持參の一升德利に酒を注いだ。が、注ぎながらふと氣付くと、その德利には底がない。酒屋のをばさんはぞつと總毛立つたが、おぢいさんがあんまりにこにこしてゐるものだから、自分の方が何か勘ちがひしてるんだらうと思つて、そのまま酒を二合注ぎ終へた。と、おぢいさんは金を拂ひながらからういつたさうなんだ。『この戰爭は近いうちに終る。ただしそれまで五十萬人分の血が必要ぢやな』とね。矢張りこれは只者ぢやない。さう思つて酒屋のをばさんが後をつけると、その白髮白髯のおぢいさんはズンズン歩いて行き、やがて不忍池の辯財天の横の水の中へズブズブズブ……。その日がじつは三月九日。翌未明、例の大空襲の十萬人の血が流されることになる。……どうだい、これなどは相當惡質な流言だぜ。これまでだと、內務省警保局保安課の恐《こは》いをぢさん連がたちまち根津へ飛んで來て、出所を究明するところだ。がしかし今回は恐いをぢさんたちの影もささない。これまでは口に栓をしてその手の話は聞いても喋らないやう心掛けてきたが、どうやらもう大丈夫らしいや。びくびくすることはないぜ、信介」

自分は机の前に戻つて鐵筆でカリカリ原紙の蠟を搔く。晝間から怪談に興じるほど暇ぢやない。

「さうだ、仕事を持つて來てやつたんだつけ。松戶のさる軍需工場の持主が今日でもいいし、明日でも構はないから、お前の軀とオート三輪を一日借りあげたいさうだ。ガソリンは無論、向《むか》う持ち。料金は七百圓。おい、七百圓だぜ」

「御覽の通り、町會の仕事で手が離せないんです」

「明治神宮奉納大相撲の入場券……」

「おまけ？」

「その上、おまけ付きだ」

「明治神宮奉納大相撲の入場券だよ。それも七日間通しの入場券」

さすがに鐵筆を傍へおいた。五日後の五月二十三日から七日間、神宮外苑相撲場で夏場所が行はれることは誰でも知つてゐる。初日は、午前十時から土俵祭、午後一時から十兩以上の取組ださうだ。皆が首を長くして初日を待つてゐるが、一般人は絶對に入場できない。相撲見物がしたければ銀獻納者になることだ。さういへばこの五月四日、日本橋三越地階の式場での絹子の結婚式が濟み、一階正面出入口から外へ出ようとした自分は、賣場の一隅で女子社員が、「皆樣は、航空機の死命を制する發動機に多量の銀が使はれてゐることを御存知でございませう」と聲高に辯じてゐるのを聞いた。「銀はプロペラの高速度回轉をたすけます。何よりも摩擦に對する抵抗力が強いのでございます。我等が空の勇士のあの果敢なる急降下爆撃も銀あつてこそでございます。さらに銀は、絶好の傳導體で、銅をはるかに凌ぐと申します。航空機のやうに特に通信機を必要とする兵器には、銀はどうしても缺かせない重要資材なのでございます。どうぞ銀を御獻納くださいませ。皆樣のお賣りくださる銀は敵米英の不逞な野望を粉碎することでせう。一匁につき四十二錢で買ひ上げさせていただいてをります。なほ、當三越では十匁以上お賣り下さいました御客樣に、來る二十三日より神宮外苑で擧行の奉納大相撲の入場券を差しあげてをります。双葉山が出場いたします。前田山が出ます。照國が、羽黑山が、佐賀ノ花が、安藝ノ海が、名寄岩が、備州山が、柏戸が、そしてここ日本橋からさう遠くない淺草橋出身の東富士謹一が出ます。皆様、銀を獻納なさつて東富士が金星を稼ぐところを目のあたりで御覽なさいませ」。自分は古澤殖産館の主人と、あの女子社員は東富士に相當入れこんでゐる、東富士と何か曰くがあるのぢやないかしらん、と囁き合ひながら三越を出たものだが、それから數日間は、家の中を蚤取眼で探し回つた。自分は二十歳のときから眼鏡を使用してゐるが、三十代前半、銀縁に凝つてゐたことがある。どこかにその頃の銀の蔓を仕舞ひ忘れてゐやせぬかと思つたわけだ。最後に目をつけたのは妻の銀絲の帶である。よし、帶から銀絲を拔いてみよう。さういつたら妻が怒つた。これを食糧に替へなければならないときがきつと來ます、いはばこれはお米なんですよ、双葉山を見なくたつて死にはしませんが、お米がなければ飢ゑて死にます。妻は珍しく頑强にさう言ひ張つた。銀獻納者以外では、傷痍軍人と産業戰士に入場券が重點配布されてゐるさうだが、自分はそのどちらでもないから、神宮外苑相撲場はジャワやアリューシャンより遙かに遠いと諦めてゐた。午後七時のラヂオ報道で勝負《かちまけ》の發表があるだらうから、そのときは受信機に齧りついてゐるさと自分で自分をなだめてきた。ところがその神宮外苑相撲場が不忍池より近くへ、向うの方から寄つて來たのである。

「明日ではどうかな。町會の仕事は大車輪で仕上げる。刷《す》りは夜でも出來ないことはないし……」

「さう先方へ傳へておく。口錢は百四十圓、相撲の入場券の方も二枚はいただきたいね」

仕事の中味は社長が直接《ちか》に話すつてさと付け加へながら兄は出て行つた。それから自分の切つた字は正直なところあまり出來がよくなかつた。鎌倉市の某軍需工場で鐵材運びの勤勞奉仕をしてゐるといふ噂の照國、大ノ森、備州山、廣瀨川へ思ひを馳せ、川崎市の某工場に動員され鐵槌振つて鐵板延ばしをしてゐるらしいといふ前田山、東富士を頭に浮かべ、都内某河岸で滿洲大豆の俵を一度に二俵も艀取《はしけど》りしてゐるといふ双葉山道場十二人をしのび、鐵筆の運びがすつかりおろそかになつてしまつたからだ。原稿の内容についても上の空で、僅かに、「宮永町突擊隊は、三人一組を基本單位として構成される。赤穗義士は吉良邸討入に際して三人一組となつて吉良方助ッ人と斬り結んだが、その故智にならつたのである。レイテ、ミンドロ、フィリピン、硫黄島、あるいは激闘續く沖繩島などで、烈々火を吐くわが斬込隊は、敵から『黑衣の訪問者』と呼ばれ怖れられてゐるが、その斬込隊も三人一組が基本單位である。敵の本土來寇は最早必須《ひつす》だ。醜魔米英來たらば來たれ。劍の精神の前には物量などは無力であるといふことを青目ン玉がでんぐり返るほどはつきり見せてやらう」なる數行を記憶してゐるばかりである。相撲に心を奪《うば》はれて白兵肉薄戰の要諦を上の空で筆耕した自分はやはり非國民なのだらうか。食物や衣料に心を奪はれたわけぢやない、ましてや女に現《うつつ》をぬかして運筆を疎《おろそ》かにしたのでもない。相手は相撲だ。國技に心を奪はれたのである。だつたら立派ぢやないか。堂々たるものぢやないか。どこを押されてもびくともせぬ大日本帝國國民ぢやないか。さう思つたら急に氣が晴れて刷《す》りの方もはかどつた。午後八時に二百枚の印刷物を町會長宅に届けた。寒い。秋のやうに冷えこんで、初夏の氣配は缺片《かけら》もない。今年は凶作になるかもしれない。

（十八日）

贅澤が大敵なのはよく承知してゐるが、今朝は奢つて例の鹽藏鰊を半尾焼いてもらつた。その半尾を妻と仲よく突ついて朝食を認《したた》め、一服つけてゐるところへラヂオの情報が入る。「B29の編隊が八丈島上空を通過中、機數は七十から九十」といふ。午前九時五十五分に空襲警報が出て、程なく南から一機飛來して、根津の眞上で悠々と旋回、東の密雲の中へ消え去つた。偵察機であることは明らかだ。すると本隊はこれから來るのか。一昨日、牛込新潮社の出版部室で伊藤さんが「月曜の夜、あるひは週末が危い」といつてをられたのを咄嗟《とつさ》に思ひ出し、防空頭巾の紐を首ッ玉が苦しくなるくらゐ、きつく結んでしまつた。今日は土曜日、若しかすると大空襲になるかもしれない。

そのうちに東方と西南方の方角で雷の遠鳴りに似た、毎度おなじみの投彈音、爆裂音が轟いた。角《かど》の兄との取り決めでは、爆裂音がはつきり聞えるやうな空襲なら例の仕事（松戸の軍需工場主にオート三輪ぐるみ丸一日雇はれて、七百圓と相撲通し入場券をいただく話）は順延といふことになつてゐる。つまり今の爆裂音で仕事は明日以降に延び、自分は、今日のところは相撲通し入場券を入手し損つたわけだが、考へてみるにこれは實に不思議である。六封度油脂燒夷彈だのエレクトロン燒夷彈だのを搭載したB29編隊は、マリアナ基地から飛び立つてくるのださうだ。新聞にさう書いてあつたのだから噓ではあるまい。で、この基地の大親玉がカーチス・ルメーとかいふ少將で、何でも昭和十三年ごろにはまだ中尉かそこいらで飛行機の曲乘師としてもつぱら賣名に熱心になつてゐた。この賣名が效を奏して米空軍の對獨爆擊が始まると少將に進級し米軍第八航空隊司令に成り上つた。これも「航空朝日」に載つてゐた記事だから信ずるに足ると思ふが、それにしても曲乘師風情の中尉が僅か數年で少將とは、米國の進級制度はいつたいどうなつてゐるのだ。このルメーは獨乙のハンブルグ市に對して五日間連續のベ二千餘機を出動させ徹底的な絨毯爆擊を行ひ、同市を潰滅させて蠻名《ばんめい》をあげたことのある人非人ださうだが、このルメーが自分の仕事の手順やら豫定やらを決めてゐる張本人だと思ふと、それがどうにも不思議千萬である。こいつが自分の仕事の豫定を全部握つてゐるといつてよい。マリアナ基地とやらへ素ッ飛んで行き、「曲乘師上りがおれの仕事にお節介をやくな」と啖呵の一つも切つてやりたいが生憎自分には翼がない。口惜しいことである。

そんなことを考へながら火叩《ひばた》き竿を握つて家の前で待機してゐると、方々で、
——日本堤に燒夷彈が雨あられと落ちた。
——向島もやられた。
——荒川筋の隅田川驛に爆彈が落下した。

と叫ぶ聲がした。上野のお山へ避難かたがた空襲見物に行つてゐた年寄連が戻つてきたらしい。上野のお山の横穴は宮永町住民の防空壕のやうなものだから、自分もいざとなつたら妻の手を引いてそこへ逃げ込むつもりだが、お山の上、とくに西郷さんのあたりへは近づく氣にならない。この三月の末、例の武藏挺身隊根津分隊の、般若《はんにや》の彌三郎分隊長から直《ぢか》に聞いたことだが、三月十日未明の大空襲による死者のうち二千體以上を、西郷さんの横に急設した臨時火葬場で御骨にしたさうだ。五日間かかつたといふ。さういへば三月十三日頃からしばらくお山への登り口を警防團が固めてゐたが、とにかく分隊長からこの話を聞いて以來、上野驛へ行くのにも不忍池の西岸に沿つて歩き池之端仲町から上野廣小路へ出るやうにしてゐる。とんだ遠回りだが、現在《いま》のお山には鬼氣が充《みち》てゐさうな感じがするのだ。なほ、そのとき、般若の彌三郎分隊長はかうもいつた。

「信ちやん、東京都近邊に火葬場がいくつあると思ふかい。江戸川區春江町の瑞江都營火葬場、品川區西大崎の桐ケ谷博善社、淀橋區上落合の落合博善社、澁谷區代々木西原の代々《よよ》幡《はた》博善社、城東區北砂町の砂町博善社、葛飾區青砥の四ツ木博善社、荒川區町屋町の日暮里博善社、杉並區高圓寺の堀之内日新起業社、都下多摩村の多摩靈安社、川崎市の溝ノ口市營火葬場、埼玉縣の株式會社戸田火葬場、そして同じく埼玉縣北足立郡の谷塚聖典社、この十二個所だぜ。それで信ちやん、この十二の火葬場が釋迦《しやか》力《りき》で働いて一日何體焼けるか知つてるかい」

　そんな縁起でもないことを知るわけもないし、知りたくもない、と答へた。分隊長が自分を信ちゃんと呼ぶのは、根津權現社の裏の小學校で同級だったからである。

「たったの千五百人だぜ。正確には一五一八體だ。十萬以上もの佛をきちんと火葬してさしあげるといふ餘裕は到底ありやしない。そいで根津分隊は上野のお山で人焼きをせいと、都の計畫局公園緑地課が決めたのさ」

「公園緑地課?」

「さうよ。罹災死體處理は公園緑地課の仕事なんだよ。なぜ公園緑地課の仕事だと聞いてくれるなよ。おれにも分らねえんだからさ。いや肝腎かなめの緑地課のお役人にも分らねえんぢやねえのかな。とにかくさ、お役人はどんなに空襲が烈しくとも一日に千五百以上の佛は出ないと見積ってゐた。ところが實際は一晩でその何百倍もの佛が出たわけだ。てんで算盤が合はねえのさ。おれたちの喧嘩《でいり》のときの數勘定の方がずっとたしかだぜ」

罹災死體の處理を公園緑地課が受け持ってゐるのは、關東大震災のときの教訓によるものではないか。ふとさう思ひ當った。あのときも大勢の佛を公園で焼いたり、公園に埋めたりしたのだから……。とそんなことを思ひめぐらせてゐると、

――千住にも随分爆彈が落《お》っこったぜ。

と叫ぶ聲がした。絹子のゐる古澤殖産館は大丈夫だらうか。心臓が跳《は》ねて肋骨に二度三度ぶつかった。午前十一時四十分、空襲警報が解除になるのを一秒千秋の思ひで待ち兼ねて、ちやうど正午、京成電車に乗り込んだ。オート三輪で行けば話は早いが、ガソ

リンは命の次に大事な命綱、どんなにさし迫った事情があらうと仕事以外のことにオート三輪を使ふわけには行かぬ。

京成電車は恐ろしいやうな混雑ぶりだ。體當りでもするやうに勢ひをつけて昇降口へ突進しないととても乘せてはもらへない。さらに車輛内部には腰掛けもなく、吊り革も支柱もない。乘客は互ひが互ひに支へられて覺束なく立つてゐる。電車の速度の緩急につれて乘客は前にのめり後へ傾く。がそれでも倒れずに濟むのは立錐の餘地もなく客が詰めこまれてゐるせゐである。

「非道い運轉をしやがる」

「仕方がありませんや。運轉席にゐるのは娘ッ子ですから」

左右に中年男がゐて、自分の頭越しに會話《やりとり》してゐる。右の男は國民帽で、左は戰闘帽である。他人同士のやうだが、汗くさくて、ともに黑眼鏡であるところは共通してゐる。黑眼鏡は近頃の流行《はやり》だ。春先に多い急性結膜炎のせゐかと思つてゐたが初夏の聲がかかつても黑眼鏡はなくならない。それどころか目立つてふえてきた。隣組の齒醫者五十嵐先生の診《み》立てでは「空襲の際の焰と煙で目をやられる人が實に多い。それが原因です」とのことだ。

「千住はそのうち燒野原になりますぜ。國產精機があり、關屋鐵鋼がある。國產精機なぞは動員學徒、徵用工を含めると工員が三萬名からをりますからな。あたしは川原町のヤッチャバで靑物野菜市場の仕事をしてゐるから、よく知つてますわ」

さう戦闘帽がいふ。

「で、荒川をはさんで東岸に鐘ケ淵紡績で、西岸が大日本紡績でしよ。その大日本紡績の北隣りが隅田川驛だ。B29公《ビー》が狙はないわけがない」

「その隅田川驛で双葉山道場一門が艀取《はしけど》りをしてゐるさうで、それを見物に行くところです。朝早く家を出たのにさつきの空襲警報、上野のお山で半日潰してしまひました」

國民帽はさういひながら自分の右肘を摑んだ。電車が急に速度を落したのである。自分としては甚だ迷惑だが、相撲愛好者のよしみで勘辨してやつた。つまり平然としてゐた。

「二十三日からの奉納相撲を見物する傳手《つて》がありませんのでな、せめて遠くからでも双葉山を拜まうと思ひます」

「入場券ならありますぜ」

戦闘帽の聲がすこし低くなる。

「初日と千秋樂のが二十圓で、二日目から六日目までが十五圓だ。よかつたらお分けしませう」

「非國民!」

すぐ前にゐた改良服の女がこつちへ首をひねつた。

「工場の機密は喋る、人員配置の噂をする、その上、公衆の眞ッ只中で闇の相談をぶつ。全體それでも日本人ですか」

和服を潰して拵へた改良服のその女史もまた黑眼鏡であつた。

千住大橋で下車し、改札口の女子驛員に、「爆彈が落ちたと聞いて來たのですが、何處《どこ》に落ちたのでせうか」と尋ねると、「南千住の瓦斯《ガス》會社です」と教へてくれた。瓦斯會社は、隅田川驛の南隣りである。千住大橋際《ぎは》の古澤殖産館からは東南の方角、直線距離にして千二、三百米は離れてゐる。ほっとして待合室の長椅子にもたれこみ、十分間ばかり休んだ。それから千住大橋を渡り、電車通りを隔てて古澤殖産館を眺める。店の前に小型の貨物自動車が停まってゐた。荷臺に肥料袋を積みこませてゐ絹子には義妹にあたる時子さんが店の者にてきぱきと指示を發して、荷臺に肥料袋を積みこませてゐる。る。奥から絹子が盆を持って出てきた。盆に載ってゐるのは茶とふかし芋のやうだ。絹子は運轉臺の男に盆を手渡すと、時子さんの横へ行って何か話してゐる。元氣にやってゐるらしいことは、跳ぶやうな歩き方でも分る。自分はそのまま京成電車の驛へ引き返した。顏を見せれば、古澤の主人や忠夫くんが上《あが》れといふにきまってゐる。上れば晩御飯を一緒にどうぞとすすめられる。牛《ぎう》の鋤燒かカツ丼か親子丼か知らないが、とにかく超弩級の御馳走を振舞はれ、歸りは御土産に洗濯石鹼一本、あるひは醬油大壜一本。さうなるに決まってゐる。それでは絹子や空襲をだしに食ひ稼ぎ御見舞ひ稼ぎに來たやうでいやだ。百米以内に至近彈でも落ちたのなら御見舞ひの名目は立つが、東南千二、三百米彼方の瓦斯會社では話にならない。自分の顏を見ると妻が、

「隨分はやいお歸りぢやありませんか。さうすると古澤殖産館は無事だつたやうですね」

といつた。自分は頷いて、

「顔を出すと御馳走攻め御土産攻めにされちまふから、様子を窺ふだけで引き返してきた。絹子はどうやら元氣でやつてゐるやうだ」

と答へて、この日記の置いてある机の前に坐つた。

「さうですね。番度《ばんたび》顔を出すのは何だか物欲しさうでいけませんね」

妻が茶を淹れてくれた。あなたはいやしい人ではありませんね、とほめられたやうな氣がして少しうれしかつた。

夕方、曇つた空から銀鼠《ぎんねず》色の雨が降り出し、その中を文子、武子、清の三人が前後して歸つてきた。夕飯もまた鹽藏鰊、これで鰊はお仕舞ひである。雨は夜に入つてもやまず、一寸肌寒い。世間が妙に鎮まり返つて淋しい晩だ。妻と二人で、とつておきのいい茶を濃くして飲む。いい茶もこれで種《たね》切れだ。遠く省線電車の發車サイレンが警報のやうに聞えてくる。一瞬、どきつと胸にこたへた。珍しく按摩の笛が近づいて來、遠ざかつて行つた。五、六年前まではよく小僧按摩が笛の合間に「あんま上下《かみしも》五十錢」と呼ばはつて通つたものだが、この節では一ト揉み五圓である。諸色の値上りに合せて揉み代も高くなつた。按摩といへば、この間、取手の山本酒造店の奥さんが「傷痍軍人の按摩さんがこの取手へも大勢疎開していらつしやいますよ」といつてゐた。一ト揉み三圓で、皆かなり豊かな暮し向きをしてゐるさうだ。あるいは今の按摩さんも傷痍軍人だつたかも知れぬ。それなら五圓出してでも揉んでもらはねばならないと思ひ戸外《そと》へ呼びに出た。

だが、通りにはもうそれらしい影はなかった。ただ依然として細かな雨が音もせずに降ってゐるばかりである。

（十九日）

不愉快この上ない一日であった。先づ一日中、煙のやうな雨が降り續き、空同様氣分が晴れなかった。次に、角《かど》の兄の世話してくれた仕事が、いはば火事場泥棒の片棒擔ぐやうな汚らしい代物《しろもの》で、これは最近の大不愉快事である。かうやって日記に書くのさへ憚られる。だが、故意に書き抜かすのも自分に嘘を吐《つ》いてゐるやうで氣分が惡い。中間《なか》をとって要點だけ記すことにする。

自分とオート三輪を雇ひあげたのは松戸の大塚氏といふ軍需成金である。大塚氏は兄に一枚の紙切れを托し、「記してある住所を訪ね、そこに預けてある家具類を松戸馬橋の當社倉庫まで運んでもらひたい」と言付《ことづ》けて來た。その紙片には中野區の町名番地氏名が五行竝んでゐた。つまり自分は松戸馬橋―中野間を五往復したわけだが、最初の住所から運んだのは總桐の簞笥が二棹だった。次が大小の椅子が十數脚、三番目が事務机が五つ、四番目が本棚いくつか、そして最後が茶箱四個。茶箱の中味はどうやら皿、丼鉢、そして藥品のやうだった。

自分が火事場泥棒の片棒を擔がされてゐる、と氣付いたのは、總桐簞笥を積んで中野驛の南側を通り抜けようとしたときだった。戰車が一軒の家屋にのしかからうとしてゐた。別の家屋には淺黄服の一隊が取りかかつてゐる。屋根を剝ぎ取つた家の棟木に太綱《ふとづな》を結びつけ、その太綱を〽男なら男なら　翼のばしてぶんと飛び立ちな　どんと當つて碎けて散れ　薫る九段の櫻花《さくらばな》　男ならやつてみな、と太綱に似つかはしい太聲で歌つて氣を合せ動作を揃へながら引き倒してゐたのだ。淺黄服はどこかの刑務所の囚人たちだらう。中野なら豊多摩刑務所か。そしてすぐ、これは建物の强制疎開だなとピンときた。三月十日未明の大空襲は東京都の四割を燒いたといはれるが、そのときの經驗を生かして、都の防衞局は第六次建物疎開を計畫し卽日實施した。これについてはたしか三月下旬の新聞に載つてゐたと思ふ。それで、建物疎開の指定を受けた者は、一世帶につき三十個以內の引越貨物を持ち出すことが出來る、とも書いてあつた。だが、實情は周知の如くで、なによりも貨車が不足してゐる。區役所へ三日も四日も日參してやうやつと轉出證明書を貰ひ、床板や下見板（壁下板）を剝し、疊表も剝ぎ取つて荷造りをする。繩は特配になつたらしいが、とにかく梱包を終へて、疎開先が東海道方面なら汐留か品川、東北方面なら秋葉原、隅田川、中央線方面なら飯田橋、新宿の各驛へ輸送の申込みをする。ところがこれが又、驛頭に長蛇の列なのださうだ。一晩か二晩徹夜してやつと順番が回つてくる。受付けて貰つて、「いつ、荷物を運んでくればよいでせうか。明日でせうか、明後日でせうか」と訊く。すると答は大抵定《き》まつてゐて、「一ト月先になります」。お國の方針で强制疎開をさせられてゐるのだ、一ト月先とはあまりにも殺生ではないかと、さすがに各驛頭で一齊に不平の聲があがつた。これも新聞で讀んだのだが、「鐵道當局の答」といふのが振つてゐた。それはかうだ。

……一般疎開、乳幼兒疎開、罹災者輸送、强制疎開とお國の方針なら萬難を排してやり拔く覺悟は持つてゐる。各驛の人達は今食事の暇《ひま》もない、用便の暇もない。……輸送は力一杯働いてゐる。（三月二十三日付朝日）

この「鐵道當局の答」は疎開とは餘り關係のない根津でも評判になつたが、當局の論理の矛盾を鋭く衝いたのは高橋さんのところの昭一くんだつた。昭一くんは、「食事の暇がないのなら、そもそも用便する必要は生じないぢやないか。逆に、用便する暇がないとは、すくなくとも尿意や便意はあるが用を足す暇がないといふことだから食事はしてゐることになる。この答はなつてないね」と喝破したのである。ついでに書いておくけれども、根津に强制疎開命令がこないのは、省線の線路から離れてゐるせゐだと思はれる。それに幹線道路もない。

ところで、荷物の受付は一ト月先、と言ひ渡されたらどうなるか。一度作つた荷物をまた解くか。床板も下見板もなく、疊さへない家で受付けてくれる日を待つか。疎開民の大半が荷物をお金に換へ身の回りのものだけ小荷物（衣類と寢具しか受付けてくれない）にして帝都を去るといふ。また幸運に惠まれて受付の職員から「明日、荷物を隅田川驛へ持つて來るやうに」といはれたとしても、その先が大事《おほごと》だ。貨物自動車やオート三輪の手配ができない。手配できても料金は高い。リアカーや大八車も拂底してゐる。一部の金満家を除いて、大半がせつかく梱包したものをほどき、換金する。そこへつけ込んで安く買ひ叩くやつが出てくる。これは夕方、松戸馬橋の倉庫番から料金と相撲通し入場券を受け取つたときに聞いたことだが、軍需成金の大塚氏は二千圓からする黑檀《こくたん》の座敷机を二十圓位まで値切るといふ。兩袖付きの立派な事務机を五圓にまで叩いたことがあるさうだ。そしてここからが一層狡猾になるが、買ひ叩いて直ぐ倉庫へ搬入すると世間の目がうるさいので、あちこちに（多分、保管料のやうなものを拂つて）預けておき、ほとぼりのさめた頃合ひを見て、自分のやうな小運送屋に、このふとどきな戰利品を運ばせるわけだ。かかる不德漢に使はれたのが口惜しくてならぬ。はなはだ不愉快である。なほ、買ひ叩いた品々のうち、事務用机や椅子、それから本棚などは、罹災した官廳や軍の重要役所へ無料《ただ》同然の値段で供出するらしい。お上の覺えを目《め》出《で》度《たく》してお いて、後《あと》で元を取る策略だらう。まつたくどこまでも狡いやつだ。

　歸宅するとラヂオが國民合唱「雛鷲子守唄」をやつてゐた。國民合唱が終ると午後七時の報道である。妻に願つて洗面器に半分、水を貰ひ、軀を拭《ふ》いて食卓につく。相撲通し入場券はいふまでもなく神棚にお供へした。箸をとつて、水團《スイトン》を口に入れようとしたとき、報道員が地の底から發してゐるかの如き重い聲で、

「かねてより小田原御別邸にて痔疾《ぢしつ》御療養あそばされてをられた閑院宮載仁《かんゐんのみやことひと》親王殿下には、昨十九日午後十時頃より御脈搏微弱とならせられ御重體に陥《おち》らせられ、智恵子妃殿

下、若宮直子妃殿下方《がた》の御手篤《あつ》き御看護を受けさせられつつ、つひに本二十日午前四時十分薨去《こうきよ》あらせられました。御年《おんとし》八十一」

　と告げた。自分は水團を吐《ほ》き出して正座した。

「畏《かしこ》き邊りにおかせられては直ちに敕使岡部長章侍從を東京麴町の御本邸へ御差遣《おさしつかは》し、御弔問あそばされ、また元帥陸軍大將大勳位功一級載仁殿下薨去のため本二十日より五日間宮中喪を仰出されました。續いて情報局發表を申しあげます。情報局發表。元帥陸軍大將大勳位功一級載仁親王殿下薨去に付、特に國葬を賜ふ旨仰出さる」

　自分は二重に悲しんだ。明治、大正、昭和の大御代三代の永きに亙《わた》つて國歩隆榮にお盡しあそばされ、かつ皇族中の最年長者であらせられた閑院宮元帥殿下を、現戰局下に失はねばならなくなつたこと、これはなによりも悲しい。皇族方でこの閑院宮様ほど國民に親しまれた御方もないのではなからうか。もうひとつの悲しみは、二十三日からの明治神宮奉納大相撲が延期になるにちがひないといふこと、すくなくとも二十四日までは行はれることがあるまい。果してラヂオ報道員は次のやうに告げた。

「大日本相撲協會は、大東亞戰下の銃後の激勵奮發を御指導あそばされた閑院宮元帥殿下の御遺德を偲び申しあげ、哀悼の念を表したてまつらんがため、明治神宮奉納大相撲の初日を二十三日から二十五日に延期することに決定しました。なほ、初日の取組番附は以下の如く豫定されてをります。中入後、信州山には愛知山、若港には小松山、羽島山には鯱ノ里、駿河海には綠島、廣瀬川には九州錦、神東山には九ケ錦、八方山には大ノ海、九州山には鶴ケ嶺、大ノ森には若瀬、笠置山には琴錦、肥州山には立田野、鹿島洋には高津山、清美川には不動岩、若瀬川には双見山、增位山には柏戸、櫻錦には二瀬川、五ッ海には十勝岩、汐ノ海には名寄岩、東富士には佐賀ノ花、前田山には三根山、安藝ノ海には輝昇、備州山には羽黑山、照國には海山、結びの一番は相模川に双葉山。以上であります。二十五日に延期になりました大相撲初日の豫定取組番附をもう一度申しあげます……」

二度繰り返してくれたのでかうやって取組豫定を日記に書きうつすことができたのである。これを眺めてゐれば、頭の中に自然と土俵場《ば》が見えてくる。その腦裡中の花場《はなば》では双葉山に勝たせようが、相模川に金星を授けようが、こっちの勝手次第である。

水團を平らげたところへ高橋さんとこの昭一くんが、岡本一平作詞飯田信夫作曲の、とんとんとんからりと隣組、格子をあければ顔なじみ、をハモニカで吹きながら回覧板を届けにきた。回覧板には三つのお知らせが書いてあった。

◇國民義勇宮永町突撃隊結成のお知らせ　當町會では皇土一都一道二府四十三縣のあらゆる町會にさきがけて、その名も勇しい「突撃隊」を結隊いたします。大本營陸軍部、內閣情報局が御後援御指導くださることになつてをります。時局下に於ける町會はかくあるべきであるといふ範を全皇土の全町會に垂れようではありませんか。

結隊式は來ル二十七日（日）午前九時より、根津權現社社前にて行ひます。町會員全員の參加を要請いたします。
◇入團のお知らせ　第三隣組の錺《かざ》り職日向齋太郎殿には今回名譽ある入團をなされます。根津權現社祈願式二十二日午前九時執行。二十三日午前五時自宅出發壯途につかれます。各位の歡送を願ひます。
◇町内各家庭屎尿汲取延期のお詫び　本町會の農家連絡擔當者の死物狂ひの奔走にもかかはりませず、屎尿汲取が延び延びになつてをり誠に申し譯ありません。町會と清掃契約を交してゐる葛飾區柴又二丁目、同區金町二丁目の各農家と只今、連日のやうに折衝いたしをりますので、いましばらく御猶豫ください。各農家でも働き手が續々入團入營され、屎尿は咽喉《のど》から手が出るほど欲しいが運び手がをらない、また牛馬を徵用されて運搬手段がない、と嘆いておいでで、決して農家がなまけてゐるわけではありませんので、どうか事情御賢察ください。なほ、これまでの料金一桶五十錢が、この次からは七十八錢になるかもしれません。いづれにせよ、各家庭に於かれては時局下一層の節尿節便をお心掛けくださいますやうに。

京成電車はなつていない、と昭一くんがうちの清を相手に辯じてゐる。

「だつてさ、柴又二丁目は京成電氣軌道の沿線でせう。京成電氣軌道は高砂《たかさご》驛で左右に分れて、右は江戸川を渡つて市川方面へ行くけど、左へ分れた方の線の最初の停車場は清掃契約先の柴又二丁目。だから電車で運べばいいんだ。それでその次の停車驛が金町でせう。この、左へ分れた支線の終點だ。そしてやはり契約先の金町二丁目とは目と鼻の先だもの、電車で運べば萬事好都合、お誂《あつら》へ向きぢやないか」

「たしかに昭ちやんのいふ通りだなあ。京成電車は西武鐵道の爪の垢でも煎じて飲めばいいんだ」

「西武鐵道は以前の呼び名だよ、淸さん。現在は正式には西武農業鐵道と呼稱いたしてをります」

「さうか。麻布中學生はさういふところにこだはるんだよな」

「さうして終電が走つた後、始電が出るまでの呼稱は西武黃金電鐵といひます。ほらさ、深夜、肥桶を何百と載せた黃金電車を走らせてゐるでせう。だから西武黃金電鐵……」

「それは知らなかつたな」

「といふのは冗談で、深夜もやはり西武農業鐵道が正式呼稱です。それでね、深夜の黃金電車の運轉士には名人級達人級を選りすぐつてあるんだつて。下手ツピーが運轉すると、どうしたつて速度にぎくしやく段がついて、そのたびに黃金の飛沫《しぶき》がちやつぷんちやつぷん……」

傍で幾何の問題を解いてゐた文子と武子が昭一くんの肩を小突いて二階へ引つこんだ。

「……翌朝また乘客を詰め込むわけだからさ、下手ツピーに運轉させると後の掃除が大變なんだつて」

「ふうん。でもとにかく西武は偉いね。新宿以西の屎尿處理を一手に引き受けてゐるんだもの。沿線の農家にしたつて肥料の心配はないわけだしさ。京成の社長に投書しようか」

「あ、それはいいな。ついでに町會長にも投書しようよ、清さん。節水節電ならやり様もあるだらうけど、節尿節糞といふのは分らない」

「セップンぢやないだろ、セッベンだろ」

「さすが府立五中は上品だ。ぼくはね、最近、友達の家へ出來るだけ遊びに行くやうにしてゐるんだ。さうして便所を借りる。やはりそこの家の人は白い眼で見ますね。お金を借りるより便所を借りる方が難しい。でもね、清さん。麹町や青山や麻布のあたりには、かういふ不便はないみたいだよ」

「どうしてだろ」

「山の手の下肥《しもごえ》は上物《じやうもの》なんだつてさ。このへんよりいいものたべてるから、いいこやしができるんださうだよ。それで農家は萬難を排して山の手へ汲みに來るわけ」

「へえ、さういふもんか」

「さういふもんなんだつて」

　新聞を眺めながら、自分はここまで二人の話を耳に入れてゐた。が、彼等の話に促《うなが》されたわけでもあるまいが、突然、便意を催し、後架中の人となつた。五燭光の裸電球の小暗《こぐら》い明りを頼りに壺中を窺へば、たしかに屎頂《でんてい》は富士山頂の如くである。三根山が仕切るときのやうに深々と腰を割れば、屎頂と臀底には紙數葉の間隙を殘すのみである。

棒切をもつて均《なら》さねばならぬと靜思《せいし》した。ただし均せばしばらく黄金の風が鼻腔を襲ひ、これには往生する。ニンニクを刻んで投ずれば臭氣封じになることは承知してゐるが、この食料難の時勢に貴重な食品を蛆蟲に贈呈するのはどんなものだらう。人が先づ食して生き抜くべきではないか。臀下《でんか》の敵の處置についてニンニクを投ずるか、投ずべきでないか、かの丁抹《デンマーク》の王子の如く思辨《しべん》し千思萬考、痺れが切れて立てず、これが本日最後の不愉快である。なほ、本日正午、烟雨の中に警戒警報鳴りわたるが、十二時三十九分解除。空襲警報が鳴らなかつたのは唯一の愉快事であつた。

（二十日）

正午十二時五分、警戒警報發令。同四十五分解除。雨はやんだがどうもからりとしない空模様であるが、その空の下をＢ29が一機帝都に侵入、神田から東京帝國大學へ、そこから新宿へ、さうして次は澁谷方面へと、飛び回つてゐる。一機だと空襲警報も發せられないのだから、敵も味方も圖太くなつたものだ。なんでも今日のＢ29は「紙の爆彈」を撒いて去つたといふ。自分は一度も手にしたことはないが、上質紙に、

――米國人にも米國魂あり
――日本の皆様、即刻都市からお逃げなさい
――米國人は親切です
――Ｂ29は金城鐵壁の飛道具

などと日本文字が印刷してあるのださうだ。去る七日には埼玉、立川方面に二百圓札や十圓札がしめて五十萬圓ばかり降つたといはれる。十圓札には驚かないが、二百圓札は魂消《たまげ》る。本格的に出回りはじめたのはこの四月で、自分たちでさへ一度か二度、ちらと見たか見ないかといふ超高額紙幣がどうして敵の手に入つたのか。さらにその模造技術たるやただもう舌を巻くしかないさうで、藤原鎌足公の肖像や談山神社拝殿はむろんのこと、桐模様および二〇〇の「スカシ」まで入つてゐる、といふ噂だ。これもまた噂だが、埼玉の某軍需工場の墮落せる産業戰士がこつそりこれを拾ひ、郵便局へ貯金しようとしたところ、一遍で局員に見破られた。なぜといふに、日本銀行發行の二百圓札よりずつと見事に出來てゐたので、局員は卽座にぴんと來たのださうだ。僞造紙幣は別として、ほかの紙の爆彈には、裏白になつてゐるのが少くなく、「わざと裏に印刷しないでおきます。學生生徒さんはノートがはりに、町會の役員さんは回覽板用用紙としてお役立てください」などと但書してあるさうだ。大きな聲では申されないが、腹の立つのを通り越して感心してしまふ。

警戒警報が解除になつて間もなく、文子と武子が珍しく早く歸宅した。二人ともそれぞれの女學校から命ぜられ、目黑區の海軍技術研究所で製圖助手のやうなことをしてゐるが、これまで午後六時の「少國民の時間」の前に歸宅したためしはない。

「なにかあつたのかね」

と問ふと、二人は聲を揃へて、

「なにかあつたどころの騒ぎぢやないのよ」

と答へた。二人が交々《こもごも》語つたところをまとめると事情は以下の如くである。

午前八時二十分、いつものやうに研究所の門を潜ると、そこに淑徳實科女學校（文子が在籍してゐる）と女子高等學園（こつちは武子）の女教師が待つてゐた。女教師は二人に守衞所へ入るやうにいひ、この研究所の第一研究部主任とよく相談して決めたことだと前置した上で、

「あなた方は今朝から研究所をやめることになつたのですよ」

と言ひ渡した。第一研究部とは二人が所屬してゐる部である。文子としてはこれまでの八ケ月、陰日向《かげひなた》なく勤めて來たつもりだし、技術將校たちから重寶されてゐるといふ自信もあつた。また妹の武子にしても、身内だから贔屓するのではないが、人竝み以上に働いてゐる。そこで思ひ切つて女教師に、

「やめなければならない理由をはつきり教へてください。でなければここを動きません」

と言葉を返すと、女教師はかう答へた。

「軍の機密に關することらしくて先生たちもはつきりした理由を教はつてゐないのですが、ただ、重要な研究がひと先《ま》づ完成したので、此處の規模を縮小するのだ、と聞いてゐます。そこで『勤勞動員の女學生を一應、學校にお返しする』といふ連絡をいただいて、かうして驅けつけたわけなのです。あなた方の働きやうに注文がついたのぢやあり

ません」

　機嫌を直した二人は主任技術将校の許《もと》へ別れの挨拶を言ひに行った。主任は誰かと電話をしてゐたが、二人の顔を見ると急に大きく頷いて、送話器に、

「ところで天野くん、よく働くし、随分利發な女學生がゐるんだが、君のところで使ふ氣はないかな。姉妹《きやうだい》でね、姉が山中文子、妹が武子。姉はオキャン、妹は武子と名前は勇しいがおしとやかだ。自分が保證するが、お徳用だよ。……よし、學校へはこっちから了解をとっておかう」

　と賣りこんだといふ。

「それでねえ、お父さん、主任さんが話してらした天野さんて、どこの天野さんだと思ふ？」

　文子がかう問ふ。

「世の中には天野さんが大勢ゐるから見當もつかないな。忠臣藏に登場する義人、天野屋利兵衛でないことだけは分るけれども……」

「何をいってゐるのかしらねえ、お父さんは。いま東京で一番有名な天野さんてだれ？」

「東京驛の天野驛長さんでせう」

　焦《じ》れったさうにしてゐた武子がたうとう種を明かす。文子が續けて、

「天野驛長さんと主任さんは、中學、高等學校を通じての御學友だったんだって」

「さう、明日から東京驛の職員なの。海軍技術研究所から東京鐵道局總務部の要員課へ回って、手續きを濟ませて來ちやつた。主任さんの紹介状のおかげで、それはもう呆れるぐらゐとんとんと話が運ぶの。わたしも武ちやんも業務部旅客課職員よ。花の國鐵乙女よ」

「するとまさか……」

紹介状のせゐばかりではあるまい、東京驛は、いや全國の九つの鐵道局は元《もと》もと職員が欲しくて仕方がなかつたのだ、と自分は思つた。一昨年の秋、政府は「國内必勝勤勞對策」を閣議で決定したが、そのなかに、〈全國のあらゆる驛に於て、出札掛、改札掛、車掌などの職種に男子が就業することを禁止する〉とあつた筈だ。鐵道教習所でしつかりと教育を受けた男子國鐵職員の多くは兵士として、あるひは滿鐵やジャワ鐵道などの出向職員として、外地へ出て行つてしまつた。女子職員採用はいはばその穴埋めだらうが、速成だから能率が落ちる。能率が落ちるから又、採用する……。この䱡ごつこが二人を國鐵乙女に仕立てあげることになつたのだと思はれる。しかしさういつては心に傷をうけるだらうから、自分は、

「それはよかつた」

喜んでみせ、それから、

「ただ、これまでせつかく女學校に通つてゐたのに中退といふのは惜しい」

とすこし澁面《しぶづら》をつくつた。

「女學校を中退するわけぢやないの。轉校するだけのことよ、お父さん」

さういつて文子は武子と顔を見合せくすくす笑つてゐる。

「わたしは淑徳實科女學校から、そして武ちやんは女子高等學園から、それぞれ東京驛高等女學校へ轉校するのよ」

「文部省から正式な認可がおりてゐるんだつて。わたしたちだつて最初は驚いちやつた。さうよねえ、お姉ちやん？」

「それはもう大仰天」

自分も負けずに仰天してしまつたが、二人の話をまたここでまとめると、現在、東京驛には女子職員が二百十三名（明日から二名ふえることになるが）在籍し、二班に分れて勤務してゐるといふ。午前八時に出勤し、宿直をして翌日朝八時に歸宅、これを一日交替で繰り返すのである。ところがこの春頃、女子職員の間から、

「もつと勉强したい」

との聲があがつた。それも一人や二人ではない、實に百八十餘名が勉强したいと望んでゐることが分つた。周知の如く四月から、國民學校初等科と醫學校を例外として、國民學校高等科から大學までの全學校の授業はすべて停止になつてゐる。すなはち我が帝國には原則として、初等教育以外は存在してをらないのである。しかし東京驛の國鐵乙女たちは「宿直が明けて國家から與へられた仕事を果し終へた後、自習でもいいから勉强したい。寢る時間を削つてもいい。とにかく教科書を、書物を讀みたい」と訴へ續け

た。このことを傳へ聞いて感動した者が三人ゐた。一人目が天野驛長で、彼は三階の一室を乙女たちに自習室として提供した。二人目は日本橋の楓川高等女學校の倉持校長で、彼は「自習ではやがて行き詰るだらうから、月曜は國漢、火曜は幾何、水曜は數學、木曜は國史、金曜は物象、そして土曜は裁縫と、曜日曜日に専門教師を出張させませう。分らぬことがあればそれらの教師に教へを乞ふやうになさい」と申し出た。さらに校長は「自分の専門は修身だから暇を見つけては自習室に參上し、爲になる精神訓話をいたしませう」とも申し添へた。三人目は文部省のさる高官であった。彼はその自習室の出入口に、「楓川高等女學校東京驛分校」と大書した俎ほどもある表札を下げることを認可し、國民學校卒業者なら二年間で高等女學校の卒業證書を、高等女學校卒の者なら一年間で専修課の修業證書を取得できるやう計《はか》った。その上、彼の高官は五月一日の開校式に、三時間にも及ぶ大演説を打《ぶ》ったさうである。

「それでね、いまは女子職員が二班に分れて、宿直明けの班が午前八時から一時間づつ、つまり二日に一時間づつ、高等女學校の正規授業を受けてゐるの。わたしと武ちゃんは、明日から一週間、一日八時間の教習を受けて、今月の二十九日から正式な女子職員といふことになるんださうよ」

「でも、仕業制服は明日、下さるんだつて。濃紺のモヂリ形上衣で襟は白、下はモンペで黑ズックの運動靴。それは素敵なんだから」

「そのうちどうにかして小豆を手に入れて、お赤飯ふかしてあげなくちやね」

妻がお勝手へ立つた。

「今日のところはふかし芋で我慢してちやうだい。ねえ、お父さん、小豆を心掛けておいてくださいね」

何人目になるのかは知らぬが、自分も感動してしまつた。このごろの若い者はつくづく立派だ。第一高等學校の學徒は、最近、午前六時半には登校してくる。午前七時前から八時まで授業が行はれることになつたからだ。國民學校初等科以外は授業停止といくら大人が決めたところで、若者の向學心までは禁じられない。一高生は八時に授業を終へると早足で二十分の動員工場へ急行するといふ。工場に着いて十分間で配置、そして準備を完了して八時半から午後五時まで作業をつづける。夜勤作業にあたつた者は朝五時まで働いて、學舍へと驅けつけて來る。清の通つてゐる府立五中でも同様で、先週から朝のうち一時間の授業がある。授業をすませてから小石川の陸軍兵器庫へ大地下壕を掘りに出かけるのである。若者の向上心を勘定に入れない教育令に對してだけは、自分は反感を抱いてゐる。彼等は錢《ぜに》をくれだの、御馳走が食ひたいだの、映畫が觀たいだのといつてゐるわけぢやない。一日一頁でいい、書物が讀みたい。一日一題でいい、代數の問題が解きたいと、さういつてゐるだけだ。讀ませたらいいぢやないか、解かせたらいいぢやないか。午前中ぐらゐは、あの切ないばかりの學究心を滿足させてやつたらいいぢやないか。

さらにまた硝煙の戰場を見ても然りだ。自分は九州の特攻基地取材から歸つた高橋さんから、一枚の寫眞を見せて貰つたことがある。特攻機に乘り込む寸前のその若鷲はまだ幼い顔をしてゐたが、これから神にならうといふその若者の抱いてゐるものを見て自分は胸を衝《つ》かれ、思はず知らず涙を零してしまつた。妹が可愛がつたものか、戀人が贈つたものか、それは知る由《よし》もないが、彼は古びたお人形さんを抱きかかへて機上の人にならうとしてゐるところだつた。「この子は神になるにはまだ早すぎる」と呟くと、高橋さんも呟くが如く、「この子はその前の晩、ほとんど一睡もせず、ただ默つて鉛筆を削つてゐました。新しい鉛筆をチビになるまで削つて、それからまた新しいのにかかるのです。三十本は削つたと思ひます。……この寫眞は沒になりました」と長い間ぼそぼそ言つてをられた。

人が年の順に死んで行くならどんなにいいだらう。良策がなにかないものか。火事場泥棒の片棒を擔いだり、相撲に血道をあげたりしてゐる自分とくらべると、いまの若い人はよほど立派だ。

「ところで海軍技術研究所でお前たちはどんな研究のお手傳ひをしてゐたのだね」

文子に訊くと、たちどころに、

「主任さんに、親兄弟にも喋りませんと約束してきたんです。殺されたっていへませんし

と二の矢を封じられてしまつた。武子のはうは、

「それにだいたいが難しい研究だもの、わたしたちに分るわけないでせう」

やんはりと外す。うちの若いのもなかなか立派である。

（二十一日）


「昨夜、町會事務所に投げ文をした者があつて、そのことで一寸相談にあがりました」

朝食をすませて一服をしてゐるところへ町會長がやつてきた。

「おつとその前にこの間の刷物《すりもの》の御禮を申し上げなくてはいけませんな。見事な出來榮でしたよ。情報局のお人などは、『局專屬の筆耕屋より讀み易い。今のをクビにしてこの人を雇ひたいほどだ』と感心してゐなさつた」

町會長は國民服の右の胸ポケットの陶製の釦を外すと、近頃では珍品ともいふべきGペンを摘み出し、丁寧に卓袱臺の上に竝べた。六本もある。

「清くんへの御土產ですわ。山中さんにはこれ」

左の胸ポケットから出てきたのは一箱の朝日である。ときどき配給になるのは金鵄《きんし》で、こいつにはいたどりの葉が混ぜてあるから御世辭にも美味《うま》いとは申されないが、朝日の煙を吸ふとニコチンが指の先々にまで廻つて躰全體がちりちりと快く痺れてくる。それでこそ煙草といふものだ。朝日を入手する方法はある。朝日の空袋にぎつしりと白米を詰め、煙草屋の店頭に立ち、人通りが途絶えたときを狙つて、店主に白米入りの朝日をさつと出すのだ。白米はすぐ煙草に化ける。このやり方でなら購入券は不要である。白米が要《い》るからやる人の數は限られてゐるが。町會長はどういふ方法でこいつを手に入れてゐるのだらうか。内心では首をひねりながら、表向きは低頭して朝日を受け取つた。

「さて、問題の投げ文といふのはこれでしてな」

町會長は國民服の右下ポケットから四ツに疊んだ紙切れを出して卓袱臺の上におき、左下ポケットから金鵄を抜き、「聖戰完遂、國策實踐」と印刷された石田燐寸《マッチ》を擦つて一服つけた。いろんなものをよくポケットから出す人である。煙草を喫ふのにいちいち燐寸を擦るのも豪勢な話だ。周知のやうに燐寸も配給制で切符がなければ買へないし、本數も一日六本と制限されてゐる筈だが。

「この投げ文の主は、お宅の清くんだと睨んでをるが、とにかくお讀みいただきたい」

ひろげてみるとノートを破つたものに、こんな漢詩の出來損ひが書きつけてあつた。

町會長ノ節尿節便論ヲ難ズ

快便放尿《クワイベンハウネウ》　人生《ジンセイ》ノ快《クワイ》
黄糞千秋《クワウフンセンシウ》　皇土ヲ肥《コヤ》ス
放水雲古《ハウスイウンコ》　賢邪《ケンジヤ》ノ別《ベツ》ナク
厠上思案《シジヤウシアン》　賢者《ケンジヤ》ノ習ヒ
糞風《フンプウ》　親《シタ》シミ易《ヤス》シ神州《シンシウ》ノ風《カゼ》

壺中　貯《タ》メテ嬉《ウレ》シキ肥料ノ山
便意《ベンイ》　留《トド》メ難《ガタ》キハ自然《シゼン》ノ情《ジャウ》
尿意　抑ヘ難キモマタ人間ノ常

吾子《ワレ》　志ヲ立テテ便意ヲ禁ゼバ
白眼《ハクガン》　天ヲ仰ギテ必死《ヒッシ》ノ顔
忍耐《ニンタイ》　限リアリ噴發《フンパツ》ノ慘《サン》
母親《ハハ》　流涙《リウルイ》シツツ虎子《トラノコ》石鹼ヲ費ス

吾子　或《アルイ》ハ尿意ヲ停《トメ》レバ
白晝　失神シテ評判ヲ落シ
下袴《ズボン》　雜巾ノ如ク雫《シック》ヲ垂《タラ》シ
殘念　貴重ノ衣類ハ廢品ト化ス

小人　小策《セウサク》ヲ練《ネ》ルノ時《トキ》
物資　徒《イタツラ》ニ費《ツヒ》エ去《サ》リ
愚人　人情ヲ無視スルノ秋《トキ》
聖戰　愚《オロ》カナル喧嘩ニ變《ヘン》ズ

呵々《カカ》　町會長ノ策ハ天道ヲ輕《カロ》ンジ
嗚呼《アア》　机上《キジヤウ》ノ痴案《チアン》ハ世情ニ負《ソム》ク
町會長ノ珍論ヲ識《シ》リテ涕涙多シ
哀《アハ》レム可《ベ》シ功名ヲ急グアノ回覧板
失名生

筆跡を一瞥して、高橋さんとこの昭一くんが書いたものだと分つた。一昨日の晩、自分は厠からすぐ二階にあがつて寝てしまつたが、清は昭一くんと遅くまでごそごそやつてゐたやうだ。おそらく額を寄せ合つてこの漢詩擬《まが》ひを共作し、昭一くんが清書したのだと思ふ。昭一くんの筆跡《て》は「蚯蚓のぬたくつたやうな」の逆で、雀の踊つた足跡そつくりだから、すぐそれと見分けがつくのである。

「平仄《ひやうそく》が合つてゐませんし、字數《かず》も出鱈目ですし、とにかくこれは出來損ひです。がしかし隨分、難しい漢字も使つてある。中學校の一年生や二年生に、これを作るのは無理なんぢやありませんか」

白《しら》を切ることに決めた。もともとあの回覧板が噴飯物であつて、失名生の方に軍配があがる。理屈が通つてゐる。人情を辨へてゐる。正論を述べた二人を町會長の的《まと》外れの叱責から守つてやらずばなるまい。

「歴とした證據がありますのでな、さう簡單にハイ左様デスカと引きさがる理由《わけ》には行きませんぞ。そのノートの切れッ端を透《すか》してごらんなさい」

いはれた通りにした。上等の紙質で指で彈くとピンピンと音がしさうなその紙に「コクヨ」と透しが入つてゐる。

「最近のノートに透しが入つてをりますかな」

入つてゐるわけがない。大抵が藁半紙を綴ぢたものを粗末な厚紙ではさんだだけの代物《しろもの》である。消しゴムを使ふとそこだけが薄くなり、二度消したりすると破けて確實に穴があく。それが現今のノートの悲しい特徴である。もつともノートや雜記帳ばかりを責めるのは可哀相だし、第一、公平を缺く。消しゴムの質も惡いのだ。ゴムだか粘土だか分りやしない。

「コクヨの社長とは幼友達でしてな、忘れもしない、あれは去年の二月末、龜戸へ梅見に行つた歸りに彼の家へ寄つて、上質の大學ノートを十册土産に貰つてきました。ノートの要《い》りさうな人に一册、二册と頒けて、最後の二册を清くんの中學合格祝ひとして差しあげた……」

「や、あの節はありがたうございました。清のやつ、あのノートを寶物のやうに扱つてをりましてね、まだ一册、手をつけずにとつてゐるやうで……」

去年の春の禮を述べてゐるうちに、これはいけない、と氣付いて顔から血の引くのを感じた。雜記帳を破つて投げ文をすればいいのに、よりによつて透し入りを使ふとは。

おそらく二人はこの漢詩擬ひの出來に昂奮したのだらう。二人にとってこれは「傑作」だつたのだ。傑作だから良質の紙に淸書したかつた。多分、さういふことだつた。

「こそ泥を捕へてみれば我が子なり、ですかな」

金鵄の煙をぷーっと吹きかけて來た。

「はあ、監督不行屆きでした。歸つたらうんと灸を据ゑてやります」

いさぎよく白旗を高く掲《かか》げ、頭の方は低く下《おろ》す。

「目が屆きませんで、これは親の責任でもあります。お詫びいたします」

「折角差しあげたノートをかういふことに使ふとは、近頃の若い者の氣持は分らない。とはじめのうちはさう思つてをつた。がしかしよく考へると、この投げ文は急所を衝《つ》いてをりますよ。たしかにわたしの節尿節便論は人間の自然の情にさからつてゐるところがある」

いつもとは風向きが違ふ。自分は少し戸惑ひ、それから不吉なものを感じた。

「臭《くさ》いものに蓋をしようとしてゐたのですな、わたしは。臭いものは根元《ねもと》から斷《た》たなくちや駄目ですわ。つまり各家庭の便壺を空《から》にして、思ふ存分用を足し、淸々《すがすが》しき精神をもつてこの大東亞戰を戰ひ拔く、これでなくちやいけません。本當に教へられましたな。こちらへお邪魔する途中、町會の屎尿處理擔當者に會つて活を入れてきましたが、擔當者をいくら責めたところで仕方がない……。柴又や金町の各農家は宮永町の屎尿が欲しい。宮永町民は一日も早く屎尿を持つて行つてもらひたい。欲しい、差し上げたい、と両者の氣は揃つてゐるが、仲を取りもつ手立《てだ》てがないのですよ。擔當者がいくら氣を揉んでもどうにもならない。たとへていへば縁談のやうなもので、嫁に欲しい、嫁にやりたい、だが仲人がをらんといふわけですな。山中さん、あなたひとつ仲人役を引き受けてくださいませんか」

話の筋を左へ曲げ右へ折りした揚句、町會長はやうやく本音を吐いた。

「なにしろ山中さんはオート三輪をお持ちだ。小運送業をやつてらつしやる。仲人役にはうつてつけだと思ひます。町會所の裏に農家から肥桶を十《とを》ばかり預かつてをりますのでな、明日、そいつを一回に五つも積んでここと江戸川縁《べり》を六、七回、往復していただけますまいか。汲取りは屎尿擔當者がやります。戻つていらつしやる頃にはちやんと汲んでおく。あなたは桶を運ぶだけ。向うぢや受取り手が待つてゐて桶をおろしてくれますし、山中さんの手は汚《よご》さうたつて汚れない。さうさう、町會所から先にやつていただきませうか。町會所は町のお役所、いはば公《おほやけ》の場所、かういふことは公が先で、私事は後にいたしませんとな。念のために申しあげておきますが、この仕事は『陸軍統制令』に基いて出された告示第百五十三號の中の、例の優先順位の第三に該當するだらうと思ひます。くどいやうだがもう一つ、ガソリンは町會が持ちます。料金は一ト桶につき、三十錢、お拂ひいたしませう」

いふだけいふと、町會長は晴れ晴れした表情になつて引き揚げた。腹は立たなかつた。むしろ清と昭一くんによるあの漢詩擬ひをよくもまあ巧みに逆用したものだと感心したぐらゐである。また、公示第百五十三號をちらつかせたのはドスが効《き》いてゐた。公示第百五十三號を持ち出されると、こつちとしてはヘヘーッと平伏するしか手はないのである。この公示の内容を一ト口でいふと、「運送を引き受けることの出來るもの」と「出來ないもの」が定《き》めてあるものと言ひ切つてよからう。

㈠五十粁《キロ》を超えて運送を要するもの
㈡百貨店その他小賣業者が顧客に媚びようとして配達する貨物
㈢庭石、大理石、模造石
㈣植木、盆栽、鉢植、花輪
㈤寫眞機械、家畜類、娯樂用品

これらは運送できない。運送可能なものは、

㈠軍需品、軍關係資材
㈡天災事變により緊急を要するもの
㈢米穀類、生鮮食料品
㈣鑛石、石炭、木炭
㈤生活必需品

となつてをり、番號はそのまま優先順位をあらはしてゐる。町會長は「屎尿は㈢の成れの果てだが、然しやはり㈢であることに變りはない」と仄めかしたわけだ。それにしても町會所を公の場所とは、うまい口實である。町會所、その實は自宅ではないか。さ

くらにいへば己《おの》が經營する高級アパート永和荘のことではないか。町會長は、清と昭一くんの漢詩と告示第百五十三號を恫喝の材料にしてアパートの屎尿清掃をさせる氣だ。

　夕方、清が歸つてきた。だが、自分は何もいはなかつた。その頃にはもうあの漢詩擬ひがすつかり氣に入つてしまつてゐたからである。


（二十二日）


　朝、オート三輪の荷臺に古筵を敷き詰めてゐるところへ、角《かど》の兄がやつて來て、

「千住の古澤殖産館へやつてくれないか」

といふ。なんでも兄の傳手《つて》で、四谷區信濃町の慶應病院裏手の旅館を、古澤殖産館が今夜から明後二十五日の朝まで借り切りにすることになつたのださうだ。その旅館は信濃屋といひ、大きくはないが、造作や建具は無論のこと、庭木の一本一本、板塀の隅の雜草にまで主人の神經が行き届いてゐて、その上、閑靜で、難があるとすれば風向きによつて病院から藥くさい匂ひが漂つてくることぐらゐで都内第一級と折紙つきの宿だといふ。客種《だね》は限られてゐる。いつの間にか「陸軍さん」が占據してしまつた。市ケ谷の士官學校や青山の陸軍大學校の敎官、麻布聯隊司令部や近衞の將官が、時に密議を凝《こら》し、時に荒木町の藝妓を招《よ》び、常に塞がつてゐる。ところが閑院宮載仁親王殿下薨去《こうきよ》の日曜日の朝からガラ空《す》きとなつた。

「つまり閑古《カンコ》宮《みや》になつたつてわけだな」

兄は不敬この上ない、しかし出來の方は香しくない駄洒落を放って、

「閑院宮様は元帥陸軍大將、なにしろ陸軍の大頭目だもの、陸軍さんとしては歌舞音曲藝妓抱寝停止《ちやうじ》、明日一杯は大人しくしてゐるほかない。そこへこのおれがつけこんだってわけさ」

とつづけた。この信濃屋旅館に目をつけた理由は闇商賣でここの主人と繋がってゐたことのほかに、二十五日午前十時からはじまる明治神宮奉納大相撲の會場、すなはち神宮外苑相撲場が近いからださうだ。たしかに神宮相撲場は日本青年會館の東隣り、信濃町からなら五、六町である。古澤殖產館の主人は大相撲初日の入場券を十枚どこかから手に入れた。

「ところが、前夜から泊り込み行列するのは禁じられてゐるものの、開場は午前七時だ、一番電車でだーっと大勢が押しかけてきてたちまち蜿々長蛇の列になることは間違ひない。去年の十一月以來の大相撲、それも初日の土俵を遠くから眺めるんぢやつまらない。古澤の主人は『こいつは三時半起きの、四時千住出發かな』とぶつぶついってゐた。そのぶつぶつを聞いてゐるうちに、おれは信濃屋旅館が閑古宮だつてことを思ひついて、早速打つべき手を打った」

つまり、兄は白米を一斗擔いで行き信濃屋旅館に掛け合つた。さうして「これは手付《は》けの米で、話がまとまれば後《あと》で又、三斗持ってくる。それも公定價格に毛を生やかしたぐらゐの超安値で手放してもいいと思ってゐる。ただしその代り、二十三日の夕方から

二十五日の早朝まで、古澤殖産館にそつくり貸してもらひたい。ついでに清酒を五升景品につけよう」とつけ加へた。この好條件を飲まない旅館の亭主がゐたら、彼は餘程の下戸か、變り者だ。約束たちまち成り立つて、これから米や酒を運ぶのだといふ。無論、古澤の一統が二泊三日で飲み食ひする肉や魚や野菜、それに麒麟麥酒《キリンビール》なども、晝までに運び込む。

「そんな贅澤をして罰が當りませんか」

「元手《もと》はとれるのさ」

信濃屋旅館には離れが二つ、座敷が三つあると兄はつづけた。第一の離れに荒木町の藝妓を招《よ》び、そこへ農商省の生活物資局の偉い人を相部屋させる。二人がどうなるか、問ふだけ野暮だ。座敷の一つは古澤殖産館の店員五名に明け渡し、久しぶりに命の洗濯をしてもらふ。第二の座敷には古澤の主人夫婦が入る。さうして第三の座敷は兄と、この自分のために明けてくれることになつてゐるといふ。

「美松家のお仙ちやんを連れて行きたいところだが、今回は女房の番だらうな。だからお前も和江さんを連れといで。氣兼ねはいらないよ。風呂場が三個所にもあつて、この世の極樂だぜ。それになんといつても相撲場が近い」

「すると、店員慰安に親族親睦に役人接待に相撲見物と、この四つを、一遍にやつてしまはうといふわけですか」

「五つだよ。もう一つの離座敷に忠夫くんと絹ちやんが入ることになつてゐる。新婚旅行の代用さ。かういふ時局下だから一つ一つ別々にやつたんぢや兵隊さんや産業戰士の皆さんに申し譯がない。そこで何もかもごつちやにしてやつてしまふわけさ」

兄に、先約があつて今日は古澤殖産館へオート三輪を回すことはできないと答へた。その先約といふやつを手早くすませて、午後から夕方にかかつてもいいから、オート三輪の都合をつけてくれ、と兄はなほも喰ひ下る。自分は荷臺に敷いた筵を示して、

「町内の屎尿を葛飾へ運ばなきやならない。だから飛沫《しぶき》よけの用心をしてゐるところさ。さういふ荷臺に米や清酒を積んぢやまづいだろ」

といつた。

「それに信濃屋旅館も今夜は遠慮する。ただし明日の晩はお邪魔したいと思ふ。出來るだけ近くで輝昇《てるのぼり》が見たいんだ」

「必ず來いよ」

兄は他の小運送屋を當るつもりだらう、足早に立ち去りながら、

「絹ちやんが樂しみにしてゐるからきつと來るんだぜ。ただし來る前に錢湯で肥《こや》しの臭ひをよく落すんだよ。それにしてもお前の輝昇贔屓も久しいものだな」

と角を曲つて消えた。小結輝昇は技がよくて、濫いところがいい。去年十一月の小石川後樂園での秋場所には除隊後の休養のために出場見合せ、自分たちは隨分、長いこと輝昇の土俵を見てゐない。だが、明後日から毎日、土俵際でのしぶといところが拜める。自分は元氣よく逆回轉キックを蹴つてエンヂンを發動させた。輝昇の次に好きなのは綾

昇だが、兵隊さんになつて戰地にゐる。それから出羽湊、玉の海……。戰地に行つたままの力士を三人、思ひ出したところで町會事務所に着いた。

　午後七時まで九往復した。都合四十五桶分を江戸川西岸の田畑《でんぱた》へ運搬したことになる。はじめは霧雨に降られて、空と同じやうにこつちの氣分も晴れることがなかつたが、二度三度と往き來するにつれぐんぐん愉快になつて行つた。理由は簡單である。柴又二丁目や金町二丁目の共同肥溜《こえだめ》にオート三輪を停めれば待ち受けてゐるお百姓たちの間から拍手がおこり、御苦勞と聲がかかる。引き返す段になると名物の葱味噌は下さる、江戸川の鮒の雀燒は下さるで、下にもおかぬもてなしやう。宮永町へ戻れば、町會長はその度に朝日を口に咥へさせてくれるし、町會事務所が濟んで隣家のにかかると、そこの御隱居が細引きにした紙片に、「根津からも葛西船《かさいぶね》の出るありがたさ」と川柳をすらすらと一筆で書いて渡してくださるし、自分はいたるところで喜ばれ、感謝された。これほど他人《ひと》様から感謝されれば、誰だつて愉快になるだらう。こつちの氣分が空にも感染《うつ》したのか、午後から天氣は上々となつた。その上、一度も警報が鳴らない。しまひには自分としては珍しく鼻唄が出た。

　なほ、前記の川柳の意味は、作者がみづから説明してくれたところによればかうである。江戸時代、近郊各地から江戸の各河岸へ肥取船が集つてきてゐた。そのうちで最も古くから江戸へ肥取に來てゐたのが荒川と江戸川にはさまれた低地、葛西領からの葛西船。そこで肥取船がどこから來ようが、みな葛西船と呼ばれるやうになつた。しかるに今、江戸の世とはあべこべに、江戸から、それもこの根津から葛西三輪が出かけて行く。こんなありがたいことがあらうか。――わづか十七字にこれほど多くの情報を隠してゐたとは、なかなか川柳も油斷がならない。

最終の第九便を金町二丁目の共同肥溜にあけ、大豆二升の贈物で勞《ねぎら》はれたあと、江戸川西岸の土手に出て、葛西三輪を下流《しも》へ向けてのんびりと走らせた。左に青く澄んだ江戸川がある。川幅は廣く、その流れはゆつたりとしてゐるので、巨大な青布をひろげたやうである。對岸は松戸、その名にふさはしく松が散見される。斜め前方の里見城趾を厚く包む松林が見えて來た。城趾は一段と高く、そのために厚い松林が鬱蒼とした島のやうに見える。江戸川の滿々たる水を前においてゐるせゐで、本當に島だ。右へ眼を移すと、一帶の田園は夕日を浴びて銀線《ぎんみどり》に輝いてゐる。あちこちに遲咲きのれんげの小圃《ほ》の紅紫と屋根瓦の茶とが點綴してゐる。帝釋天の森が綠の瘤のやうだ。今日、このあたりの人たちから教はつたことだが、れんげは綠肥にするために植ゑてゐるのださうだ。そして瓦はここの名産である。土手のすぐ下に梨畑が見えて來た。その若葉の上を小鳥が飛び騷いでゐる。平和なものだ。がしかし今の世の中、とりわけ東京市街の瓦礫の山に慣れた眼には、この平和が、一帶の綠が、美しすぎてかへつて妖《あや》しいものに思はれる。眼をあげると、黑い富士が望まれた。逆光が黑くしてゐるのだ。以前の自分は富士を「神のやうに美しい」と思つてゐた。だが近頃は、あの山は日本人を裏切つた、あいつはB29の親友だ、と思ひはじめてゐる。親友といふのが穩當を缺くやうなら客引きだ。

Ｂ29やＢ24やＰ51の目印になり、おいでおいでをしてゐる。けしからぬ山だと思ふ。自分はまた視線を左へ振つた。土手から斜めにおりる道がある。矢切の渡しに小舟が着いて、鍬を擔いだお百姓が二人、ひらりとこちら岸の人になつた。坂道を下《くだ》つて岸近くに葛西三輪を停め、かねて用意の馬穴で江戸川の水を汲む。荷臺に二十杯もかければ、「葛西」が洗ひ流されて以前《もと》のオート三輪になるだらうと思つたのである。

「くさい三輪だなあ」

　見ると運轉臺を覗き込んでゐる子がある。國民學校二年生ぐらゐだらうか、いやに角《かく》張つた下駄のやうな顔をしてゐる。背中に、おかつぱ頭の女の子をくりつけてゐた。こつちは二歳ぐらゐか、おでこの廣い可愛い子だ。

「だからこそ洗つてゐるんぢやないか」

「をぢさんは人の親かい」

「そりや、どういふ意味だ」

「子どもゐるの」

「ゐるさ」

「お土産なんか買つて歸つたことがあるの」

「たまに、ね」

「感心だねえ」

「大人を褒めるなぞは妙な子だね。さういふそつちはどうだ。お父さんはお土産を買つてきてくれるかい」

「ゐないもの、そんなものは。どつかへ逃げちまつたつてさ」

「お母さんは？」

「大阪にゐる」

「ぢやあどうやつて生きてゐるんだね」

「妹と二人で伯父《をい》ちやんとこに居候してゐる。それでね、小父《をぢ》さん、おれ、乾燥芋を一袋持つてんだけど、子どものお土産に買つて行かないかい？　伯父《をい》ちやんがね、自分とこ用に作つたやつだから、そこいらの乾燥芋とイモが違ふよ。厚くて、柔かくて、ぷわーつと白粉《しろこ》吹いちやつて、そりやあ美味しいんだ。五枚入つて二圓、といひたいところだけど一圓五十錢でどうだ。さあ、持つてけ、泥棒」

　小さい癖によく舌の回る。ちひさな眼が間斷なく動く。だが、どことなく愛嬌があつて憎めない。つい買つてやる氣になつた。

「おやつを貯《た》めたのかい」

「店《みせ》からちよろまかしましたといつたら買つてくれないだろ。だつたらおやつを貯めたといふことにしとかうよ。あ、水ぶつかけるの、おれやつてやらうか。一杯につき五錢は高いかなあ」

「五錢でもいいが、どうしてさうお金を欲しがるんだね」

「大阪までの汽車賃。夏休みにふらつと行つてみようと思つてゐるんだけどね」

少年は負《おぶ》ひ紐をほどきながら、こつちに背を向けた。荷臺を洗ふ間、女の子を抱いてゐろといふのだらう。抱き止めながら、

「ふらっと大阪へ行けるやうな御時世ぢやないよ」

と諭《さと》すと、少年は威勢よく馬穴を川へ沈めて、

「なんとかなるんぢやないかな。だいたい葛飾と大阪は地つづきなんだしさ」

悟つたやうなことをいひながら馬穴を引き揚げる。隨分、力がありさうだ。

「をぢさん、妹がぐづつたら、『こら、さくら、題經寺の御前様《ごぜんさま》に嚙み嚙みしてもらふよ』といつてよ。そしたらすぐ泣きやむから。おれがさう躾けたの」

少年と女の子を柴又の題經寺の門前でおろして、陸前濱街道を中川橋に向つて走り出したとき、背後から題經寺の入相《いりあひ》の鐘が追つてきた。一昨日の日錄に自分は「このごろの若い人は立派だ」と誌したが、このごろの少國民もまた獨立獨歩の氣概に溢れ、末賴もしい。あのやうに逞しい少年が一人でもゐる限り、帝國がこの先いかなる苦難に直面しようとも、その未來に光明の失はれることは斷じてないのである。

（二十三日）

妻に、警戒警報が出てゐるやうですよ、と告げられて起き上り、ラヂオのスイッチを入れた。報道員の聲はいつもと違ってなぜだか早口である。「敵の數編隊は續々と北上し、先頭はすでに八丈島上空を通過しつつあり、嚴重なる警戒を要す。本土侵入の時刻

は二十四日午前零時三十分頃の豫定……軍官民一致して防空に完璧の準備をなし、必死の敢闘を望む」。前日、すなはち二十三日の日録を記し床に就いたのが午後十時、そして妻に起されたのが午前零時五分、二時間しか眠ってゐない勘定だが、頭は冴えてゐる。焼き殘しを掃除に來たのだらうから、敵め、今度こそはこの根津に焼夷彈の雨を降らせる氣だ。さう自分に言ひ聞かせながら、防空頭巾をかぶつた。妻は早くもお勝手へおりて手探りで握飯をつくってゐるらしい。文子と武子が、「東京驛まで三十分で走れるかしら」、「わたしはとてもむり……。お姉ちゃんのやうには速く走れないわ。でも、一時間はかからないと思ふ」などと言ひ交しつつ階段をおりてゆく。自分はうしろから二人の肩に手をかけ、「教習も終ってゐない見習雇員がウロチョロしてゐては、かへって足手まといになるだけだ。今夜は上野のお山の横穴に行くものと思ってゐなさい」といった。清は肩かけ鞄に書物を詰めこんでゐる。「父さん、ごめん。昭ちやんと合作した漢詩のせゐで、葛飾まで九回も往復させられたんだってね。輕い氣持でやったことだったんだけどなあ」。かういふときに改まって詫びられるのは厭なものである。「また合作して町會長を慌てさせてやるさ。今度は父さんも仲間に加へておくれよ」とけしかけて戸外へ飛び出した。オート三輪はガソリンなしでは動かない。自分は物置の穴倉の底に隠しておいたガソリン三十五ガロンをマンホールへ移すことにした。それにガソリンが物置にあつては危險である。清を呼んで二人でガソリン罐をマンホールの前に竝べた。それからモビル油一斗一升、ギヤー用油三ガロン、グリース四瓩。運び終つて一寸息を整へる。西の空に十二夜の月が芝居の書き割りのやうにわざとらしく架かつてゐる。一瞬すべてが芝居か、あるいは夢の中のことのやうに思はれた。清に「どうかしたの、父さん」と聲をかけられてはつと我にかへり、マンホールの鐵蓋を開けにかかつたが、急に我にかへつたりしたのがいけなかつたのか、自分では頭が冴えてゐるつもりでもその實は本當に目を覺してゐなかつたのか、あるいは極度の緊張のためか、開け損つてアッといふ間もなく左の中指と藥指が鐵蓋の下敷きになつてしまつた。清がウーンと唸つて鐵蓋を開けてくれた。二本とも指の先から血が吹き出してゐる。指の根元の血管を押へて、「清、たのむ。ガソリンをマンホールの中に入れておいてくれ。蓋をするのを忘れるな。そのときにこんなへまをしちやいかんぞ」と囈言《うはごと》のやうにいひ、家の中へ驅けこんだ。家の中はむろん、暗い。「母さん、やられちまつたよ。蠟燭はどこだつた？」と呼ばはつてゐると、「もう落ちましたか。爆裂音は聞えませんでしたけど……」と妻がお勝手で頓珍漢をいふ。文子が蠟燭を點《つ》けた。指先は二本ともぐぢやぐぢやになつてゐる。武子の救急袋の赤チンを塗り、ガーゼで抑へ、假繃帶をして、同じ隣組の五十嵐齒科醫院へ驅けこんだ。先生の診立ては全治一ケ月、治つても爪は歪《いびつ》のまま、一番大切な治療法は明日にでも外科醫をたづねること、以上だつた。一年前まで根津に三軒の外科醫院があつたが、いまは一軒もない。二人は國立病院勤務を命じられ、一人は戰地へ出て行つた。「明日、慶應病院へ行つてみます。近くに用事のやうなものがありますから……」といふと、先生は「慶應が滿員だつたら、近くの關東配電病院へ行つてみなさい。知人が薬局に入つてゐるから、紹介状を書いてあげよう」と、さつそく机に向ふ。高射砲の音がして、薬品棚がびびびと鳴つた。いよいよ敵機が帝都を侵しはじめたのだ。氣が張つてゐるせゐだらうか、かなりの怪我なのにまつたく痛みを感じない。自分でも不思議である。外へ出ると、はやくも西南の空が紅色に染つてゐる。とすると、自分の讀みが外れたのかもしれぬ、今夜こそやられるだらうと覺悟してゐたのだが。「やつた!」といふ歡聲が爆音や高射砲の音を縫つて聞えて來た。拍手の音もしてゐる。見上げると、火達磨となつたB29が二、三杆、東へ滑つて行つたかと思ふと、多分隅田川の眞上あたりだらうか、三つ四つの巨きな火の玉となつて彈け飛び、空中分解した。火の玉は上野のお山のはるか向側へ吸ひ込まれて見えなくなつてしまつた。「ホラ、またやつたぜ」と叫び聲があがり、拍手の音がいつそう大きくなる。淀橋のあたりだらうか。地上の火災が壯大な照明燈となつてB29の下腹を輝かせてゐるのだが、その機は四つのエンヂンから火を吹いてゐた。さうして帝都上空をぐるぐる廻りはじめた。「あいつ、こつちへ向つて落ちる氣だ!」、「おい、東京灣へ落ちろよ」、「シツ、シツ、シツ、あつちへ行け」。聲のする方へ行つてみた。高級アパート永和荘の屋上に鈴なりの見物人がゐる。「やつぱり東京灣へ突つこんぢまつた。よかつた、よかつた。ありがたうよ」といつてアルマイト鍋の尻を蓋で叩いてゐるのは仕立屋の源さんだ。「防火能力者がそんなところでお囃し方をやつてていいのかい」と聲をかけた。「今夜も根津は執行猶豫らしいや。こつちへは來ないと思ひますよ」「だといいが、しかしやられてゐるところは氣の毒だねえ」「高射砲部隊がそのお返しをしてますよ。今夜は實によく命中してるもの。ただ、どこへ墜落するかわからないから、いつもとは違ふ怕さがあるけれど……」「四谷や外苑の方はどうだらう、まさか燃えてやしないだらうね」「蒲田、荏原、玉川、大森、大井、大崎……、そのあたりだな。それから西はといふと、淀橋、野方……」。そのとき、西南の空が一瞬明るくなつた。かなり近くに焼夷彈の雨が降り注いだやうだ。「麹町だぜ、今のは」「たしかかい、源さん、信濃町あたりぢやなかつたのかい」「ああ、たしかに今のは麹町でしたよ」。いくら待つても永和荘の屋上は空《す》かない。一人としておりようとする者がゐないのだ。爆音、爆裂音、高射砲の音、遠く近くザアザアと雨のやうな音をたてて落下してくる焼夷彈。これらの合同軍と對抗して屋上の源さんとやりとりしてゐるうちすつかり聲が嗄《か》れてしまつた。そこで家へ引き揚げることに決めたが、敵機は際限もなく後から後からとやつてくる。一機宛、多くても三機どまりで次々に西から侵入してくる。照空燈と高射砲はその應接に追ひまくられてゐる。一機に照射してゐると、舞ひあがる大火煙の蔭から又一機あらはれる、その繰り返しだ。しかし三月十日未明、あるひは四月十三日から十四日にかけてのあの大空襲と較べれば、今夜のはずつと生ぬるい。と利《き》いた風な感想を抱いたとき、突然ザーッとあの薄氣味の惡い落下音が思ひがけない早さで降つて來、根津權現社のすぐ向うの千駄木林町が火の海になつた。自分は咄嗟に伏せたが、屋上で空襲見物をしてゐた者のなかから怪我人が三人出た。不意打ちを喰ひ前後の見境もなく飛び降りて、皆、骨を折つてしまつた。仕立屋の源さんは飛び降りる前に失神してしまひ、それで骨折せずにすんだ。やがて東の空に曉の光がさしはじめ、それが合圖でもあつたのか、ぴたりと空襲が熄《や》んだ。やうやく人心地ついてはつと氣がつくと、屋根といはず地面といはず、又、人の頭、肩といはず、とにかくすべてのものの上に、こまかな紙片が降り積つてゐた。紙片の色は狐色から黑までさまざまだつた。風の具合でさうなつたのだらうが、不忍池には集めれば百俵分を超える小さな消し炭が降つたといふ。

現在《いま》は朝の六時である。左の中指と藥指の先が萬力にかけられたやうに痛む。五十嵐先生から貰つた痛み止めの藥を全部飮んでみたが、どうやら效いてゐたのはほんの二時間足らずだつた。空襲がどんなに恐ろしいかこの一事をもつてしても分ると思つた。空に地上に飛び散る火の玉を見物しながら浮かれてゐるやうに見えてもその實は、この凄じい痛みに氣が回らないぐらゐ、あのザーッは怕いのだ。右手の大和硝子筆の動きが左手へ響いてもう駄目だ。しばらく休んでから病院へ出かけよう。もつとももこの痛み方では、眠れるかどうかは分らないが。

（二十四日）

昨二十四日午前十時、妻の、笛を吹くやうな聲で目を覺した。

「さつきの、眞夜中の空襲で、四谷區の信濃町や左門町が火の海になつたさうですよ。慶應病院も關東配電病院も全燒ですつてよ」。妻は泣いてゐるのだつた。省線の中央線と總武線は異狀なく、京濱東北線も田町―大宮間は動いてゐた。乘り繼いで信濃町で下車した。改札口で警防團員が嗄がれ聲で呼ばはってゐる。

「信濃町左門町方面は通行止めだ。横丁はとくに危い。まだ地面の燃えてゐるところがある」

慶應病院裏手の旅館に娘が泊ってゐるのだと説明すると、警防團員は、

「信濃屋旅館なら燒夷彈の直擊を喰《く》らった」

といった。

「一坪に一個の割合で降ってきたのだ。直擊を喰はない方が不思議だよ」

警防團員を押しのけて驅け出したのは憶えてゐる。だが、それ以後の記憶は、機銃掃射を喰ったトタン屋根のやうで、いたるところに穴が空いてゐる。目を刺す煙、酸っぱい匂ひ。その中を燒死體を探し歩く人。大型トラックに零れ落ちさうに積みあげられた黑焦げのマネキンの山。その上へさらに黑いものをスコップで投げあげる角帽をかぶった消防隊。箸立てのやうな防火用水槽、箸と見えたのは何本もの黑い足。右半身が黑焦げで左半身は色白の女。……油煙で右目を塗りかためられた男が「ナムアミダブ、ナムアミダブ」と蟹の泡のやうなぶつぶつ聲で唱へながら同じところをぐるぐる回ってゐる。自分はその男のまはりを一ト回りしてから、

「……忠夫くん」

と怒鳴った。

（二十五日）

正午、南千住の古澤殖産館からこの根津宮永町へ戻ってきた。一昨日は信濃町から忠夫くんを連れて南千住へ直行した。送り届けた途端、自分も忠夫くん同様腑抜けになってしまひ、昨日の夕方まで横になったままで過ごした。忠夫くんの枕許には眼醫者がつきっきりだった。油煙を何度も洗ひ落しやうやく眼が開いたところで、午後六時から通夜と告別式がとり行はれた。遺骨はない。位牌が五つ竝んだだけの淋しい葬式だった。絹子の戒名は「貞順淨絹信女」である。妻も、またうちの二人の娘たちも、それから忠夫くんの妹の時子さんも、寄ると觸ると泣くばかりで何の役にも立たぬ。息子夫婦と孫の嫁の三人を一遍に失《な》くした古澤の隠居夫婦がなにからなにまでとり仕切った。

「一家全滅が日常茶飯事といふやうな劇《はげ》しい御時世ぢや。七人家族のうちの半分の四人までが生き殘ったことを、勿體ないとも仕合せとも思はねば……」

泣きじやくる顔を見つけるたびに古澤の御隠居はきまって頰笑んでかういひ、おばあさんはそれへ、

「ただ、わたしども年寄が倅夫婦や孫の嫁の代りになってゐたのであればいふことはなかった」

判で捺したやうに間《あひ》の手を入れてゐた。御隠居が悲しさうに見えたのはただ一度、葬式の見物のなかから、

「闇商賣に精を出し身分不相應に奢つた罰があたつたのだらうよ」

といふ聲があがつたときだけである。

もう一人、「旦那」と叔母を一緒に失《な》くした美松家のお仙ちやんもよく動き回つて隠居夫婦を助けてゐた。こつちは妻妾同居の活き地獄が思ひがけない方法で解消になつたのを喜んでゐるやうだつた。午後十時半になつて空襲警報が鳴り、通夜の客たちは一升壜を摑んで裏庭の防空壕へ引つ越したが、自分はそのまま座敷に殘つた。絹子の位牌の前で焼夷彈に串刺しにされるのなら本望だと思つたのだ。お仙ちやんも居殘つてゐて、

「信介さん、角《かど》の家はあたしのものだからね」

と酒くさい息を吐きかけてきた。

「あたしは角の家に居坐るよ」

「それは構はないが、根津界隈もどうやら今夜が年貢の納め時のやうだ」

　空襲警報發令と同時に停電になつてゐて、そのせゐもあつて上野のお山から南の方にかけての空が夕焼けのときよりも明るく見える。爆音と炸裂音が間斷なく續き、まるで省線に乗り合せてゐるやうに矢《や》釜《かま》しい。二十四日の眞夜中からこつち、夜間は地上の火災が空に映つて薄明るく、晝間は煙が陽の光を遮つて薄暗く、全東京がそつくり巨きな洞穴へでも封じ込められたやうにすべてが薄ぼんやりしてゐる。ずうつと夢を見てゐるやうな氣持だといへば一等早い。

「根津は焼けたりしませんさ。上野のお山と帝國大學に東と西を護つていただいてゐる

のにどうして焼けたりするものですか」

きつぱりといつてお仙ちやんは一升壜を引き寄せた。お仙ちやんは近頃、根津で囁かれてゐる噂を心底から信じてゐるらしい。その噂はかういつてゐた。

「敵はこの戰さに完全に勝つたと思つてゐる。そこで金では買へない、貴重品を焼くまいと心掛けてゐる。この東京で、さういふ貴重品がかたまつてあるのはどこか。まづ東京帝國大學である。帝大の圖書館と文學部史料編纂所書庫はわが帝國最大の寶物藏の一つだ。赤門も貴重である。また上野のお山には帝室御物博物館と帝國美術學校美術館がある。それから寛永寺五重塔に將軍家廟所。つまり上野のお山も寶のお山、敵は絶對に焼夷彈を落さない。したがつてその中間の根津界隈はわが帝國で最も安全な場所の一つ。ここから出て行く奴があつたら、そいつはよほどの能天氣者さあね」

たしかに昨夜の空襲からも根津は焼け殘つた。宮城に投彈があり、表宮殿が焼け、消火にあたつた警視廳消防隊、近衞守衞隊、宮城警察隊の三隊から三十四名の殉職者が出たといふし、讀賣新聞社も東京新聞社もみな焼けた。朝日新聞社も手ひどくやられたらしく、それは今朝、朝日新聞が配達にならなかつたことからも知れる。新聞共同配給所の德山さんの話では、全新聞が一齊に休刊ださうだ。そして明朝から當分の間、毎日新聞社が編集印刷する、「朝日新聞、東京新聞、日本産業經濟、毎日新聞、讀賣報知の共同新聞」といふ長い名前の新聞が配達になるらしい。また東京に七十七個所あつた號笛所が、小岩號笛所を一つ殘して全滅したといふ人もある。停電が續いてゐてラヂオは啞になつた。もはや敵襲を事前に知る手立てがない。——とこれほど非道《ひど》い被害が出てゐるのに根津は安泰だ。この根津と、これと隣合ふ下谷區の谷中清水町、花園町、坂町、櫻木町の一帯だけは、燒失地域からの小さな消し炭と黑焦げの紙片に降りこめられてひつそりと鎭まり返つてゐる。根津は安全といふあの噂はやはり本當だつたのだらうか。もし本當だとすれば、絹子をその根津から外へ嫁に出した自分は阿呆の親玉、間拔けの行き止まりだ。

（二十六日）

古澤殖産館の忠夫くんが元氣をやや囘復したので、二十四日の眞夜中のことを少し詳しく聞くことができた。これまでも說明を受けなかつたわけではないが、話が要所へさしかかると不意に默り込んだり、噎《む》せ込んだりして、なかなか脈絡がつかなかつたのである。

信濃屋旅館に忠夫くんと絹子が入つたのは二十三日の午後九時すぎだつた。白系の新宿東寶で、阪東妻三郎と高峰三枝子が共演する、「大映、春の努力作」が宣傳惹句の『生ける椅子』を觀てゐたので遲くなつたのだ。古澤の主人夫婦と角《かど》の兄夫婦はその五時間前に着いてをり、第二の離れで鋤燒《すきやき》を肴に麥酒を飲んでゐた。二人が食事をはじめたところへ、第一の離れに招待しておいた農商省生活物資局の課長が二人、顏を出した。「荒木町の藝妓と夕方から二囘も續けてめでたく首尾をし、あつちの方はひとまづ堪能した。これから明け方まで麻雀をして遊ばうぢやないか」と二人の課長がいふ。つまり、接待麻雀でちよいと小遣ひ銭を稼がせてくれないか、と謎をかけてきたのである。信濃屋旅館の常連は「陸軍さん」であるが、その常連のうちの青山の陸軍大學校の教官たちが揃つて麻雀狂で卓も牌も常備されてゐた。古澤の主人と角の兄は麥酒でかなり仕上つてゐたので、忠夫くんが食事を途中でやめて第一の離れへ入つた。藝妓の一人に上手なのがゐて、これで麻雀の座組みは整つた。

第二の離れに殘つた五人のうち、男二人は間もなく横になつて寢入つてしまつたらしい。女たち、すなわち忠夫くんの二度目のお母さん、角《かど》の嫂《ねえ》さん、そして絹子の三人は遲くまで世間話に打ち興じてゐたやうだが、これも正確なところは分らない。忠夫くんは時折用事を聞きに入つてくる女中さんの言葉の端々を拾ひ集めて右のやうに判斷してゐたわけである。その夜は奇妙に配牌がよくて負けるのに苦勞したさうだ。空襲警報が發令になつたときの配牌などは、白、發、中が三枚宛きて大三元の一門聽《イーシャンテン》、役滿を上つたりしては接待麻雀にならないから、

「防空壕へ入りませうか」

といふよりはやく牌を掻き混ぜたが、そのときザーッと夕立ちのやうな音がぐんぐん近づいてきて、軀がふはつと浮き上り、床の間では茶釜が跳ねた。いきなり兩耳を摘んで上へ引きあげられたみたいで、耳が痛む。炸裂音があまり大きすぎ、かへつて耳栓をしたみたいに何も聞えない。「轟然たる沈默」といつたやうな言葉が頭に泛んださうで

ある。はつと氣がつくと眼前の襖に何百匹もの赤い蛇が這つてゐる。よく見ると火《ほ》の穂《ほ》だつた。反對側の唐紙を蹴破つて戸外へ飛び出した。
次に氣がつくと忠夫くんは晒布《さらし》を利用した急造の誘導綱を摑んで慶應病院の構内をせはしく歩いてゐた。前も後も患者である。誘導綱の先頭に看護婦さんの背中が見えた。コンクリート建の病院別館に避難し、警報解除後、同じく構内の北里記念圖書館で左肩の火傷の手當を受けた。手當をしてくれたのは診察衣の胸に「慶應大學病院防護團、鎖目《しつめ》恵之助副團長」と記した布切れを縫ひ付けた人であつた。學徒挺身隊員に乾パンを頒けてもらつて腹拵へをし、朝の六時頃から信濃屋旅館のあつたあたりをふらふら歩き回つてゐた……。忠夫くんの話を整理すると以上の如くである。

　忠夫くんの話に耳を傾けながら、同業の福島さん一家のことを考へてゐた。福島さんは淺草仲見世の寶泉堂の主人だが、この四月十三日夜の空襲に娘さんと一緒に避難して以來、消息が知れない。いまだに行方不明扱ひになつてゐる。寶泉堂といへば舞扇の專門店で全國の花柳界にその名を馳せてゐた。娘さんは踊の名取りで仲見世小町と呼ばれるほど美しかつた。この福島さん父娘にはたしかに燒死したといふ證據がない。證人も居ない。そこで家族は無論のこと、親戚中が總出で二人の消息を尋ね歩いてゐるとのことである。何人もが過勞で倒れ、何人もが神經ををかしくした。寶泉堂のこの不仕合せに較べるとこつちはまだましか。忠夫くんの見た赤い蛇の這ふ襖は第二の離れと向き合つてゐた。つまり第二の離れは直撃を喰つたのである。壕も數發の六封度《ポンド》燒夷彈の直撃を受け、摺り鉢状に掘れた以外は何の痕跡もなかつたといふ。そして絹子たちはこのどちらかにゐた。忠夫くんに聲をかけなかつたところをみると、やはり第二の離れにとどまつてゐたのだらうか。この話を妻にしてみた。

「行方不明扱ひの方がずつとましです」

新聞紙のやうに光澤《つや》のない顔で妻は答へた。

「とにかくまだ望みがあるんですから」

なるほど妻にも理がある。

思へばほんの數年前まで東京には二百五十軒の團扇屋、扇屋があつた。それが現在は日本橋の伊場仙《いばせん》と根津の太田屋とうちの三軒だけになつてしまつた。しかも三軒とも今は仕事をしてゐない。このことは東京のあらゆる事情にそのままあてはまるのではないかと思ふ。東京から何も彼も消え失せてしまつたのだ。今年の年頭、小磯前首相はラヂオ放送で、「敵の侵攻企圖がいかに烈しからうと、帝都が灰燼《くわいじん》に歸するまでは少くとも三年を要するであらう。しかしこの三年のうちに皇國は大東亞の妖雲を一掃するのであるから、すなはち帝都が燃え殼《がら》になることは斷じてあり得ない」といつた。だが僅か四回の夜間大爆撃で、たとへば池之端七軒町から新宿角筈の先、幡ケ谷あたりまで、ただ茫々《ばうばう》の燒野原である。まつたくなにがなんだかよく分らぬ。

（二十七日）

絹子よ。今日の午後七時前からやうやくラヂオが聞えるやうになりました。七時の報道によれば、本日午前、小田原の故閑院宮《かんゐんのみや》御別邸へ敕使がつかはされ、誄《るい》の宣讀が行はれたといひます。誄とは、死者の生前の功業をほめたたへる詞《ことば》だと解説がありました。父さんも畏《かしこ》き邊りにならつて、お前の靈の前で誄を讀みあげようと思ひます。敕使の宣讀した誄は、

維城ノ親ヲ以テ籍ヲ陸軍ニ繋ケ恪勤公ニ奉シ恩威下ニ臨ム兩度征討ノ軍ニ從ヒ智勇ヲ行陣ノ間ニ奮ヒ多年統帥ノ府ニ在リテ賢策ヲ帷幄ノ中ニ運ラス恆ニ心ヲ啓沃ニ存シ又力ヲ善鄰ニ效ス機務ノ餘民業ヲ勸メテ公益ヲ開キ仁愛ヲ博メテ生靈ヲ濟フ洵ニ是レ宗室ノ耆宿ニシテ實ニ邦家ノ棟梁タリ遽ニ溘逝ヲ聞ク曷ソ軫悼ニ勝ヘム茲ニ侍臣ヲ遣ハシ賻ヲ齎ラシ臨ミ弔セシム

といつた鹽梅の面倒な漢文調で綴られてゐます。父さんはこの業界には珍しく大學の専門部へ通ひましたが、當時は誰も彼もが無益なことをといひました。周圍ばかりか父さんも入つてみて無駄だつたと氣づきました。團扇屋の息子に堅苦しい學問は要りません。仕事場に立て籠つて糊の調合を會得する方がずつと大事だつたと思ひます。ましてや父さんは團扇作りが好きでしたから、考へてみれば商業中學さへ餘計、大變な道草でした。そこで専門部の勉強の方は次第に敬遠し、學校へ行かずに仕事場へ籠ることが多

くなって行きました。専門部は一年だけで中退しました。さういふわけですから父さんには立派な誄を綴る能力がありません。追悼文だか手紙だか判然としない妙なものになると思ひます。我慢して聞いてやってください。もう一つ、自分たちのやうな民草が皇室や宮家の眞似をして身内の者に追悼文を奉ってよいかといふ問題があります。がしかしもう構はんでせう。宮城表宮殿が焼けました。大宮御所も焼けました。秩父宮、三笠宮、東久邇宮、伏見宮、閑院宮、山階宮、梨本宮の各御殿、みんな焼けました。これでいいのです。これでこそ一億一心共苦共榮が帝國の芯棒になるのです。敵の空襲に誰も彼もが一個の日本人として立ち向ふほかはないのです。父さんばかりではありません、二十四日、二十五日の兩空襲以來、皆、同じことをいってゐますよ。とすれば我が娘の靈の前で誄を宣讀してもいったい誰が咎め立てするでせうか。

絹子よ。お前は音樂でした。ラヂオから流行歌が聞えてくるとお前は一度か二度ですっかり憶えてしまひ、二階の自分の部屋でよく歌ってゐました。お前の歌聲を聞きながら下の仕事場で團扇を作るのが、父さんは一等好きでした。お前は耳がたしかで、流行《はや》る歌と流行らない歌をすぐ聞きわけました。お前が小學校三年か四年のとき、父さんと十錢賭けたのを憶えてゐますか。お父さんの大好きな川路美子が『露西亞むすめ』といふ歌をニットー・レコードから出した。歌の文句はたしかかうでした。〽露西亞むすめは　可愛いものよ／散歩しましよと　手を差しのべりや／すぐにニッコリ　腕をかす／アアオーシン　ハラショーデ／ハラショーデ　ロンロン……。二番はかうだったかな。

〽露西亜むすめは　愛しいものよ／朝は素足で　あの乳しぼり／沸かすコーヒーも　戀の味／アアオーシン　ハラショーデ／ハラショーデ　ロンロン……。父さんは、この「ハラショーデ　ロンロン」といふお囃子《はやし》が氣に入つて、のべつ仕事場で歌つてゐました。するとある日のこと、お前はいひました。

「父さん、そんな歌、流行りツこないから、よしなさいよ」

いや、流行る、いいえ、流行らない。互ひに言ひ募つて親子喧嘩になりかかつたとき、富之助といふ小僧が仲裁に入つた。

「銭を賭けなさつたらどんなもんです。今日から一ト月後に町内の仕立屋の源さんが、その歌を唸つてゐたら、旦那の勝ち。一ト月たつても源さんが知らないやうなら、絹ちやんの勝ち」

源さんには、洋服生地を裁斷しながら必ずそのとき一番流行つてゐる歌を唸るといふ變哲《へんてこ》な癖がある。この癖を行司に見立てて賭けることになりました。そして父さんはみごとに賭に負けてしまつた。一ト月後の源さんは裁斷臺の前で、〽ハア　踊り踊るならチヨイト東京音頭……と浮かれてゐたのです。それにしても富之助は面白い子でしたね。うちに來てまだ間のないころ、四谷の紙屋さんへ使ひに出さうとしたら、

「旦那さん、小僧を使ひに出すのは朝早く、朝御飯の前がよいと思ひます。早く御飯がたべたいから、使ひがサツと早く片付きます。小僧が道草を喰ひません」

といふ。これではどつちが主人か分りやしません。あの富之助も今どうしてゐること

か。海軍軍屬として南洋諸島へ出て行ったといふ噂を大分前に聞きました。ひよつとしたら絹子は極樂でもう富之助と會つてゐるかもしれませんね。

女學校に上つてからのお前は流石に流行歌をうたふことは少くなつて、代りに卓球と算盤に熱中しはじめた。あれは五年前の昭和十五年の十一月十日、紀元二千六百年記念全東京女子商業珠算競技大會でお前は個人ノ部で堂々六位に入った。父さんも母さんもあのときは鼻を高くしました。本當に晴れがましい思ひをしました。それに毎日、皇居前へ提燈行列だの旗行列だの音樂行進だの神輿《おみこし》渡御だの、記念行事を見物に行きましたね。赤飯用の餅米《もちごめ》も特配になるし、父さんはあのときが一番仕合せでした。

お前が三菱商事本社の金屬部に受かつたときも驚きました。根津宮永町からはじめて大會社の職員が出たといふので根津權現社から祝ひ酒をいただいたりもしました。お前のおかげで隨分世間を廣く渡れたやうな氣がします。

三菱に出るやうになると邦樂のお稽古に凝《こ》つて、よく「あやめ浴衣」をやりながら叩《はた》きをかけてゐた。ツンツントツツルトン、やあトツツルトンと調子に乘つてお掃除をしてゐる姿が今でもはつきりと目に泛びます。お前の話し聲、そして笑ひ聲、父さんには音樂でした。

お前はいつも、わたしは會社員の奧さんには向かない、できたら大きなお店のおかみさんになりたい、といつてゐた。そこで父さんは古澤殖産館からの申し出に乘氣になつたのですが、果してそれがよかつたかどうか。農商省指定で葛飾一帶の農家に肥料、シャベル、スコップ、鍬、鎌を商つてゐる店だから算盤達人のお前には打つてつけと思つたのが、逆目に出たやうな氣がします。商賣繁昌で景氣がいい。景氣がいいから人が寄つてくる。人の寄るところには闇市が立つ。闇市にないのは金鵄勳章ぐらゐなもので、ほかのものはなんでもある。かうして古澤殖產館に夏場所入場劵が十枚、舞ひ込んだ。その入場劵がお前の命を奪ふことになつた……。かうと知つてゐたらお前を仕立屋の源さんのところへ片付けるのだつた。

お前は知らないだらうが、源さんは以前からお前を想つてゐた。お前が小學校へ上る前から好きだつたといふのだ。そのとき源さんは二十八か九だつた。父さんが源さんの氣持を知つたのは去年の暮だ。隣組の常會で、茶《ちやう》請け代りに、

「最近の省線の混みやうは物凄いさうで、うちの絹子のオーバーがすつかりツルツルになつてしまひました。押し合ひ壓《へ》し合ひしてゐるうちに、御近所同士で毛を擦《こす》り合ふ。そこで双方のオーバーの毛が脫け落ちてしまふわけですな」

と語つたところ、數日ほどしてから源さんが男物を改造した女物オーバーを持つてきた。

「自分は居職だからほとんど外出しない。昔、上等の生地でオーバーを拵へたが、簞笥の底で樟腦《しやうなう》の匂ひばかり嗅がせておくのは寶の持ち腐れ、一所懸命に仕立て直したから絹ちやんに着てもらひたい」

寸法も採らないのでは絹子の軀に合ふかどうか分らぬのではないですか、と父さんが

問ふと、源さんはかういふんです。

「大丈夫。絹ちやんの背丈《せたけ》肉付き姿恰好は朝晩、仕事場から拜んでます。もし寸法が合はなかつたら、裁《た》ち鋏で目の玉を刳《く》り貫いてみせますよ」

父さんはそのとき何だかぞくつと寒氣がしました。そこですこし酷なやうな氣はしたが、いきなり、

「源さん、あんたはもう四十路の半ばでせう。絹子の倍も年が行つてゐる。みつともないよ、さういふのは。氣持が惡い。持つて歸つてくださいよ。それよりどこかでお米とでも交換してはどうですか。二斗には化けますよ」

と荒療治をさせてもらひました。源さんはしばらく「絹ちやんが小學校へ上る前から好きだつた」とか、「昔、絹ちやんはうちの仕事場を自分の遊び場のやうに心得て、毎日、顔を見せてくれた。あのころが一番たのしかつた」とか、しきりにぶつぶついつてゐましたが、やがて父さんを縋るやうに見て、

「今日のことは絹ちやんには內證にねがひます。でないと町內に居られなくなつてしまひます」

さういふなり外へ飛び出して行つた。さういふ約束があつて、源さんの氣持をお前に傳へず仕舞ひになつてゐた。だが、これは父さんの間違ひだつたかもしれません。源さんのおかみさんになつてゐたら、お前はまだ生きてゐたことでせう。さうして父さんはお前の音樂のやうな聲に慰められ、勵まされもしてゐたでせう。

しかし絹子よ、所詮は同じことだつたのかもしれませんね。本土決戰になれば皆、死んでしまふのですから。父さんたちは生きてゐるやうに見えるかもしれませんが、本土決戰の秋《とき》まで假に生かされてゐるに過ぎないのです。をかしな言ひ方ですが、父さんたちは半亡者なのです。いま、お前が居る場所とこの根津とは案外近いのです。幽明界《いうめいさかひ》を異にするとよくいひますが、そちら幽界とこちら明界とは、實は一枚板のやうに續いてゐるのです。さうでもなければ、毎日、このやうに大勢の人間が死ぬ道理はありません。

　本土決戰がいつになるか、父さんには分るはずもありません。多分、沖縄がいつまで保つかで違つてくるでせう。ただ、巷の噂では沖縄はもう長くあるまいといひます。敵が沖縄に手を燒いてゐるなら、二十四日、二十五日と續けざまに帝都上空侵攻を行ふ餘裕はないだらうと噂はいふのです。父さんも同感です。となると本土決戰は秋ごろでせうか。來年の春でせうか。遲くとも來年のお盆までにはお前と一緒になれると思ひます。

……今、母さんが寢間から、「日記はもういい加減にしてください」と小言を放つてきました。大和硝子筆でガリガリと紙を引つ搔く音が氣になつて寢つくことができないらしい。殘念だけれども今夜はこれで筆を擱くことにしませう。案じた通り何だか妙な「誄」になつてしまひました。でも、おかげでさつぱりした氣分になることができた。よく晴れた秋空のやうに心がどこまでも澄みわたり、しみじみとしていつそ淋しいぐらゐです。では近いうちにきつと會ひませう。

（二十八日）

朝の五時、町會長の表の硝子戸を叩く音で目を覺した。

「町會事務所で警視廳輸送課の傳令警察官二名が山中さんを待つてゐなさる。すぐに來てくださいよ」と怒鳴つて、またひとしきり戸を叩いた。警視廳輸送課か、いよいよ來たな、と思つた。東京三十五區内に現在二十四社の運送會社がある。いづれもトラック數輛にオート三輪十數臺を備へた大口《おほぐち》の會社である。これらの會社は警視廳輸送課に、

「空襲被害復舊の善後措置に速刻協力する」

といふ一札を入れてゐる。といふより右の證文を入れないと營業を許して貰へない。空襲の後、食糧や生活必需品や醫療班を載せて帝都を走り回ってゐる「救濟トラック」は、すべてこの大口の會社の提供に依るものなのである。これは都民の誰もがよく知つてゐるところだ。案外知られてゐないのは傳令警察官についてで、全員が警視廳輸送課の課員である。空襲警報が解除されると同時に課員は二名一組となつて猛火の街へ散つて行く。近くは麴町、築地方面、遠くは荒川、砂町、蒲田方面まで、徒歩で、火中の强行突破を企てる。これは上野のさる小口運送屋の主人から聞いた話だが、はじめ輸送課では、宮田のギヤエム印自轉車を五十臺揃へたらしい。傳令警察官に自轉車を漕がせれば、大口の會社との連絡が速やかに行くと踏んだのだ。ところが三月十日の大空襲で三十數臺が使ひものにならなくなつてしまつた。空襲警報解除直後の地面は火こそ見えないが、芯ではまだ燃えてゐる。熱のせゐでタイヤは溶け、スポークが曲つた。以來、傳

令警察官は徒歩で連絡を行ふことになつたのである。

もう一つ、これも上野の小口運送屋の主人の話だが、

「大口の會社そのものが爆撃を喰ふやうになり、トラックやオート三輪の絶對數が足らなくなつて來つつある。かうなると今に私どもも小口へも傳令警察官がかけつけてきますよ。現に輸送課の壁には『都内小口運送店一覽』といふのが貼つてあるさうです。見た人がゐるから、これはたしかです。われわれは小型トラック一輛、あるいはオート三輪一臺を飯の種にしてゐる。その虎の子の一臺を召しあげられてしまつたのでは、たちまち干乾しですわ。そこで私なぞは、警戒警報が出るたびに埼玉や千葉へ突っ走ることにしてゐる。さうして空襲警報解除後は、たつぷり半日の間を置いて戻つてくる。たしかに運送屋にとつては警視廳輸送課ほど怕いところはない。泣く子は默り、禿頭には毛が生えるぐらゐ、おそろしい。しかしいかに輸送課といへども留守中の運送屋相手に角力は取れませんよ。それに突っ走つた先で仕事が見つかるときもあります。四月三十日朝の警戒警報では草加へ逃げましたがね、その草加で江戸川上流の野田まで醬油の空樽を運んでくれないかと持ちかけられ、ガソリン五升に醬油三升稼ぎましたよ。露見すれば大目玉を食ふでせうが、そのときは又そのときのこと。あ、このこと口外しちやいやですよ。山中さんのやり方が素人ぽくて見ちやゐられないので、善意から商賣の奧の手をお教へしたんです」

もつとも自分はこれとは別の見方をしてゐた。兩國に、兩國運送會社といふ大口があ

る。おそらく下町で最大の運送店だらう。ここが健在である限り下町の小口には呼び出しがかからぬのではないか。傳令警察官としては當然、無駄足は避けるだらうから、「下町」といへば「兩國運送」と咄嗟に頭が働き、根津や上野あたりの小口など眼中にないにちがひない。さう見てゐた。怕いのはむしろ都經濟局の食料課である。こっちは食糧配給を滯りなく進めるために、小口に徵發をかけることがよくあるからだ。だが、都經濟局食料課に近ごろ强力な助ッ人が加はった。都の清掃課のトラックが配給食糧の輸送をはじめたのだ。清掃課はもう都民の糞尿の始末を諦めてしまってゐる。そこで清掃トラックがそつくり餘ったわけだ。さういふ次第で自分は當分どこからもオート三輪の徵發はないと踏んでゐたのだが、傳令警察官がやって來たところを見ると、兩國運送會社が空襲でやられてしまったのかもしれぬ。たうとう徵發がきた。自分は覺悟を決めて町會事務所へ出かけた。

「眞夜中に空襲があつたんでせうか」

町會長のお給仕で鯵の開きと白米御飯に舌鼓を打ってゐた二人の傳令警察官におそるおそる聲をかける。

「申しわけありませんが、ぐっすり寢込んでゐて氣がつきませんでした。それにここ一兩日、警報サイレンがちっとも鳴りません。根津で聞えるサイレンは、一に上野のお山の東京科學博物館屋上の號笛所、二に駒込の千駄木國民學校、三、四がなくて五が神田金澤町の芳林國民學校といはれてをりますが、どこの號笛所のも鳴らないやうです。ですから……」

「まあ、おかけなさい」

飯を詰め込んでゐるせゐで言葉を發することが出來ない二人に代つて町會長がいひ、

「お話の大筋は私が承《うけたまは》つておきました。しつかり聞いてくださいよ」

飯櫃を二人に預けて土間へおりてきた。

「警視廳の方々は救濟トラックを集めにいらつしやつたわけぢやない。近縣からの國防衞生隊への協力者を探しに見えたのぢや」

町會長の話をまとめるとかうである。二十四日、二十五日の夜間空襲で都内は相當な痛手を蒙《かうむ》つたが、それが引金になつて近縣から溫かい同胞愛が寄せられたことはまことにめでたい。禍ひを轉じて福となすとはまことにこんどのやうなことをいふにちがひない。すなはち、二十六日朝、神奈川縣下の各警察署は炊事挺身隊を動員し、縣の非常米九千俵で三萬六千人分の握飯を作り、縣輸送突撃隊のトラックで帝都へ急送してきた。また醫師、看護婦、藥劑師三十名からなる神奈川國防衞生隊は三班に分れて帝都へ急行し、戰災者救護に挺身した。より熱い隣人愛を示してくれてゐるのは千葉縣の諸團體である。二十六、七、八の三日間にわたり、千葉、船橋、市川、松戸の四市愛國調食隊は計三萬人分の握飯を贈つてくれたその上に、縣名產の落花生、海苔、佃煮、漬物、鰺干物など合計二百貫に及ぶ食糧を喜捨してくれた。それればかりか千葉醫大と、千葉、船橋、市川三市の醫師會でも六班の國防衞生隊を送つて來て都民の救護につとめてくれてゐる。

「ところが嬉しいぢやありませんか、市川醫師會の國防衛生隊が本日も都內へ來てくださることになつた。上野のお山の西鄕さんの銅像と學士院との中間に自治會館といふ建物がありませう？　精養軒を背にして立つと斜め左手の前方。……さう、その自治會館の前に救護所を設けて、都民の治療に當つてくださるさうぢや。ありがたい話ですな。持つべきものは隣人です」

酢の蒟蒻のと置淨瑠璃が長過ぎる。そこで自分はずばりと訊いた。

「市川からお醫者さんをお連れすればいいのですね」

「さういふこと」

「總武線は通つてゐるはずですがね」

「藥品や診療用具があることを忘れちやいけません。歸りも送つて差しあげてください」

「分りました。さういふことであれば運賃を呉れの手間賃が欲しいのとは申しません。ところでガソリンはどこからいただけばよろしいでせうか」

「協力者を探してゐるといつた意味が分らんのかね」

二人の傳令警察官のうち、鯵の骨を舐《ねぶ》つてゐた方がいつた。

「ガソリンが出せるのなら、最初から『あつちへ行つてこい』、『こつちを回つてこい』と命令してゐるさ。つまり、何も出せないから『どうか御協力を』と猫撫で聲でいつてゐるわけだよ」

市川橋を渡って市川市内に入ったのは午前六時過ぎだった。傳令警察官から貰った書付けには、《市川橋ヲ渡ツテ千葉街道ヲソノママ前進セヨ。六百米先ノ左手ニ市川警察署ガアル。ソノ百米先、右手ニ市川驛ガアル。サラニソノ百米先ノ同ジク右手ニ吉田醫院ガアル。二十九日ノ國防衛生隊長ハ吉田醫院ノ院長ナリ。院長ハ市川市醫師會ノ副會長ナリ。》とあった。

吉田先生は荷臺に自分で蜜柑箱を二個積み込み、

「看護婦二人ともう一人の先生は省線で行くことになつてゐる。さ、出かけようか」

といつた。なかなかてきぱきした醫者だ。

「さうさう。松戸市の食糧増産隊馬橋支部が握飯三百人分と殼付き落花生二十貫を都民に贈りたいといつてゐる。私を上野公園へ届けたら、馬橋まで蜻蛉返りしてほしい。怪我人に配つたらよろこばれると思ふ」

馬橋へ寄つてそれから上野を目指すのが正解、その方が二度手間にならずに濟むが、殼付き落花生は嵩張る。吉田先生と二十貫の殼付き落花生の同時積載は無理だらうと判斷した。なにしろ荷臺の廣さは疊一枚分もないのだ。

「蜻蛉返りは構ひませんが、先生、どこかにガソリンがないでせうか」

「醫療要員と藥品は市川市醫師會々員全二十餘名の負擔、あとは一切、都の負擔。さういふ約束だつたのだがねえ」

こちらは「運賃、手間賃ともに自己負擔でやつてきた」と説明し、なほも首を傾げてゐる吉田先生に、東京都配給國民義勇隊について話した。かういふ御時世であるから只働きは仕方がないが、ガソリンを空費することだけはどんなことがあっても避けなければならない。自分は必死で喋つた。

……千葉縣はどんな仕組になつてゐるかは知らないが、都ではすべてが軍隊式の組織になつてゐる。たとへば豆腐屋は加工食品大隊に所屬する一兵卒である。鑄掛屋のぢいさんも靴底張替のぢいさんも日用品大隊の老兵士である。藝妓は炊爨《すいさん》大隊の女兵士であつて、燃料屋は燃料大隊に屬する。

これら諸大隊の上部に中央本部がある。本部長は都の經濟局長である。副本部長は都經濟局の總務、食料、林務、資材の各課長、民生局戰時援護課長、警視廳經濟警察部長、そして民間の有識者などのお歷々である。

一方、先《さき》の諸大隊と竝んで地區配給大隊なるものがある。「竝んで」といふのは間違ひだとする意見もある。諸大隊が上で、地區配給大隊がその下部組織だといふのだ。だが、さうなると、お米の配給所より鑄掛屋のぢいさんの方が、位が上になる。だから自分は「竝んで」の方がいいと思ふが、このへんの組織の連結具合を、たいていの都民は理解できないでゐる。

さて、新聞によくこんな記事が載る。

……○○日の夜間空襲による戰災者に對し、政府米相當量及び乾パン七萬六千函、鮭、鱒、鰊(にしん)等の非常用罐詰三千箱、野菜不足を補ふ佃煮、壜詰類、味噌、醤油等が急速に拂ひ下げられることになつた。

中央本部が決定を下し、諸大隊が動き出したのだ。だが、戰災地域の地區配給大隊だの中隊だのが、燒野原で右の現物を配給する光景にお目にかかつたことはない。誰に聞いてもさうである。だいたいその地域の配給大隊や中隊の隊員は戰災者の筈だし、配給業務なぞして居られるわけがない。どうしてこんな組織が出來たのか、さつぱり分らない。かういふ次第で、自分たち都民に親しいのは、戰災者の列に救濟トラックが握飯を配つてゐる光景である。その際に、「これは都からの救濟品です」と佃煮がつくときもあるらしい。次に親しい光景は、避難先の國民學校講堂かなんかで乾パンと毛布を貰つてほつと束の間表情を和ませてゐる戰災者たち。さもなくば燒跡での炊爨隊による炊き出し……。

たしかに中央本部の命令は、少しは、實行に移されてはゐるやうだ。しかしここに不思議なのは、空襲のあと數日ほどすると、根津界隈あたりへも、鮭だの鰊だのの罐詰が、ぼんやりと出回つて來ることである。一個五十圓などといふ途方もない値段に目を剝いてゐると、そこは流石に魚の性《しやう》、闇の海へさつと潛つて、どこかへ泳ぎ去つてしまふ。

「さういへば、大空襲のあとはきまつて、東京方面から應急物資が流れて來るねえ」

吉田先生はこちらの話に興味を示した。

「大空襲があると、都の衞生局は戰災地の區役所へ應急醫療物資を放出する。アルコール、チンク油、破傷風血淸、點眼藥、オキシドール、脫脂綿、ガーゼ、繃帶、油紙、腹帶、三角巾、そして葡萄糖注射液……。さういつた基本的な醫藥品や衞生材料を平素から梱包にしておくらしい。で、驚破《すは》といふときに戰災地域へ屆ける仕組だ。ところが、かういふ物資が江戶川を渡つて流れてくる。『ああ、ガーゼが欲しいなあ』と、待合室かなんかで聞えよがしにひとり言をいふと、その日のうちに裏口から、『エーひょんなことからガーゼが手に入つたんですが、こちらでは御入用ぢやございませんか』と今まで見たこともない男が顏を出す。何が何だかよく分らんが世の中のかなり大きな部分がそつくり闇屋になつたやうな鹽梅だねえ。いや、私は闇取引と名のつくものは全部いけないといつてゐるわけぢやない。現に私は今し方、闇の玉子をぶつかけた御飯で朝食をすませてきたばかりだし、助け合ひとしての闇は大いに認める。帝國の指導者たちが、さういふ助け合ひの闇もいけないといひたいのであれば、妥當な質と量の食糧をきちんと配給すべきだ」

「おつしやる通りです」

「四日前と現在の市川市の結核患者の數を較べてみなさい、ぞつとしますよ。何しろ二倍近くもふえてゐる。原因の半分ぐらゐは名前だけの配給制度にある、と私は睨んでゐますがね。病氣にならないためにも、闇のたべものを手に入れた方がいい。だから助け合ひの闇は認めるんです。しかし藥や衞生材料をぴんぴんした男が賣りに來るといふのはどうもねえ。ぴんぴんしてゐる男は軒並み兵隊にとられるか、軍需工場に出てゐるかしてる筈です。ほかにぴんぴんしてゐる男の居るところといへば……」

「お役所に警察、でせう」

「さういふ連中が地位を利用してやる闇は、助け合ひの闇とは全くちがふ。そんなものを闇といつちやいけない。われわれ自前の配給制度である闇に對して失禮だ。だから私はそのガーゼ賣りにいつてやつたよ。『どこか身體に具合の惡いところはありませんか。あつたら診察させてください。治療させてください。さうして診療代に相當する額のガーゼをいただきます。うちの醫院はさういふ闇しかやつてをりません』とね」

自分は、かういふ先生を送迎する仕事を與へられたことに、感謝した。二十四日に四谷區信濃町で燒夷彈を直擊された古澤殖產館の主人も、闇について一家言をもつてゐた。彼の主張するところでは、闇は、「物資の移動である。たとへてみれば帝都とその近郊は一個の巨大なる風呂桶だ。上部は火傷しさうに熱く、下部はまだ冷たい。すなはち物資が偏在してゐる。そこで上部と下部とを搔き混ぜる板が必要になるが、この板がつまり闇行爲である」……。堂々としすぎて信用できなかつた。しかし先生の「助け合ひの闇」說はぴんと來る。自分たちはあと百數十日はこの世で生きて行かねばならないが、先生の御說は生きて行く上での大事な指針になる。

「しかし私たちはなぜ闇の話などしてゐるのだらうねえ。さうか、山中さんがガソリンの話を持ち出したのがきつかけだつた」

「小口の運送店にも燃料配給の知らせが來るんです。さつそく燃料大隊に素ッ飛んで行く。燃料大隊とは東京燃料配給統制組合のことですが、いつも『ああ、遲かつた』の一ト言でおしまひですね。大口へは組合の役員がわざわざ出向いて行つて配給のあることを知らせるのに、小口へは葉書でくる。かういふ時世ですから普通速達が五日も六日もかかる。とつくの昔に指定日時が過ぎてしまつてゐる……」

「抗議すべきですな」

「組合に文句を言ふのは筋違ひだ、でおしまひですよ。ときどき、『文句があれば東京遞信局に申し出てください』といふ附錄《おまけ》のつくときがありますが。まあ、さういふわけで、手持ちの燃料を使ひ切るといふことは小口運送店を廢業するといふことに通じます。小口が潰れれば大口が喜ぶ。日本通運、兩國運送、品川運送など大口は皆、小口のトラックやオート三輪を狙つてゐますから」

吉田先生は蜜柑箱から蛤を四、五個と辨當箱くらゐの大きさの紙箱を取り出した。

「警察署の前でいつたん停めてください。署長官舍に用がある。なあに、署長と助け合ひの闇をやるだけです。これでガソリン一升にはなる筈ですよ」

蛤には「硼酸軟膏」と記した小紙片が貼つてあり、紙箱には「乳糖」といふ印刷文字があつた。

曇空の上野公園の葉櫻の下に戰災者たちの行列が長々と續いてゐる。東京居住を斷念した戰災者たちが自治會館で罹災《りさい》證明書を罹災者乘車整理票と引換へてもらはうとしてゐるのである。行列の間を、「淺草區役所」の腕章を巻いた娘さんたちが一人一掴み宛、乾パンを配って歩いてゐる。精養軒の前には「パンク直し致します」と認めた紙製の幟《のぼり》が立ってゐた。「戰災者の方は無料」、「一般都民は實費」、「國防輪業隊築地第十二中隊」などなど、幟ばかりが威勢よく、五月下旬にしては肌寒い風にがさごそと鳴ってゐる。他《ほか》は、こんなにも大勢の人間が詰めかけてゐるのに、氣味が惡いぐらゐしんと鎭まりかへってゐた。時折、赤ん坊が泣く。どの泣き聲も元氣がない。まるで念佛を唱へてゐるやうだ。

もう一人の先生と看護婦さんたちは、すでに到着してゐた。看護婦さんの一人が飛んできて、「先生ったら、遲い、遲い」と吉田先生の診察衣の袖を引っ張った。蜜柑箱を抱きかかへて、その後に從ふ。二十四日の眞夜中にマンホールの鐵蓋で潰した左の中指と藥指がまた痛み出した。

「ははあ、足の裏を火傷しましたね」

「はい。歩きにくくて參りました」

診療がはじまった。行列の先頭は自分と同じくらゐの年恰好で、右肩に焦げ穴のあいた國民服を着てゐる。

「いつ、やられました？」

「二十五日の夜間空襲です。工場に百發以上も燒夷彈が降ってきましてね、活字も印刷機もすべて灰になってしまひましたよ」

「印刷工場で頑張つてらつしやつたんですな」

「富坂の共同印刷會社です。航空朝日の來月號の原稿も燒けました」

「すると來月號は出ませんか」

「出ませんな」

「たのしみがまたひとつなくなつてしまつた。毎月、讀んでゐたんですよ」

「ぢやあ、私の拾つた活字を讀んでゐてくださつたわけだ」

「さういふことになります。どうも他人のやうな氣がしませんね。どちらへいらつしやるんです？」

「米澤市の在の窪田村《くぼた》といふところです。女房の實家《さと》です。家族と合流するわけです。向うでうんと米を作りますよ、先生」

「おねがひします」

「四軒先の農家に柳家金語樓が無縁故疎開してゐるさうです」

「あの、噺し家の……？」

「本名の山下敬太郎でやつてきてゐたので、最初はだれも金語樓とはおもはなかつた。ところがそのうちに誰かが似てると言ひ出して大騒ぎになつた。結局、最後は村の國民學校の體操場《ば》で獨演會をやつたさうです。在郷軍人會の肝煎ですから、金語樓もいやとはいへない」

「近所に金語樓がゐるとなると、退屈せずにすみますな」

「それが女房の書いてきたところでは、普段は陰氣ださうですよ。疎開してきてから一度も笑ひ聲を立てたことがない……」

「紺屋《こうや》の白袴、醫者の不養生の類ですかな」

「さう、嘶し家のしかめ面《づら》」

「これでよし、と。硼酸軟膏を一《ひ》ト貝《と》お持ちなさい。藥がなくなる頃には田ん圃に入れるでせう」

「ありがたうございました。當分、足の裏を市川に向けて寢たりはしませんから」

「お元氣で」

吉田先生は、右の會話《やりとり》の間、一時《いっとき》も手を休めない。巧みに相槌を打ちながら手際よく手當を施し、治療がすんだときにはもう相手と百年來の知己のやうに馴染んでしまってゐる。自分は心の内で舌を捲きつつオート三輪へ戻った。

殼付き落花生と握飯を積んで松戸市馬橋を發ったのは午前九時半である。だれかが、

「今、空襲警報が發令になったよ。B29がP51を伴って小笠原、伊豆列島線より逐《ち》次《く》北上中だと、ラヂオが言ってるよ」

と注意してくれたが、自分は構はずに逆回轉キックを蹴ってエンヂンを發動《ふか》した。

上野公園では市川醫師會の先生方が落花生と握飯を待ってゐる。自分が遲れればその分だけ、落花生や握飯を貰ひ損ねる戰災者の數が殖える。急がなければならない。背後の荷臺に積まれてゐるのは、いはば帝都を去る戰災者への御餞別である。市川、松戸兩

市の市民からのはなむけである。愚圖々々してはゐられない。それに下矢切《しもやぎり》へ出るこの陸前濱街道は知らない道ではない。沿道に栗や松の林の多いことも承知してゐる。いよいよとなつたら、それら天然自然の待避所にオート三輪ごと突つ込むまでのことだ。

ただし、下矢切から國府臺を經《へ》て市川橋東詰に至る間《かん》の幅廣の一本道は、注意を要する。道の右手、江戸川側に騎砲大隊の兵營がある。川畔に臨む里見城趾の斷崖には巨大な横穴が掘られ——この二十三日に根津宮永町の屎尿を對岸の柴又や金町の共同肥溜《こえだめ》へ運搬した際にお百姓たちが噂し合つてゐたことだが——その横穴には新鋭電波兵器を主體とする地下作戰室が出來つつあるらしい。又、道の左手には、陸軍練兵場、射擊場、獨立高射砲第三大隊、野戰重砲大隊と竝び、いつてみれば陸軍の銀座通りのやうなところ、B29とP51はここを狙つて北上中なのかもしれない。氣樂に通り抜けて行くと巻き添へを喰ふおそれがある。だいたい萬一の場合に、道の兩側へ「かくまつてください」と賴んでも相手は農家にあらず帝國陸軍、「お入り」といつてはくれまい。下矢切のあたりで一旦停車して樣子を窺ふことにしようと、こんな思案をしながら、常磐線の踏切の數百米手前へさしかかつたとき、目の前へいきなり巨きな黑い影が被ひかぶさつて來た。尖つた鼻先、ふくらんだ胴、翼の先端は鋏で切り落したやうに角張つてゐる。胴體後方に大きな星印《ほしじるし》。新聞によく寫眞の載つてゐるノースアメリカンP51ムスタングだ。さう氣がついたとき背中が爆音を受け止めた。砂嵐を浴びたやうだつた。音とはいひながらじつに實體があつた。自分は咄嗟にハンドルを左へ切つた。P51はやや右手から被ひかぶさつてきたから、半ば本能的に左へ避《よ》けたのだ。丁度そこは野中の、小さな十字路で左にも道があつたからよかつた。本當の一本道だつたら麥畑へ突つ込んでゐただらう。そのままオート三輪を走らせた。十字路へ引き返し、松戸市街へ向ふ手もあつたかもしれないが、P51の飛來した方角へ走るのは怕かつた。別のP51が襲つてくるかもしれない。十字路を右折するのはもつと危い。常磐線の線路があり、その向うは田ん圃。そして田の盡きたところが江戸川だ。どこにも待避所はなく、しかも行き止まりである。馬橋へ逃げ歸るのはどうか。松戸市街へもう一歩のところまで來てゐながら、また振り出しへ戻るのは、ガソリンがもつたいない、と思つた。しかもそれでは今のP51を追ひかけるといふ恰好になる。もしもP51が、「オート三輪の分際で戰闘機を追跡してくるとは小癪な」と考へたりしたら……。オート三輪もろとも如《じょう》雨露《ろ》の口のやうにされてしまふだらう。こんなところで目立つてみても仕樣がない。

そのまま百米ばかり直進したが、やがてなぜ咄嗟に左方へ折れたのか、自分はやうやくその眞因を理解した。彼方に、地平線を縁取《ふちど》るやうに擴がる松林が見えたのだ。陸前濱街道を走つてゐるときも、實はその線の長い帶は左手に見え隱れしてゐた。ただし自分はそれを意識して見てはゐなかつた。心の、暇で遊んでゐた部分だけが、主人であるこの自分には無斷で、それをこつそり見てゐたのだ。だが思ひがけなく心の暇人部分に出番が回つて來、彼《か》の暇人は主人に「左へ」と下知したのである。

背後にエンヂンの音を感じた。オート三輪を停め、左から顏を出し後方をたしかめた。

江戸川の上あたり、鉛を張つたやうに厚く重く垂れさがつた曇空にゴミが浮いてゐた。と、ゴミはぴかつと光つてすつと落ち、それからぐんぐん大きくなりながら眞ッ直ぐこつちへやつてくる。ゴミには翼が生えてゐた。自分はそのまま麥畑へ倒れ込んだ。機銃掃射を覺悟してゐたが、P51は爆音の爆彈を夕立ちのやうに降らせながら、頭上を掠めて去つた。と見る間に高度をあげて右方へ回る。また、襲つて來さうだ。

まづ考へたのは、自分はP51《やつ》にからかはれてゐるのぢやないかといふことだつた。皇國臣民山中信介は夷狄《いてき》の玩弄物《おもちゃ》にされかかつてゐる……。次に、あのP51はさう長くは遊んではゐられない筈だ、と思つた。隣組長の高橋さんの依頼で、防空總本部からの「P51に對する心構へ」といふお達しを原紙に切つたことがあるが、あのなかにたしかかうあつた。「硫黄島からのP51は航續力の關係で増加タンクをつける必要があり、それでも本土上空滯空時間はせいぜい十五分から二十分である」と。加へてP51《やつ》は歸り道の途中にちがひないから、本土上空で使ふことを許されてゐる燃料は、あと五分間もないだらう。つまりP51《やつ》もこの山中信介と同じく「燃料がいつ切れるか分らない」といふ難問を抱へてゐるのである。もう一、二回、襲ひかかつてくればそれでお仕舞ひ、あとは一目散に帝國沿岸より數十キロ離れた海の上を旋回しつつ待つ誘導機の許へ飛んで行かねばならぬ。なほ誘導機の機種はB29である。B29が引率教師でP51《やつ》どもは遠足にやつて來た國民學校兒童といつたところだ。とすれば、あと一、二回、P51《やつ》を躱《かは》せばこつちの勝ちだ。自分はかう胸算用したのである。勿論、麥畑のなかの一本道に茫と立つてこんな思案をしてゐたわけではない。P51《やつ》が右旋回したのを見てとるや自分はオート三輪に飛び乗り、彼方の松林へと續くやや登り氣味の道を最大速度で走らせながら、このやうなことを考へてゐたのである。

歸り道の途中だらうと判斷したのは、馬橋で耳にしたことが記憶にあつたからだ。敵が「小笠原伊豆列島線より逐次北上……」するときは、判で捺したやうに駿河灣から富士山を經て京濱へ出る。そして勝浦附近から脱去する。P51《やつ》は勝浦へ拔ける途中で道草を喰つてゐるところなのだ。高橋さんのところの昭一くんが、こなひだ、

「連中の通り道は分つてゐるんだから、空に地雷を浮かべときやいいんだ。さもなきやでつかい霞網を張つておくとかさ……」

といつてゐたが、これは全く正しい。

あれは梢、あれは幹とはつきり見分けのつくところまで松林に近づいたあたりで、自分は思ひ切つてオート三輪を左手の麥畑の中へ突つ込ませた。左へ左へ、又左へと三回連續して同じ逃げ方をしたわけである。さうしておいてオート三輪からも離れ地面に伏せてやり過ごさうと思つたが、その餘裕はなかつた。P51は一本道の上に雷のやうな音を百も二百も撒いて去つた。自分は自轉車式のハンドルを摑んだまま、しばらく計器盤に胸をつけて平《ひら》たくなつてゐた。やがておそるおそる顏をあげると、道の上に、小さな土煙がいくつも立つてゐるのが目に入つた。敵は本當に機關銃を射つてきたのだ。身體の中を血が逆に流れはじめた。

逆回轉キックを何度も試みてやつとのことで發進させ、オート三輪を道へ戻した。アクセルを全開して飛ばした。サドルの上で尻が跳ねるたびにスプリングがぎやあぎやあと悲鳴をあげる。P51は右方の低空で機首を江戸川へ向けてゐる。勝浦へ出るつもりなら機首は逆を向いてゐなければならない。またかかつてくる氣だ。もつとも松林はすぐ目の前まで近づいて來てゐたから、咽喉《のど》も膝も少しは樂になつた。麥畑の中で自分は、咽喉をしめつけられるやうなおそろしさを感じ、膝は冷水に漬かつたみたいに震へてゐたのだ。

だが、その松林に乘り入れた瞬間、せつかく遠のいてゐた恐怖がふたたび火傷のやうに痛く肌へ貼りついてきた。いんちきな松林だつたと分つたからである。いや、それは林ですらなかつた。北から南へ一直線に松がときには二列になり、ときには三列になりして竝んでゐるだけの代物だつた。自分はそれを西から見たので、綠の帶をぴんと張つたやうな、途方もなく廣大な林に思へただけで、もし北から、あるいは南からなら、數本の松としか見えなかつたらう。これでは待避所には使へない。その上、どの松も何となく貧相で、たがひに遠慮しながら枝を張つてゐる。松葉の繁《しげ》りも薄く、空が透けて見えた。自分はそのままその松の列を突つ切り、さらにその向うの林を目指してオート三輪を走らせた。新たに現れたのはそれこそ松戸といふ地名にふさはしい本物の松林だつた。僞の松林を見たすぐあとだけに、向うのが本物であるといふことがはつきりと判る。ところどころに楡《にれ》や樅《もみ》の鬱蒼たる茂りも認められ、それらは松の綠をいつそう鮮やかなものに引き立ててゐる。あの綠の中へ飛び込めば必ずやこのオート三輪と共に生きのびることができる。自分はさう確信した。その松林へ向はせたもう一つの理由は、そこまでの地面の狀態が良好だと氣付いたからである。運動場のやうに平らだつた。廣さは蹴球場をいくつとなく合せたぐらゐあるが、しかし穴ぼこ一つない。その上、都合のいいことにこつちから向うへ繩が二本ぴんとひいてあつた。この繩の道を外さずに突つ走れば、それが最短距離、とにかくこれほど走りやすい地面はさうざらにはないと思はれた。それにしてもここは何だらう。工兵學校の演習場か何かだらうか。しかし工兵學校はもつとずつと南、松戸市街に隣接して建つてゐる筈である。どこかの學徒增產隊が拓《ひら》いた畑か。だが、何も蒔《ま》いてゐない畑なぞ、食糧增產が國是の世に、あつてよいわけがない。

賴みの綱の松林の中に藁葺きの大きな屋根が見えてきたが、そのとき、オート三輪のエンヂン音が突然、みだれ打ちとなり、續いて尻の下から白煙が勢ひよく吹き出してきた。さつきの登り坂を猛速で飛ばしたのがいけなかつたのか。

オート三輪をおりた自分は、よほど氣が變になつてゐたのだらう、荷臺の下から修理箱を引つ張り出した。冷却器の故障など直せる筈はないのに、直さうとしてゐたあのときの氣持を思ひ返すと、自分で自分が可哀相になつてくる。待避所となるべき第二の松林までまだ五百米はある。北にも松林が見えてゐたが、そこまでたつぷり一キロ半はあるだらう。南は畑だが、しかし五百米はかたい。そして西、うしろに殘してきたあの僞の松林からも五百米は離れてゐた。しかも僞の松林の彼方の曇空にゴミが浮かんでゐる。

すなはち、南北二千米、東西千米の、草一本生えてゐない眞ッ平らの地面に自分は唯一人で立つてゐたのだ。これではP51を躱しやうがない。麥畑の中の一本道で襲はれる方がずつとましである。孤獨感と恐怖心とがみるみる肥つて行つた、まるで松戸名産のさつま芋のやうに。P51をじつと待つてゐるのは耐へられない、何かしてゐないことには氣が狂ふ。そこで自分は修理箱なぞを引っ張り出したにちがひない。

　P51の爆音が一段と高くなつた。そのとき自分はふと、P51に向つてにやつと笑つてみようと思つた。笑つて誤魔化すといふ手は使へないだらうか。だがすぐにさういふ自分を恥ぢた。自分の身體には、世界に冠絶する特別攻撃隊員と同じ皇國民の血が流れてゐるのだ。爆彈に乘る我が諸勇士は一彈で一艦を葬《はふ》る新戰法を採《と》つて敵の心膽を慄へあがらせてゐるではないか。沖繩では兵と民とが一體となつて大勇士と化し吾に數倍する敵を防ぎ盡忠の大義を發揚してゐる。敵が新鋭戰鬪機で來るなら、こちらには修理用の螺子《ねぢ》回しがある。いやなにより諸勇士直傳の精神力がある。全身を目玉に變へて睨みつけてやらう。P51を睨み殺してやるのだ。自分はオート三輪の横に立つて西へ正對した。

　自分と肩を竝べて絹子が立つてくれてゐるやうな氣がする。絹子の隣りには古澤殖産館の主人夫婦がゐる。背後で角の兄夫婦が囁き合つてゐる。兄の聲がした。

「信介、睨んでも落ちさうになかつたら、直前で右へ轉《ころ》がれ。思ひ切り轉がれよ。P51の機關銃が固定裝置だといふのは知つてるだらう。だからダダダダと土煙がこつちへ延びてきて、あと五十米位のところまでその土煙が迫つて來たら右へ轉がれ。勝負はその一秒間できまる」

「やつぱり左へ跳ぶ方がいい」

古澤の主人がいつてゐる。

「左がツイてゐるんだから左に張り續けるのが常道だらう」

「難しい丁半だな」

「なに、奴等は丁半をやつたことがないんだから、こつちの出方なぞ讀めやしないさ」

「しかし今度だけは右へ變つた方がいい」

「左、左……」

「ぢやあ、賭けますか」

「おお、いいでせう」

P51の操縦席の敵兵の頭が芥子《けし》粒から胡麻粒になるまでの二、三秒間に、古澤の主人と角の兄はたしかにこんなことを話してゐたのである。頼りに出來るのはやはり絹子だと思ひ、P51を睨み据ゑたまま、僅か絹子の方へ寄つた。敵兵の頭が突然、大豆ほどに大きくなつた。さあ、來たぞと覺悟をきめたとき、背後で三尺玉の大物花火が續けざまに五、六發揚つた、やうな音がした。P51はぐらりと一ト搖れすると、胴體の下方、一際、出つ張つた部分からツツツーと絲みたいな煙を引きながら、自分の左方を掠めて東南の方角へ滑つて行つた。それを見守るうちに自然と身體の向きが變る。楡や樅を交へた松林は眠つたやうに靜まり返つてゐる。そのままその場にへたり込んだが、そのときはじめて自分は、ズボンが濡れてゐるのに氣付いた。……間もなく、とつておきの蠟燭が燃え盡きようとしてゐる。腕時計でたしかめると、もう三十日、午前二時を回つてゐる。續きを認めるのは一ト眠りしてからにしよう。

（二十九日）

……しばらくしてから、自轉車が三臺、こつちへやつてくるのに氣が付いた。いずれも四十歳前後の男たちで、兵隊ズボンをはいてゐる。上は木綿の肌着、頭には戰闘帽を載せてゐた。

「おう、生きてゐるぞ」

唐黍《たうきび》そつくりの細長い頭をした男が、鼻の先で自轉車をとめた。

「突然、ここの眞ン中でオート三輪から降りたりして、こつちは隨分膽を冷した」

冷却器が故障したので仕方がなかつたと告げると、男は他の二人に、

「整備隊にオート三輪を修理するやう頼んで來てくれんか」

と命じ、それから荷臺を指していつた。

「ここに乘れ。こんなところでぼやつとしてゐると、またP公《ピーこう》に狙はれちまふぞ。もつとも、あんたがここで囮になつてくれたおかげで、さつきのP公に一發當てることができたのだから、『ぼやつとしてゐる』といふ言ひ方はいけないいか」

「……囮ですか？」

荷臺に跨がると、男の肌着から土の匂ひがした。

「どういふことですか、それは」

「弱つたな」

しばらくの間、男は無言のまま例の張り繩に沿つてペダルを踏んでゐたが、そのうちに一つ大きく頷いて、

「さつきの手柄はあんたが立てたやうなものです。感狀がはりにざつと事情を話しておきませう」

やや改まつた口吻《くちぶり》になつた。

「それにこの飛行場は、近くの住民が老幼婦女に至るまで勤勞奉仕に出てきて强化してくれたもの。だから住民にとつては機密でも何でもない。要はＰ公に洩れなければそれでよし……」

「待つてください。ここは飛行場ですか」

「さう、松戸飛行場」

「道理で廣いとおもひました」

「自分は第十飛行師團第六飛行場大隊の……、あ、いかん。今のは忘れてください。とにかく姓名は田中正です」

こちらも名乘つて、それからかう訊いた。

「それにしては飛行機が見えませんが」

「飛行機掩體《えんたい》に分散遮蔽《しやへい》中……」

「ははあ、松林の向うに隠してあるんですね。松林の向うは、またもや森に林のやうですが、なるほど、天然自然の格納庫ってわけですか」

「掩體といふのはそんなものぢやない。自然土にコンクリ打つて、その上に蒲鉾型の木造掩蓋をかぶせ、さらに三十糎の土盛をし、梨の木を植ゑて……。あ、今のは忘れてください」

「……滑走路はどこです？　見渡すかぎりスッポンポンの地面のやうですが」

「舗装滑走路があつては、敵に、わざわざ、ここは飛行場だぞ、と教へてやるやうなものでせうが」

「なるほど……」

「ただ、雨の日は困る。泥に車輪がとられてしまひ、その日は完全に使用不能になる。あ、……」

「今のも忘れることにします。それでここは本土決戦用の飛行場ですか。九十九里濱への敵の本土上陸作戦をここから飛び立つて行つて骨灰微《こつぱひみ》塵《ちん》に叩き、連中の高鼻をへし折る……」

「………」

「今の質問はなかつたことにしませう。しかし田中さんはちつとも兵隊さんらしくありませんな。なんといふか、その……」

「百姓のやうでせう？　自分ら飛行場大隊は自活態勢をとつてゐる。このへんの畑は全部、自分らが耕作したものです。一種の農兵隊ですかね。木炭まで製造して、あ、……」

「勿論、忘れます」

「……いや、今のはどつちでもいいでせう」

ここで自轉車は薄緑色の光を湛《たた》へた、松の枝のトンネルに入つた。いづれの松もすらりとして背が高く、おまけにその繁りは厚い。松林の中央に百坪ほどの空地があり、そこに一軒の藁葺きの家が建つてゐた。前庭に飛行機の胴體や翼が積み上げられてゐる。それらはすべてベニヤ板製だつた。

「こちらでは飛行機の自給もするんですか」

「まさか。あれは僞《にせ》の三式戰です。囮飛行機です。Ｐ公の餌《ゑさ》だ。ええと、ここから、さつきあんたが立つてゐたところを見て貰へますか」

自分が案内されたのは、飛行場と松林との境である。二米ぐらゐの幅で馬肥《うまごや》し（みつば）が密生してゐる。例の張り繩は馬肥しのところまで引つ張つてあつた。そして繩の道の兩側に穴が二つ掘られ、穴には松の枝で僞裝した機關銃が据ゑ付けられてゐた。

「豫備機の搭載火器を外し二十五米の間隔を置いてここに竝べて置く。さうして、二挺の火器の中間を甲點とし、その甲點から正面の松の林へ、つまり眞《ま》西へ直線を引く。……分りますか」

「分ります」

「この直線を甲線とし、その上に僞の三式戰を十五機竝べて置く」

「さうでしたか。囮の飛行機の頭と尻尾を揃へるために、繩が二本引っ張ってあったのですね」

こちらの松林のずっと北側から小型トラックがあらはれた。トラックはオート三輪めざして速度をあげる。トラックのあとを黄粉《きなこ》色の土煙が追って行った。

「P公は翼を休めてゐるのがベニヤ板機とは露知らず、繩の道に沿って侵入してくる。機關銃、ないしは機關砲をつるべ射ちしながら、ここを西から東へ一過すれば、それだけで十五機を一遍にやっつけることができると思ふから、必ず繩の道の上を直進してくる。こっちにしてみればこんなに狙ひ易いものはない。ここから狙へばP公は停止して居るも同然ですからな。背後から、東から西に向って侵入してきても同じです。ここから追ひ討ちする」

すると自分はたった一人であのP51を、ここの對空火器まで道案内してきたわけか。たしかにこれは感狀ものだ。

「今月中には囮機を竝べようと、日に夜を繼いで工作中だったのです。いや、いい勉强をさせて貰ひました。なほ、今の囮工作については一切祕密に願ひます」

「はあ……。それでさっきのP51は墜《お》ちましたでせうか」

「一發は命中してゐる。それはたしかだ。ただし……」

「ただし、なんですか」

「増加タンクに命中したとすれば……。いや、命中は命中だ。命中したんです」

十五分後、冷却器の修繕が終つた。吉田先生には事後承認をいただくことにして、隊員諸勇士の晝餉《ひるげ》の食卓の御飾りに握飯を十人分贈つた。

「これは凄い御馳走だなあ。米のめし、それも白いめしは久し振りです。自分らはたいてい甘藷を混ぜた麥のドロドロ煮を主食にしてをりますから」

地上勤務部隊の隊員が代用食に甘んじてゐるのは、お米はすべて空中勤務の飛行部隊に回してしまふからださうだ。ちなみに空中勤務者は、白米を常食にしてゐなければならないとされてゐるらしい。さうでないと高高度における腸内ガスの發生が防げないらしい。もう一つ、田中隊員の話では、松戸の飛行第五三戰隊は夜間専任だといふ。夕方起床、朝就寝が日課で、事情があつて止むを得ず晝間起床する隊員は黑眼鏡の使用が義務づけられ、また寝起きする室内には黑幕が張りめぐらされてゐるさうである。神經衰弱になる隊員が續出し、氣の毒で見てゐられない、と田中隊員がいつてゐた。さういふ次第で飛行第五三戰隊は徐々に夜間専任から解かれつつあるらしい。このことは絶對に口外しないやうにと念を押されて、松戸飛行場をあとにした。なほ、別れ際に田中隊員が、

「ズボンを貸してあげませうか」

と小聲で訊いた。

「あいにくなことに風は吹かないし、なかなか乾きませんよ。それよりなにより氣分が惡いでせうが」

「オート三輪で走ってゐれば、風は自然に吹き興《おこ》ってきます。それよりも……」

と自分も聲を低めて、

「ズボンを濡らしたといふことは、忘れてください」

以上が昨二十九日午前中に生起したことの顚末である。

ところで本日付の毎日新聞に刮目すべき記事が載ってゐた。


廿三日、廿五日夜大擧來襲したB29は廿九日今度は戰法を變へて多數機を以ってする晝間爆撃を行った、廿九日マリアナ方面のB29約五百機はP51約百機を伴って先づ小笠原伊豆列島線より逐《ちく》次北上駿河灣から富士山を經て高度五千内外をもって横濱地區、一部をもって川崎、品川附近を波狀攻撃した、敵の使用せるものは夜間爆撃と同樣燒夷彈であって、これにより都市燒却を狙ったものであり横濱市には相當の被害があった、敵は午前九時半より同十時四十分の間に逐次勝浦附近より脫去した、今回來襲の特徴は晝間の燒夷彈攻擊である點とその機數がB29本土來襲以來最大の機數を示したことで敵基地の充實とその執拗な意圖に對してはわれらもまた充分の用意をもって戰はねばならぬ……

とここまでは概況である。續いて東海、南九州各地にも少數機が飛來したことが報ぜられ、最後に、「千葉縣下三機撃墜」の見出しのもとに、

【千葉發】廿九日晝間來襲したB29P51の大編隊は京濱地區から東京灣を横斷して大部分が房總上空から南方海上に脫去したが、このうち三機が黑煙に包まれて木更津市外の鎌足村と夷隅《いすみ》郡老川村、市原郡白鳥村の三個所へ撃墜された、縣下には被害はなかつた。

少くとも右のうちの一機はあのP51であつたに相違ない。清の部屋から帝國地圖帳と竹製定規を持ち出して入念に檢討したところ、松戸飛行場から見て東南の方角に市原郡白鳥村のあることがわかつた。あのP51には、やはり田中隊員の射つた彈が命中してゐたのだ。それも增加タンクに當つたのではない、みごと本體を抉つたのである。しかも彼にこの必中の技を發揮せしめたのは誰あらう、自分である。この山中信介である。

今日は絹子をはじめ角の兄夫婦、古澤殖產館主人夫婦の初七日《しよなぬか》だ。この日に敵機撃墜の記錄を綴ることが出來るのはなによりまさる痛快事である。今日の日錄は、亡《な》き人びとにとつて、最大最高そして最良の供物になるであらうと信ずる。これを佛壇に供へてのち、千住中町の慈眼寺《じげんじ》へ出掛けようと思ふ。古澤家の墓所はこの慈眼寺にある。

（三十日）

古澤殖産館のおばあさんが昨夜から我が家に泊つてゐる。我が家は、根津宮永町にしてはといふ條件が付くが、案外廣い。自分が家業を繼ぐことになつて間もなく、父親が、「おれはそのへんの商家の隱居ぢいさんのやうにはならん。息を引きとる間際まで團扇を作り續けるぞ」

と言ひ出したことがある。

「なあ、信介よ。『東京一の團扇屋は?』と訊《き》くと、誰もが『日本橋の伊場仙《いばせん》です』と答へる。おれはそれが口惜しくてならないのだ。たしかに伊場仙の團扇は立派だ。永保《も》ちする。意匠もしやれてる。さうして口惜しいことには隨分安いんだ。だがね、おれたちにも追ひついて追ひつけないことはないと思ふ。とりわけ信介は頭もさう惡くはないやうだし、凝り性で熱心だし、なにより團扇作りの好きなところがたのもしい。あとは外回《そとまは》りと意匠だ。この二つの恰好がつけば、伊場仙おそるるに足らずさ。だからしばらく仕事場をおれに委せて外を回るやう心掛けな」

父親は根津須賀町にあつた家作を手放し、隣家から土地を十坪讓り受けて、そこへ仕事場を增築した。新式の多色刷り印刷機も入れた。人手もふやさうといふので二階に座敷を二間《ふたま》、こしらへた。こつちへ家業はまかせたといひながら、同時に大改革を斷行するのだから、何が何だかよく分らない。どうも様子がをかしい。それとなく醫者に診て貰つた。老人によくある「はしやぎ病」といふことだつた。家業といふ重荷を肩からおろす。ほっとする。のびのびする。そこまではいいのだが、中にはのびのびしすぎて調子に乗って破目を外してしまふ者もあるらしい。父親はさういふ者の一人だったわけである。

増築のあくる年、淺草鳥越神社《さま》の本祭《ほんまつり》に、父親は神輿に挾まれ揉まれてゐるうちに轉んでしまひ、それが原因《もと》で死んだ。鳥越神社《さま》の氏子中《うちこちゅう》に玩具問屋があって、その問屋が景物に配る團扇を納めに行っただけのはずが、酒に酔ったのか、あるいはそれがはしやぎ病といふものなのか、浴衣の尻を端折って神輿に寄って、上機嫌で冗談をいって團扇で煽《あふ》ぎ立ててゐるうちに、神輿に押されて轉んでしまった。世話役が人の波を押し分けて助け起すと、自分で作って納めた團扇をしっかり握りしめた父親は、それをぴくぴくと振ってゐたさうである。人によって考へ方はちがふだらうが、仕合せな一生だったと、自分は父親を羨ましく思ふ。とにかく好きな仕事を最後までやって死ねたのだから、こっちよりは仕合せだ。こっちは團扇が作りたくても作れない。作らせてくれるやうな御時勢ではない。職人や小僧は兵隊にとられ、例の色刷り印刷機は强制供出で鐵砲の玉になった。通りに面した仕事場は隣組常會に使はれるだけ、父親が増築した仕事場にはがらくたが抛《はふ》り込んである。その階上《うへ》の二部屋は空《あ》いてゐる。だから案外廣いといったのである。しかし古澤殖産館と較べれば問題にならない。向うには二百坪の庭に面して空部屋が五つも六つもあるのだから、庭球場と卓球臺ほどもちがふ。あるいは向うが馬屋ならこっちは兎小屋といったところである。ところが古澤のおばあさんは、

「二、三日、信介さんのお家に泊めてくださいな」

といふ。これには何か理由があるにちがひない。理由もないのに、だれが碌な庭もない兎小屋に泊りたいなどといふだらうか。さういへばおばあさんは昨日から妙なことばかり口にしてゐる。

昨日は午後二時から千住中町の慈眼寺で納骨式があつた。慈眼寺は山門と僅か二坪の辯天堂を殘し、あとはすべて燒野原になつてゐた。その二坪の辯天堂に三坪のバラックを接《つ》いだのを假本堂にして、讀經があり、燒香が行はれた。讀經の最中に強い吹き降りになり、卒塔婆が五、六枚、淋しい音を立てて倒れた。バラックの壁が卒塔婆で出來てゐたせゐである。さらに雨が激しく降つて讀經の聲が消されてしまつた。無論、バラックの屋根が燒《やけ》トタンで葺かれてゐたからだつた。

雨の小降りになつたところで墓に骨を納めた。――といつても絹子の骨はない、古澤の主人夫婦の骨もない。そこで三人の佛が日頃から愛用してゐた御飯茶碗を納めた。自分もそのうちにふさはしい日を選んで、山中家の菩提寺である日暮里の養福寺に絹子の汁茶碗を納めようと思つてゐる。角の兄夫婦の愛用品も、そのとき一緒に埋めてやりたいと思ふ。ところで墓から假本堂へ引き揚げる途中で、古澤のおばあさんは自分にかういつたのだ。

「だれかがいいことをいつてましたよ、『人間の悲しみはさう長くは續かない』って。おそろしいやうな言葉だけど、でも當つてゐますね」

「さあ、それはどうでせうか。わたしなら、絹といふ字を見るたびに、キヌといふ音を聞くたびに、絹子のことを思ひ出して眼頭に涙を貯めるだらうと思ひますよ」

やんはりと反論した。

「死ぬまできっとさうするでせう。わたしは決して鬼怒川溫泉へ行かないでせうね。田中絹代の主演映畫を觀に行かうとも思はない。なぜといへば……」

「どっちにもキヌといふ音がありますね」

「さうなんです。鬼怒川に滯在してゐる間中、悲しんでなきやいけませんし、銀幕に田中絹代が出るたびに泣いてゐなきやなりません」

「でも、信介さんはこの七日間、一度も笑ひませんでしたか」

ぐっと詰まってしまった。たとへば二十九日の午前中、自分は松戸飛行場の松林の中で笑ひ聲を發してゐる。白米を常食としない空中勤務者は高高度において腸内ガスの發生を防止することができない、と聞いて思はず笑ってしまったのである。そればかりか、「B29の機内なぞは臭いでせうな。なにしろ連中は麥が常食なんですからな」などと下品に混ぜ返したりもしてゐる……。「生き殘った者は一時《いっとき》もはやく悲しいことを忘れた方がいい。さう思ひますよ。悲しんでばかりゐちや、それこそ生きて行けませんものね。もちろん佛様のことはしばしば思ひ出してあげなきやいけませんけど。でも、佛様にあまりこだはるのも、どんなものでせうか」

住職が聞いたら目を回してしまひさうなことをいってのけると、おばあさんは假本堂の方へちよこちよこと歩き去つた。

　慈眼寺から古澤殖産館へ回ると、奥座敷に酒の用意がしてあつた。親戚が勢揃ひして ゐるから、最初こそ神妙だが、間もなく近況の交換で座がほぐれ、闇情報のやりとりで 活氣づき、沖縄の戦況は味方が不利とだれかが言ひ出したのをきつかけに聲高な議論に なる。山中家は親戚といつても新米者なので、あちこちに聞き耳を立て聞き役に徹して ゐた。と、そのうちに古澤のおばあさんが傍へ來てかういつた。

「信介さんのお家とこれまで通り親しくおつきあひするにはどうしたらいいんでせう ね」

　いきなり妙なことを聞かれて返答の仕様もなく、目を白黒させてゐると、おばあさん はなほも續けて、

「遠慮をしすぎる性質《たち》なんですよ、あなたは。だから絹子さんのゐないこの家にだんだ ん顔を出さなくなつてしまふにちがひありません。そしていつの間にか他人同然の間柄 になり、それでおしまひ……」

「そんなことはありません。だつて、おばあさん、絹子はこちらのお墓へ入れていただ いたんですよ」

「たとへ慈眼寺へ墓參りに來ても、こつちへ寄らうとはしないんぢやないでせうかね。 いいえ、あなたのことを冷たい人だといつてるんぢやありませんよ。ただ、うちも淋し くなりましたからね、あなたのやうな人に傍にゐて貰ひたくて、愚圖々々とつまらない

ことを並べ立てたわけ。本當に、あなたを古澤殖産館に引きつけておく方法はないものかしらねえ」

そしてつひにおばあさんは我が家へ泊りにやってきた。山中家を好いてくださるのはありがたいが、しかし理由はただそれだけか。ちがふ。おばあさんの狙ひはもっと別のところにある。自分はさう直觀してゐる。なほ、おばあさんは土産だといって白米を一斗くださった。これは文句なくありがたい。

（三十一日）

六月

今夜から、わが家の住人が一度に二人も殖えて、都合七人になった。加へて、千住の古澤殖産館のおばあさんが、ここのどこが氣に入ったのか、一昨夜から逗留してゐるので、家の中がよほど賑やかである。ところで、新しい住人は揃って美少女である。背が高くて、ついでにつんと鼻も高い無口なお嬢さんが牧口可世子《まきぐちかよこ》さんで、文子の紹介の辯によれば、

「牧口さんのお父さんはね、四谷警察署の近くで油問屋をしてらっしやったんださうよ。ところが五月二十五日深夜の大空襲に、お家へ燒夷彈が命中し、アッといふ間もなくお家から炎と黑煙とが吹き出して……」

一家が全滅してしまつたといふ。ただし彼女だけは勤め先の東京驛に出てゐて助かつた。さう、東京驛といへば同じ夜の大空襲で燒け落ちた。あの關東大震災にさへびくともしなかつた總工費二百八十萬圓のルネッサンス様式赤煉瓦三階建は燒夷彈の雨によつてほとんど灰になつてしまつたのである。それでも牧口さんたち東京驛高等女學校の生徒約百名は必死のバケツリレーを行つてホームにある小荷物運搬用エレベーターを、烈しく吹きつけてくる火の粉から守り通した。だがそのときには、牧口さんの家族はこの世の人ではなくなつてゐたのだ。

もう一人の美少女黑川芙美子さんの身の上も牧口さんと同じである。武子によれば、

「黑川さんのお家は、高輪の岩崎様の御屋敷の内部《なか》にあつたんだつて。五月二十九日の空襲で御屋敷内の備蓄倉庫が直撃を受けて、しまつてあつたお米三百俵に火がついた。黑川さんの御兩親はその倉庫の係だつたので、一所懸命、米俵を外へ運び出した。ところが何度目かにお二人とも燒け落ちてきた天井の梁の下敷きになつて、それで……。黑川さんもその日、丁度、東京驛に出てゐたので助かつたといふわけなの」

これが總力戰といふものか。總力戰においては、不幸までが瓜二つ、双生児のやうによく似てゐる。

「岩崎様は三菱財閥の總大將でせうが。芙美子さんの面倒は、岩崎様がみてあげるべきだと思ひますよ」

新しい住人の紹介がすむと、古澤のおばあさんがいつた。

「こんなことをいったからって氣を惡くしちや厭ですよ。あなたたちを引き取るのはこの家にとつては大迷惑だなんて意味でいつたんぢやないんですからね。なあに、あなたたちの喰ひ扶持ぐらゐこのわたしが引き受けたつていい。ただ、わたしは岩崎様がなぜ芙美子さんを手離して平氣なのか、そこのところがもう一つよく分らないわね。あなたの御兩親はいはば岩崎家に殉じたわけでせう。それなのにあなたが屋敷から出るのを默つてみてゐる。なんだか妙ぢやありませんか」

「兩親の通夜に御本邸からどなたもお見えになりませんでした」

黑川さんも無口だが、このときは珍しくはつきりと口をきいた。剃刀で切つたやうな細い眼に一瞬光が宿つた。

「それだけです」

「自分から岩崎家を飛び出したわけね」

「……はい」

「それはよく出來ました。でも薄情な御主人ねえ」

黑川さんはなんの表情もあらはさず、自分のもんぺの膝の繼ぎ當てを見つめてゐる。

この三月十日の大空襲からこつち、東京の住人の顔からすこしづつ表情が失せてきてゐる。このあひだラヂオで帝國學士院會員の穗積重遠といふ法律學者が、この東京の住人の無表情にふれて、「東京都民は悟達してゐるかのやうに見える」と褒めてくださつてゐた。「いつでも死ねると覺悟ができてゐるからこそ、大抵のことでは感情を動かされない」。

　それが東京都民の無表情の眞の意味である。たたかひは創造の父、文化の母、といふ名言があるが、たたかひはじつは倫理の伯父でもあつたのである。無表情な都民とすれちがふたびに私は、そこに悟達の姿を見て、同胞として誇らしく思はずにはゐられない」。

　褒め上手もゐればゐるもので、こつちとしては理由《わけ》も分らず嬉しくなるのであるが、しかし女學生の無表情に限つていへば、これは哀しい。箸が轉がつても笑はずには濟まぬ年頃であるはずなのに彼女たちが片頰さへもゆるめようとしないのは、悟達してゐるせゐだといふよりは、たとへば小説がないからではないのだらうか。詩が、チョコレートが、きれいな着物が、そして戀がないからではないのか。つまり彼女たちには青春がないのだ。どうせみんなさう長くは生きてゐられない。だつたらほんの一時《いつとき》でいい、だれか少女たちに青春をお與へください。この世の思ひ出に、せめて少女たちの笑顏が見たい。

（一日）

　明け方、軒を濡らしてゐた小雨が、正午には本降りになつた。防空壕で生活してゐる人たちには氣の毒な土曜日である。おまけに氣候が春先へ逆戻りでもしたやうに肌寒い。ちよつといやな氣がした。――そこで思ひ出したのは、この三月九日の日記に書いた文章のことである。たしか自分はあの夜、次のやうに認《したた》めたと思ふ。「いつもであれば桃の節句も過ぎて上野のお山のここかしこに菜の花が笑み開くころなのに、お山の日當りのわるいあたりには二月下旬に降つた雪がまだ消え殘つてゐる。なにか凶事の前兆なのだらうか、ちよつといやな感じである。とにかくかういつまでも冷氣が去らぬのは、天變の起りつつある證據である。こんなことをいつてゐると『この非常時に世迷ひ言を竝べちやいかん』と叱られさうだが、昭和十六年の十二月八日以來、新聞は氣象記事を載せず、ラヂオは氣象報道を行つてゐない。そこで天候が不順になるとほかに判斷の材料がないのでつい、このやうな迷信じみたことを考へてしまふのである」と。ところが自分の豫感は不幸にも適中してしまつた。あの夜、日記を閉ぢて間もなく警戒警報が發令になつたが、あのサイレンは翌十日未明の悲劇の前奏曲となつたのである。今日こそは自分の豫感が外れてほしい。——とまあ、そんなことを考へながら、午後、根津宮永町の町會事務所へ出かけた。事務所に入る前に入口の横の掲示板に貼り出してある「町籍簿について」といふお達しを丁寧に讀んだ。これまで何回となく讀んでゐるから暗誦できるぐらゐだが、愼重を期すに如《し》くはない。手續きを間違へたりすると町會長が舌舐めずりをし、いかにも嬉しさうに厭味をいふが、あれだけは御免蒙りたい。

　町會には物資の配給その他お互の生活上の便宜のために町內居住者全員を登錄した町籍簿が備へてあります。そこで次の場合には必ず町會に屆け出て町籍簿の加除訂正をお受け下さい。

一、出生、死亡、婚姻、離婚、雇ひ人の雇ひ入れ及び解雇、同居人の轉入及び轉出など世帯員に異動の生じたとき。
二、一つの世帯が轉入及び轉出したとき。
三、新たに町内で一世帯を構へたとき。

股火鉢をして茶を啜ってゐた町會長はこっちの顔を見るより早く、

「昨夜《ゆふべ》いらっしやるのぢやないかと思ってをりましたがね」

といった。

「文子ちゃんと武子ちゃんの親友が二人、昨夜、お宅に轉がり込んださうぢやありませんか。異動の屆け出はその日のうちに濟ませていただかないと困りますな」

あひかはらずの地獄耳である。心の内で舌を卷きながら牧口可世子さんと黑川芙美子さんの罹災證明書を町會長の前の机の上に置いた。

「まあ、相手が山中さんではこれ以上、小言を竝べ立てても仕方がありませんな。いやいや、それどころか、あなたに小言を呈しては罰が當るといふものです。山中さん、じつにあなたは近頃、稀有な人情家です。配給はとかく滯《とどこほ》りがち、一方、闇の食糧は目の玉が飛び出るほど高い。そこでだれもが口減らしをしたくてやきもきしてゐる。ところがあなたは世間の逆を行って二口も養ひ口をふやしなすった。これはなかなか出來ることぢやありませんぞ。御立派です」

「町會長さんにそこまで褒めていただけるやうな人間ではありませんよ」

「いいえ、銃後の人間のお手本です」

「二人とも氣の毒な身の上で、これは放っておけないと思つた。それだけのことですよ」

「その誇らない態度がなんとも奥床しい。帝國には現在約二十一萬の町内會、部落會がありましてな。その總元締が御承知のやうに大政翼賛會《おかみ》です。わたしども町會長には年に一回、それぞれの町内の節婦孝子義人を翼賛會に届け出る義務があります。今年はなんとかして山中さんを推《お》したいものですな」

「ありがたいお話ですが、わたしは當り前のことをしようとしてゐるだけのことですから……」

「その當り前のことが、なぜ一般大衆には出來ないのか」

「……はあ」

「闇の物資に手が出ないからですわ。山中さんのオート三輪は時節柄あちこちから引っ張り凧でせう。しかもオート三輪は一日に何百圓もの大金を稼ぐ。わたしどもはあなたのオート三輪に匹敵するやうな打ち出の小槌を持つてをらんのです。したがつて自分の口を養ふのがやつと、當り前のことが、したくても出來ない。その點、あなたは恵まれておいでですなあ」

町會長の言葉にはやはり落し穴があつた。

「また、わたしどもには有力な親戚といふものがをらない。そこへ行くと山中さんには古澤殖産館といふ羽振りのいい後楯がある。そこで當り前のことが、ごくごく當り前のやうにお出來になる。しかしそれにしてもやはりあなたは御立派ですな。見て見ぬ振りをすればそれで濟むのに、あなたは欣然として罹災者に同胞愛を發露なさらうとする。山中さんはこの根津宮永町の義人ですわ。二人の娘さんのことはよろしくお願ひしますよ」

「……なんとか頑張ってみます」

「さう。そしてそれがあなたの御爲《おため》でもある」

「……はあ？」

「だつてあなたのお家は間もなく、また淋しくなるはずですよ」

「おつしやる意味がどうもよく分りませんが」

「おや、文子さんが絹子さんの後《あと》へ入るんぢやないんですか。その話し合ひのために古澤殖産館のおばあさんがお宅へ御逗留なさつてゐるんでせう。文子さんが千住へ嫁《とつ》いでも、その前に娘さんが二人殖えてゐるのだから、あなたとしてはさう淋しがることもない。山中さんところに娘さんが二人轉がり込んだのは天の配劑といふものであつたかもしれませんな」

なるほど、さうだつたのか。わが家に逗留中の古澤殖産館のおばあさんが、「人間の悲しみはさう長くは續かない」とか、「信介さんのお家とこれまで通り親しくおつきあひするにはどうしたらいいんでせうね」とかいつてゐたのは、文子を絹子の後釜にといふ謎掛けだつたのか。迂闊といはれればその通りだけれども、絹子の初七日からまだ三日しか經つてをらず、悲しみに心塞がれてそこまでは氣が回らなかつた。

「千住へ文子さんが嫁《とつ》ぐとなると、あなたは失禮ながらふたたび左團扇だ。小運送の御仕事はおやめになるんでせうな。そのときはオート三輪の處分をこの青山基一郎にお委せ願へませんか。じつは關東地方隱退藏物資戰力化協議會の事務局長が中學の同窓でして、數日前、銀座三越の五階事務所に彼を訪ねたところ、『どこかに自動三輪車が眠つてゐないか』と、かういふんですな」

團扇屋に向つて「娘のおかげで左團扇」とは惡い洒落である。

「命のある間は、自分の稼ぎで家族を養ひます」

自分でも驚くほど強い口調であつた。

「それにうちのオート三輪は眠つちやゐませんよ。あれはあれなりに銃後の物資交流に役立つてゐると思ひます」

事務所を出ようとしたら、背中へ町會長の不機嫌さうな聲が飛んできた。

「さつき、あなたは『町籍簿について』といふ貼紙しかお讀みにならなかつたやうですが、さういふことでは困りますな。毎日一回は町會事務所の掲示板を、目を皿にして睨む。それがあなたがたの務めなんだ。明日は大事な集會があります。不參加者は非國民と見做《みな》しますからな」

掲示板の眞ン中に「國民義勇隊根津三個中隊結隊式。／六月三日（日）午前八時三十分ヨリ。先に、五月二十七日（日）と回覽板をもって通知いたしましたが、準備にいっそう念を入れるために、一週間延期となりました。／根津權現社社前／十五歳以上、六十五歳までの男子。病弱者妊産婦を除く十二歳以上、四十五歳までの女子。右に該當する者は全員參加のこと」と大書した紙が貼りつけてあった。

「このことなら知ってゐます。回覽板で讀みました」

自分は町會事務所の内部《なか》へ向っていった。

「たしか大政翼贊會が自然消滅して、そのあとをこの國民義勇隊が引きつぐといふのでしたね」

町會長の頷くのが見えた。

「すると、さっき町會長さんのおっしやってゐた、町内の節婦孝子義人を大政翼贊會に推《お》すといふ制度は、どうなりますか。そんな制度はもうなくなってしまってゐるんぢやありませんか。ありもしない制度を持ち出して町會員を持ちあげたりして、町會長さんもなかなか隅にや置けない。上野のお山の西の麓に狸が棲んでゐるとは思ってもをりませんでしたよ」

町會長は湯呑の底の茶の飲み殘りを土間へぱっと撒いた。

家に戻ると、妻が縁側で、マッダの古電球を靴下の踵に當てて破れを繕ってゐる。

「雑巾にでもおろしたらどうだ」

自分は妻と竝んで坐つた。

「本體が弱り切つてゐるんだから、いくら繼布《つぎ》を當てても無駄ぢやないか」

「でも明日は大事な集りがあるんでせう。まさか下駄ぢや出て行かれませんものね」

「たしかに下駄ばきの國民義勇隊はをかしいな」

「あなたの靴下はこれ一足きりですから、どうしてもこれを繕はないと……」

「……馬鹿に家の中が靜かだね」

「古澤殖産館のおばあさんの引率で、みんな千住へ出かけました。あなたが出てすぐ千住から忠夫さんが牛肉を提げて見えたんです。でも、ここでは鋤燒《すきやき》ができませんでしよ」

牛肉を煮燒きする匂ひが近所に洩れると大事《おほごと》になる。たとへば根津と隣合ふ下谷區谷中清水町で先月下旬、こんな騷ぎがおこつた。ある線香屋さんが牛肉を二百匁ばかり手に入れ、雨戸を閉め、電燈も消し、留守を裝つて鋤燒をはじめた。だが、ほかのことは隱せても匂ひだけは正直で、獨立獨歩、隣り近所を自在に歩き回つて、「近くに鋤燒をしてゐる家があるぞ」と告げた。近所の者が線香屋の店先へ集つてきた。そのうちに誰かが、「居留守を使つて牛肉を喰つてゐるぞ。非國民め」と叫んだ。線香屋の御隱居が、非國民と聞いてカッとなつた。すぐさま戸外《おもて》へ飛《と》び出して行つて、「本土決戰に備へて體力を養ふは帝國國民の義務ではないか。滋養物を攝る才覺もなく、ただ痩せこけてゐる者こそ、まさかの時の役に立たぬ非國民ぢや」と怒鳴つた。そこを、先に非國民と叫んだ男がトンと突いた。御隠居は彈みをくつて轉倒し、コンクリの塊で頭を打つた。かうして牛肉の焼ける匂ひは近所の人びとばかりではなく殺人まで招き寄せてしまつたのである。

「古澤殖産館なら、たとへくさやを焼いたとしても、匂ひはお隣りへさへ届きませんから安心です」

「……それで古澤殖産館のおばあさんがなにかおつしやつてゐなかつたかい」

「文子のことですか」

「さう」

「孫の忠夫に文ちやんを下さいませんか、とおつしやつてゐました。絹子の後《あと》に入つてほしいんですつて」

「それでお前は何て答へたのだい」

「正式には主人や文子とよく話し合つた上で御返事いたします、とお答へしておきました。ついででしたから、わたしの考へを申しあげました。『二度もうちの娘《こ》に目をつけていただけて嬉しいですわ』つてね」

「ふうん。問題は文子にどう切り出すかだな」

「文子は、古澤殖産館のおばあさんがうちへ泊りに行きたいとおつしやつた時から、ぴんときてたみたいですよ。さつきも出がけに、『いつも絹子姉さんのお下《さが》りばかりなんだから』とふくれてゐました。『繪本に玩具、鞄に洋服、それから洋靴……。わたしはずっと姉さんのお古《ふる》で育ってきた。だから旦那様だけは新品をと思ってたんだけどなあ』ですって」

「つまり、いやだといってゐるわけだね」

「いいえ。これは萬事承知してゐるからこそいへる科白《せりふ》ですよ」

「そんなものかね」

「もっとも文子は一つだけ條件をつけました」

「ほう」

「……『姉さんの百箇日《ひやつかにち》が濟まないうちは、忠夫さんの奥さんにはなれない。いますぐぢや、あんまり姉さんが可哀相だもの』と、さういってゐました」

妻は靴下を顔に押し當てた。

「ほんたうに絹ちゃんが可哀相……」

「この家は主人抜きで何もかも決まってしまふんだな。ま、それもいいだらう」

さういって自分は机の前へ座を移した。

「近いうちに絹子の墓へ詣《まゐ》って、このことを報告することにしよう」

日記を認めるためにロイド眼鏡を老眼鏡に掛け替へてゐると、妻が電燈をつけてくれた。


（二日）

根津權現社へは早目に出かけた。境内の參道に沿つて五寸角高さ一尺半の石柱が二百本ばかり竝んでゐる。これは氏子中《うぢこぢゆう》が寄進したもので、入口から五十六本目の石柱には、「山中勘吉」といふ名が刻んである。山中勘吉とは、この山中信介の父親の名だ。父親の寄進した石柱に腰を下して境内に集合してくる義勇隊員を眺めてゐると、三人に二人までが女子である。そして男子は殆どが五十歳以上の年輩者だ。

新聞の傳へるところでは、本土決戰に對應すべき全國民の戰闘行動組織としての國民義勇隊には、義勇隊と戰闘隊の二種あるといふ。まづ、町會事務所の掲示板にもあつたやうに、「十五歳以上、六十五歳までの男子。病弱者姙産婦を除く十二歳以上、四十五歳までの女子」が義勇隊である。さらにこの中から、「十五歳以上、五十歳までの男子。十七歳から四十歳までの女子」が選抜されて戰闘隊を編成する。本土決戰に際しては、この戰闘隊が敵の上陸軍と白兵戰を行ふのだが、根津の國民戰闘隊はどうも女子隊員だけになりさうだ。たつたいま記したやうに、根津には五十歳以下の壯年、青年、少年が殆ど居ないからである。勿論、夜になれば元氣な男子がそれぞれの勤務先や動員先から歸つてくるが、彼等は勤務先や動員先の戰闘隊に參加してゐるわけで、敵兵が眞ツ晝間、この根津に攻め込んでくると、こりやまづいぞと思つた。女子の戰闘員ぢや防げまい。

ほどなく本郷區長を先頭に町會長たちが社殿の前にあらはれて結隊式がはじまつた。昨夜から今曉にかけてひつきりなしに風が吹き、明け方には地震まであつたが、結隊式の行はれる頃には、昨夜からの秋の野分に似た荒々しい風が、すがすがしい薫風にかはってゐる。

區長の挨拶によれば、都知事が帝都國民義勇隊の本部長を兼任するのだといふ。そして區長が大隊長である。町會長は中隊長なのださうだ。當然、隣組長が小隊長といふことになる。大政翼贊會―町會―隣組といふこれまでの組織と同じである。ただすべてが軍隊式になつただけだ。自分はさういふ印象を持つた。町會長、いや中隊長の話があつて、その後で、帝都國民義勇隊本部參與、清原少佐の訓示を拜聽することになつた。少佐は登壇してから數分間、根津宮永町戰闘隊の列をただじつと見つめてゐた。その態度はじつに不愉快さうであつた。どうしたのだらう。根津宮永町義勇隊の列の中にゐた自分は、左隣りの戰闘隊へこつそり横目を使つた。そこには男子が一人しかゐなかつた。しかもその唯一人の男子といふのが右足に故障のある仕立屋の源さんだつた。源さんは足を庇つてゐるのだらう、初中終《しよつちゆう》、もぞもぞやつてゐる。

「おい、足の惡いのは分つてゐるが、五分間ぐらゐは辛抱できんのか」

「できません」

源さんはあつさりと答へた。

「さうか。前へ出てこい。……頭を坊主刈にしたらどうだ。雀の巣よりひどいではないか」

肩を右へ左へと大きく振りながら列の先頭へ歩み出た源さんの頭を、壇をおりて待ち構へてゐた少佐が輕く叩いた。

「武士が月代《さかやき》を剃つてゐたのはなぜか、知つてゐるか。頭の中の熱をテッペンから抜くために、武士は月代を剃つてゐたのである。いついかなるときであれ頭の中を涼しく保ち、事を處するに當つては冷靜でありたいと願つて腦天を剃つてゐたのである。お前もその故智を見習はねばならんな」

「……はい」

「榮えある戰鬪隊員に任命されたのを記念して、さつぱりした頭になつてはどうだ」

「さういたします」

「よし。ところでお前は必勝の信念をもつてゐるか」

「はい」

「たしかか?」

「はい。たしかにもつてをります」

「よろしい。ときに現下の情況をどう思ふ。わが友邦獨乙は遂に武器を捨て無條件降伏に署名調印を了《れう》した。また、沖繩本島における地上戰鬪は依然として困難なる狀況に推移し、前線は目下極《きは》めて急迫を告げるに至つてゐる。さらに敵の空襲は本格化した。帝都の大部分は燒土と化し、名古屋や大阪などにおける被害も相當のものである。加へて……、これは本日の新聞にも載つてゐたからすでに承知してゐることと思ふが、敵の大統領トルーマンは、この六月から空軍兵力を三百五十萬に增員し、海軍には三百萬の兵力を動員せしめて、對日戰略を行ふと豪語してゐる。さて、この情況をお前はどう思ふか。まさに皇國は興廢の關頭に立つてゐると、さう思はぬか」

　南瓜畑に地震が起きた。社前を埋め盡した根津一帶の住人が、ある者は大きく、ある者は小さく、頭を振つて頷いたので、地震のときの南瓜畑のやうに思はれたのだつた。それほどこの「まさに皇國は興廢の關頭に立つてゐる」といふ言葉はよく知られてゐるのである。小磯國昭《こいそくにあき》前首相の愛用句だ。米内光政海相にも、よく似た愛用句がある。「皇國の興廢は一に現下の難局を克服突破し得るか得ざるかにあり」といふのがさうだ。こちらの言葉を思ひ浮かべて頷いた人も多かつただらう。自分は兩方を思ひ出して頷いた口である。

「おつしやるやうに、まさに皇國は興廢の關頭に立つてゐると、さう思ひます」

「たしかか」

「はい。さう信じてをります」

「全員もさう思ふか」

　少佐はこちらへも問うてきた。南瓜畑にまた地震が起きた。

「同時に、全員は必勝の信念をもつてゐる。さうだな」

　全員が「はい」と答へ、驚いて境内の立木から小鳥がばたばたと飛び立つ。

「皆、顔を洗つて出直してこい」

　少佐は壇上に驅け登り、長靴《ちやうか》で床を踏み鳴らした。

「そんな根性ではとても皇土の防衛はできない」

なにがなんだか譯が分らず、近くにゐた顔見知りとひそひそやつてゐると、

「お前たちは矛盾の塊だ」

少佐が怒鳴つた。

「お前たちは皇國が興廢の關頭に立つてゐるのを憂へ、同時に必勝を信じるといふ。よくもそんな器用なことが出來るものだ。なにを喰へばそんなに器用になれるのだね、ひとつ教へてくれんか。よいか、必勝を信ずるならばこの皇國の興廢を憂へる必要がどこにあるのか。この理屈は分るだらうが。もつといへばだな、必勝の信念とは十割の勝率を信ずることなのだ。これに反し、皇國の興廢を憂へるとは、日本が興《おこ》るか廢《すた》るかどつちになるかを心配するといふことであるから、祖國の勝利を五割の確率でしか信じてゐない勘定になる。逆の言ひ方をすれば……」

ここで少佐は右から左へゆつくりと百八十度近くも首を振つて、根津の住人を一渡り睨《ね》め回し、

「……皇國の興廢なるものを、したり顔で憂へる者は、五割の確率で敗北を豫想する非國民なのである。一人の人間が十割の勝利と五割の敗北とを同時に信ずるのは大矛盾である。そんなことで皇土の防衛をよく果すことができるか。おい、さつきの雀の巣頭、お前の頭の中は矛盾だらけだぞ。わかつたか」

源さんは頭を搔いて、それから大きな聲で、

「なるほど、さうか。いやあ、少佐殿にうまく嵌《は》められちまつた」

といつた。

少佐はしばらく源さんをきつとなつて睨んでゐたが、小事件が突發したのはその直後である。宮永町の町會長が――今日からは中隊長と呼ばなければならぬのだらうが――源さんの前へ走り出て、

「なんてことをいふんぢや。結構な精神訓話を拝聽してゐながら、『嵌められちまつた』とはなんぢや……」

と半泣きしながら平手打を喰らはせたのだ。少佐が、「『海行かば』齊唱」と聲をかけて制してくれたからよかつたが、さうでなければ町會長は源さんを突き倒してゐただらう。それでも足りずに馬乗りになり、いつまでも毆り續けてゐただらう。さうなつたときは同じ隣組のよしみ、源さんを庇ふために飛び出して行かなくてはと咄嗟に心を定《き》めてゐた。だが、その場になつてもさういふ勇氣を發揮できたかと問はれると、どうも自信がない。

「海行かば」を歌つてゐるうちに別種の勇氣が湧いてきた。この根津權現社の祭禮に、三歳の絹子を肩車して見物にきたときのことを思ひ出したのだ。絹子のかざす綿菓子で頭髪がべたべたになつたことがあつた。さう、絹子は忠夫さんとの間にさぞかし子を生《な》したかつたらう。その子を丈夫に育てて九月二十一日のお庭祭（根津權現社祭禮）に連れてきたかつただらう。そのときは例の寄進の石柱を指さして、「ほら、ごらん。これがひいおぢいちやんのお名前なのよ」とすこしばかり鼻を高くもしたかつたらう。その

子が大きくなつたらなつたで、「權現様の前の坂道をS字坂つていふのよ。漱石とか鷗外とか、明治の文豪がこの坂をよく歩いたものださうよ」と知つたか振りもしたかつたらう。絹子は數へ切れないぐらゐたくさんの思ひを遺して不意に消えてしまつた。その切ない思ひが、「海行かば」を歌つてゐる自分にそつくり乗り移つてくるのをはつきりと感じた。あの娘《こ》の仇を討たせてください。そのために自分は敵の上陸軍と戰ひます。どうか敵と刺し違へて死ぬことのできる勇氣をお授けください。自分はいつの間にかさう權現様に祈つてゐた。

それにしても「海行かば」は陰氣でいい。ラヂオの報道では、大きな戰勝ニュースの前後に、陸軍の戰果であれば「分列行進曲」を流す。海軍は「軍艦行進曲」で、陸軍と海軍が共同の場合は「敵は幾萬」がかかる。だがこの三曲はどうもお囃子じみてゐる。だれかにからかはれてゐるやうな氣がするのだ。その點、「海行かば」は現在《いま》の帝都殘留者の氣持にぴつたりと合ふ。

このあと、全員に將棋の王將ぐらゐの大きさの板チョコが配布された。同時に壇上に大きな電蓄が運びあげられる。B29の爆音を聞きながら板チョコをたべるやうに、といふ指示があつた。板チョコの原料は馬鈴薯ださうだ。樺太《からふと》は留多加町にある樺太農拓會社が馬鈴薯から良質のブダウ糖をつくることに成功し、そのブダウ糖を板チョコのやうに固めたのだといふ。航空乗員や潛水艦勇士の重要な榮養源になるだらうと少佐が説明してくれた。

「おまへたちは本日より國民義勇隊の勇士である。航空乗員や潜水艦乗員と肩を竝べる第一線兵士になつたのである。だからこそ、第一線兵士の榮養源として緊急開發されたこの板チョコを口にすることができたわけである。なほ、この板チョコ一個をつくるには六、七個の馬鈴薯が必要だといはれる。よく嚙みしめて、ゆつくりと味はふやうに」

惡くない味だつた。近くでだれかが、

「こんなに小さくしたものぢやなくて、原料を丸ごと茹でたものだつたら、もつとありがたかつたな」

と呟いてゐた。

B29の爆音の方は退屈だつた。放送協會の藤倉修一といふ告示《アナウンス》課放送員の説明入りで、

「……これは、昭和十九年十二月二十二日から二十九日までの八日間、放送協會の長友技師一行が、臺灣高雄山溪谷に辛抱強く身をひそめ、B29の單機からはじめて十一機編隊まで次々と電波で狙ひ打ちにした決死の錄音盤であります」

といふのが前口上だつた。そして爆音に合せて、

「單機ですと、グーン、グーンと腹にこたへる重々しい地聲に、ときどきド・ド・ドといふ小太鼓のやうな濁音のまじるのが特徴であります。機數を加へるごとに、地聲の唸りが重量感を増《ま》し、ド・ド・ドといふ濁音の頻度が多くなるのであります。わが戰鬪機と聞き較べますと、……おわかりのやうに、ブーンといふ輕快音とグーンといふ重壓音

の音感の差異によつて明瞭に判別できるのであります」

といふ解説が入つた。

正直にいつてこの「決死の録音」は繪空事だと思ふ。「……十一機編隊ともなりますと、その重量感は相當なものであります」といふが、自分たちはこの三ケ月間に何百時間もB29の大編隊の下で暮してきた。それも十一機どころではない。何百機もの大編隊である。そのときの爆音ときたら、あれは音ではない。歴《れつき》とした物體である。權現社の大太鼓の内部《なか》へ押し込まれた上で百本の撥で叩かれてゐるやうだといへばよいか。さもなければ爆音といふ重石《おもし》を乘つけられた漬物のやうだといへばよいか。とにかくあの爆音には氣が狂ひさうになる。それに夕立のやうな燒夷彈の落下音、耳もと三糎のところで鐵板を叩かれたやうな炸裂音とがひつきりなしにつづくのだ。B29の大編隊は、つまり音と火の移動地獄なのである。地聲の唸りがどうの、小太鼓のやうな濁音がどうしたのといふやうな生易しいものではない。

ただし面白く聞いた個所もなかつたわけではない。録音場所が高雄山溪谷といふだけに、偶然が愉快な合の手を入れたのだ。B29がグーン、グーンと唸ると山の鳥がアホー、アホーと啼き、濁音がド・ド・ドと吃ると谷の目白がチイチク、チイチクと可笑《をかし》がつたりしたのである。板チョコを舐めながら偶然が工《たく》んだ趣向に笑つてゐると、自分と同年輩の女子が兩腕でしつかりと頭を庇《かば》つて、「熱《アチー》い、熱《アチー》い」と叫びながら、境内から走り去つた。火傷《やけど》を負つて引き攣《つ》れて兩腕は自然薯《じねんじよ》の根のやうに捩《ね》ぢくれ凸凹《でこぼこ》してゐる。

「あれは根津藍染町《あゐそめ》の魚銀《うをぎん》に引き取られてゐるお勢津《せつ》さんて女《ひと》だ」

だれかそっといった。

「三月十日に焼け出されたさうだよ。あの女《ひと》を殘して一家は全滅したといふ」

根津權現社から千駄木町へ回った。「國民義勇隊としての御奉公の手初めに、千駄木の罹災地に蔬菜畑をつくるやうに」と命じられたのである。自分たちの隣組――正式には「宮永町中隊第八小隊」と呼稱する――は、焼野原の一角の五十坪を受け持つことになった。ここにサツマイモをつくるのが任務なのである。焼跡を農地に改造し、そこに立て籠って上陸軍を迎え撃つ、つまり根津住人の農兵化が帝都本部の狙ひださうだ。いや、根津ばかりではない、上野不忍池は水田になってゐるし、帝國議事堂の前庭も、首相官邸の前庭も畑になったといふ。つまり上野のお山の坊様も、それから議員も大臣も、皆、農兵になるのだ。

焼野原を見渡して最初に氣付くのは、金庫と石燈籠の多いことである。うちの隣組が受け持つ五十坪にさへ、金庫が一つに石燈籠が三つも轉がってゐた。それらを片付け、焼けトタンと焼け瓦を整理する。一番の難物は便所の土臺石で、以上を濟ますのに、五時間かかった。もっとも晝食をとりに歸った時間を引くと四時間餘といったところか。

焼け土をシャベルで掘り返す作業に入ってからは、なかなか愉快だった。といふのは、「地中から出てきた品物は掘り當てた者の所有物に歸す」からで、自分はハンマーの頭とバケツ一杯の木炭を掘り出した。横では源さんが瓦斯焜爐《ガスこんろ》を當てて苦笑してゐる。近頃は根津へも瓦斯が來ない。だから焜爐は寶の持ち腐れである。

「今日は貧乏籤ばかり引くんだね」

丁度、赤錆のこびりついた鍬を掘り當てたところだったので、自分はその鍬を源さんに贈った。

「少佐殿には嵌められ、町會長からは平手打を喰ふ。さうして今度は瓦斯が來なければ使へない焜爐だ。この鍬で験《げん》をお直しよ。研ぎ直せば使へさうだよ」

「これはどうも」

源さんは推し戴いて、それから、

「でもね、あの平手打で助かったんですよ」

といった。

「へえ」

「あのときまでは可笑《をかし》くて可笑くて、何度吹き出しさうになったか知れやしない。それが町會長のあの一發でぴたりと治まった」

「なにがそんなに可笑かったのかな。どうも思ひ當ることがないが」

「少佐殿がわたしに向って、『頭を坊主刈りにしろ』といったでせう。あれが可笑い。五日前の五月二十九日、横濱に大空襲があったでせう。あのときB29が數機、下町上空へまぎれ込んで、爆彈のかはりに宣傳ビラを撒いて行った。淺草橋に居る兄弟子が一枚拾って、わたしにも見せてくれましたがね、そこにはかう印刷されてたんですよ。『東京都民諸君！　虎刈りにしてすみません。ちかぢか丸刈りの坊主刈りにいたします』とね。Ｂ29とそつくりなことを少佐殿がいふから可笑《をかし》くなつちやつて……」
焼野原が夕陽に赤く染まり出したころ、やうやく作業を終へた。甘藷の苗は次の日曜の朝に、本郷區大隊から届くことになつてゐる。右手に夕焼け空を眺めて歸る途中、ふと四、五十年も前のことを思ひ出した。あのころ、この千駄木は、僅かの人家を除いて、蓮田と稲田、そして畑地ばかりだつた。その時分は兄と二人で毎日のやうに目高や鮒をとりに千駄木へ通つたものだつた。帝都人口が殖えるにつれて田畑は變じて街になつたが、いまその街がふたたび、稲田は無理だが、畑地へとかへる。なんだか長い夢を見てゐるやうな氣がする。結婚、戰爭、空襲、絹子や兄の死、みんな夢の中の出來事。はつと目覺めると自分はまだ四、五歳。改築前の舊《ふる》い店《みせ》の板の間に金太郎の腹掛けで涎《よだれ》を拭きながら起き上る。そこへ母が冷えた西瓜を持つて來て……

（三日）

正午、妻と二人で下妻の義父を上野驛に出迎へた。上野驛から日暮里の養福寺へ回る。義父は「角《かど》の兄さん夫婦も、絹ちやんも氣の毒に……」といつたきり、口を閉してゐる。「絹子の後へ文子が入ることになりさうです」と報告すると、しばらくしてから、「平時なら考へられないことだが……、なにしろ今は非常時だし……」
といひ、また默り込んでしまつた。

養福寺は、跡形もなかつた。四月十五日夜の空襲でやられてしまつたのである。乙號國民服にゲートルを巻いた短靴の住職が、庭の隅に積み上げた焼け瓦を指さし、

「水《みず》の字《じ》瓦もやはり燒夷彈にはかなひませんでした」

と苦笑してゐた。二年前、養福寺は瓦をすべて葺き替へたが、當時、全盛だつたのが大政翼贊會の薦《すす》める水の字瓦である。《一枚一枚に魂をこめて「水」の字を焼き込んであります。だから燒夷彈の炎を、その「水」の字が寄せつけません》といふ宣傳文句を自分はまだ覺えてゐる。

「翼贊會に振ぢ込んだらどうです。もつとも翼贊會は自然解消して、いまぢや國民義勇隊總本部と名を替へてゐますが……」

「こつちですよ、惡いのは」

住職は國民服の上に輪袈裟を掛けながら、自分たちを墓地へと導いた。

「そんなおまじなひのやうなことを信じ込んだのはわれわれの方ですからな」

墓地は燒けてゐない。

山中家の墓に絹子が大事にしてゐた三味線の撥ををさめた。黄楊《つげ》の撥である。また同時に角《かど》の兄夫婦の夫婦《めをと》茶碗も入れておいた。讀經の間ずつと、義父は尖つた肩先をこまかく震はせてゐた。養福寺から古澤殖産館の菩提寺である千住中町の慈眼寺へ回つた。

「絹ちやん、惡く思はないで聞いてね。文ちやんがあなたの後へ入ることになりさうよ。忠夫さんのことも恨まないでちやうだい。古澤殖産館には人手がないし、それに世帯を

切り回して芯棒になる人がどうしても要るし……、それで文ちゃんが行くことになつたのだからね。却《かへ》つて文ちゃんを見守つてあげてちやうだいね。おねがひしましたよ」

眼の縁《ふち》を赤くした妻が小聲でぶつぶついつてゐる。自分は心の中で短く、

「きつと仇は討つてやる」

とだけいつた。義父はここでも肩先を小さく震はせてゐた。

慈眼寺から古澤殖産館へ行つた。妻は早速おばあさんや時子さんと臺所に籠つた。文子が絹子のあとを引き繼ぐ話は臺所でうまくまとまるだらうと思ふ。義父はおぢいさんと將棋をはじめた。自分は店の帳場の忠夫さんと竝んで坐つた。

「根津を引き拂つて、こつちへ越してきませんか」

と忠夫さんがいつた。

「こつちとしては大歡迎です。大いに助かります」

「さうは行きませんよ。ささやかながらこれでも一家を張つてゐるんですから。それよりもね、忠夫さん、どこかいい會社を知りませんか」

「會社……？」

「出來れば大きな會社がいいな」

「大きな會社となると大抵は軍需會社ですが……」

「軍需會社ならなほ結構だ。じつはオート三輪ごと雇はれたいんですよ」

小運送業で世渡りするのは劍《つるぎ》の刃渡りをするより氣味の惡い世の中になつてきた、と

自分は切り出した。オート三輪を走らせてゐると、一日に一度はきつと憲兵に「止まれ」と命じられる。最近の一週間はとくにそれが多い。訊問内容はきまつてゐる。「いまタンクに入つてゐるガソリンの出所《でどころ》はどこだ」と、これが憲兵の第一聲である。ガソリンの出所を訊《き》き終へると、次は荷臺の檢査だ。自分は不正物資を運んだことはないし、これからも運ぶつもりがないから、荷臺檢査は怕くない。怕いのはガソリン檢査である。

「小運送業者にはほとんどガソリンが配給にならないのさ。大抵、大口の運送會社がとつてしまふ。そこでこつちは長い間かかつて貯めておいたものをちびちび使ふ。だが、貯めておいたことが露見したら、それこそ大變です」

「……『するとお前は貴重なガソリンを隠退藏してゐたのだな』と雷が落ちるんでせう。そして營業停止かな」

「その通りです。營業停止になつてはお仕舞ひですよ。その次の日には役人がやつてくるにきまつてゐます。『關東地方隠退藏物資戰力化協議會の者だが、オート三輪を遊ばせておくなぞもつたいない。妥當な金額で引き取らせていただかう』とね」

「戰力化協議會でなければ、關東軍需監理部か防衞通信施設局……。都の經濟局なんかも欲しがりさうですね。さうさう、警視廳の警備隊特設大隊を忘れちやいけません」

「なんです、それは」

「非常の場合に機動力を發揮して重責に挺身するといふのが任務の特別隊です。五月中旬に、日本橋久松町に新設されたんですがね、隊長の熊瀬鐵丸といふ人は凄いらしい。

片つ端から車を停めて、『おいこら、この車を呉れんか』と怒鳴るんださうです」

「ふうん。今度から久松町あたりへは近付かないことにしよう」

オート三輪の召し上げはなんとか免《まぬか》れたとしても燃料が問題であると、自分は續けた。再三にわたつて述べたやうに小運送業者へのガソリン配給は「ない」と言い切つていい。木炭エンヂンを取り付ける手もないことはないが、あれは圖體が大きい。オート三輪の荷臺を七、八割がた占領してしまふ。荷物も碌に積めないのでは、なんのために走つてゐるのか譯が分らない。

「あれこれ考へると、やはり大會社の使用車になるのが一等樂なんだ。ガソリンは會社持ちだし、風除けガラスに皇國番號を貼つて走るから憲兵に停められることもない」

「いつそうちに雇はれてくださいませんか」

「しばらくよそに雇はれて、ガソリンを貯め込んできますよ」

三里走るごとに盃で一つガソリンを頂戴しようと思つてゐる。さうでもしないとまさかの時に身動きできなくなつてしまふ。

「さうですか。ぢやあ、取り引きのある會社を二、三當つてみませう」

あまり氣乘りしない様子で頷くと忠夫さんは手帳を摑んで帳場の横の電話室に入つた。自分としても氣心のよく知れた忠夫さんに雇はれたいと思はぬでもないが、これ以上、古澤殖產館に迷惑をかけてはいけない。第一に文子が肩身の狭い思ひをすることにならう。茶の間へさがつて古澤のおぢいさんと下妻の義父の将棋を覗いた。

「形勢のほどは……?」

と訊くと、おぢいさんが、

「一勝三敗で、わしが劣勢」

と答へた。一時間足らずのうちに四局も五局も指すとは、どっちも「王より飛車を」の口だらう。

「今度こそ勝つ、必ず勝つ、と必勝の信念をもって指しはじめるのぢやが、やはり精神力だけでは勝てませんな。伎倆《うで》と頭腦《あたま》が要りますわい」

「戰爭とても同じこと……」

義父がぴしやりと桂を打って王手金取りをかけた。

「……物資《もの》と頭腦《あたま》が要りますよ」

「危險思想をお持ちのやうですな」

と、おぢいさんが顎を撫でながら考へ込む。そこへ文子たちがやってきた。武子に牧口さんに黑川さん、それから淸と高橋さんのところの昭一くんも一緒である。文子の、古澤家へ嫁いでもいいといふ答をよろこんで、おぢいさんが皆を夕食會に招んでくれたのだ。挨拶をすますと娘たちは臺所に入り、淸と昭一くんは茶の間の隅で筆記帳をひろげる。

「またも漢詩の共同製作かい」

二人の背後から筆記帳を覗き込んだ。

「なにを作つても構はないが、町會事務所に投稿することだけは勘辨して欲しいな。このあひだの漢詩では町會長から大目玉を喰つた」

「今度は眞面目です」

昭一くんは胸を反《そ》らせて、

「清さんと遺詠をこしらへてゐるところです。遺言を三十文字餘一文字《みそもじあまりひともじ》にまとめてゐるんです」

三十文字餘一文字とは古風な言ひ方である。

「その秋《とき》になつて上《のぼ》せちやつて佳《い》い歌のが出來ないのは悔《くや》しいもの。字餘りなんかこさへたら末代まで恥をさらすことになつちまふ。せつかく手柄を立てても遺詠がお粗末だと、『なんだ、あの手柄はまぐれか』などといはれかねません。一度しか死ねないんですから、最後はきちんとしめくくりたい。清さんとさう話してゐたところです」

筆記帳のその頁《ページ》には二十首ばかり和歌が書きつけてあつた。

大浪《なみ》のかなたの仇を討たなんとふるさと遠くわれは來にけり
一髪《はつ》を留めずとても悔《くい》やある敵の戰車に體當りせん
いにしへの防人《さきもり》たちの征《ゆ》きしといふ道を尋ねてわれはいでゆく

七度《ななたび》も生れかはりてまもらばやわが美はしき大和島根《やまと》を

大君の御楯《みたて》となりてわれは征く續くはらから固く信じて

わが後に續かむもののあまたあればとはに搖がじ大和島根は

散る花になどかおくれんわれもまたかくて散りなむ大君のため

大いなる御代に生れしわが命いまぞ捧げむ大君のため

もののふの悲しき生命つみ重ね積重ねまもる大和島根ぞ

益良夫《ますらを》のただ一筋にゆく道は君と親とにつくすことこそ

吾こそは皇楯《すめらみたて》ぞ日の本の大和櫻の花のひとひら

わが神の吾《われ》に賜はる死所《しにどころ》みたてとなりて今ぞ征くなり

「うむ。なかなか立派なものだ」

自分はきちんと正座した。

「どこかで聞いたやうな調子のもあるし、二三の駄作愚作もある。しかし總體としてはよい出來榮だと思ふ」

「そんなことといつては罰が當るよ、父さん」

清が眉を吊り上げて、

「そこまでは全部、特別攻撃隊勇士の遺詠なんだから」

「作歌の參考にと思ひ、新聞から書き拔いておいたんだよ、をぢさん」

「なぜそれを最初にいつてくれないのだ。本物の遺詠となれば、こちらにも讀み様《やう》といふものがある。……もつとも一番責められていいのは、このわたしかもしれない。『どこかで聞いたやうな調子だな』と感じたとき、直ちに、『するとこれは盡忠の勇士たちの遺詠ではないのか』と氣づくべきだつた。さうしてすぐに居住ひを正すべきだつた……」

大いに反省しつつ次のを讀んだ。

日の本の大和をみなに丸一日《まるいちにち》休ませてあげんためにわれは征くなり

「その字餘りは僕の作です」

と清がいった。

「これから手を入れて立派なものにしようと思ふんだ。われわれが體當りして少くとも一日は敵の侵攻を防ぐ、その間に日の本の娘さんたちはせめてゆっくり休息をとりなさい、といふのです。着想はいいでせう」

自分は一言も發することができなかった。これは特攻勇士にもいへることだが、たとへその歌ひぶりは俗であっても、志は高い。そして若死することをちっとも恐れてゐないところが、たとへやうもなく氣高いと思ふ。そこに自分は感動したのである。若者たちが出征するたびに、また雄々しい自爆を遂げるたびに、高級軍人や識者たちが新聞やラヂオを通して、立派で、美しい言葉をもって若者をほめたたへる。ところがその年長者たちの生活ときたらどうだらう。高級軍人はコンクリの堅固な防空壕に護られてゐる。識者たちは疎開先の田園にせせこましい菜園を設け、己れと己れの家族のためにのみ鍬を持つ。言葉は美しいが、志は低いのである。と、さういふ自分はどうか。死ぬる覺悟はついたものの、萬事につけていさぎよい若い人たちには及びさうもない。人生の定命は五十と聞いて育った自分たちと、人の定命は二十歳《はたち》前後といふのを素直に受容してゐる若者たちとの間には、あきらかに大きな隔たりがあるやうだ。向うには勇者がをり、こちらには卑怯者が集《たか》ってゐる。筆記帳の最後の歌はかうである。

防人《さきもり》の身に望みとてなけれども一度なりたし東京驛歌手
「さつき武子さんから教はつたんですが、今度、東京驛の改札前廣場に歌手の八十川圭祐《やそかはけいすけ》が來て歌ふんださうです」

昭一くんが自作に注釋を加へた。

「渡邊はま子も來る豫定ださうです。死ぬ前に一度でいいから大勢の前で歌ひたいと思つて。氣分がいいだらうなあ。……をぢさん、僕はすこし女々《めめ》しいでせうか」

「さうは思はないよ」

「よかつた」

「しかし歌手がなんだつて改札前廣場で歌はなければならんのだらう」

「これも武子さんの受け賣りですが、殺氣立つた改札口の雰圍氣を和《やは》げることが一つ、丸ノ内の會社の勤め人たちを歌で釣つて出勤させることが一つ。この二つの狙ひがあるさうです」

さういへば丸ノ内界隈に出てゐる會社員の出勤率が落ちてゐると、もつぱらの評判だ。帝都全體の出勤率が七割二分から六分（つまり四人に一人は缺勤）なのに、丸ノ内は五割（二人に一人は缺勤）だといふ。五月二十五、六日の大空襲のあとはさらに落ちて四割そこそこ。こんなことでは銃後は壞滅するに等しい、第一線將兵に顔向けができないと腹を立てる識者も多く、いまちよつとした問題になつてゐる。しかしそれにしても奇抜な策を思ひついたものだ。

「天野といふ驛長さんも策士だねえ」

「發案者は小説家の先生よ」

七輪を持って入ってきた文子がいふ。

「久米正雄と川端康成の兩先生。昨日、わざわざ驛長室へお見えになったんです」

「吉屋信子もきたわよ」

いい匂ひをさせながら武子が鋤焼鍋を運び込む。鍋の底は脂《あぶら》でてろてろに光ってをり、中央で狐色に焦げた脂身が小さくなってゐた。

「歌手の待遇が凄いんですって」

「佐官待遇ださうです。連隊長か參謀級……」

牧口さんが牛肉を盛った皿を、そして黑川さんが絲コンニャクを持ってきた。

「特攻勇士より階級は上か。妙な話だな」

帳場からは忠夫さんが來た。忠夫さんが持ってきたのは一葉の紙片で、次のやうに走り書きしてあった。

「明朝八時、日本曹達會社赤坂寮へ顔を出すやうにとのこと。さっそく社用で北關東行きだささうです。皇國番號第五六二號」

これでよし。もう憲兵の路上檢査に怯えずともよい。ガソリンの心配もいらぬ。そしてうちのオート三輪をどこかに仲介して口錢を儲けようと企んでゐるらしい町會長の鼻をみごとに明かしてやることができる。自分はその紙片を推し戴いた。食事がはじまって間もなく、昭一くんが自分にかう訊いてきた。

「をぢさん、遺詠はなぜ三十文字餘一文字ときまつてゐるのでせう。どうして俳句の遺詠がないのでせうか」

しばらく考へてみたが、どうもいい答が思ひ浮かばない。

「をぢさんの手に餘る難問だな。答は二、三日、保留にさせておいてくれないか」

「べつにいいんです。ただ、一人ぐらゐ俳句を辭世にする勇士が居てもいいのぢやないかと思つたものですから。清さん、その秋《とき》がきたら僕はどうしても俳句をつくるよ」

「昭ちやんの好きにしなよ」

清は素氣《すげ》なくいつたが、娘たちの反應はちがつた。皆で顏を見合せ、それから互ひに目顏で頷き合ふと、鍋の中の肉を昭一くんと清の方へ一齊に箸で押しやつた。

「昭ちやんたちは間もなく靖國神社へ入るのね。お肉もたべられなくなるのね。今のうちたんと召し上りなさい」

古澤の時子さんが皆を代表してさういつた。ここにおいて自分はやうやく昭一くんの質問の眞意を理解した。さきほどの質問は肉類おびき寄せの戰略であつたやうである。

（四日）

珍しく新聞を碌に讀みもせずに家を出た。第一面に、「沖縄戰局いまや重要段階　全

線に亙って苦戰　彼我戰力の差漸く顯著　樂觀は許されず……」といふ見出しが見えたので怕くなってしまったのだ。まづ、義父を上野驛へ送り届けた。

「ああいふ書き方は許されんなう」

別れ際に義父がいった。

「『樂觀は許されず』と書いてあったが、いったい誰が、今の戰局を樂觀してゐるといふのぢや。樂觀してゐたとしても、せいぜい開戰から一年間ぐらゐのものだった。それからは大抵の人間が戰局を悲觀視してゐるのでないかな」

義父のいふ通りである。とりわけ近頃では、どこの家へ行っても陰々滅々の悲觀論ばかり、威勢のいい議論が聞きたければ、宮永町では町會事務所へ行くぐらゐしかない。

「樂觀してゐたのは實はお偉ら方《がた》の方ではないのかね。だったらわしら國民に『樂觀は許されず』などとお説教をたれるのはお門違ひといふものだな。『味噌汁で顏を洗って一昨日《をととひ》おいで』といってやりたいものだね。では達者でな」

さういって義父は切符發賣を待つ長い行列の末尾へついた。

日本曹達會社の赤坂寮へ行って江口京一といふ總務部員に會った。自分より四、五歳年下と思はれるが、背廣を着用してゐるところが變ってゐる。大會社の社員ほど國民服を好むものだが。江口さんは、

「積荷の内容は祕密です」

といひ、自分でさっさと荷臺へ荷物を積んだ。荷物は五個。四尺の三尺、厚さの方は

五寸もない。油紙と麻の細紐とで嚴重に荷造りがしてある。

「中仙道に横川といふところがあります。知ってますか」

「碓氷關所があったところですな」

「さうです。そこに社長の別莊があります。別莊番がゐますから、間違ひなく荷物を渡してください」

「わかりました。ときに中味は繪ですか。さうでせう」

「餘計な詮索はしないこと。山中さんは默って橫川へ行けばいい。歸りは前橋へ回って、本町の油屋旅館に投宿なさい。油屋の御主人が山中さんに荷物を渡しますから、それを積んで明日の正午までに、ここへ戻ってきてください。これが日當、旅費、ガソリン、その他」

江口さんが最後に積み込んだ蜜柑箱には、ガソリンの入った五合壜が十本竝べてあった。それに大小二通の封筒と小さな米袋。

「米袋には玄米が五合入ってゐます。油屋旅館は米持參の客以外は泊めません。もっともこれは油屋とは限らずどこの旅館でもさうですが。では、お願ひしましたよ」

江口さんはズック地の防空鞄を左肩からたすき掛けにしたかと思ふと、右手で鞄の垂れ蓋を抑へて、タッタッと驅け去った。これから會社に出るのだらう。封筒の中味をたしかめると、大きな方には皇國番號札《ふだ》と、達筆で「日本曹達會社總務部使用車」と認めてある細長い紙切れが入ってゐた。社印も捺してあった。晝食用の握り飯から飯粒を流用して、この二枚を風除ガラスの下部へ、左右に貼り分ける。小さな封筒の中味は、汚れのついてゐない二百圓札二枚と、明後七日の明治神宮奉納大相撲の切符一枚だつた。

雲は相變らず低く垂れこめてゐるが、しかしガソリンは旦那持ちといふのが嬉しくて、天候のことは餘り氣にならない。赤坂から外堀に沿つて水道橋へ出て、そこから白山、巣鴨、板橋、志村と、燒野原を北西へ走る。エンヂンの調子は惡くないやうだつた。

戸田橋を渡つて埼玉縣に入つた。このあたりは前方に筑波山、左手に秩父の山々、そして後方に大山や富士山が見えるといふ山盡し、中仙道の名所の一つだが、今日はどっちを向いても灰色の空ばかり、せつかくの名所を味氣なく走つた。

大宮を過ぎてから急に走りにくくなつた。ひとつは惡路のせゐである。まるで馬にでも跨がつてゐるやうだ。車軸が折れたりしては元も子もないので愼重に走つた。

愼重にならざるを得ぬ理由がもう一つあつて、桶川の先あたりから道路に人の姿が急に増えはじめたのである。一町、あるいは一町半の間隔をあけてぽつんぽつんと人が行く。追ひ越すたびにたしかめると、ほとんどが夫婦者である。それも若夫婦なぞは一組もをらず、三十代四十代も稀、大部分が五十代六十代の夫婦者だつた。服裝はなんとなく共通してをり、男は國民服に地下足袋、女はモンペに下駄である。どの組もかなりの嵩《かさ》の荷物を背負つてゐた。女の背の風呂敷包は申し合せたやうにやや小さ目だが、手に買物袋をさげてゐて、そんなところも共通してゐた。

十組に一組ぐらゐの割合でリアカーや小さな荷車を曳いてゐる。荷臺の荷物は意外に少い。唐草の風呂敷包が二個から三個といったところである。

はじめはどこかの養老院の集團疎開だらうと見當をつけた。だが何組追ひ越しても、何十組追ひ拔いても、その先頭は見えてこない。なによりも氣味が惡いのは、すべての組が東京に背を向けてゐることだつた。熊谷市で空襲警報を聞いた。蔦口を小脇に抱へ込んだ警防團員に尋ねると、「新島上空に敵機がゐる」といふ。大事をとつて車を降り、樣子を見ることにした。だが、例の夫婦者たちは一刻も休まうとしない。同じ歩調でゆつくりと北西へ移動し續けた。

警報解除を待ち兼ねてふたたび走り出したが、腕時計を見るともう正午である。熊谷市を出て一里半のところに亭々たる欅《けやき》の大木があつたので、その下で晝食をとることにした。赤坂から欅の大木までちやうど十七里、それを四時間足らずで走つた勘定になる。

欅の木蔭に入つて分つたことだが、そこは塚になつてゐた。つまり、先づ石垣で六角形に圍まれた塚があり、その塚の中央に欅が立つてゐるわけだ。欅の高さは約十三米《メートル》、幹の周圍は四米に近い。幹に、墨字で「中山道新嶋村一里塚　この欅、樹齢三百年　傷をつけるな　村長」と書いた板切れが五寸釘で打ちつけてあつた。

隣りで夫婦者が飯盒《はんがふ》のめしをひつそりと突つつき合つてゐる。(東京に背を向けて中仙道を默々と歩いてゐる夫婦者の内の一組だな)と見當をつけながら、こつそり横目で觀察した。男は六十近い。女は自分と同年配と見た。二人の肩先は土埃で白くなつてゐた。男のズボンのボタンが外れてゐる。自分は思はず、

「股ボタンが外れてゐますよ」

と聲をかけた。すると男は頬笑んで、

「わざと外してゐるんですよ」

といった。

「かうやっておくと股擦《またず》れができませんのでね。きちんとボタンをかけて歩いてゐる人をよーくごらんなさい。大抵がガニ股ですわ。ガニ股は股擦れのできてゐる證據……。まあ、股擦れができてもどうってこたあない。よく洗って齒磨粉をふっておけば治りますからな。しかしその齒磨粉が惜しい」

「旅馴れていらっしゃるんですなあ」

「馴れますよ、それは。なにしろもう今日で五日間も歩きづめですからな」

「どちらからいらっしゃったんです」

「東京の澁谷を今月の朔日《ついたち》に發ちました」

「それでどちらまで？」

「ひとまづわしの實家のある信州の柏原へ行って、柏原に居辛いやうならこれの里《さと》の山形縣の小國《をぐに》町へ向ひますよ」

と飯盒の蓋の飯粒を丁寧に剝して口へ運んでゐた女の肩にやさしく手を置いた。

「柏原では、まず一ト月で厭な顏をされるんぢやないでせうかね。結局は小國へ行くことになると思ひますよ」

「やはり徒歩で、ですか」

「さう、日本海を眺めながら行きますのさ。八月の舊盆までには着けるだらうと思ひますがね」

「鐵道は利用なさらんのですか」

「いまどき長距離の切符が手に入ると思ひますか」

「澁谷驛に一週間も泊り込んだんですよ」

女がはじめて口をきいた。

「席取り屋が割り込んできて、何日竝んでも同じ場所に坐つてゐる、ちつとも前へ進まない。注意をすれば逆に毆られる。うまい具合に行列が進んでくれてゐるなと思へば、B29が邪魔する。空襲警報が發令になるとそれまでの順番は御破算なんですよ。裏から手を回すにしても近頃はお金ではいい顔しませんものね。長距離切符一枚に米一斗が相場ださうですよ」

「切符が手に入つたとしても、さあ、それからがもつと大事件《おほごと》ですな。列車乗車指定券といふ極付《きはめつ》きの難所がある。お役人の公務出張、大會社社員の事務打合せ旅行でさへ、こいつがおいそれと入手できないつていふ。となるとわたしらなぞには、さう、池の月を掬《すく》ひ上げるより難しい仕事ですよ。それに、これは噂だが、運輸省はこの十日から旅客の運送量をこれまでの半分に落しちまふ豫定でゐるさうで、これはもう、百年待つても長距離には乗れつこないと思つた。それで女房と二人で大八車を曳いて東京を發つたわけですよ」

この噂は本當である。うちの四人の國鐵乙女が、昨夜、夕食會のあとの雜談で、「なかでも一等氣の毒なのは奥羽線だわよ。これまでだって二往復しかなかった長距離列車が、たったの一往復に減らされちまふんだもの」「さうよ。軍人さんと軍需關係以外は、ほとんど乘れやしなくてよ」と話してゐた。つまり旅客列車を減らして貨物列車を增やし、戰力物資の輸送に一層、力瘤を入れようといふことのやうだ。また、東京圈の省線と會社線は、通勤時（六時半から八時半まで）と退勤時（十六時半から十八時まで）には、通勤客以外は乘せないことになるらしい。この時間内は特別の事情がない限り一般客は足止めされる。一般客の乘る分だけ電車の本數を減らして節電につとめるといふ計劃のやうである。

「よほど運に惠まれて切符と列車乘車指定券が手に入ったとしても、引っ越し荷物をどうしますか。車内には大きな荷物なぞ持ち込ませてくれないし、小荷物は强制建物疎開の指定を受けた者以外は、利用できないし……、小運送屋に賴めば、ぶっ高い闇運賃を吹っかけてくる」

自分は思はず首をすくめた。

「試しに聞いてみたら、柏原迄なら一萬五千圓は頂戴しないと、と吐かした。それもガソリンは別で、ですよ。ガソリンを六、七升、用意してください、ですとさ。わしは和傘の職人だ。無理ですよ、職人にガソリンを持ってこいといったって。『もしも萬一ガソリンが手に入るやうなら、眞先にその自動三輪車に撒いて、燐寸《マッチ》を擦ってやる』と惡態口を叩いてやりました。……とまあそんなわけでして、金にも縁故《こね》にも縁のないわしらのやうな者は、親から貰った脛だけを頼みの綱にてくてく歩いて疎開するしかないんでせうな」

「……で、お子さんは？」

「坊主が三人」

「それは頼もしい」

「三人とも出征しましてな」

「……さうでしたか」

「生死のほどは判然としませんが、もしも歸還のそのときには、自分たちの生れ育った懐しい家でのんびりさせてやりたいと思って、澁谷で頑張ってゐたわけです。一昨年《をととし》、いや少くとも昨年中に疎開をしてゐれば、いろいろと好都合なこともあったでせう。その時分は、都も地方も疎開者を溫かく扱ってくれてゐましたからな。……ですから、坊主どもが歸還するまではと、さういふ當《あて》もないのに東京で愚圖々々してゐたわしらが惡いんですよ」

「そんなことはないと思ひますが。それで今夜はどこへお泊りの豫定ですか」

「どこといふ當《あて》はありませんな。日が暮れかかったら、どこでも構はず泊るつもりです。昨夜は鴻巣の百姓家の納屋に寝かせて貰ひましたがね」

「そこのお百姓さんが、『わしもさうやつて夫婦で旅がしてみたい。まるで道行だ』と羨ましがつてゐましたよ」

　息子を三人も戰場に送り出したといふ軍國の母は、連れ合ひの膝にこびりついてゐた飯粒を拾ひながらいつた。

「こつちは命がけでも、他人《ひと》様には道行とうつるらしいんですよ。ちよつと、それにしても今日は喋《しやべ》りすぎですよ」

「あ、さうか」

　和傘の老職人は深く皺の刻まれた額を右の中指でトンと叩いて、すまなさうにこちらを見た。

「長歩きの祕訣《こつ》に三ケ條ありましてな、一が變らぬ歩幅と歩調で通すこと、二が水を飲みすぎぬこと、そして三が喋りすぎぬこと、となつてゐるんですよ。これからは口に錠前をおろしますが、氣になさらんでください」

　老職人の膝に「光」を四、五本おいて一里塚からおりた。逆回轉キックを蹴つて發動をおこしながら老職人夫婦の大八車の荷臺に目をやつた。行李一個に唐草の風呂敷包が二個。柔かい感じのする包の方は布團だらう。もう一方の包からは番傘の柄が見えてゐる。番傘を米と交換しながら旅を續けるのだらうが、どこまで保《も》つのか。番傘は二十本もなかつた。大欅の下を振り返ると、老職人は光を捧げ持つてこちらへ御辭儀をし、一本、口に咥へた。軍國の母は德用燐寸の箱を持つた手を二度、三度と振つてゐた。

本庄から先の道路は新装されてをり、氣持のいい運轉ができた。安中からは登り道、エンヂンの過熱をおそれて一里ごとに休みながら走つた。松井田には兵士たちが溢れてゐた。信州の山の中に大本營が移されることになるらしいといふ噂は本當だつたのだな、と思つた。敵が關東地方のどこかに上陸すれば、關東と信州を結ぶこの中仙道は戰さの銀座通りだ。そして松井田から碓氷にかけてが服部時計店に當る。日本曹達會社の社長所有の繪などどうならうと構はぬが、あの老夫婦だけは日本海海岸まで落ちのびてもらひたい。息子を三人も御國に捧げたのだもの、これ以上は、たとへ袂《たもと》にたまつた塵糞《ごみくそ》でも差し出す必要はないと思ふ。日本民族の最後の二人となつて大いに長生きしてほしい。

午後三時半、三十三里を無事に走り切つて横川の別荘に着いた。無愛想な留守番の老人に繪を渡し、高崎までさつき來た道を蜻蛉返り。前橋の利根橋は修理中で渡ることが出來ず、北へ迂回して中ノ橋から市中へ入つた。油屋旅館に投宿し、入浴と食事を終へたときは午後七時の報道がはじまつてゐた。いま、エノケンの『御存知一心太助』を聞きながら、この日錄を認めてゐる。

前橋の空氣は焦げ臭さが微塵もなく、たとへやうもなく美味しい。通りはしつとりと落ち着いてゐて、心が安まる。油屋旅館の湯殿は總檜《そうひのき》で、殿樣になつたやうな氣分である。燒野原からやつてきた身には、なにもかも快い。たつた一つ、蚤の多いのには閉口だ。さつき帳場へ蚤取粉を貰ひに行くと、女主人が、

「すみませんねえ。人手不足でここ二年ばかり大掃除を怠けてゐるせゐでせう」

謝っておいてすこし居直った。

「なにせこのへんには軍需工場が多くて、人手が全部そっちへ行ってしまふんですよ。あ、さうだ、陸軍製絨廠前橋倉庫の下山さんが洋服生地を預けて行きましたよ」

女主人は帳場の奥から唐草の風呂敷包を引き摺り出してきた。


（五日）


赤坂の日本曹達會社社員寮へ風呂敷包を届け、やうやくのことでわが家へ辿りついた自分を町會長が待ち受けてゐた。「ちよつと手を洗つてきます。恐縮ですが、一、二分お待ち願ひます」と、庭先から挨拶すると、町會長は例の長い顔をぷいと明後日《あさって》の方へ振つた。風呂場で身體を拭いてゐるところへ妻が顔を出して、

「お茶を差しあげたら、即座に庭へ撒いておしまひになるんですよ」

と小聲でいふ。

「話しかけても、お返事ひとつしてくださいませんし、身の縮むやうな思ひをしてたところです」

「要件はなんだらう」

「歯醫者の五十嵐先生の奥さんが、今朝、教へてくださつたんですけれど、昨夜、町會事務所に投げ文をした者がゐたさうですよ。そのことぢやないかしら」

「すると清がまたやつたのか」

「昭ちやんと組んだんでせうね。ほら、つい先《せん》にも漢詩を投げ込んだことがあつたでせう」

「あれはよく出來てゐた」

「暢氣なことおつしやつてちや困りますよ。はやくお相手をしてくださいな」

「清は學校か」

「ええ。今夜は動員工場に泊り込みですつて。昭ちやんも同じ」

「それできまつた。犯人はあの二人に間違ひないね。二人《おんな》には、今夜は叱られずにすむといふ時の利があるもの」

町會長の前へできるだけ腰を低くして出た。

「……漢詩事件とすべてが共通してをる」

町會長はノートの切れ端を叩きつけるやうに疊の上へおいた。

「透し入りのコクヨのノートに、雀の足跡そつくりの筆蹟。ノートはお宅の清くん所有のもの、そしてこの筆蹟は高橋さんのところの昭一くんのもの。さうでせう。え、どうです」

その紙片には詞書《ことばがき》つきの俳句が書きつけてあつた。

根津宮永町に秀才の名をほしきままにせる若者二人あり、彼等の、決戰場へ赴くときに作り侍《はべ》ると思はるる遺詠は、たとへば左の如きものにて候はむ。

若武者の命は馬に喰《くは》れけり

「……なるほど」

「なにが、なるほどですか。感心なさつてゐる場合《ばあひ》ぢやありませんぞ。宮永町のごく一部で、この青山基一郎のことを『馬』だの、『馬面《づら》』だのと呼んでゐるのは承知してをる。つまりその俳句にある『馬』とはわたしのことらしい。となればその意味は、われわれ二人はこれから戦場へ命を捨てに行くのであるが、それが皇御國《すめらみくに》のためではなく、あの青山基一郎のためである、あいつがのうのうと生きてゐられるのは、われわれ若者の生き血を吸つてゐるからだ、われわれはあいつの肥料《こやし》なのだ、口惜しいなあ……」

「考へ過ぎぢやないでせうか」

「わたしを侮辱してゐるばかりではない。この一句の中には危険思想の匂ひがある」

「つまらん俳句ぢやないですか。第一に季語がない」

「はつきり申しあげよう。これは厭戰思想です」

「それに、芭蕉の、道のべの木槿《むくげ》は馬にくはれけり、のもぢりでせう。これは冗談なんですよ」

「冗談どころか呪ふべき大逆の思想を胚胎してをる」

「遊びなんですよ」

「憲兵にでも知れたらどうなさる」

「さっき、『なるほど』と申したのは、俳句はやはり遺詠にならないと分ったからなんです。言葉数《かず》が足りないから、思ひのたけを盛り込むことができない。そこで詞書に頼るほかなくなってしまふ」

「あくまでも庇ひなさるのか」

「和歌は抒情で、俳句は敍事だといふのも關係があると思ひますよ。なかなか貴重な實驗ぢやありませんか、これは」

「貴重な實驗だと？」

町會長は煙管でぴしやりとこちらの膝を打ってきた。

「本氣でさうおっしやってゐるのですな」

「……內容にも若干の眞實が含まれてゐるんぢやないんですか。町會長さんがさうだといふのではなく、一般に、結構な御身分の方々ほど若い血を吸って肥《こえ》ておいでで……」

町會長は、生れてはじめて天勝の大奇術を見た子どものやうな目付きでこっちを眺めてゐた。やがて彼はすっと手をのばして紙切れを摘みあげると、それを小旗でも振るやうにひらひらさせながら茶の間を出て行った。


（六日）

もうなに一つ思ひ残すことはない。――今の自分の氣持にこれぐらゐぴつたりと適《あ》ふ言葉はないだらう。午後からの強い吹き降りは、この日錄を認《したた》めてゐる現在、すなはち午後九時半には、强風を交へて大嵐となり、世の末が來たかと錯覺しさうなほどの荒模樣であるが、目を閉ぢればたちまちのうちに、金絲銀絲の緣取りのさまざまな色合ひの化粧回しが、鮮やかに眼瞼《まぶた》の裏にうかびあがり、それだけでもう心が和んでくる。さうなのだ、久し振りに相撲見物ができたのだ。しかも日本曹達會社の江口さんの吳れた入場券は「甲券」といふ大變な代物だつた。御贔屓の輝昇の髻《たぶさ》が、腕をエイと伸ばせさうな砂被りに坐り、しかも今どき信じられないことだが、合成清酒の二合壜までついたのだ。

どうもさつきから表戸がドンドンといやな音を立てて鳴つてゐるが、あれは風のせゐかしらん。妻に見に行つてもらふことにしよう。いまは一分の時間も惜しい。できるだけくはしく明治神宮奉納大相撲初日の樣子をここに書き留めておかなければならない。いつまでの命かは知るはずもないが、生きてゐる限り、とりわけ心が屈したとき、今日の日錄を讀み返さうと思ふ。そのたびに心が慰めを得ることになるだらうから。徹夜してでも、ことこまかに記錄しなければならぬ。さて、兩國國技館へ着いたのは朝の四時半だつた。國技館はこの三月十日の大空襲

（七日）

（二十八日）

九月

千葉縣の八日市場刑務所を、昨日、九月二十七日に出所した。

今の自分に書けるのはこの一行だけだ。


房總半島の北部に、東西百粁《キロ》、南北八十粁にわたつてひろがる、標高二十米《メートル》から四十米の臺地がある。その大部分が下總《しもふさ》に屬してゐるので下總臺地と呼ばれるが、この臺地の東南の緣《へり》が、九十九里濱平野と接するあたりに、八日市場といふ町がある。鰯《いわし》と大浦牛蒡《おほうらごばう》と植木栽培と芹《せり》の町だが、排水が惡く濕田《しつでん》の多いこの町の刑務所から根津宮永町の我が家に辿りついたのは、一昨夜の九時過ぎだつた。我が家が燒けてゐなかつたことを確めてほつと安堵しながら表戸を叩いてゐると、妻が出て來て自分を見て、硝子戸の向うで腰を拔かした。妻は土間に膝をついたまま心張棒を外し、戸を開けてくれた。

「思想犯は一人殘らず沖繩へ持つて行かれた、とだれもがいつてをりました。それで沖繩が落ちた六月二十三日をあなたの命日と定めて、朝晩、佛壇に手を合せてゐたところなんですよ」

これが妻の第一聲で、

「そんな馬鹿な……」

といふのが自分の第一聲だった。八日市場刑務所からは、十五人もゐる看守の目を盗んで、妻あてに手紙を送ったはずである。刑務所に出入りしてゐた古賀といふ八日市場町役場の吏員が、あるとき所内の作業場で鰯の腹を裂いてゐた自分の耳へ、

「家族へ連絡をとってやってもいい。ただし俺も危い橋を渡るわけだから無料《ただ》ではやらない。さう、金齒二本で手紙一本といふ條件でどうだね」

と囁き、禿《ち》びた鉛筆と傳票一枚とをそっと渡してくれた。自分は彼の親切に涙を流して喜び、さっそく傳票の裏に蠅の頭ほどの小さな文字で、

《國防保安法に觸《ふ》れた廉《かど》で千葉縣匝瑳《さふさ》郡八日市場町の刑務所で服役中だ。主食が鰯なので參《まゐ》るが、幸ひ元氣でやってゐる。みなの無事を祈る。山中信介》

と記し、それから口の中を血だらけにしながら奥齒の金冠を二個、外した。さうして數日後、作業場に顔を出した古賀に手紙と金冠《こうかう》を手渡したのである。勿論、宛先も傳票の裏に明記しておいた。入所した時、自分の口腔には八本の金齒があった。そして現在は二本を殘すのみである。つまり自分は古賀に三度、通信文を託したのだが、それが一本も屆いてゐなかったとは……。あの役場吏員に猫糞《ねこばば》されたにちがひない。

「手紙は書いたのだが、理由《わけ》があって屆かなかったやうだ。その理由《わけ》はいつか話すよ。とにかく風呂に入らせてくれ」

冷飯草履を脱いで茶の間へ這って行った。風呂場へ驅け出した妻へ、

「いや、風呂の前に飯《めし》だ。たのむ」

といひ、火鉢の縁《ふち》に縋つて肩で息をしてゐるうちに、佛壇の、「貞順淨絹信女」といふ絹子の位《ゐ》牌《はい》の隣りに、白木の位牌が竝んでゐるのに氣付いた。戒名は「團譽錄福白扇居士」。位牌の前には、この日記帳がおいてあつた。

「ごめんなさいね」

お勝手で七輪に火を熾《おこ》してゐた妻がいつた。

「黒塗の位牌に金文字の戒名をと思つて、八方、手は盡したんです。でも、どうしても手に入らなくて白木で間に合せました。でも、戒名は立派でせう。日暮里の養福寺の住職が三日もかけて考へてくださつたんですよ。あなたのお仕事の團扇づくりと、なによりも好きだつた日記書き、その二つがちやんと織り込んであります」

自分は位牌と日記帳を佛壇から下げた。

「日記帳が無事だつたのはありがたい。特高警察に沒收されたにちがひないと諦めてゐたんだ」

「あの時、とつさに閃いて日記帳を風呂釜の焚口に押し込んだんですよ」

あの時！　百と十三日前の、あの六月七日の夜九時半、自分はその日に兩國國技館の砂被りで觀た明治神宮奉納大相撲初日の一部始終を、この日記帳に書き記さうとしてゐた。さうして、

「どうもさつきから表戸がドンドンといやな音を立てて鳴つてゐるが、あれは風のせゐ

かしらん。妻に見に行つてもらふことにしよう。いまは一分の時間も惜しい。できるだけくはしく明治神宮奉納大相撲初日の様子をここに書き留めておかなければならない。いつまでの命かは知るはずもないが、生きてゐる限り、とりわけ心が屈したとき、今日の日録を讀み返さうと思ふ。そのたびに心が慰めを得ることになるだらうから。徹夜してでも、ことこまかに記録しなければならぬ。さて、兩國國技館へ着いたのは朝の四時半だつた。國技館はこの三月十日の大空襲」

ここまで書き進めた時、店で妻が悲鳴のやうな聲をあげた。

「あなた、特高警察の刑事さん方《がた》ですよ」

日記の内容を知られると面倒なことになると思つた。いふまでもなく、これは平凡な團扇屋の親父の、暇潰しの日録である。大したことが記してあるわけではない。だが、さうはいつても闇生活についての克明な記録が随所に散らばつてゐるし、ところどころに政府や軍部への當《あ》て擦《こす》りが書きつけてある。お上への當て擦りは誰もが口にしてゐるが、それはあくまで口《くち》言葉であつて、いつたそばから消えて行く。しかし同じことが文字になつてゐると只では濟まないだらう。自分は妻が巧く處理してくれることを祈りながら、この日記帳をお勝手へ滑らせるやうに抛り投げてから店へ出た。

店の土間に護謨《ゴム》の雨合羽を着た男が二人、立つてゐた。一人はカイゼル髭で、もう一人はチョビ髭だつた。カイゼル髭が、

「警視廳特別高等警察部の小林だ」

と名乘つて一氣にかう言ひ立てた。

「貴樣は日頃から不穩言動を行つてゐるさうだな。たとへば四日前、根津權現の境內で、貴樣は、『若い人たちが出征するたびに、また雄々しい自爆を遂げるたびに、高級軍人や識者たちが新聞やラヂオを通して、立派で、美しい言葉をもつて若い人たちをほめたたへるが、あんなものはまやかしだ』と喋り步いてゐたといふではないか。さらに貴樣は、『若い人たちの死を美しい言葉でほめたたへてゐる高級軍人や識者たちの生活ときたらどうだらう。高級軍人はコンクリの堅固な防空壕に護られてゐる。識者たちは疎開先の田園にせせこましい菜園を設け、己れと己れの家族のためにのみ鍬を持つ。お偉方の言葉は美しいが、その志はまことに低いのだ。つまり結構な御身分の方々ほど若い血を吸つて肥《こえ》ておいでだ』とつづけたさうだな。さあ、來て貰はうか」

「町會長の靑山さんですね、わたしを密告したのは」

「ちがふ」

「いや、町會長にきまつてゐる」

「町會長以外の、町內の誰かだよ。それも一人ではない。數名の者から屆けが出てゐるのだ」

「根津の權現樣に誓つて、境內で町內の方々にそんなことをいつた事實はありません。ただ町會長にはちよつと……」

「やはりいつたのだね」

「はあ……」

「だとすれば明らかに國防保安法に觸れてをる」

カイゼル髭はこつちの襟を摑んできた。同時にチョビ髭が土足のまま茶の間へ踏み込んだ。思ふに、妻がこの日記帳を風呂釜の焚口に押し込んだのは、カイゼル髭との右の會話《やりとり》の間のことだつたに相違ない。妻がこれほど機轉のきく女であつたとは意外である。

翌六月八日の午後、自分はもう八日市場刑務所で鰯の腹を裂いてゐた。警視廳の一室で小林刑事の上司、内務省警保局保安課の内務事務官から、「國防保安法を犯した思想犯人に對しては直ちに逮捕、處罰、竝びに死刑を宣告することができる」といふ内規のあることを言ひ聞かされ、そのまま九十九里濱の田舍町へ送り出されてしまつたのである。なほ、刑務所に着くまで、行先がどこかは知らされなかつた。刑務所での百日餘の生活については、詳しく書き留めておく必要があるが、現在の自分には何時間も机の前に坐つて硝子《ガラス》ペンを動かしつづける體力がない。毎日、すこしづつ書き進めて行くほかないだらう。

そこで筆を一昨夜のことへ戻して、妻の作つてくれた料理はオムレツだつた。鰯ばかり口にしてきた自分には夢のやうな御馳走だつたが、腹の蟲がをさまるにつれて、そのオムレツから微かに藥を舐めてゐるやうな味がしてきた。だいたいが全體に眞ツ黄色である。自分が憶えてゐるオムレツはかうではない。黄色の地に白の斑《まだら》が入つてゐた。

「アメリカさんの乾燥卵でつくつたんですよ」

オムレツの切れッ端をしげしげと眺め回してゐる自分に妻がいつた。

「卵の黄身だけを乾燥させて粉《こな》にしたものを、文子がアメリカさんから戴いてきましてね。黄身だけだから、さういふ具合に黄一色になつてしまふんです」

「文子がどうしてこんなものを……」

「文子は帝國ホテルに出てゐるんですよ。武子もさう。それからうちでお預かりしてゐた牧口《まきぐち》可世子《かよこ》さんに黑川芙美子さんも帝國ホテルで働いてゐます。帝國ホテルに泊つていらつしやるのは、皆さん、偉いアメリカさんばかり、それでとつても氣前がよくて……」

そんなことをいひながら妻はお勝手で片付けものをはじめた。

「さうか。みんな元氣なんだね」

「とても元氣ですよ。四人とも月曜の朝に歸つて來ます。ええと、今日が二十七日で木曜でせう。といふことは、さう、十月朔日《ついたち》の朝ですね」

「帝國ホテルに泊り込んでゐるのか」

「さう、泊り込み。五月二十五日の大空襲で、南館《みなみくわん》と、宴會場の大部分が燒け落ちてしまつたでせう。その跡片付けとお部屋のお掃除やらお給仕やらで天手古舞《てんてこまひ》をしてゐるみたいですよ」

「清はどうしてゐる?」

「四谷にあるナントカいふ教會へ日米會話を習ひに出かけてゐますよ。高橋さんとこの昭ちやんと一緒……。アメリカさんの宣教師の先生が教へてくださるんですつて」

「ふうん。古澤殖産館の忠夫さんも變りなしなんだらうね」

「え、ええ。……あ、もうお風呂に入れますよ。素晴しい石鹼があるんです。文子たちがアメリカさんから戴いてきたの。びっくりするぐらゐ垢がよく落ちる上に、その匂ひのいいことといつたらない」

垢の落ちがいいとか、香りがいいとかいふ前に、その石鹼は安心して皮膚の上を滑らせることができた。これまで長いあひだ、われわれ日本人の垢を流してくれてゐた石鹼は粘土かなにか混ぜてあるせゐか、うつかりすると肌に無數の小さな擦過傷《さつくわしやう》をこしらへてしまふことがあつた。うちの娘たちもよく風呂場で、「まるで古くなつた下《おろ》し金《がね》みたいな石鹼ね。足にたくさん傷がついちやつたわ」と嘆いてゐた。そのたびに自分は、「贅澤をいつてはいけない。この節では石鹼が使へるだけでもよしとしなければならん。それに大根足に下し金ならぴつたり符牒が合つてゐるぢやないか」と慰めてやつたが、この石鹼はちがふ。剝《む》き卵のやうにすべらかだ。たちまち陶然とし、またこのところの疲れもどつと出て、自分は湯槽《ゆぶね》の中で五分ばかり眠つてしまつた。それから茶の間の奥の座敷に敷かれた布團へ倒れ込み、今度は本式に眠りに落ちた。

今日の正午過ぎまでまる一日半、自分は嗜眠症患者《しみんしやうくわんじや》のやうに眠り呆けていた。途中、數回、手洗所へ立つたり、乾燥卵入りの粥を啜つたり、林檎の摺り下し汁を飲んだりしたらしいが記憶にない。僅かに覺えてゐるのは、丸太棒のやうに重い硝子ペンで日記帳に、「千葉縣の八日市場刑務所を、昨日、九月二十七日に出所した。今の自分に書けるのは、この一行だけだ。」と記したこと、古澤殖産館のおぢいさんとおばあさんが自分を覗き込むやうに見て、「生きてゐてくださつて本當によかつた。わたしどもはこちらのお二階に御厄介になつてゐるんですよ」といつてゐたこと、それから淸が、「ハーワーユー」と英語で聲をかけてくれたこと、それぐらゐである。それからもうひとつ、取手の山本酒造店の奥さんのともゑさんが泪をうかべて自分を見てゐたやうな氣がするが、これは夢の中の出來事だらう。ともゑさんが取手から見舞ひに驅けつけてくださるわけがない。自分はともゑさんにひそかに好意を抱いてゐる。だからそんな夢を見たのだ。

今日の午後、日記帳を開く前に自分は妻に二つの質問を呈した。第一の問ひはかうである。

「古澤のおぢいさんとおばあさんが、うちの二階に厄介になつてゐるといつてゐたやうな氣がするが、なにかあつたのかね」

「別に……」

「しかしおぢいさんは滅多に他人の家には泊らうとしない人だよ」

「千住の古澤殖産館が燒夷彈の直撃を受けただけですよ。それでしばらく下矢切の隱居所へ時子さんと行つてらつしやつたの。でも、住むにはやはり町中《まちなか》がいいとおつしやつて、それで八月末からうちにいらつしやつてゐるんですよ。さう、それに下矢切の隱居所はお年寄りには向きません」

「なぜだい。あのへんは閑静そのものぢやないか」

「ええ、でも、隱居所はいま、お店《みせ》になってゐますから……」

「さうだつたのか。すると忠夫さんは下矢切で頑張つてゐるわけか」

「さう、そんなところです」

八日市場からの滿員列車のなかでも東京は一面の燒野原と聞いてゐたし、六月七日のあの時でさへ、根津宮永町のこの家や千住の古澤殖產館に燒夷彈が中《あた》らぬのは不思議至極と思つてゐたぐらゐだから、妻の話に餘り動搖はしなかつた。といふより當然のことが當然のやうに起つただけだと思つた。忠夫さんや時子さんが無事ならそれで充分である。妻への第二の問ひはかうだ。

「うちにあつたオート三輪はいま、どうなつてゐるのだね」

「關東地方隱退藏物資戰力化協議會とかいふ長つたらしい名前のところから人が來て、持つて行つてしまひましたよ。あら、持つて行つたなんていつては叱られるわね。五十五圓、現金で戴きましたから」

「闇値で六千五百圓もしたのにたつたの五十五圓か。洗濯石鹼が三本も買へやしないぢやないか」

「お國《くに》が買ひ上げる場合はその値段になるんださうです」

「まるつきり泥棒だな。それで、そのナントカカントカ協議會がうちへやつて來たのはいつのことだね」

「あのあくる日の午後でした」

「六月八日か。やはりあいつが企んでゐたんだ」

ここまで書いたところへ清が歸つて來た。柱時計はすでに五時を回つてゐる。このつづきは明日へ回すことにしよう。久し振りにペンを握つたせゐか、ひどく疲れた。

（二十九日）

八日市場刑務所の敷地は約八百五十坪ぐらゐあつた。コンクリの高塀にかこまれた敷地には、雨に曝《さら》されたボール箱のやうにぼそぼそした木造平家建が五棟、竝んでゐた。建物といへるのは二棟だけで、一つは事務棟、もう一つは作業所である。殘りの三棟は牛や豚でさへ文句をつけさうな粗末な小屋で、雨の日は一疊につき一個の割合で床にちひさな池ができた。自分たちはそのうちでもつとも雨漏りの少い棟で寢起きしてゐた。収容されてゐたのは十四名の〝思想犯〟である。もつとも全員が思想犯といふ肩書を照れくさがつてゐた。たとへば吉川といふ佐原の下駄職人は同業者の集りで合成清酒二合に酔つて、

「天皇陛下は俺達から高い税金を取つて、それでも足らずに息子を二人も奪《と》つておいて、盆正月が來ても猿股一つ恵んでくれたことがないぢやないか」

と放言したのが祟つて連れてこられた。そこで吉川はよく、小學しか出てゐない俺の頭のどこを叩けば思想なんていふ御大層なものが出てくるんだらう、と首を傾げてゐた。

また千葉縣立茂原《もばら》農學校教諭囑託の西野といふ近眼の男は、農業實習中、二、三の生徒に、
「新聞やラヂオではしきりに勝った勝ったといってゐるが、それが事實かどうかは、どうも分らない。勝ったといってゐるにしては友人が次から次へと戰死して行くし、なんだか心細い限りだ。だいたい我國は支那に對してさへも壓倒的な勝利ををさめてゐるとは言ひ難い。八年もかかって戰爭してゐるのに、まだ支那を仕止められないのは、我國にそれだけの實力が缺けてゐるからだと思ふ。これではとてもアメリカやイギリスに勝てさうもない」
　と語ったのが國防保安法に觸れた。國を愛するからこそ眞直《しんちょく》な疑問を抱いたのにと、西野は口癖のやうにいってゐた。思想などとはほど遠い、素朴な疑問を持っただけのこの西野が、所長はじめ看守たちから、「八日市場刑務所で最も危險なる思想の持主」といふ扱ひを受けてゐたのだから、ほかは推して知るべしである。なかでも哀れだったのは、東京小岩で人夫をしてゐた平原實《みのる》といふ朝鮮人だった。彼は荷馬車を牽《ひ》いて江戸川に架かる市川橋西詰の交番の前を通りかかったが、そのとき運惡く、「朝鮮人はかはいさう　戰爭に負けて國取られ　地震のためにお家が潰れペウシヤンコペウシヤンコ／朝鮮人はかはいさう　紙屑拾って一日五錢　御飯足らずにお腹《なか》がペウシヤンコペウシヤンコ」と口遊《くちずさ》んでゐた。交番巡査は、
《本來ならば、朝鮮人を馬鹿にするために日本人が歌ふべき俗謠を、朝鮮人自身が歌ふ

のは、傲岸不遜である》
といふ札《ふだ》を付けて平原を警視廳の特別高等警察部へ送り込んだ。平原は「自分たちの身の上を、これほどぴったり言ひあらはしてくれてゐる唄は他にありません。ですから愛唱してゐただけのことで……」と辯解したが容《い》れて貰へなかった。そればかりか彼は、「朝鮮半島獨立の隱謀を目論《もくろ》む不逞叛徒の首魁」といふ恐ろしい極印《ごくいん》をうたれて八日市場刑務所へ叩き込まれてしまったのだった。

一方、刑務所長はといへば、われわれ被收容者を危險な亡國思想から解き放ってやらねばならぬ、と寢言《ねごと》にまで發するやうな、じつに仕事熱心な人で、われわれ被收容者に對して、

「毎日、最低一つは改悛標語をつくること」

といふ義務を課した。彼は、作業所の出入口に大きな黑板を掲げ、作業所を出て夕食の食卓につくには、その黑板に全員が最低一つづつは新作標語を書き記さねばならないといふ規則を設けたのである。全員が新作標語をものせぬうちは、連帶責任といふやつで、夕食がはじまらぬのである。おかげで自分たちは、朝五時から夕方五時までぶっつづけの鰯加工作業で身體が古草履のやうに疲れ切ってゐるにもかかはらず、翌日のための新作標語をあれこれ思案して、連夜、半徹夜を強《し》ひられた。ただ單に「標語をつくれ」と命じられたのであれば、さう苦心することもなかったらう。しかし、

「お前達は、國家機密の漏洩《ろうえい》、通敵を目的とする諜報活動、治安を害する事項の流布《るふ》、

國民經濟の運行の阻害およびそれらの未遂、亡國思想の教唆《けうさ》などを禁じてゐる國防保安法を犯して當刑務所に收容された思想犯人ないしは政治犯人である。むろんさういふ危險な亡國思想に染まつたのは一時の氣の迷ひであり、いまは皇恩の有難さを、そして皇國臣民として生きて在《あ》ることの喜びを、皆が嚙みしめ嚙みしめて禊《みそ》ぎの毎日を送つてゐることは、所長のわたくしが一番よく知つてゐる。だが、その禊《みそ》ぐ心を世間に向つて言葉で表現しなければ駄目だ。言葉をもつて堂々と轉向を表明しないうちは世間が許してくださらぬ。轉向聲明は標語でよろしい。標語が千、二千と積み重なれば、自然と大論文となつて結實するのである。各人の尊い禊《みそ》ぐ心を標語といふ型に嵌めて具體化しなさい。なほ、三日連續して標語をつくらぬ者は禊《みそ》ぎを信じぬ亡國の徒と見做《みな》し、三日間、食事を差し止める」

かういふ所長訓話を毎朝のやうに聞いて作るとなると話は別だ。なにしろ自分たちには「危險な亡國思想」といふものの持ち合せがなかつた。ないものを否定することぐらゐ難しい仕事はないのである。それでも食事差し止めが怕くて自分たちは一日一個づつ、亡國思想改悛標語をつくつた。いまでも覺えてゐるもの五つ六つ書きつけておく。

必勝の決意は口に機密は胸に

B29は惡魔の傑作で零戰は神の傑作なり

書きたがることをスパイは知りたがる

父母の恩より高い皇國《くに》の恩

月は東に陽《ひ》は西に天皇陛下は眞中に

闇が流行《はや》ればこの世は闇だ

鬼畜米英よ　お前の腕は日本と毆り合ふにしては短かすぎるぞ

もつとも所長には氣の毒だが、あの刑務所は「思想犯人の禊《みそ》ぎの場」といふよりは「鰯加工工場」といつた方がより正確だらう。九十九里濱が日本で一二を爭ふ鰯の漁場であることはだれもが知つてゐる。だが、長いあひだ、鰯は「海のゴミ」扱ひされてきた。語源からして鰯には酷である。あまりにも多く獲《と》れすぎる下級魚だから「いやしい」、それが縮まつて「いやし」、それでは語路《ごろ》が惡いので「いわし」となつたらしい。またこれとは別に、初中終《しよつちゆう》、鰹だの鮪《まぐろ》だのに追はれてゐる上に、獲《と》られるとすぐ死んでしまふ。とても弱い。だから昔は「よわし」と呼ばれ、字も魚偏《へん》に弱と書くのだといふ説もある。自分にはどちらの説が當ってゐるのか分らないが、とにかく水揚げされた鰯の八割までが脂《あぶら》をしぼられ、〆粕《しめかす》になり、肥料として全國に運ばれて行った。ところが山本五十六聯合艦隊司令長官の國葬の直後、「元帥の仇《あだ》は増産で」といふ標語が制定されたあたりから、いやしくて弱くて海のゴミのやうなこの鰯が見直されてきたらしい。――「元帥の仇は増産で」か。やはり内閣情報局の専門家たちのつくる標語はスッキリと垢抜けしてゐる。自分たちの作品は泥臭い上に、意味のよく通らないところがある。――つまり新田や新開墾地を拓《ひら》いたり新種の作物を開發したりするばかりが増産ではない。これまで顧みられることのなかったもののなかから新しい値打を見つけ出すことも立派な増産である。では、海のゴミの榮養價を活《いか》す方法はないか。かうして九十九里濱から銚子にかけて、いくつかの研究施設がつくられた。とはいってもそれらは鰯に間尺《ましやく》を合せた、漁具小屋に毛が生えた程度の施設だったけれども。そしてそれらの研究施設群の中核の役割を八日市場刑務所が擔《にな》った。なにせ人手は餘ってゐるのだ。玉石混淆の思ひ付きが所内の作業所に山のやうに持ち込まれ、受刑者たちの手によって實現された。たとへば、擂り身を小麦粉に混ぜて燒いた鰯パン。イースト菌は鰯の擂り身とは相性が惡く、何度やっても醱酵せず、べちやっと固まってしまひ、どうしてもふっくらとならない。そこでこの鰯パンは鰯團子《だんご》と改稱され、千葉縣下の兵營内の酒保や軍需工場の食堂で賣られた。ただし非常な不人氣で一ト月も保《も》たずに姿を消してしまった。鰯羊羹は試作の段階で失敗と判明した。羊羹の主成分であるイモに鰯の擂り身が加はるとじつに面妖な味になるのである。試食者に選ばれたのは、隣組の常會で、「加藤隼《はやぶさ》戦闘隊長がなぜ二階級特進なんだ、なぜ軍神なんだ。ベンガル灣で加藤隊長が射ち落したのはたつたの一機だろ。それに味方は三機もやられてゐるんだぜ。それに較べりや北支の曠野で行方不明《ゆくかたしれず》になつたうちの倅の方がよほど偉い」と打《ぶ》つて八日市場刑務所へ送られてきた浦安の老漁師だつた。この老人は、常日頃から、「食物のことで愚圖々々吐《ぬ》かす奴は人間の屑だ。俺なぞは馬糞《まぐそ》のほかは何でも喰つちまふ」と豪語してをり、そこを見込まれて試食を仰せつかつた。――このやうに八日市場刑務所は理想的な試食實驗臺にも恵まれてゐた。たとへ實驗臺が食中毒や腹痛《はらいた》を起さうが、彼等は受刑者だから問題はないのである。ここにも八日市場刑務所が鰯利用開發研究施設群の中心になる理由はあつたのだつた。――ところで彼《か》の老漁師だが、鰯羊羹を一本喰ひ、三度も吐き、五日間にわたつて下痢が續き、揚句には半月寝込んでしまつた。この他、鰯最中《もなか》、鰯煎餅、鰯饅頭、鰯ゆべし、鰯おこし、鰯あられ、鰯落雁、鰯寒天などすべて不調に終つた。九十九里濱一帯の研究施設群が實用化に成功したのは結局のところ、鰯そば、鰯うどん、鰯粉《いわしこ》のわづか三種。しかもそば粉うどん粉の品不足のせゐで、自分が入所した時に行はれてゐた新發明は鰯粉ただ一種だつた。これは作業所の屋根に竝べてコチンコチンに乾燥させた鰯を、先《ま》づ擂粉木《すりこぎ》で叩いて粗碎《あらくだ》きにし、さらに藥研《やげん》にかけて細かな粉末にしたもので、全國の結核療養所からぽつぽつと申し込みが來てゐたやうだつた。

鰯粉のほかに八日市場刑務所は次の七種の鰯加工を行つてゐた。丸のままの鰯に岩鹽をふり、一ト晩漬けておき、翌朝、水洗ひして天日に干す「丸干し」。鰯の腹を開き、あとは丸干しと同じ加工をほどこす「開き干し」。水洗ひまでは丸干しと同じだが、干す前に竹串で四尾連《つら》ねて刺した刺しもの、目を刺し連ねれば「目刺し」、あごを刺し連ねれば「あご刺し」である。一日に千串こしらへた者には所長から純白の握り飯三個の褒美が出た。よほど器用な者でも八百から八百五十が限度である。つまり所長は、「千串こしらへることのできる奴は永久に出てこないだらう。だが褒美に釣られて頑張る者がきつとゐる。褒美は出さずにすむし、能率は上るし、これはかなりの名案である」と考へたわけだ。ところが、毎日のやうに二人か三人、千串以上刺す者が出たから面白い。自分も西野や平原と諜《しめ》し合せて何度も褒美をせしめてやつた。これは初等算術を使へばだれにも出來る仕掛けで、たとへば、或る日の串刺しの成績が最終的には、

山中　六百五十本
西野　七百本
平原　七百五十本

となるとしよう。これでは誰も褒美を取ることが出來ない。そこで正午過ぎぐらゐから細工を始める。自分から百十本、西野から百五十本、合計二百六十本を平原へ回すのだ。すると、

山中　五百四十本
西野　五百五十本

平原　千とんで十本
となつて平原は所長から握り飯を三個せしめるのに成功する。で、自分と西野は平原から一個づつ貰ふ。これで三人仲よく純白御飯にありつけたわけである。間もなく所長はこの報奬制度を取りやめた。全體の生産量はちつとも増《ふ》えぬのに千串以上達成といふ大記錄の方は續出するのだから、馬鹿々々しくなつてしまつたのだ。

自分たちはまた、「ゴマメ」も「煮干し」も「疊鰯《いわし》」もつくつた。前述した四種と合せて七種になる。七種とも昔からある加工法であつて、つまるところ九十九里濱における鰯の新活用開發運動はさしたる戰果も揚げずに敗戰を迎へたわけだ。ところで受刑者なのか、鰯加工工場の住み込み工員なのか、何が何だか判然としない毎日を過ごしながら、自分は、根津宮永町の町會長青山基一郎がどういふ理由から、この山中信介を特別高等警察部に密告したのか、考へつづけた。さうして入所して十日ばかりたつた或る夕方、八日市場の町役場のオート三輪が丸干しを引き取りに所内へ入つて來るのを見て、「さうか、町會長はうちのオート三輪に狙ひをつけてゐたのか」と思ひ當つた。彼はたしか、

「小運送の御仕事をおやめになるときは、オート三輪の處分をこの青山基一郎にお委せ願ひたい。じつは關東地方隱退藏物資戰力化協議會の事務局長が中學の同窓でして、彼はオート三輪を探してゐるのですよ」

といつてゐたはずである。たぶん町會長はそのよく利《き》く鼻であちこち嗅ぎ回り、これ

と目星をつけた物資を中學の同窓生に斡旋し口銭取りの帆待稼《ほまちかせ》ぎをしてゐたにちがひない。一刻も早く刑務所から出て、情況證據でもいいから何か摑んで、この仕返しをしなければとてものことに死に切れぬ。さう思って生きて來た。白狀すると自分は六月下旬と八月中旬の二回、八日市場刑務所から脱走を圖《はか》った。二回とも失敗し連れ戻されたが、いづれの場合も青山基一郎のあの馬面を一發でいい、思ひ切り毆ってやりたいといふのが動機であった。再度の脱走行の詳細については、日記帳よ、やがてお前にも語り聞かせる機會があらうと思ふが、とにかく自分は昨日の妻の答から、はっきりと證據を握った。自分が拉致されてから丸一日もしないうちに、他でもない關東地方隱退藏物資戰力化協議會がオート三輪を買ひ上げに出向いて來たといふ事實は、青山基一郎こそがすべてを企んだ張本人であることを明らかに指し示してゐる。自分は明朝六時に彼奴の家へ乘り込むだらう。寢呆《ねぼ》けてゐるところを衝《つ》いてやる。さうでもしないと辯の立つあの古狸のことだ、小狡《こずる》く言ひ抜けようとするに決まってゐる。

（三十日）

十月

あべこべに、こっちがまだ寢呆けてゐるところを襲はれてしまった。朝の五時半に青山基一郎がやって來て、横長の、薄っぺらな小冊子を店の板の間の上にポンと置いて一氣にかういつたのだ。

「いやいや、どうも、御勤《おつとめ》ご苦勞樣でしたな。八日市場からお歸りになつてゐるといふことは、警視廳特高部の小林刑事から聞いて知つて居《を》つたのですが、九月一杯は御挨拶に上るのを差し控へて居《を》りました。お疲れのところへ參上するのは、却《かへ》つて失禮といふものですからな。しかし今日は月が代つて十月の朔日《ついたち》、社會復歸なさるのに、これほどふさはしい吉日はない。なにしろ物事は皆、この一《いち》から始まるのですからな。さてと、この書物は山中さんの社會復歸を祝つて贈るプレゼント……」

　東京へ歸る列車のなかにも、その小册子を持つた乘客が大勢ゐた。都内に入ると十人に一人の割でそいつを持つてゐた。『日米會話手帳』とか稱する際物《きはもの》だ。

「この版元の誠文堂新光社は笑ひが止まらんでせうな。賣り出してからまだ半月といふのに二百萬部を超えたといひますよ」

「恥知らずな際物師がゐたものだ。なにしろ鬼畜米英の時代から、まだ一ト月半しかたつてゐないんだ」

「大きな聲ではまだいへないが、これからは日本語の使用が禁止されるさうですな」

「まさか」

「ところがこれがたしかな筋からの情報なんですわ。マッカーサー元帥が本年中に日本語使用禁止の聲明を發するさうです。一昨日《をととひ》の新聞を御覽になりましたかな。ほれ、天皇さんとマッカーサー元帥とが竝んで寫つてゐるやつですが」

むろん見てゐる。マッカーサーが尊大ぶつて後手をしてゐるのが癪だつた。もうひとつ、天皇陛下の御姿勢が情けない。とくにあの兩の御手《おて》のお下げになり具合が情けない。たとへ無條件降伏を呑んだとはいへ、大君《きみ》は我等が御《おん》大將、御腕《おんうで》を脇へぴたりとお着け遊ばして、御指先もぴんとお伸ばしになつていただきたかつた。さもなくばマッカーサー元帥の向うを張つて後手をなさつてほしかつた。かつての馬上に凜《りん》たる御姿を、あの寫眞に重ね合せて自然と涙ぐんでしまつた。

「先月二十七日午前の、天皇さんの米國大使館への御訪問は、どうもそのことに關係があるらしい。さうして天皇さんはマッカーサー元帥から日本語使用全面禁止案を押しつけられてお歸り遊ばした」

「信じたくありませんな」

「信じるも信じないも、あなたの御自由ですがね。山中さん、大日本帝國にしても、朝鮮、臺灣、そして滿洲で、現地の言葉の使用を禁止したでせう。米國も日本と同じことをやるだらうと思ひますわ。さうさう、山中さんのためにもうひとつプレゼントを用意してきましたよ。今朝八時に警視廳へお出掛けください、小林刑事があなたに仕事をくださるはずです。じつはこの青山基一郎が警視廳へ日參して決めてきた話でしてな。きつとお氣に召すと思ひますよ」

「仕事よりもオート三輪を……」

自分がさう言ひかけたら、もう青山基一郎氏は道の眞ン中に立つてゐた。じつにすばやい。
「以前の御無禮を只今のふたつのプレゼントで帳消しに願へませんか。この通りです」
青山基一郎氏はこっちに向って五度も六度も深々と頭を下げた。——と句點を打ったところで柱時計を見ると、もう七時である。そろそろ警視廳へ出掛けようと思ふ。小林といふ刑事にいひたいことがあるのだ。自分が戻る頃には文子や武子も歸ってきてゐるだらう。

（一日）

昨日、就職先が決まった。就職先は警視廳官房文書課である。身分は囑託、仕事は謄寫版の原紙切り、給料は百六十圓。正直なところほっとした。同じく昨日、聯合國最高司令官マッカーサー元帥を目《ま》のあたり見て衝撃を受けた。また元帥を慈父のやうに仰ぎ見てゐる同胞を目にしてさらに大きな衝撃を受けた。去年の十月に讀賣新聞社が制定した「比島決戰の歌」をあんなに勇しく歌ってゐた同胞はいったいどこへ消えてしまったのか。氣がつくと自分は第一生命本社の前でマッカーサーの耳にも届けとばかり、〽決戰かがやく亞細亞の曙　命惜しまぬ若櫻　いま咲き競ふフイリッピン　いざ來いニミッツ、マッカーサー　出て來りや地獄へ逆落し、と歌って、捕まって丸ノ内警察署へ連れ込まれた。それから今日の夕方には、自分が千葉の八日市場刑務所に叩き込まれてゐる間に、この家に悲劇が二つも三つも起ってゐたことを知らされた。——といったやうな次第で、昭和二十年十月朔日《ついたち》二日の二日間に起つたことを、自分は生涯忘れはしないだらう。自分の一生に山場といふものがあるとすれば、この二日間がさうかもしれないと思ふので、昨日の朝からのことをできる限り詳しく書き留めておくことにしよう。

昨日の朝は八時前に警視廳へ着いた。わづかだが時間があるので、「特別高等警察部の小林刑事に面會に來た根津宮永町の山中信介といふ者だが、時間まで、すぐそこの櫻田門で日向ぼっこをしてゐる」と受付に告げて外に出た。櫻田門から國會議事堂を見て驚いた。議事堂の周圍にはなにもない。赤茶けた燒跡と綠の木立ちとが縞模様になってゐるだけである。頭上では絶えず爆音がしてゐた。御濠の濃綠色の水面に機影が映っては消え、消えては映りしてゐる。

「米軍機は朝っぱらから何をしてゐるんでせうか」

小林刑事がやって來たので挨拶代りに訊いてみた。

「米國戰略爆擊調査團が空中寫眞をとってゐるんぢやないのかな」

「なんですか、それは」

「今度の戰爭での戰略爆擊の效果を調べようといふのさ。戰前の寫眞と燒跡の寫眞とを付け合せるわけだ。ところでわたしはもう特別高等警察部の小林ではありませんからね」

小林刑事は丁寧な口のきき方になつた。

「先月の二十六日からは總監官房文書課の內務事務官です。さう、二十五日の午後、八日市場刑務所の所長に電話を入れたのが特高の刑事としての最後の仕事でした。山中さんのためを思つて電話をしたのですよ。所長に、『山中信介氏を一刻も早く出所させるやうに』と壓力を加へたのです。とにかくこれからは特別高等警察部に小林といふ刑事がゐたことは綺麗にご忘却ください」

ずいぶん蟲のいい言ひ草ではないか。刑務所から出られたのは俺のおかげだぞ、と恩着せがましくいふのにも腹が立つ。「思想犯」などといふ大仰な札《ふだ》を勝手に貼り付け裁判もせずに刑務所へ放り込んだのは、あんた方ではなかつたか。だとしたらこの山中信介を刑務所から出すのは當然の措置ではないか。なにも恩に着せることはないのだ。自分は心の中で、

（あんた方には貸しがある。土下座を百遍されてもこの腹の蟲がをさまるものではないぞ）

と呟きながら小林事務官を睨みつけてゐた。

「なにごとも時代のせゐです。さういふ時代だつたのです」

さういふと小林事務官は廳舍へ歩き出した。

自分が案內されたのは廳舍裏の木造三階建の建物である。ドアが二つ竝んでゐた。左のドアは大きい。「騎兵第一師團憲兵隊警視廳憲兵連絡室宿舍」と記した眞新しい木札がさがつてゐる。右のドアは小さい。そこに打ち付けられてゐる木札には「總監官房文

書課分室」といふ文字が讀めた。

「この建物はこの間まで總監官房生活相談所でした。生活相談所といふのは警視廳に奉職する者全員の生活萬端についての面倒をみてくれる課のことで、自分の持ち家を建てる相談、子どもの學資を借りる相談、はては離婚の相談、どんなことにでも相談に乘ってくれたものです。一階には購買部もあった」

「現在はアメリカ軍の憲兵が駐在してゐるわけですか」

「じつはアメリカ兵の犯罪が頻發してゐるんですよ」

聲をひそめながら小林事務官は右側のドアを開《あ》けた。目の前に地下へ降りる階段が見えた。

「米軍側は、兵隊《ジー・アイ》の犯罪に頭を惱ましてゐたが、そのうちに警視廳と情報を交換しながら米兵の風紀を取締まるのが一番たしかだと氣付いた。なにしろ兵隊《ジー・アイ》の犯罪は、東京で一日平均四十五件、横濱で同じく二十件といふから憲兵隊も慌てるわけだ。そこで警視廳內に憲兵連絡室といふのを設けることにしたんですな。階上《うへ》では五十名の憲兵《エム・ピー》が寝起きしてゐます」

階段を降り切ったところに硝子戸があった。もっとも硝子は嵌まってゐない。硝子戸の向うは十六疊ほどの板張りの部屋である。明り採《あかと》りの高窓のあるところを見ると、ここは半地下らしい。高窓には茶褐色のハトロン紙で縱横《たてよこ》十文字に補强された硝子が入ってゐた。

手前の机の上に謄寫筆耕用のヤスリの鐵板と鐵筆とが置いてある。

「碧《あを》い目《め》の大君《たいくん》のことです。マッカーサーの御意向なんですよ」

「濠端天皇……？」

「濠端《ほりばた》天皇の仰せだから仕方がない」

小林事務官は机の上に吊つてあつた電燈の紐を引いた。

「米兵の不祥事件は記事に出來にくくなつた」

「今朝の新聞には載つてゐませんでしたよ」

「なんのために、そんなことを……」

「その電車と抜きつ抜かれつしてジープが走つてゐた。つまり路面電車とジープと、どっちが速いか競走しようといふことになつたらしいのですな」

月島發新宿角筈行の都電を乗つ取つた二人組がゐる。そいつらは日比谷の停留所から乗車し、運轉士を自動小銃で脅して降ろすと、新宿まで全速力で電車を突進させた」

「まつたく兵隊《ジー・アイ》どもときたら途方もない犯罪を思ひつくもので、たとへば昨日などは、
版の器械が載《の》つてゐた。

部屋の中央に机が二脚、向ひ合せに置いてある。左手に机がもう一脚。その上に謄寫
「いや、今も厨房のままです。憲兵たちの食事を拵《こしら》へてゐる」

小林事務官は右手の板壁を指さした。隣りは厨房だつた。板壁は眞新しい。

「以前、ここには小食堂があつた」

「根津宮永町の町會長の話では、山中さんの謄寫筆耕は玄人はだしださうですな」

「神田鈴蘭通りの第一東光社で筆耕してゐたことがあります」

「神田の第一東光社においでだつたのなら一流だ」

　小林事務官は向うの机の引出しから一枚の藁半紙と數枚の原紙を取り出して、こつちへ差し出した。

「正午までにガリを切つた上、刷つてください。百部必要です。その出來榮を拝見した上で囑託としてお勸めいただくかどうかを決めます。まあ、これは一種の就職試驗でせうかね。第一東光社の筆耕者だつたお人に試驗をするのは失禮な話だが、これはきまりだから仕方がない」

「警視廳に勤めろといふんですか」

「月給は百六十圓です。これもきまりなのです。警視廳の囑託は氣が進みませんか」

「そんなことはありませんよ。ただ、どういふ仕事なのか氣になつただけです」

「ですから仕事は謄寫筆耕です。午前七時にここへ出勤していただく。その机の上に原稿が載つてゐるはずです。原稿といふのは、主として聯合國關係の記録や情報です。總監が警視廳の各部各課の主だつた者にこれだけは承知してゐてもらひたいと考へた記録や情報を、山中さんが謄寫印刷物にするわけだ。午前十時に各部各課へ印刷物を配つてください」

「それから……？」

「それだけです。印刷物を配り終へたらお歸りになつてかまはない。では正午にまた様子を見に來ます」

午前中勤務で月給百六十圓は惡くない。鶏が二羽で百圓、闇の牛肉一貫目が二百圓、闇酒一升が二百五十圓、そして新米一斗が配達付きの闇値で四百二十圓といふべらばうな世の中だから、百六十圓では生きてゆけない。しかし堅い勤め口で、午前中といふのはありがたい。午後からの働き口が見つかればなんとかなりさうだ。そのうちに昔の傳手《つて》を賴つて材料を手に入れ扇や團扇を作つてもいい。扇は兵隊《ジー・アイ》たちに人氣があるらしい。「日本土産は paper fan が一番」といふことでどこでも引つ張り凧ださうだ。警視廳で囑託をしながら機會を見て扇職人に復歸しよう。これでどうやら生活の設計圖が引けさうである。自分は原稿を睨んで頭の中で割付けをしながら、この思ひがけない幸運をよろこんでゐた。そして心の中で、

（小林さん、あんたには土下座百遍分の貸しがある。がしかしいい勤め口を持つてきてくれたから、土下座五十遍にまけてやる）

と呟きながら割付けを終つた。

與へられた原稿には「聯合軍による接收建物及び施設一覽」といふ題がついてゐた。內容はかうである。

第一生命ビル（ＧＨＱ本部）　農林ビル（經濟科學局）　日比谷帝國生命館（聯合軍東京

地區憲兵司令部。司令部用留置場。法務局）三信ビル（第七十一通信隊）銀座松屋（PX）服部時計店（第八軍PX。經濟科學局）白木屋（PX）小倉ビル（PX）銀座商館（レシーバー・アイランド）黒澤ビル（アメリカ赤十字支社）東京寶塚劇場（聯合軍專用アーニー・パイル劇場）邦樂座（聯合軍專用劇場）帝國ホテル（將軍、大佐級。國務省役人。賠償使節團その他の宿舍）第一ホテル（GHQ士官用宿舍）山王ホテル（米士官用ホテル）平河町萬平ホテル（米軍佐官級宿舍）八重洲ホテル（男子軍屬用宿舍）丸ノ内ホテル（英聯邦軍宿舍）正求堂ビル（米軍宿舍）富國生命館（ホテル）閑院宮邸（米軍家族用宿舍「ジェファーソン・ハイツ」）陸軍航空本部・兵器廠跡（米兵宿舍「パレス・ハイツ」豫定）偕行社（CIC士官宿舍「ミトリ・ホテル」）學士會館（米極東空軍司令部士官宿舍）新興生活館（婦人軍屬宿舍「ヒルトップ・ハウス」）主婦之友社（婦人軍屬宿舍）YMCA（宿舍）YWCA（宿舍）味の素ビル（「コンチネンタル・ホテル」）東京證券取引所（「エクスチェンジ・ホテル」）野村銀行（「リバービュー・ホテル」）三菱本館（米軍郵便局。米婦人大隊）三菱仲10號（米軍東京補給部隊）東京會館（宿舍「ユニオン・クラブ」）有樂町マツダビル（極東空軍士官宿舍）有樂館（將校宿舍）明石國民學校（「コンチネンタル・ホテル」）軍人會館（士官宿舍「アーミー・ホール」）海上ビル本館（婦人宿舍）海上ビル新館（米空軍宿舍）華族會館（米士官宿舍「ピアス・クラブ」）政友會本部（下士官クラブ）華北交通ビル（聯合軍專用クラブ）銀行集會所（「バンカーズ・クラブ」）ニッポン・タイムズ社（星條旗新聞社） 放送會館（民間情報教育局。聯合軍放送WVTR） 明治生命ビル（極東空軍司令部） 寶亭ビル（極東空軍事務所） 東京銀行（極東海軍司令部） 東京小型自動車（極東海軍維持管理事務所） 昭和ビル（英聯邦部隊用） 市政會館（民間檢閲支隊） 内務省（民間檢閲支隊） 大藏省（總司令部士官宿舍） 農林省（總司令部用宿舍） **警視廳生活相談所（憲兵宿舍）** 憲兵隊司令部（第四四一對敵諜報部隊） 東京中央郵便局（民間檢閲支隊郵便檢閲課） 東京中央電話局（第八軍國際交換局。民間檢閲支隊電話傍受班） 東京中央電報局（第八軍通信管理部。民間檢閲支隊電報檢閲班） 朝鮮銀行（統計資料局） 臺灣銀行（經濟科學局） 三井本館（外交局） 日本郵船ビル（飜譯通譯部隊） 三菱商事ビル（厚生局。天然資源局） 三菱仲11號（米軍關東民事本部） 國分ビル（公衆衛生局） 軍人遺族會館（チャペル・センター） 東京製氷工場（製氷補給所） 簡易保險局（第八軍病院） 聖路加病院（米陸軍病院） 日比谷公園（ドーリットル球場。ムーンライト・ガーデン） 神宮外苑球場・水泳場・競技場（ステート・サイド・パーク） 國民體育館（米軍專用スポーツクラブ）

以下は使用用途未定

海軍省 大阪ビル 東亞同文館 如水會館 日佛會館 時事通信社 神田警察署 梁瀬《やなせ》自動車 内外ビル 帝國劇場内部指導館 日本海員掖濟會（芝海岸通） 四谷霞

町ＹＭＣＡ　東部第六部隊兵營（赤坂）　第七部隊兵營（青山）　海軍軍醫學校（築地）
海軍經理學校（品川）　俘虜收容所（大森）　都立築地病院　帝國生命　松本樓（日比谷）　大日本兵器　富士航空機會社　昭和飛行機株式會社　國土計畫興業株式會社
立川飛行機工場　羽田飛行場　立川飛行場　調布飛行場　多摩飛行場

これを自分はたつた一枚の原紙に収めてしまつたのである。刷《す》りにも細心の注意を拂つた。謄寫器の枠に原紙を装着する際、素人は枠に取り付けてある爪金《つめがね》を使つて、留めるだけでよしとする。だが、それでは不充分なのだ。ローラーの壓力でわづかではあるが原紙が動く。そのせゐで刷つた文字が二重三重にぶれる。たとへぶれが出なくても文字がボテッとした感じになつてしまふ。やはり原紙が動いてゐるのである。これでは手書き文字獨得の美しさが損はれてしまふ。自分は燐寸《マッチ》を十本ばかり燃して原紙の蠟を溶かした。溶けた蠟を糊代りに原紙を枠に手早く密着させてゆくのである。文字を一層くつきりと出すには、黑インクに少量の白インクを混ぜてよく練るのが骨《こつ》だ。かくし味ならぬかくし色といふやつである。第一東光社に行けば白インクが手に入るかもしれないが、その餘裕はない。そこでローラーにインクを付け過ぎぬやう心掛けながら靜かに轉がした。藁半紙より模造紙の方がはるかにインクの乘りはいいのだが、むろん、これはいつてみただけ、今の世の中に模造紙なぞあるわけがない。

七十枚ほど刷つたところへ小林事務官が入つてきて、嘆聲を放つた。

「原紙一枚に収めたところが凄い」

「原紙二枚にわたつてしまふと、藁半紙とインクを二倍も使ふことになる。それでは不經濟でせう」

「それがじつにありがたい。それにしてもよくもまあ詰め込んだものだ」

「しかし讀みにくいことはないでせう」

「活版よりきれいだ。これなら課長は二つ返事であなたを囑託にしますよ」

「よろしく頼みます。しかし東京の目星いところがほとんどアメリカさんに接收されてしまつたんですね。鐵筆をガリガリいはせてゐるうちになんだかぞつと鳥肌が立つてしまつた。東京はもはや東京ではないと實感しました」

「さう。すくなくとも東京の中心部はすべてアメリカ本土のやうなものです。焼跡だけですよ、アメリカでないのは。東京の中のアメリカはますます大きくひろがつてゆくと思ふ。焼け殘つた個人の住居《すまひ》でも、程度のいいものはどしどし接收されるだらうといふ噂もありますから、いまに東京中がアメリカになりますよ。高級將校たちが米本土から家族を呼び寄せて、さういふ個人の住居《すまひ》に住むのださうだ。とにかく終戰連絡中央事務局は、米軍側の『ビルをよこせ。個人住宅の程度のいいものがもつとないか』といふ要求に往生してゐるらしい」

「それはまた間の抜けた言ひ草だ。そんなにビルや住宅が要《い》るのなら最初から手加減して爆彈を撒けばいいんです。焼夷彈で東京を根こそぎ焼き拂つてしまつたのは夫子《ふうし》自身ではないですか」

「しーっ」

小林事務官は指を唇に當てがつてから、上目遣《うはめづか》ひに天井を睨んでみせた。

「廳内ではアメリカ批判は嚴禁です。憲兵隊には日本語の達者な二世が五人ばかりゐる。また飜譯通譯部隊からの應援隊員も廳舍の内外を歩き回つてゐる。いまのやうなせりふが連中の耳に入つたらコトだ。中でも飜譯通譯部隊といふのは馬鹿馬鹿しくなるほど日本語が達者です。なにしろ日によつて話しかけてくる言葉が違ふぐらゐだ」

「といふと？」

「一昨日《をととひ》は京都辯、昨日《きのふ》は熊本訛《なまり》、今日は松山辯といつた具合です。わたしは愛媛の出なので、すつかり感心してしまひ、『どこで松山辯を憶えたのですか』と訊いた。すると敵サンは夏目漱石の『坊つちやん』をぺらぺらと暗誦するぢやないですか。さういふ途方もない連中が相手なんです。くれぐれも油斷は禁物です」

「この占領狀態はいつまで續くのでせうね」

「半永久的に續く。さう信じて動いてゐる方が萬事につけて巧く立ち回ることができるのではないでせうか。これからは、『アメリカさまさま！　アメリカ萬歲！』と大聲で囃し立てる人間の勝ですよ」

占領狀態が半永久的に續くと見る根據は、小林事務官によればかうである。聯合軍側には東京都の大通や街路の名稱をアメリカ風の呼び名に變へる計畫があるといふ。いや、計畫を練つてゐるだけではなく、銀座を中心に東は築地、西はこの警視廳、南は新橋、そして北は東京驛まで、主な大通や街路はみなアメリカ式に呼ばれてゐて、その知識がないと、兵隊《ジー・アイ》たちと話が通じないといふ。たとへば昭和通は「ダーク・アヴェニュー」ださうである。以下、小林事務官に教はつた呼び名を書き留めておく。

X《エックス》アヴェニュー（東京驛八重洲口から靈岸島に至る八重洲通のこと）

Y《ワイ》アヴェニュー（馬場先門から鍛冶橋を經て昭和通を横斷し、越前堀を通つて永代橋東詰《ひがしづめ》に至る通のこと）

手を上げろ《ホールド・アップ》アヴェニュー（ＧＨＱのある第一生命ビルを起點とし、有樂町驛北口をかすめ、實業之日本社の前から西銀座へ入り、銀座通、昭和通を横斷、木挽町、明石町を經て佃の渡しの渡船場までの通のこと）

セントルクス・アヴェニュー（西銀座の讀賣新聞社前を起點とし、東邦生命、大倉別館を經て銀座通に出て、松屋別館の横から東銀座に入り、昭和通とぶつかるまでの街路のこと）

エクスチェンジ・アヴェニュー（西銀座の、賀川豊彦がよく說教をしてゐることで知られる銀座教會を起點とし、銀座フロリダ、滿留賀《まるが》そば店の前を通つて銀座通に出て、ＰＸの松屋の横から東銀座に入り、昭和通とぶつかるまでの街路のこと）

Z《ゼット》アヴェニュー（警視廳、日比谷交差點、朝日新聞社前、數寄屋橋、銀座四丁目、三原

橋、築地を經て、月島に至る通のこと）
セントピータース・アヴェニュー（帝國ホテルを起點とし、泰明國民學校、洋服仕立ての壹番館を經て、銀座通とぶつかるまでの街路のこと）
エムバシイ・ストリート（虎ノ門のアメリカ大使館から文部省の前に出て、そこから新橋驛に達するまでの通のこと）
タイムズ・スクエア（地下鐵線新橋驛出口附近一帶のこと）
四文字《フォー・レターズ》スクエア（有樂町驛ガード下のこと）
ポーカー・ストリート（數寄屋橋から東京驛八重洲口へ至る通のこと）
ニュー・ブロードウエイ（銀座通のこと）
Ａ《エイ》アヴェニュー（ＧＨＱのある第一生命ビルの前の通のこと。南進すれば田村町交差點を經て芝から品川へと至り、北進すれば丸ノ内、大手町を經て、御茶ノ水方面へと向ふ）

このやうに大通や街路を軒並み横文字にしようとしてゐるところを見ると、聯合軍は本腰を入れて日本國に居据《ゐすわ》るつもりに違ひない。つまり彼等による占領は永くつづくだらう。小林事務官はさう教へてくれた。

「いまの日本で最も日の當つてゐる役所はどこか知つてゐますか。いま最も重要視されてゐる、と言ひ換へてもいいが……」

四日前に千葉の片田舍の刑務所から出て來た今浦島にそんなことが分る筈がない。自分は、ローラーを轉がす手を休めて、首を横に振つた。

「外務省外局の終戰連絡中央事務局がそれです。なにしろこれは聯合國最高司令部との直接折衝に當る唯一の政府機關でね、GHQの要求事項はすべてこの役所を通して所管官廳へ傳へられ、逆に日本國政府の要望事項はこの役所を介してGHQへ届けられる。鐵道線路にたとへれば轉轍機《ポイント》のやうな重要この上ない存在です。そこで政府はこの役所に、仕事ができて英語にも堪能な中堅官僚を集めた。彼等はこれから外交の修羅場を潜り拔けることになる。大いに鍛へられるわけですな。同時に彼等はアメリカ側に大勢の知己を得ることになるはず。やがて彼等は高級官吏に成長し、國家の舵取りを委せられるだらうが、その際、アメリカ追從政策をとるだらうことはまづ間違ひない。彼等にとつてアメリカは恩師であり、同時に母國に次いで知己の多い國なのですから、アメリカ追從になつて當然です。さういふ見地からも、このアメリカによる占領狀態は相當に永くつづくと思はざるを得ない」

「ずいぶん先まで見通しておいでなんだ」

「先を讀むのが好きなんですよ」

「すると讀めなかつたのは大日本帝國の敗戰だけですな。それが讀めてゐればわたしを八日市場刑務所へは送らなかつたはずですからね」

小林事務官が苦い顏をしたところで丁度百枚刷り終へた。

板壁の向う側で人の動き回る氣配がする。ラードやソースの焦げる匂ひが板壁を透してゆつくりと滲み出てくる。腹の蟲が騒ぎ出した。

「山中さんに晝食をおごつてさしあげよう」

小林事務官が板壁をコッコッコッと三回、拳で打つた。

「そのかはり今後は皮肉はお斷りですよ」

板壁の向うからもコッコッコッと返つてきた。小林事務官がコッコッと二回、板壁を打つた。コッと一回返つてきた。

「なんの合圖ですか」

「最初のコッコッコッはお互ひ挨拶のやうなものです。『もしもし』といふところでせうか。次にわたしの打つたコッコッは『二人前、頼む』。最後におやぢさんが打つてきたコッは『分つた』といふ意味……」

「……おやぢさん？」

「隣りの厨房で憲兵《エム・ピー》の食事を作つてゐるのは本郷バーの元主人でね、わたしがここへ引つ張つてきた。本郷バーといふ名、どこかで聞いたことがありませんか」

本郷バーならよく知つてゐる。根津宮永町から近かつたので、二十代の半《なか》ばに、毎週のやうに通つたものだ。間口が二間、テーブルが三脚、それにカウンターの前に椅子五脚といふ小さな洋食屋だつたが、その時分、銀座の名門、煉瓦亭と天下の人氣を二分してゐた。豚《トン》カツに刻みキャベツを添へた最初の洋食屋は銀座煉瓦亭である。この發明はアッといふ間にひろまつて、どこの洋食屋でも豚カッには刻みキャベツをつけるやうになつた。ところが本郷バーだけは違ふものを添へた。本郷バーの主人は豚カツに茹でたてのポテトをつけたのである。湯氣の立つてゐるポテトにバターを落し、そこへ赤旗ソースをジャブジャブかけて喰ふのだ。これが豚カツによく適《あ》つた。かうして東京中の洋食好きが、「豚カツの添へものは本郷バー式のポテトが一番」、「いや、煉瓦亭發明の刻みキャベツの方が豚カツには適ふ」と揉めてゐた。今から二十五年も前、大正九年ごろの話である。

本郷バーにはもうひとつ名物があつた。カウンターの横のソース棚がそうで、赤旗から始まつて、インデアン、アテナ、ハト、オリエンタル、三ツ矢、イカリ、天狗、ユニオン、キッコーマン、白玉、羽車、トリスなどありとあらゆるウースターソースがずらりと竝んでゐた。勿論、本郷バーの主人の調合した特別製ソースも用意されてゐた。客は好みのものをジャブジャブかけて喰ふ。

お虎ちやんといふ色の白い美人ウエイトレスも評判だつた。髪は桃割れ、銘仙に襷《たすき》がけ、剝き玉子よりも白い二の腕をチラチラさせながら機敏に動き回つてゐた。このお虎ちやんをめあてに通つた客も多かつたのではないか。聲がまたよかつた。銀の鈴を振るやうな涼しい聲でカウンターの向うへ、「ポークカツお三人さん。ハヤシにコロッケお追加よ」と注文を通す。するとコック帽のをぢさんがものもいはずジヤッ、ジヤッ、ジヤッと肉を油鍋に落す。この二人の呼吸もよかつた。

豚カツに添へたポテトが當って、分店が神田や淺草にできたさうだが、ここ四、五年その消息を耳にしてゐない。外食券食堂になったといふ噂も聞いてゐなかった。

「さうでしたか。あの名人コックがここにゐましたか」

「この九月上旬はコックの口入屋みたいだった。例の終戰連絡中央事務局が、『特高刑事は人を探し出して捕《つかま》へるのがお上手だ。その技倆《いか》を活して、東京中の名コックを集めてくれ』といってきたんですよ。さっそく東京中を歩き回った。銀座では凮月堂、三笠會館、エーワン、プランタン、出雲亭、八州亭、中央亭、東洋軒、廣洋軒、煉瓦亭、その他もろもろ。新宿では早川亭、中村屋。それから神樂坂の田原屋に紅屋《べにや》……」

「それで？」

「毎日空振りばかり。疎開中だったり、空襲で死んでしまってゐたりで、十日かかってたったの二人といふ情けない有様だったところがそのうちにおもしろいことを聞き込んだ。千葉縣の我孫子《あびこ》の奥の濕地帶にコックが集團で住んでゐると教へてくれた者がある」

なぜそんな田舍にコックがかたまって住んでゐたのか。小林事務官の話を要約するとかうである。アメリカとの戰さが始まるすこし前、當局の指導の下に「大東京料理飲食店組合」が結成された。四萬五千軒の組合員を擁する日本最大の組合だったさうである。やがて戰さは日華事變から大東亞戰爭へとひろがって食糧事情は日ましに切迫してくる。どうやらかうやら材料が回ってくる外食券食堂や闇のルートを持つ高級料理店は別として、たいていの店に閑古鳥が住みつきはじめた。このとき當局のさるお偉方《えらがた》が、「お前たちはこれまで散々食糧を消費してきた。その罪ほろぼしにこれからは食糧をつくる側に回ってはどうぢや」と御託宣《ごたくせん》をたれた。かうして食糧増産報國隊が出來て、我孫子の奥の濕地帯の開墾が始まつた。府下の小金井、砧、深大寺にも馬鈴薯畑を拓《ひら》いた。さて我孫子は遠い。國策だから鐵道運賃は無料だが、しかし貨車に乘つて行くのである。我孫子からさらに一里半も歩かねばならぬ。濕地帯には葦がびつしり生えてゐる。しかも葦の根は深い。店主たちは次第にこの濕地帯を敬遠するやうになつた。近くて仕事の樂な小金井や深大寺に出掛け、代りにコックを我孫子へ差し向けた。コックたちは往復時間の節約を計つて現地で小屋住ひをはじめた。住めば都、おまけに空襲はない。やがて村の寄合の賄方《まかなひかた》を引き受けて喜ばれ、上手に濁酒《どぶろく》を仕込んで重寶された。有り合せの材料でケーキのやうなものを焼いて子どもたちの信頼を得た。そのうちに彼等は子どもたちと協力して濕地帯の隅に食用蛙養殖場をつくり、次第に村にとつて缺かせない存在になつて行つた。おやぢさんはそこでの長老格だつた。二十名近いコックの集團をよく束ねてゐたといふ。

「おやぢさんが、こんないいところはない、自分はここへ骨を埋めようと思つてゐる、いまさら燒野原の東京へ戻らうとは思はない、と頑固に言ひ張るので苦勞しました。こつちも、新生日本のためにあんた方の技倆《うで》がどうしても必要だ、と言ひ張つて五日も粘つた」

「そのコックさんたちが、いま、東京で兵隊《ジー・アイ》たちの食事をつくってゐるわけですか」

「さういふことですな。東京占領の聯合軍はわが國の一流コックに飯《めし》の支度させてゐるんですよ」

「建物や施設や道路のほかに連中はコックまでも獨占してしまったんですね」

「さういふことです」

「やはり日本は負けてしまったんだな」

そのとき板壁がコッコッコッと三度鳴つた。床にしやがんだ小林事務官が一番下の板をそつと横へずらし、上衣の内ポケットから光の箱を出して板壁の向うに差し出した。

「まだ六本入ってゐる。おやぢさん、今日は煙草六本にまけといてくれ」

「いいとも」

嗄れ聲とともに白い飯を盛った皿が出てきた。飯の上に肉の煮込みがどろりとかかってゐる。つづいてもう一皿。

こんなところで本郷バーのハヤシライスにお目にかかれるとは思はなかつた。

廳舎内を案内されたり、文書課長の面接を受けたり、履歴書を書かせられたりして、午後は忙しく、警視廳を出たときは三時四十分になってゐた。日比谷交差點へさしかかると、左手に人集《ひとだか》りがしてゐるのに氣づいた。その數はざつと五、六百。場所は聯合國最高司令部本部に接收された第一生命ビルの前である。憲兵《エム・ピー》や日本人警官の姿も見える。

なにか悶着でも起きたのだらうかと、近くへ寄ってみた。人集りはしんと鎮まり返ってゐる。ほとんどが前に出した兩手を軽く握り合せて立ってゐた。氣味が悪いぐらゐ行儀がよい。悶着が起きてゐるわけではなささうだ。

「みなさん、なにをしてゐるんでせうか」

人集《ひとだか》りの外側に立ってゐた山高帽の老人にたづねた。首に双眼鏡を吊るしてゐる。

「あのお方をお待ち申しあげてをる」

「……あのお方？」

老人は一歩下って、こっちをじろじろと眺め回した。

「マッカーサー元帥に決まってをらうが」

「あ、さうでしたか」

「あんたはなにも知らんらしい。察するに東京の住人ではないな」

「かもしれません。數日前に東京へ舞ひ戻ってきたばかりですから」

「さうだらうと思った。いいかね、この第一生命ビルの正面玄關前は、日に四度、きっとこのやうに人で一杯になるんだよ」

「日に四度、ですか」

「午前十時、マッカーサー元帥はアメリカ大使館からこのGHQ本部に出勤なさる。午後二時、晝食のために大使館へ戻られる。午後四時、ふたたびここへお出になる。そして午後八時、大使館へお戻りになる。つまりここにゐる日本人は元帥をお迎へしたりお送りしたりするために集ってきてをる」

「ずいぶんお詳《くは》しいですね」

「九月十八日から毎日、ここへ來てをるからな。ちなみに元帥がこのビルへ出勤なさるやうになられたのも九月十八日だよ」毎日、詰めてゐると、いろいろ情報が耳に入ってくるものでな、たとへば元帥は午前八時に起床なさる。

「たしか六十五歳の老人でせう、元帥は。老人にしては寝呆助《ねぼすけ》だな」

「まあ、聞きなさい。起床後、しばらく八歳の御長男アーサー君とお遊びになる。それから朝食。午前十時から午後八時までの日課についてはすでにいったので略すとして、夜はジェーン夫人や副官とかならず映畫をごらんになる。西部劇がとくにお好きだといふ。深夜十二時、聖書を讀んでから御就寢」

「失禮ですが、あなたはどういふ方なんですか」

「もとは理髮師だ。現在は都内に八店の理髮店を經營してをる。もっともそっちの方は娘夫婦に委せっ切りだがね」

「樂隱居ですか。それはいまどき珍しい。羨ましいですな」

「隱居などしちゃをれぬ。これからはマッカーサー元帥の理髮師として一働きも二働きもする覺悟だ」

老人は双眼鏡を背中に回して上衣の釦《ボタン》を外した。胴着《チヨツキ》には大小のポケットが七つも八つもついてゐた。しかもそれらのポケットには鋏や櫛や剃刀や耳搔きが收ってゐる。

「この第一生命ビルの地下の理髪室が近いうちにPXの理髪室になると聞いてをる。そこに勤める理髪師の銓考も間もなく開始されるらしい。資格は『かつて三年間以上、帝國ホテル理髪室に勤めてゐた者に限る』といふことださうだが、それならわしも有資格者だ。大正から昭和にかけての五年間、わしは帝國ホテルの理髪室にゐたのだからね。長年勤めた町内會の會長もやめて、わしはここへ日參してをる、元帥の髪型を觀察するためにな」

ピリピリと呼子が鳴つた。人の山が動いて道ができると、そこへ黑塗の高級自動車が音もなく滑り込んできた。正面玄關の、三段の石階段の下の兩脇に立つてゐた衞兵が銃を顔の前に立てて構へた。隣りの老人は双眼鏡を目に當ててゐる。前面が絕壁の如く垂直に立つた軍帽が自動車の後部座席から現れた。軍帽前面の壁には金モールでなにか飾りがほどこしてある。軍帽の下にあるのはサングラスをかけた長い顏。

「あれがレイバンのサングラスだよ」

隣りの老人がまた知つたか振りをしてみせた。

「レイバンといふのはもともとアメリカの陸軍航空隊のパイロットのためにつくられたサングラスでな、いまはボシュロムといふ光學製品會社がつくつてをる。米軍が使ふ眼鏡類は全部そこの製品なのぢや。つまりボシュロム社は米軍指定の眼鏡會社といふわけだな。軍帽の金モールの鷲とレイバンのサングラスはよく適《あ》ふ」

マッカーサーは焦茶色の軍服を着てゐた。上衣はジャンパー式になつてゐる。石の階段に、そのよく磨かれた短靴がかかる寸前、マッカーサーは人集りを振り返つて見た。人の山の中から拍手がおこつたのでそれに應《こた》へようとしたのだ。敵の大将を褒めるのは口惜しいが、よく整つた顔立ちだつた。片岡千恵藏の顔を少し引き伸ばし、鼻を高くさせればああいふ顔になるかもしれない。左の胸ポケットのあたりが秋の陽を照り返してぴかつと光つた。よく見ると胸ポケットの蓋に銀星の勲章が一つさがつてゐた。

「このところ五日ばかり元帥は調髪をなさつてゐない」

マッカーサーの姿が正面玄關の奥へ消えたところで隣りの老人がいつた。

「元帥の副官はいつたいなにをしてをるのぢやらう」

突然、ある熱い感情が血管の中を暴《あば》れ回りはじめた。その感情の成分は、半分が、そんなに簡單に人間が自分の考へを變へてよいのかといふ怒りであつたと思ふ。殘りの半分は、生者がそんなに容易に考へを變へたのでは、前線における戰死者や空襲で死んだ銃後の人間の御靈《みたま》たちに申し譯が立たないではないかといふ、これもまた怒りであつた。だれもが一ト月半前までは、眦《まなじり》を決して「米英撲滅」を叫んでゐたのではなかつたか。それがどうだ、この豹變ぶりは。こんなに簡單に人間の考へが變へられるといふなら、なぜ絹子が燒夷彈の直撃を喰らふ前に變へてくれなかつたのだ。あるひはもつと前の三月十日の大空襲の前日あたりになぜ考へを變へてくれなかつたのだ。煮え滾《たぎ》つたやうな熱い感情が咽喉《のど》もとまで競《せ》り上つてきた。戰さに敗れたのなら敗れたでいい。だがついこの間まで「米英撲滅」を叫んでゐたのだから、そのことに責任を持つてほしい。毅然とした、堂々たる敗戰國國民であつてほしい。しかるにこの有様はいつたいなんであるか。敵將の頭髮の心配をする暇があつたら、なぜ上野驛構内の浮浪少年の蓬髮をなんとかしてやらうとは思はないのか。氣がつくと自分は、〽いざ來いニミッツ、マッカーサー出て來りや地獄へ逆落し、と歌つてゐた。歌ひながら、このおれだけはさう簡單に考へを變へないぞと心の中で叫び聲をあげてゐた。

今朝、丸ノ内警察署から出てきた。一ト晩泊められただけで事が濟んだのは小林事務官のおかげである。蔭でいろいろと骨を折つてくれたらしい。文書課分室の机に突つ伏して夕刻まで眠つて氣分を少しさつぱりさせてから家へ歸つてきた。だが、夕食時に妻がしてくれた話が自分を手ひどく打ちのめした。ペンを執《と》る氣力も失せて布團に潛り込んだ。そして眞夜中に起きて、どうやらここまで書き進めてきたのだが、やはりまだ妻の語つてくれた話だけは書く氣にならぬ。あまりにも酷《むご》すぎる話なのだ。もうしばらく待つことにしよう。

（二日）

朝鮮海峽を日本海へ通り拔けた低氣壓が突然、右に轉回して進路を東北東に變へた。そのせゐだらうか、東京には早朝から颱風の赤ん坊のやうな奴が居据《ゐすわ》つてゐる。それはまことに移り氣な性格の赤ん坊で、群雨《むらさめ》を降らせてゐたかと思ふとあつといふ間にどこかへ消えてしまひ、空は青々と晴れあがる。ほつとしてゐるとまた烈しい雨になるといふ具合なのだ。頭上に廣々と青空がひろがつてゐたので、自分は傘を持たずに根津宮永町から上野驛へ向つた。有樂町驛に降りると小雨になつてゐた。日比谷交差點では土砂降り、びしよ濡れになつて警視廳に辿りつき、官房文書課分室で身體を拭いてゐると、窓の外にはさんさんと陽の光が降り注いでゐる。さういふ次第で今朝は颱風の赤ん坊にすつかりからかはれてしまつた。

だが、それにしても自分はなぜこのやうに天氣のことを詳しく書き留めてゐるのだらうか。考へてみるに、新聞に「けふの天氣」といふ欄が復活したことと關係があるのかもしれない。またラヂオが戰前のやうに日に二回、正午の報道と午後七時の報道のあとで天氣豫報を放送しはじめたのも大きいと思はれる。昭和十六年十二月八日に新聞の天氣欄とラヂオの天氣豫報が中止になつてから三年と九ケ月の間、日本人はなるべく天氣のことには觸れぬやうにと心掛けてきた。根津宮永町では、町會長の方針もあつてそれがいつそう徹底してゐた。町會長の青山基一郎は、「知人と道で會つて交す會話にも、『いいお天氣で』とか、『生憎の雨で』とかいはないやうにいたしませう」といふ觸れを出したのだ。理由はかうだつた。「壁に耳あり障子に目あり、どこに敵の間諜がひそんでゐるかわかりません。間諜に聞かれて、そのお天氣情報を敵の本部に報告されでもしたら、根津宮永町の名が廢《すた》る。末代までも恥となりませう」。いま思へば、この理屈はをかしい。もし間諜がゐて東京の天氣を本部に報告したければ、人びとの會話を盗み聞くより、自分で空を見上げる方がずつと話は早いだらうからである。だが當時は皆が、「この戰爭は情報戰である」といふ内閣情報局の教へが氣に入つてゐたから、町會長の論理の缺陷《あな》を指摘する者は誰ひとりとしてゐなかつた。初めはよくまごついたものである。道端で挨拶のしやうがなくてううううと唸りながら向ひ合ひ、立往生することがしばしばあつた。やがてそのうち、配給の遲《おく》れや疎開の豫定を話題に挨拶する祕訣《こつ》を覺えてからは立往生せずにすむやうになつたが、間諜にとつては、こつちの情報の方がよほど役に立つものであつたに相違ない。とまあさういふやうな次第で、自分には天氣の情報が珍しく、かつ、おもしろくて仕樣がない。そこでこのやうに詳しく天氣について書くのである。ラヂオでは、天氣豫報のほかに第二放送も再開された。第二放送が中止になつたのは天氣豫報中止の翌日、すなはち昭和十六年十二月九日だつた。以來、放送はたつたひとつといふ狀態にすつかり慣れてしまひ、いま突然、ふたつのうちの好きな方を選べと言はれても戸惑ふばかりである。今晩のラヂオなどは特にむづかしい。第一放送は、竹久千恵子のアンデルセン作「繪なき繪本」の朗讀である。第二放送は、松本幸四郎の舞臺劇「繪本太功記」である。どちらかを聞けば、當然、どちらかが聞けなくなる。他人《ひと》の財布を拾つて自分の財布を落すやうな、妙な氣分になつてしまふのだ。もつとも淸にいはせると、「どつちにしても繪本ぢやないか。どつちを聞いても似たやうなものさ」ださうである。

官房文書課分室の机の上には封書が一通載つてゐた。封書に付箋がついてゐる。付箋には細かな字で、〈山中信介殿。この手紙をガリで切つてください。小林事務官〉と書いてあつた。さつそくガリ版の上へ原紙を載せて鐵筆を構へたが、封書の表を見て驚いてしまつた。たつた一行、

マッカーサー元帥閣下

と記してあるだけなのだ。切手は貼つてある。詳しくいふと、例の東郷平八郎元帥の五錢切手が二枚、行儀よく竝んでゐる。消印の日付も〈20 9 25〉とはつきりしてゐる。たしかにそれは手紙にちがひない。だが、宛名書きだけがまるで手紙らしくない。そこで一瞬、面喰らつてしまつたのだ。しかし考へてみれば、現在、この日本で最も高名な人物はマッカーサー元帥である。たしかに住所などは不要だらう。裏を返して差出人を見た。〈佐賀縣西松浦郡大川村　田代角太郎〉となつてゐる。その名に合せた角張つた筆蹟だつた。中味はかうである。

拜啓。

閣下には御渡日以來、益々御元氣にて日本國戰後處理、併而《あはせて》、民主主義國家建設の爲、延《ひい》ては世界平和確立の爲、寧日なき御苦勞、日本國民の一員として衷心より感謝感激の誠を表する者であります。私はもとより一介の野人であります。諺にも、野人

禮に習はずと申します。以下、私が申し上ぐる事に非禮の點もあらんかと存じますが、其點《そのてん》は幾重にも御容赦下さいませ。私の申し上げます事柄には一片の虛僞虛飾もありません。眞實私の胸を去來せし事を正直に申し上ぐるので御座居ます。

偖而《さて》、去る昭和十六年十二月八日、大東亞戰爭の大詔の御渙發《かんぱつ》を拜して、私は飛び上つて喜びました。思はず聲高らかに萬歲を三唱致しました。實に溜飲三斗の思ひを致しました。自分の氣持を歌にも作りました。

米英をやはか擊たずにおくべきか東亞十億民のためにも

淺學非才の私でありましたから、開戰當時の日米關係、また其《その》以前の國際關係に就《つ》いては一寸も存じませず、ただ新聞ラヂオを通じて表はれたる事柄だけを知るに過ぎません。それで、米英は憎い奴、倶《とも》に天を戴く事の出來ない國である、何故なれば米英は日本を世界から閉め出し、日本を孤立に陷れ《おとしい》、世界を二ケ國で勝手放題に仕樣《ママ》とする誠に憎むべき國である、降りかかる火の粉は拂はねばならぬ、如何にしても此の戰爭は勝たねばならぬ、勝つ爲には如何なる困苦窮乏をも耐へ忍ばねばならぬ——と考へまして、如何なる事でも政府の命令には服從したのであります。しかるに戰況は我國に不利となるばかり、必ず喰ひ止めて吳れると信じてゐた沖繩も遂に敗れました。當時の首相鈴木貫太郞閣下は、九州が天王山である、九州に敵を迎へ擊つて必ず勝つ、と申されました。私は意を強く致しました。九州防衛に成功すれば祖國は勝つ、それならば我々九州の民草も戰鬪隊員となつて一命を祖國に捧げようと悲愴なる決心をかためました。私は二人の可愛い孫を刺し殺す機會を窺ひはじめました。孫の叫ぶ聲に後髮を引かれて覺悟が鈍ることをおそれたからであります。

そこへ八月十五日がやつて來ました。私は大東亞戰爭終結の御聖斷を九腸寸斷の思ひで拜聽致しました。然しながら、其後、新聞やラヂオで、其當時の眞相が發表されるのを見、聞きするうちに、日本は敗れて當然と思ふやうになりました。更に、ポツダム條約に基き、閣下竝に貴軍の御進駐以來の御動靜を見聞するに及び、以前の考へなどは全く消し飛んでしまひ、私は自分の愚かさを毎朝毎晩、悔んで居《を》るところであります。殊に閣下の恩讐を超えた寛仁大度の御處置に對しては感謝の言葉も御座居ません。就而《ついて》は閣下に一つ御願ひがあります。新聞によれば、去る九月十九日、米上院陸軍委員會がジョージア州選出民主黨議員ラッセル氏提出の「天皇の責任を問ふ決議案」を審議したとの事、私は驚きの餘り、數日間、茫然と致して居《を》りました。さうしてこれは何としてでも防止せねばならぬと氣を取り直し、閣下へ直訴の筆を執つたのであります。

マッカーサー元帥閣下、天皇は絶對唯一の御方であらせられます。神以上の御存在であらせられます。國民信仰の的《まと》であらせられます。畏れ多いが、船で申せば舵であらせられます。天皇に若しもの事があれば私ども國民は進む方向を見失つてしまひます。決して天皇を咎めてはなりませぬ。天皇に若しもの事があれば、私ども國民は生き甲斐を失ってしまひます。決して天皇に責任を問うたりなさってはなりませぬ。日本の諺に、佛作って魂入れず、といふのが御座居ます。折角の閣下の御善政も、閣下が天皇の責任を問うた瞬間から惡政となりませう。何卒《なにとぞ》、閣下の御力を以って、二度と米議會に「天皇の責任を問ふ決議案」などといふやうなものが提出されぬやうに御願ひ申し上げます。萬が一、どうしても天皇を咎めなければ米國の輿論がをさまらぬといふことになりましたら、私が身代りに立たせて戴きませう。摩天樓から逆さに飛び降りろとおっしゃるなら、さう致しませう。ナイヤガラ瀑布の底に生きながら沈めとおっしゃるなら、さう致しませう。その代り天皇を咎めてはなりませぬ。どうかこの老人の願ひを御聞き届け下さいますやうに。末尾ながら、貴國竝に閣下の御發展と御多幸とを神かけて御祈りしつつ筆を擱かせて戴きます。

昭和二十年九月二十五日

田代角太郎

マッカーサー元帥閣下

一時間ほどで原紙に寫し終へた。原紙を高窓にかざして寫し間違ひの有無を點検してゐるところへ小林事務官が現れた。

「もうガリを切り終へたのですか。山中さんは本當に仕事が早いんだな」

「本職の孔版《こうはん》職人はこの程度のものなら三十分で濟ませてしまひますよ」

「簡單にへりくだつてみせるところが厭味ですな」

謄寫器の枠に原紙を貼り付けようとしてゐた自分へ、小林事務官が皮肉を放つてきた。自分は構はずに、

「このやうな手紙がマッカーサー元帥の許へどんどん舞ひ込んでゐるのですか」

と訊いた。

「ええ。それに日增しにその數が多くなつてゐるらしい」

「それで投書の內容は？」

「一番多いのが戰爭犯罪者の告發ださうですな。聯合國總司令部に送り込まれて來る手紙や葉書の三分の一がこの種の告發狀らしい。その次に多いのが、配給制度の改革や食糧の增配をといふ叫び……」

以下、言論、新聞、放送など國民の權利の解放に謝意を述べたもの。日本國民が誤つた指導下におかれ眞實を知らされなかつたことへの不平。闇を撲滅してほしいといふ要望。米國軍の裝備の見事さへの讚美。教育制度改革に對する要求。婦人參政權の實現の必要を論じたもの。ソ聯に油斷するなといふ忠告……と、こんな順らしい、と小林事務官はいつた。

「中にはどうかと思ふやうな投書もあるさうですよ。どんな改革よりも先にとにかく酒を配給してもらひたいと書いた葉書があつたといひます。いま日本國民は未曾有の轉換

期に立たせられてゐる、この精神的重壓はとても素面《しらふ》では耐へられない、とまあさういふ論旨ですな」

「氣持は分りますね」

自分はローラーを轉がしながら頷いてしまひ、おかげでその一枚の刷《す》りがずれた。

「煙草がほしいといふ手紙も多いとのことです。いま國民は毎日の不味《まづ》い、不足がちな食事に暗澹《あんたん》としてゐる、だがその食事も食後の一服があれば御馳走に變るにちがひない、どうか聯合軍兵士の喫《す》ふ分を少し分けて貰ひたいと書いて血判を捺してきたのがゐるさうです。血判といへば……」

小林事務官は机の上に置いてあった田代角太郎老人の書簡を指して、

「この手紙が血をインク代りにして書かれてゐることに氣付きましたか」

ローラーを持ったまま、自分は机の方へ首を伸ばした。インクの色は鐵錆《てつさび》と似てゐた。この頃は乾くそばから鐵錆色に變色する粗惡なインクが多いので、自分はそれが血で認められてゐることに全く氣付かなかった。

「さすがは佐賀だ、葉隱《はがくれ》の本場だ。さうは思ひませんか、山中さん」

「……はあ。しかし聯合軍總司令官あての手紙がなぜ警視廳の官房文書課にあるのでせうか。これは門外不出なのぢやないんですか」

「總司令部には飜譯部隊が待機してゐて、投書を片ッ端から英語に直してしまふ。直すそばから濠端《ほりばた》天皇がそれを讀む。濠端天皇は、自分を讚め稱へた投書を讀むのが大好きらしい。そこでさういふ投書とめぐり逢ひたい一心ですべての投書に熱心に目を通すさうです。さうしてこれは重要と思つたら、われわれにそれを回してよこす。さういふことに決まつたのですよ」

「これは重要、といふと……?」

「第一に、自分を譽めあげてゐる投書でせうな。第二に、無視できない内容をもつ投書。この手紙は、濠端天皇を讃美してゐるから第一の條件に適《かな》ふ。内容はわれわれの天皇の助命嘆願です。これは今までの投書に見られなかつた内容ださうです。つまり第二の條件にも適つてゐる。さういふわけで日比谷の濠端からこの櫻田門へ回つてきたのです。これからはこの種《て》の手紙や葉書を、ほとんど毎日のやうにガリ版にして貰はなければならなくなるのではないかな」

小林事務官は田代角太郎老人の書簡を大事さうに上着の内隠しに収めて、

「丁寧に扱つてくださいよ。預かつた翌日にはまた總司令部へ返さなければならないんですからな。ところで山中さん、この手紙についての感想をまだ聞かせて貰つてゐませんでしたね。日本にもまだ立派な老人がゐる、さうは思ひませんか」

「よくわかりません」

自分は刷り上つたザラ紙を謄寫器から外した。

「ただ、一所懸命やつて敗れたのですから、俎《まないた》の上の鯉の覺悟で、じつとしてゐる方がいいのではないでせうか。奇妙な言ひ方かもしれませんが、堂々とじつとしてゐるのがいい。その手紙は餘りにも甘えてゐるやうに思ひます。敵の御大将への媚びが目立ちます。だいたいが勝手に天皇陛下の身代りをつとめようなどとは、出過ぎた眞似といふべきぢやないですか。天皇は天皇で、それなりの御覺悟をなさつておいでの筈でせうし……」

「やはり思想犯ならではのことをおつしやる……」

小林事務官の眼が、一瞬、冷たく光つた。自分は彼に印刷物を手渡しながらお返しをしてやつた。

「濠端の總司令部への投書の中には、特高刑事を含む警察官の理不盡なやり口に對する告發はないのでせうか。澤山あつてもいいと思ふのですがね」

「さういふ投書も少くないやうですな」

元特高刑事は元の柔かい眼差しに戻つて苦笑しながら分室を出て行つた。

仕事はそれだけだつた。時間が餘つた。新宿へ回つていま評判の尾津組マーケットを見物してみようか。清の話では、尾津組マーケットでトンボコーヒーを見かけたといふ。闇値でいくらするのか知らないが財布をはたいてでも四、五粒手に入れたいと思つてゐた。トンボコーヒーとは、大正の初め、自分が二十代前半だつた頃に人氣の出かかつた菓子である。外見はただの角砂糖だが、よく見るとどこかに必ずトンボのしるしが付いてゐる。口に含んで嚙み潰すと、コーヒーの苦味がひろがる。角砂糖の中に粉コーヒーが入つてゐるのである。二、三粒とつて茶碗に入れて湯を注ぐと茶色の濁《にご》つた飲物ができる。それはたしかにコーヒーのやうな味がした。自分はこいつが好きで、ポケットにいつも四、五粒は忍ばせてゐた。ところがたしか大正三年だつたと思ふが、森永製菓があの有名なミルクキャラメルを賣り出し、トンボコーヒーは次第に駄菓子屋の店先から驅逐されて行つた。十粒入りで一箱五錢といふ値段も手頃だつたけれど、森永キャラメルは何よりも包装がよかつた。小型の紙サック、あの氣のきいた包装に大人までが夢中になつた。おまけに森永キャラメルを眞似たものが雨後の筍も顔負けの勢ひで駄菓子屋を埋め盡し、やがてトンボコーヒーは見事に行方不明になつてしまつたのである。

　そのトンボコーヒーと再び巡り逢つたのは昭和十五年の春。團扇の材料を求めに山形縣の米澤市に出かけたら、宿屋の向ひの駄菓子屋に出てゐたのである。竹を買ひに行つたのに竹のことなどそつちのけ、トンボコーヒーを五罐、背負つて歸つてきた。はじめは自分や子どもたちのおやつになつてゐたが、やがて砂糖が拂底し、トンボコーヒーは砂糖に昇格した。わが家の南瓜の煮付が一時期コーヒーくさかつたのはそのせゐである。この懐しいトンボコーヒーと對面するために新宿へ出てみようか。

　また近くの帝國ホテルに行く用事もないではない。帝國ホテルに文子と武子が職を得てゐる。加へて自分と妻が親代りをつとめてゐる牧口可世子《まきぐちかよこ》と黑川芙美子の二人も帝國ホテルの女給仕だ。支配人に面會して御禮を申し述べるべきではないのか。

　散々考へてから、自分はそのどちらへも行かないことに決めた。自分には他に行くべきところがある。行きたくはないが、しかし行つて兩手を合せ拝まねばならぬところがある。

上野驛で降りて、昭和通を南千住へ向つた。古澤殖産館の跡地に近づくにつれて、地面に磁石にでも吸ひつけられるやうに兩脚が固く重くなつて行く。

「八月八日の夕方、千住が空襲されましてね」

昨日の夕方の、妻の重い聲が腦裏に蘇つてくる。

「B29が六十四機、千住と保谷と練馬に、爆彈を百八十發以上も落して行つたんです」

古澤殖産館の忠夫くんがちつとも顏を見せないがどうしたんだらう、文子と喧嘩でもしたんだらうかと問ふのへ、妻はさう切り出したのだつた。

「そのうちの一發が古澤殖産館の母屋に命中しました。大型爆彈でした。母屋が直撃されたのです。忠夫さんと店員の方が二名、そのとき母屋に居《を》りました。わたしたちが驅けつけたときは、なにもかも消し飛んでしまつてゐて……」

その先の聲は涙で濕つて聞き取ることができなかつた。階下《した》の氣配を察して古澤のおぢいさんとおばあさんが降りて來て、妻のあとを引き繼いだ。

「信介さんが八日市場刑務所から歸つて來なすつたとき、和江さんはたしか、かういつたと思ひます。『千住の古澤殖産館が燒夷彈の直撃を受けましたよ』とね」

おばあさんは泣き噦《じやく》る妻の背中を靜かに撫で摩《さす》りながらいつた。

「それから和江さんは、忠夫が下矢切の隱居所を假營業所にして頑張つてゐる、ともいつた筈です。けれど、全部、和江さんの優しい嘘だつたんですよ。あのときの信介さんはひどく衰弱してゐなすつた。身體が衰弱してゐたばかりか、頭もをかしくなりかけてゐた。なにしろ信介さんの口から出るのは、譫言《うはごと》よりもっと辻褄《つじつま》の合はぬ取り留めのない事ばかりでしたものね」

「あのとき、和江さんはわしにかういひなさった。『うちの主人は、相當に脳が疲勞してゐるやうです』とな。そこでわしは和江さんに『その脳へ眞實をぶつけるのは一寸待ちなさい。脳が壞《こは》れてしまっては大變ぢや』と智恵をつけた。腹が立つなら、わしを叱って貰ひたい」

おぢいさんはさういって頭を下げ、それから微かに頰笑んだ。

「絹子さんが忠夫を彼岸へ呼び寄せたのぢや。わしはさう思ってゐる。二人とも、あの世で幸《しあは》せにしてゐるにちがひない」

自分は、それはどういふ意味か、と訊《たづ》ねた。おぢいさんとおばあさんは此《こ》も此《ご》もかう答へた。

「八月八日は知ってのやうに大詔奉戴日《たいせうほうたいび》だった。この度の聖戰の意義をしっかと嚙み締め、戰ふ意志《し》を一層堅く固める大事な日ぢや。そこで古澤殖産館は毎月八日、いつもより早く店を閉めて、家族はいふまでもなく店員一同打ち揃って食卓につき、牛肉を喰って英氣を養ふ事にしてをった。うんと營養をつけておいて、いざ鎌倉となったら御國の爲に奮迅の働きをしようといふ趣旨ぢや。あの日も午後三時に店仕舞ひをした……」

「間もなく和江さんが、文子さんや武子さんを連れてみえて……」

そのうちに誰が言ひ出すといふ事もなく自然に、晩餉《ばんげ》の前に慈眼寺《じげんじ》へ夕詣りに行くことに決まつた。舊盆も近い。夕詣りかたがた絹子の墓の草毟りをして來《こ》ようといふ事になつた。ところが出掛ける間際になつて、忠夫さんが自分は留守番をしてゐることにする、と言ひ出した。絹子の百箇日《ひやくかにち》が濟み次第、自分は絹子の妹の文ちやんと結婚することになつてゐる。お墓の下で絹子がきつと妬《や》いてゐるにちがひない。妬いてゐるは冗談だけれど、文ちやんと一緒に行つてはなんだか絹子が可哀相でならない。自分はあとでこつそり行つて手を合せることにします。なるほどそれはもつともな考へだと思ひ、皆は忠夫くんを殘して慈眼寺へ出かけた。寺へ着くと同時に近くで「●《カン》●●《カンカン》」と一點ト二點班打《はんだ》（連打）の警鐘が鳴つた。四日、五日、六日、七日と五日間連續して「●《カン》●●《カンカン》」の警戒警報と、「●《カン》●●●●《カンカンカンカン》」と一點ト四點班打の空襲警報が發令になつてゐたが、實際の空襲は五日に一度あつただけ、それも襲はれたのは八王子、そこで皆は警戒警報には構はずに草毟りを始めた。十分ほどしてから、「●《カン》●●●●《カンカンカンカン》」とけたたましく鐘が鳴つた。皆は慈眼寺の防空壕に入つた。梵妻《ぼんさい》さんが、「壕の中は退屈でございましよ」と皆に麦茶を振舞つてくれた。そのうちに「今日も、ここいらは大丈夫なのではないですか。この頃、B29が目をつけてゐるのはどうやら八王子や立川方面らしいですよ」と誰かが言ひ出し、皆も「さうだ、さうだ」と相槌を打つて壕舎から出た。時刻は十六時十五分、ぼつぼつ晩餉の支度にかからなくてはならない。「それぢや、精を出して片付けてしまひませうか」と古澤のおばあさんが聲を掛けたが、そのときキーンといふ厭な音が不意に降つて來、墓地の東、百米ほど離れた水田に太い泥の柱の立つのが見えた。だが、見えたのはほんの一瞬、大閃光と大音響とが續けざまに襲ひかかり、皆の目は盲《めし》ひ、耳は塞がれてしまつた。——

「あのとき千住に大型爆彈が二發、落下した。しかも同時に、ぢや。一發はわしらが見た。そしてもう一發が殖產館を直擊した」

「つまりかういふことなんですよ、信介さん。絹子さんはわたしたちの命を救ふために、わたしたちを慈眼寺へ招き寄せてくださつたのね。さうして、忠夫とあの世で添ひ遂げようとして、忠夫に殖產館へ留まるやう仕向けた……」

「どうかね、信介さん、これでわしが『絹子さんが忠夫を彼岸へ呼び寄せた』といつた意味が呑み込めなさつたらう。まちがひないとも、あの二人は彼岸できつと幸せにしてゐる。睦《むつま》じくやつてゐる……」

「さうとでも信じなくては哀しすぎてとても生きては行けませんものね」

古澤の老夫婦の言葉を思ひ浮かべながら、殖產館の跡地へ立つた。見憶えのあるものは何ひとつ殘つてゐない。目の前に直徑《さしわたし》三十米、深さ十米の不氣味な穴があるばかり。俄《には》かに雨が降り出した。細引のやうな太い雨が穴の斜面の泥を卷き添へにして底へ突つ走つて行く。颱風の赤ん坊が半日のうちに青年にまで成長したらしいぞと思ひながら、しばらくの間、雨に打たれるまま立つてゐた。

（三日）

今朝も官房文書課分室の机の上に封書が一通、載つてゐた。昨日の表書と較べると段違ひに詳しく、

麹町區有樂町第一相互館六階
舊社長室內
マッカーサー元帥閣下

と階數や室名まで記してゐる。現在、意見が分れてゐるのは元帥の呼び方で、マックアーサー、マッカーサー、マッカサー、マッカさん、マッカサ様とさまざまに呼ばれてゐるやうだ。うちの清や高橋さんのところの昭一君などは生意氣にも「マック、マック」と極端に縮めて呼んでゐる。新聞はマックアーサーと表記してゐる。ラヂオの報道では、マックアーサーと輕く撥ねる。どれが正しいのか自分には見當がつかない。差出人は〈杉並區成宗一丁目六十六番地高木德造〉、內容はかうである、

閣下。一面識もない私のやうな者が突然、御手紙を差し上げる不躾けをお許しください。初めに自己紹介をさせて戴きます。私は一市民であります。現在はささやかな製藥會社を經營してをります。さて、去る九月十九日に米上院陸軍委員會が「天皇の責任を問ふ決議案」を審議したとの報道に接し、私は妙案を得ました。

閣下。天皇を伴って一日も早くワシントンへ赴きくださるやうお願ひ致します。閣下の介添を仰いで天皇がなさるべき仕事は二つあります。まづ、米議會とトルーマン大統領に對し、天皇は率直に詫びなければなりません。戰爭責任を謝罪し、今後の大和民族が世界平和の確立に挺身することを誓ふこと、天皇はこれを米議會で確約すべきであります。閣下にお頼みしたいのは米議會での天皇の護衛役と、飛行機の手配その他であります。

閣下。米議會での天皇の謝罪と誓言の一部始終をラヂオ電波によって全米、いや全世界に向けて實況放送してくださるやうお願ひ致します。閣下が仲人役となられて天皇と米大統領とが親しく握手を交す、この樣子が實況報道員によって全世界へ傳へられる、考へるだけで胸が躍ってなりません。勝者と敗者とが恩讐を超えて抱擁し合ふそのときこそ、平和の第一歩が印されるのです。閣下にお頼みしたいのはその仲人役と放送局の手配その他であります。

閣下。この訪問の歸途、天皇と共にアジア各地を訪問なさるやう進言致します。閣下はかつて御父君の副官としてアジア視察旅行をなさいました。また今回の大戰ではアジア各地を轉戰なさいました。アジアはどの地であれ、閣下には懷しき曾遊《そういう》の地、それはおそらく樂しい旅になることでせう。しかし天皇にとっては、これは辛い御旅行であります。迷惑をかけた國々を謝罪して回るわけでありますから、樂しい筈がありません。がしかし、これは必要であります。閣下にお頼みしたいのは、打ちひしがれた天皇に劬《いたは》りの言葉を、といふことであります。
　閣下。天皇がここまで御自分のつとめを果たされたなら、一體、誰が「天皇の責任を問ふ」などと言ひ出しませう。天皇は靜かに餘生をお樂しみになればよろしいと愚考いたします。あるひは天皇は世の喧騒を避けて出家なさるかもしれません。僧形にお改めになつて、戰歿兵士の遺族や空襲や艦砲射擊で家族の者を失くした家々を訪ね歩かれるかもしれません。閣下にお賴みしたいのは、そのときはなにもなさつて下さいますな、といふことであります。そのときは天皇をそつとして差し上げてほしい、といふことであります。天皇の御心が安らぎのうちにあること、それが私ども日本人の、たつた一つの願ひであります。
　昭和二十年九月二十九日
　　　天皇陛下、マッカーサー元帥御訪問の御寫眞を伏し拜みつつ
　　　　　　　　　　　　　　　　　　　　　高木德造
　マッカーサー元帥閣下

刷《す》り上る頃を見計って分室に現れた小林事務官が例の如く、手紙を讀んでの感想はと訊いてきた。自分は、昨日のよりは好感が持てる、と答へた。小林事務官は、

「馬鹿馬鹿しい。陛下にこんな長旅をおさせしようなどと、こいつ、狂つてゐるにちがひない。灸を据ゑてやらなくては駄目だ」

吐き出すやうにいつて、封筒の裏の所書を睨みつけてゐた。

夕方、玄關近くに机を持ち出して日記をつけてゐると、背廣にリュックサック、戰鬪帽の男がじつとこつちを窺つてゐるのに氣がついた。しなびた茄子のやうな顔に愛想笑ひを浮かべ、帽子の鍔《つば》に手をかけながら何度もお辭儀をしてゐる。咄嗟にどこかで見た顔だなと思つた。

「昭和十年頃、神田の田丸といふラヂオ店に勤めてをつた者でございます。名前は石井と申しますが……」

その時分はラヂオに凝つてゐた。自分でラヂオを組み立てようと思ひ、材料を漁りに三ケ月ばかり田丸に通ひつめた。結局は難《むつか》し過ぎて一臺も完成できずに諦めてしまったが、石井さんは根氣よく手ほどきしてくれたものだつた。

「憶えてゐますよ。あなたにはいろいろと教へていただきましたつけ」

「憶えてゐてくださいましたか。ありがたうございます」

石井さんは戰鬪帽を脱いで本式にお辭儀をした。頭はすつかり胡麻鹽になつてしまつてゐる。當時は立髪《たてがみ》で房々してゐたはずだが。

「磐城《いはき》の勿來《なこそ》といふところでラヂオの修理店をやつてをります」

石井さんは土間にリュックサックをおろした。左腕が不自由さうだつた。

「三月九日の大空襲で左半身を火傷《やけど》しましてね。昭和十一年に田丸から獨立して、深川森下の電車停留所前にラヂオ店を出したのですが、あの大空襲で何も彼も失《なく》してしまひました。いまは女房の里でなんとか喰ひ繋いでをります」

「それは御苦勞なさいましたな」

「いいえ、私ぐらゐの苦勞ならどなたもなさつておいでですよ。ところで旦那さん、私を一ト晩泊めてくださいませんでせうか。じつはラヂオの部品を買ひ集めに上京したんですが、田丸には私と同じやうに上京してきた連中で一杯、あつさり宿を斷られてしまひました。神田から上野まで歩いて、道々、旅館を探して回りました。ところが旅館は一軒もない……」

「さう、今の東京には旅館なんてものはありませんな」

「上野驛で夜明ししようと思つたのですが、あそこは哀しいところです。浮浪者がじつと私たちを見つめてゐる。こつちを遠巻きにしてただじつと見つめてゐる……」

「上野驛では二日に一人の割合で行倒れが出てゐるさうです。浮浪者にはもう物をねだる氣力もないのでせう」

「急に怕くなりました。そのうちに昔、田丸の店へ來てくださつてゐたお客さんの中に、根津宮永町に住んでいらつしやつた方があつたことを思ひ出し、上野のお山を抜けてこちらへやつてきたやうなわけです」

「陽のあるうちにお山を抜けてこられてよかつた。暗くなるとお山に犬が出ます」

「犬……？」

「野犬の群です。よく浮浪者が嚙み殺されるといひますよ。マッカーサー元帥の親衛隊といはれてゐる騎兵第一師團が近く野犬退治に乘り出すらしいですがね」

「……さうでしたか」

石井さんは帽子を手拭代りにして額の汗を拭った。それからリュックサックの中へ右手を差し入れ、米袋だの秋茄子だの茗荷だの枝豆だのを次々に取り出して上《あが》り框《かまち》に竝べた。

「これは泊り賃でございます。米は一升あります。夕飯と明日の朝食、それから晝飯用に握り飯を二個、それをこの一升で賄《まかな》つて戴けませんでせうか」

「引き受けました」

お勝手に石井さんの下さつたものを持つて行くと薩摩芋を賽の目に切つてゐた妻が庖丁で招いて、小聲でいつた。

「お話はここまで聞えましたけれどね、大丈夫でせうか。新手の詐欺が流行《はや》つてゐるさうですけど。東京には旅館がないので、ああいふふうにあるかなしかの縁故を辿つて宿を求める方が多いでせう。お米や野菜を出すと聞いて、旅館でも何でもない普通の家が、嬉しがつて旅館の眞似事をする。ところが明け方にはもう、客の姿が消えてしまつてゐる。はつと思つて簞笥を調べてみると、着物がごつそり盗まれてゐたと、さういふ事件が多いんですつてよ」

「石井さんはそんな人ぢやないさ」

「よく御存知なんですか」

「だから十年前に神田のラヂオ店で、五、六度、會ったことがあるといつただらう」

「たつたそれだけですの」

「とにかく宿を引き受けてしまつたのだから、もう後戻りはきかないよ」

さういつてお勝手を出たが、妻の話がやはり氣になつたのか、「さあ、どうぞ」と石井さんを招き上げる聲音は、かなり強々《こはごは》してゐた。普通の家庭が宿屋に化け、そこに投宿した客がコソ泥に化けるかもしれぬといふ。特高刑事が文書係事務官に化け、怨敵マッカーサーが救世主に化ける。なんだか化物屋敷のやうな世の中だ。もつとも明朝には答が出るのだから、さう深刻がるには及ばぬが。


（四日）

聯合軍總司令部から警視廳官房文書課分室へ回されてくるマッカーサー元帥あての手紙は、日を重ねるにつれてその數を増しつつある。今日などは十通もあつた。手紙の内容は大多數が、

天皇陛下ハ私共日本臣民ノ生命デス　日本ニ天皇ガナクナルノハ國が亡《ナ》クナルモ同然デス　ドウカ　軍閥及ビ財閥等ノ戰爭指導有力者ハ犯罪人トシテモ　陛下ダケハ犯罪人トシテ取扱ヒニナラヌ樣ニオ願ヒイタシマス（大分縣下毛郡下郷村　吉原健十郎）

といふ葉書で代表されるやうな天皇助命嘆願書である。そして五通に一通の割合で次のやうな内容のものが混じつてゐる。

吾等の偉大なる解放者マッカーサー元帥閣下、一市民の衷心からなる訴へを御聞きとり下さい。閣下、不敬罪を一日も早く廢止させて下さるやう御願ひ申します。天皇はやはり吾々と同じ人間です。神様でも猿でもありません。その天皇といふ人間に對しての一寸した言葉遣ひが不敬罪に問はれるのは心外に耐へません。もともと天皇はこの島國日本の原住民を征服した異民族の親玉の子孫に過ぎません。この天皇について自由に語れないとは何といふ不合理でせう。吾々は天皇といふ一財産家をわざわざ法律を以て保護する必要を認めません。吾々の中心となるべき指導者は、吾々の手で選出すべきだと考へます。幼い時から皇室崇拝教育を徹底して仕込まれたせゐか、吾々は無批判、盲目的に天皇制を支持してゐます。これを放置するならば必ずやまた奸智にたけた者どもの利用するところとなるでせう。一刻も早く嘘いつはりのない明確な日本歴史を公開し、惰眠を貪《むさぼ》る日本人の目を覺させてやつて下さい。そして皆が平等に生きて行けるやうにしてやつて下さい。私は三十一歳の、官立工業專門學校出身の一技術者です。英語を自由に操れぬのが殘念です。

もう一つ、日本には敕命、或は敕令なる言葉があります。これなどは第一番に追放すべきでせう。これらの言葉のある限り、いつまた無益なことを押しつけられるかわかりません。私は三年間、軍隊にをりましたが、何百回、この「天皇の命令」といふやつに悩まされたかわかりません。何の罪もないのに天皇の名の下にさんざん毆られながら無益な歳月を過しました。おかげで同胞のため人類のためいささかも寄與するところなく青春を費《つひや》してしまひました。涙がこぼれてしまひさうなほど殘念でありま す。ついでながら貴族院といふ名稱もその内容も改められるべきです。

私の考へは誤ってをりませうか。もしも誤りならすぐにも改めねばなりませんが、しかしこの信念を覆《くつがへ》す有力な意見を聞くまでは改められません。

（東京都大森區新井宿六丁目　佐藤一郎）

自分はどちらの投書をも好まない。敗戰からまだ二ケ月も經《た》たぬのに、敵の總大將へのこの媚《こ》びはなんだといふのか。蟲酸《むしず》が走る。ガリ版を切るのが仕事でなければ即座に鐵筆を投げ出して、これらの投書を引き裂いただらう。

自分は先《ま》づアメリカを憎む。アメリカの爆彈で兄夫婦を殺された。同時に長女夫婦も殺された。さらに長女にとっては舅と姑にあたる主人夫婦も直撃彈を喰った。空襲によって六人もの親しい者たちを、かけがへのない人たちを殺されてしまった。この怨みを自分は死ぬ瞬間まで片時も忘れないだらう。だからその下手人どもの親玉を「吾等の偉大な解放者」などといって奉《たてまつ》るのは眞っ平である。ものを頼むなぞ殺されたっていやである。日本人はもっと堂々としてゐるがいいのだ。勿論、自分と同じ考への人びとが、日本軍が踏み荒した朝鮮半島や中國大陸や東南アジアの島々に何億人とゐることも知ってゐる。日本人はそれらの人びとから常に怨みの眼差しを注がれながら生きて行かねばならない。だれかが「日本人が憎い。せめて五六發毆らせろ」といふなら、自分たちは一言も抗辯せず毆られてゐなければならない。そのときも日本人は堂々としてゐたいものだ。

鐵筆で原紙を刻んでゐるところへ、文書課分室の隣の厨房で憲兵《エム・ピー》たちの料理をつくってゐる本郷バーの元主人が焼き立てのパンを半斤ばかり持ってきてくれた。

「憲兵《エム・ピー》は一人殘らず出拂ってゐる。だから安心してゆっくり味はってたべなさい。そいつはこのあたしが焼いたのさ」

本郷バーの元主人はバターも持ってきてくれてゐた。自分は全世界を食べ盡すやうな勢ひでパンをたべた。もっとも半分は家への土産に殘すことにしたけれど。

「憲兵《エム・ピー》出動といふと、兵隊《ジー・アイ》がまたなにか仕出かしましたか」

「上野公園で日本人を五人射殺したさうだよ。酒の勢ひもあって拳銃が撃ちたくなったらしいね。上野《たか》は山中さんには地元だからよく御存知だと思ふが、西郷さんの銅像の周りに浮浪者が集ってをるだらう。あそこへ今日の明け方、酔っ拂った兵隊《ジー・アイ》が十人ばかりやってきて、浮浪者を五人、チョコレートで釣って、公園の奥へ連れ込んだ。そして浮浪者を立木に縛りつけ、猿轡をかませて、頭の上に林檎を乗せた」

「ウイリアム・テルごっこですか」

「金も賭けてゐたさうだよ」

「ひどいことをする」

「そこで憲兵《エム・ピー》がその兵隊《ジー・アイ》どもを探しに出拂ってしまったといふわけさ。ところで憲兵《エム・ピー》の一人から耳寄りな話を聞き込んだのだが、山中さんは本業の團扇《うちは》屋さんに戻った方がいいかもしれないね。東京都の經濟局資材課がいま大慌てで土産品店連盟なるものを組織しようとしてゐるらしいのだよ」

　本郷バーの元主人が小耳にはさんだところでは、先づ都が「聯合軍兵士やこれからどんどん訪れる外國人の好みに投じた立派な土産品を豊富に取り揃へて彼等の旅情を慰めなければならない」と言ひ出したのだといふ。指定販賣店は、日本橋、新宿、銀座の三越はじめ、銀座、淺草の松屋、上野、銀座の松坂屋、日本橋白木屋、伊勢丹、髙島屋、藏前久月總本店、銀座大和商會、神田尙美堂、服部時計店、敎文館、帝國ホテル内御木本など三十七店がすぐに決まった。また土産品として「團扇、扇子、日傘、羽子板、人形、繪葉書、浮世繪の複製、版畫など異國情緒をかき立てるもの四十種」が指定された。ところが指定してはみたもののその實物がない。そこで都の經濟局資材課が聯合軍の手を借りて、材料と職人の徴發に大童になってゐるといふ。

「つまり生産者には都が優先的に材料を配給してくれるといふわけだ。現に藏前の久月には人形千體分の材料が届いたさうだ。これからは聯合軍がらみの商賣が有卦に入ることまちがひなしだよ。ねえ、山中さん、あんたも都經濟局資材課へ、われこそは腕に覺えの團扇屋なりと名乘りをあげたらどうだらう。その憲兵《エム・ピー》にうしろからプッシュしてくれないかと賴んであげてもいいよ。指定生産者になつて團扇をつくれば、それこそ近い將來は左團扇だよ」

「どうしてさう親切にしてくださるんですか」

「同じ屋根の下のよしみですよ。ただしその憲兵《エム・ピー》には御禮をしなければならないかもしれないな。お金ぢや駄目だ。家代々に傳はる書畫骨董かなにかありませんか」

「憲兵《エム・ピー》が賄賂をとるんですか」

「奴等も人間ですよ。それにこれは賄賂ぢやない、單なる御禮です。しかしなんといつても彼等がよろこぶのは女です。山中さんの周りに美貌の戰爭未亡人でもゐると一番いいのだが……」

せつかくの話だつたけれど自分はきつぱりと斷つた。アメリカ人に自分の作つた團扇を使つてもらひたくはない。殺されたつて奴等に團扇を賣るものか。どうしてもといふなら日本地圖を印刷した下敷でも土産にすればいい。その下敷を顏の前に立てて首でも振ることだ。落語ではないがその方が長保《も》ちするだらうし、風だつて起るかもしれない。

「いまの日本人にしては欲がない」

本郷バーの元主人は呆れ顔でいつて出て行つた。その背中へ自分はかういつた。

「いまの日本人にしては誇りがありすぎるんです」

いつてから、これはすこし恰好がよすぎたかな、と反省した。

家に歸つてこの話をすると妻が猛然と怒り出した。家にはこれだけ澤山の人手があるのにどうしてそんないいお話を蹴ってしまったのですか、絶對に納得できませんと、眉を吊り上げ、疊を手で叩いて詰め寄ってきた。連れ添って二十四年になるが、こんなに烈しく言ひ立てる妻を見るのは初めてである。この烈しさをこれまでどこに隱し持ってゐたのだらうか。

「澤山の人手があるといふが、皆それぞれ立派な勤め口を持つてゐるぢやないか」

妻の樣子を怪しんで反論した。

「文子と武子、それから牧口可世子さんと黑川芙美子さん、この四人は帝國ホテルに女給仕として入つてゐる。山本酒造店のともゑさんと古澤の時子さんは角《かど》の兄のお妾さんだつた美松家のお仙ちやんと一緒に銀座四丁目の教文館四階の日本水道株式會社清算事務所に勤めてゐる。それぞれ結構な勤め口だ。その勤め口を捨てて團扇屋の女小僧になれとはとてもいへないね」

空襲によつて都内の水道管はいたるところで分斷され、おまけに水道會社には人手がない。そこで水道會社にも水道管がどこをどう走つてゐるのか、またどことどこでは水が出てゐないのか、さういふことが把握できてゐなかつたらしい。それに加へて、使用者の戰災死や地方への轉出などで水道會社の臺帳は混亂の極にある。そのせゐか今年は一回も水道料を取りに來てゐない。「清算事務所はその混亂を鎭めるために設けられたのよ」とお仙ちやんがいつてゐた。技術員はどこの水道管が何月何日まで水を出してゐたかについて調べる。集金員はそのときそこにだれが住んでゐたかを調べる。かういつた調査を積み上げて都内の水道使用者に今年分の使用料を請求する。この請求書作成がお仙ちゃんたちの仕事ださうだ。「昔、浅草で藝妓《げいこ》をしてゐた頃のお馴染《なじみ》さんが清算事務所の所長さんに出世してゐるって聞いてね、ともゑさんと時ちゃんを連れて使ってくれと飛び込んだのよ」と、これもお仙ちゃんの話。

「皆にいまの勤めをやめてもらひたいんです。さうしたら人手はちゃんと揃ふぢゃありませんか。だいたい帝國ホテルはアメリカさんに接収されてしまってゐるんですよ。帝國ホテルで女給仕をするといふことは、アメリカ人に愛想よくすることと同じなんですよ。あなたの御主義《ごしゆぎ》からいったら『今日にでもやめさせろ』といふのが筋ぢゃないんですか」

「お前は帝國ホテルがどういふ經緯《いきさつ》で出來たのか知らないからさういふことを口にするんだ。たしか明治二十年だったと思ふが、時の外務卿井上馨が官舍に第一銀行頭取澁澤榮一や大倉組頭取大倉喜八郎や三井物産社長益田孝など當時の財界の錚々《さうさう》たるところを集めて『パリのリッツ、ロンドンのサボイ、ニューヨークのアストリアに負けぬやうな、日本を代表するホテルをここ東京につくりたい。財界で資金が集らなければ、この井上が御上《おかみ》に懇願しよう』と演説したのが、帝國ホテルのそもそものはじまりなのだぞ。敷地は宮内省からの拂ひ下げだった。それでもまだ充分ではなかったので井上外務卿が自分の官舍を提供した。つまり帝國ホテルは日本の迎賓館なのだ。そこで働くことができるんだからこれは光栄なことぢゃないか。それに知っての通り、あそこの女給仕は良家の令嬢が多いし、また玉の輿に乗ることも稀ではない」
「あなたの知つたか振りには閉口します」
それつきり妻は口を閉ざしてしまつた。眼には涙を泛べてゐた。なにか隠してゐることがあるなと直感した。國防保安法に觸《ふ》れた廉《かど》で百日ばかり、自分が千葉縣の八日市場刑務所に叩き込まれてゐる間に、わが家になにか起つてゐる。そのなにかが妻を變へてしまつたのではないか。訊かうにも妻の口は貝のやうだし、古澤のおぢいさんおばあさんは部屋に閉ぢ籠つて念佛を唱へてばかりゐるし、清はまだ歸つてきてゐない。そして帝國ホテル組も清算事務所組も仕事が忙しくて今夜は泊りさうだ。そこで自分は雨の音を聞きながら奥の座敷で一人、机に向つてゐる。漏《も》つてくる水滴を受けるために疊の上のここかしこに洗面盥《だらひ》や小桶や鍋や丼が置いてあるが、水滴を受けるたびに發する音の連續が、いつの間にか「ウミユカバ」といふ旋律になつたのには驚いた。同時に一層氣分が沈んだ。そこで自分は洗面盥や丼の位置を入れ替へた。

（五日）

濠端から回つてきた投書が十五通にふえた。ただしすべて葉書だつたのでガリ版切りは正午《ひる》前に濟んでしまつた。そこで今日は帝國ホテルに寄つてみようと思つた。三日間降り續いた雨は朝がた止んだ。傘をささずに歩けるのがうれしくて、思はず〳〵一杯のコーヒーから戀の花咲くこともある、と口遊《くちずさ》んでしまつた。警視廳から帝國ホテルに至る數百米の、雨上りの道が、なぜそんなに彈んだ氣持にさせたのかといへば、帝國ホテルで五年振りに純コーヒーにありつけるかもしれないといふ期待があつたからだと思ふ。なにしろわが家から四人も帝國ホテルへ女給仕を出してゐる。だれかが顔をきかせてくれれば一杯ぐらゐは純コーヒーを飲ませてもらへるのではないか。さう思つたら自然と「一杯のコーヒーから」が口をついて出てしまつたのだ。自分の場合、コーヒーとのつきあひは十五歳、中學三年のときにはじまる。その年、明治四十四年（一九一一）、京橋日吉町にカフェー・プランタン、銀座の四つ角《かど》にカフェー・ライオン、京橋宗十郎町にカフェー・パウリスタと、カフェーなるものが次々に開店した。コーヒーは一杯五錢、ドーナツも一個五錢、都合十錢あれば半日粘《ねば》つても嫌な顔をされないといふところが氣に入つて、惡友どもと日參したものだつた。もつともライオンは酒もあれば料理も豐富といふ店で、十錢で粘るのは憚《はばか》られた。それに白エプロンの紐を前で蝶結びにして、そこへ鉛筆をはさんだ美人の女給が常時三十名以上もゐて、初心《うぶ》な中學生には荷が勝ち過ぎた。さらにビールが百杯出るたびに一階のブロンズ製のライオンがウオーと吠えるのが俗惡趣味に感じられた。そこで自分たちが入り浸つたのはパウリスタだつた。ここの名物はアメリカ製の自動ピアノと揃ひの服を着た少年給仕で、とくに少年給仕の英語の發音のよさは驚異だつた。注文を通すのに、「スリー・カッフィ、アンド・トゥー・ドーナッツ」といかにもアチラ風にやるのである。噂では、少年給仕たちは毎日、アメリカ人について一《ワン》から十《テン》までの發音を勉强してゐるといふ。では十一《イレブン》から上の數字は知らないのではないかとだれかが言ひ出し、さつそく試してみようといふことになつた。大勢で押しかけ、「コーヒーを十二」と注文すると、その少年給仕は案の定、赤い顔になり、東北訛りで、

「そんなにたくさん一度に注文するお客様は初《はん》めてでなはん」

といつた。だれかが勝ち誇つて、

「どこの在郷《ざいご》太郎だい」

と訊いた。少年給仕は恥かしさうに、

「岩手のはなまち」

と答へてカウンターへ行き、こちらに見せた背中を細かく震はせてゐた。いまでもあの少年給仕には悪いことをしたと思つてゐる。

家業を繼ぎ、世帯を持つてからは淺草でコーヒーを飲むことが多くなつた。淺草にもパウリスタの支店が出てゐたが、自分が馴染んだのは白十字と金龍館横のハトヤである。白十字は洋菓子がうまかつた。ハトヤはなにもかもが五錢均一で安い上、いつ行つてもだれかしら藝人に會ふことができた。他にもいい店《みせ》があつたらうと思ふが、なにしろ當時の淺草には二百軒以上も喫茶店があつたさうで、その全部は回り切れなかつた。さうさう、區役所近くのロスアンゼルスへもよく通つた。ここへは小説家の顔を見るのが目當てで日參したのである。店內備付けの大型蓄音機から流れ出るドビッシイの歌劇「聖セバスチアンの殉教」を高見順と武田麟太郎とが目に涙を湛へながら聞いてゐたのがい

まも印象に殘つてゐる。そのとき店内には永井荷風もゐた。荷風は藝人をはべらせ、高聲で話しながらサンドヰッチを頬張つてゐた。高見＝武田組と荷風とが何か目に見えないところで決鬪をしてゐるやうに思へて、息を嚥《の》んで三人の小説家を見つめてゐたことがある。

　コーヒーがまづくなつたのは昭和十四年、藤浦洸と服部良一による「一杯のコーヒーから」が流行しはじめた頃からだつた。その二年前、輸出入品等臨時措置法といふのが議會を通つて、さつそく輸入制限の對象になつてしまつたのだ。それ以後は規格コーヒーばかりである。規格コーヒーといふとなにやらもつともらしいけれど、これは農林省のお役人の命名で、市民は代用コーヒーと呼んでゐた。この代用コーヒーだが、百合の根つことチューリップの球根がもつともコーヒー豆に近かつたやうに思ふ。その次がバナナに薩摩芋にヒエ。ぐつと落ちて朝鮮の屑大豆、ハゼ、ハブ茶、玉蜀黍《たうもろこし》。最惡が脱脂大豆に空豆《そらまめ》だつた。戰爭中は漆《うるし》の實《い》を炒つて出したまづい飲物を啜りながら、コーヒー豆を炒つて出した純コーヒーの味を偲んでゐた。それにしてもどうしてかうも食物や飲物のことばかり日記に書きつけるやうになつたのか。最近の慘めな食糧事情と何か關連があるのだらうか。

　帝國ホテルの使用人出入口にも憲兵《エム・ピー》が立つてゐた。憲兵《エム・ピー》は背廣を着た肥つた外國人となにか喋つてゐる。外國人の横で眼鏡の中年男が煙草を吸つてゐた。この人は日本人である。通譯だらうと狙ひをつけて、

「娘に用事があつて來たのですが、娘が二人もこちらにお世話になつてをります。それから自分が親代りをしてゐる若い女性が二人、こちらで働かせていただいてをります」と話しかけた。つけ加へるまでもなくこちらの身分も明らかにした。眼鏡は最初、こちらの話をどこ吹く風と聞き流してゐたが、「勤めは警視廳です」といつてガリ版刷りの名刺を差し出すと、にはかに態度を變へた。

「今日は土曜で、かれこれもう正午です。正午からはフリーですから、私が使用人控室へ御案内しませう」

ここにも一人、いやな日本人がゐるわい、と思つたが、默つてゐた。眼鏡は背廣の外國人になにかいひ、それから「どうぞ」と内部《なか》へ招じ入れてくれた。廊下に純コーヒーの香ばしい匂ひが立ち濛《こ》めてゐる。廊下はすぐに地下へ降りる階段になつた。自分は深呼吸して純コーヒーの匂ひを身體中に滲み込ませながら階段を降りた。

「いまの肥つた背廣のアメリカ人がジョゼフ・マルカム・モーリスです。私のボスですがね、これがホテルのなんたるかも知らない田舍者で、手を燒いてゐますよ」

「そのモーリスといふ人は何者です?」

「支配人ですよ。正確には來月から支配人になる人です。そのときに備へていまはホテル中を鼠みたいに忙《せは》しく驅け回つてゐる」

「いくら接收されてゐるとはいつても、ここは日本人のものでせう。日本の迎賓館でせう。それなのにアメリカ人が支配人だなんてをかしいぢやありませんか」

「とにかくさういふことになつてしまつたんです。聯合軍参謀副長のマーシャル少將がホテル内部委員會なるものを設けました。この委員會が十一月から帝國ホテルを運營して行くのださうです。運營基本方針は、軍の規則の下で一流ホテルを、とかいふのだといつてをりましたがね。あのモーリス先生の本國での商賣が何か知つてゐますか。彼は肉屋なんです。肉屋が惡いといつてゐるわけぢやない。肉屋がホテルの支配人をやるといふのが困るんです。本國では自分ところの店員に隨分、肉をちよろまかされたらしくてね、ここでもインスペクションばかりやつてゐる」

「英語は苦手なんですが」

「検査のことです。彼はホテルの從業員がシーツや食品を持ち出しはしないかと、そればかり氣にしてゐるんですな。そこで廊下だらうと控室だらうと所かまはず從業員をつかまへて身體検査をやる。それから十八番《おはこ》はゴミ箱探し。ゴミの中に物品を混ぜて外部へ持ち出されるのを極端におそれてゐる。いくら食糧難の時代でもここは天下の帝國ホテル、そんな不屆者はをりませんよ」

「ホテルの方《かた》ですか」

「支配人室の沖田といひます」

　通された部屋は三方が眞新しい合板材で圍はれてゐた。天井はない。どこかで金槌の音がしてゐる。

「アメリカ陸軍の設營隊が空襲で燒けた南館を建て直してゐるんですよ。それから宴會場の復舊工事もアメリカさんがやつてくれてゐます。自分が壞したところを自分でまた直す。まつたく御苦勞樣なことですな」

「たしかここは地下でしたね。主食堂の眞下《ました》あたりだと思ひますが。主食堂の眞下に部屋がありましたつけ」

「部屋はありませんよ。でも水泳プールがありました。階上の從業員控室や宿直用の小部屋を出來得る限り客室に轉用させるといふのがモーリスの方針でしてね、そこでかうやつて水泳プールを合板で仕切つて使つてゐるわけです。日本人從業員は地下に押し込められてしまつた」

「帝國ホテルにプールがありましたか。初耳ですね」

「幻のプールでした。一度も使はれてゐません。ですから御存知なくて當然です。じつをいひますと、關東大震災のときに水泳プールの周りの鐵筋コンクリート柱が衝撃を受け、その上、周壁にもひび割れが出來ました。そこで水泳プールは遂に人の目に觸れずに終つてしまつたわけですな。ではここでしばらく待つてゐてください」

長い間、ぽかんとしてゐた。この二十二年間、信じ續けてきた「不沈戰艦帝國ホテル」といふ神話があつけなく崩れ落ちてしまつたのだから茫然となつたのも當然だと思ふ。

關東大震災當日までの帝國ホテルの評判はあまり芳しいものではなかつた。第一に設計者のフランク・ロイド・ライトといふ建築家に惡い風評があつた。「建築家としては過去の人だ」といふ識者がゐた。「ライトは妻と六人の子供を見捨てて、顧客の一人である未亡人と手に手をとつてアメリカからヨーロッパへ駆落ちした前歴がある。そのやうな不德漢に〝日本の迎賓館〟の設計をまかせていいだらうか」と論じた教育家もあつた。建築の専門家の中にはこんな說をなす向きもあつた。「ヨーロッパからアメリカへ戻つたライトは例の駆落ちの相手の未亡人の援助でタリアセンといふスタヂオを構へた。このスタヂオはむろん彼自身の設計による建築群である。ところが二年後に禍々《まがまが》しい凶事が發生した。召使がスタヂオに放火し、逃げ場を失つて屋外へ飛び出す人びとを斧を振つて次々に慘殺したのである。ライトは建築現場へ出張してゐて難をまぬがれたが、例の未亡人は召使に殺されてしまつた。この事件からも判るやうに、彼の設計した建物は人を狂氣に追ひ込むやうなところがある。そのやうな建築家にホテルの設計を依頼するなどは非常識である」。

だが、さういふ聲をよそに、新館の新築工事がはじまつた（本館は大正十一年四月十六日に燒失してしまつたので、以後はこの新館が本館と呼ばれるやうになつたけれど）。ここでも評判が惡かつた。なぜ六階とか八階の高いビルにしないのか、三階建ての一部四階ぢや日本の名折れだ、といふ批判が多かつた。幾何學的な文樣の刻み込まれた大谷石がなんだか氣味が惡い、と眉をひそめてみせる人もゐた。完成の案内が讀賣新聞に載つたのは大正十二年七月三日である。いまでも自分はその切拔きを保存してゐるので、ここに書き寫すことにする。

〈日比谷公園に面した優雅比類なき建築總建坪壹萬坪、風呂、電話付客室百五拾、寢臺數四百餘、大宴會場、一時に千人も容るゝに足る、劇場亦千五百人の座席を有し、大食堂は五百人を容るゝ設備を有す、舞踏場五個所、大小宴會室十數個所、屋上庭園、屋内遊泳場、グリルルーム、郵便局其他あらゆる文明的施設を完全に備へたる最新式ホテル、構造は鐵筋コンクリート煉瓦造にて絶對安全なる耐火建造、料理を始めとし西洋洗濯、通風裝置、昇降機は勿論室内掃除に到るまで全館悉く電化されたる電氣ホテル〉

切抜きの餘白に鉛筆で料金が書きとめてある。

〈御壹人御壹泊特別風呂付室八圓以上、御食事、朝貳圓、晝參圓、晩四圓〉

帝國ホテルの評判が一氣に逆轉したのが、先にも記したやうに關東大震災の當日である。この日は開業披露宴が正午から開かれることになつてゐた。晝食に招かれた朝野の名士五百名が陸續として到着しつつあつた正にその時、大地が烈しく搖れだした。そして大地震がをさまつてみると、生き殘つたのは帝國ホテルと東京ステーションホテルだけだつた。築地の精養軒ホテル、横濱グランドホテル、横濱オリエンタル・パラス・ホテル、箱根ホテル、熱海ホテル、そして箱根富士屋ホテルなど當時の一流ホテルが、あるひは燒け落ち、あるいは倒壞し、營業ができなくなつたのに、帝國ホテルと東京ステーションホテルだけは無事だつた。しかも帝國ホテルは腹を空かせて逃げ惑ふ人びとに握り飯を配つたばかりか、こころよく避難者に宿をかした。いふまでもなく無料で泊めたのである。

かうして、ライトは偉い建築家である、あの大地震にも帝國ホテルは窓硝子が三枚割れただけでびくともしなかつた、あれこそ不沈戰艦である、といふ神話ができあがつたのだつた。それなのに、水泳プールが使へなくなつてしまつてゐたとは。

ところで四年前、團扇屋仲間の日本橋伊場仙《いばせん》から招《よ》ばれて帝國ホテルでの跡取息子の結婚披露宴に出席したことがある。帝國ホテルの披露宴は變つてゐて、招待客は先づ劇場へ案内される。そこで餘興の漫談や落語を聞いて命の洗濯をしながら宴會の始まるのを待つのである。それがここの定法なのだ。餘興には一流の藝人がやつてくる。伊場仙のときは德川夢聲が來て、「帝國ホテル物語」といふ話をしてくれたが、これが面白かつた。

ライトが設計上一番參考になつたのは、日本のそば屋の出前持だつたさうである。なんでも日比谷界隈の地盤はやはらかなこと豆腐の如きヘドロ層で、基礎杭を相當深いところまで打ち込まぬと頑丈な岩盤まで屆かない。やつてやれないことはないが、その費用は巨額なものになる。さてどうしたものかと思案しながら有樂町のあたりを散歩してゐると、そば屋の出前持がぱつとひろげた右手のその指先で高々と積み上げた蒸籠《せいろ》を巧みに支へながら道路を横切らうとしてゐるのに出會つた。それを見たライトは思はず手を打つて、「ザッツ・ライト」と叫び、「あの男の右手と似せた巨大な基礎體をヘドロ層に沈めて、その上にホテルを置く構造にしよう。ヘドロの海にホテルといふ名の軍艦を浮かばせるのだ。もし大地震がおこつても、その地震波をヘドロ層が和《やわ》らげてくれるにちがひない。ホテルは地震波に直撃されずにすむ。ヘドロ層にはこの浮基礎が一番だ」と決めたのだといふ。そのとき夢聲はこんなことを話してくれたが、これはいまとなっては眉唾ものである。

それから夢聲は支配人の犬丸徹三のことをほめあげた。帝國ホテルには舞踏場が五つある。遊ばせておくのももったいないので、犬丸支配人は毎週土曜の夜、その一つでダンスパーティを開催することにした。大震災の翌年の五月下旬のこと、いつものやうにパーティが始まったが、たちまち舞踏場は白刃を振りかざして亂入した十七名の右翼に占據されてしまった。

「貴様たちはアメリカ議會が『排日移民法』を成立させたのを知らんのか」

「知ってゐながらアメリカ人と抱き合って踊ってゐる奴は國賊だ。この場で叩き斬ってやる」

「奴等がアメリカで日本移民に辛く當るといふのであれば、われらは在留のアメリカ人をこらしめてやらねばならぬ」

「亡國淫風の舞踏を絶滅せよ」

「アメリカ製品をボイコットせよ」

口々に叫び散らし、そのうち全員で白虎隊の劍舞をはじめた。このとき犬丸支配人は少しも騒がず、白系ロシア人の樂士で編成した「帝國ホテル樂團」に君ケ代を演奏するやう命じて、それからうつとりと白虎隊を舞ふ右翼に、かう大喝した。

「國歌が演奏されてゐるのに無禮ではないか。君たちの方こそ國賊である」

そこで右翼は直立不動の姿勢をとつて國歌を齊唱し、天皇陛下萬歳を三唱すると妙に大人しくなつてそのまま引き揚げてしまつたさうだ。

また、ホテルでの結婚披露宴をはじめ、クリスマスパーティ、グリルルーム、プルニエなどすべて犬丸支配人が歐米から持ち込んだ工夫であるといふ。もちろん彼は歐米のやり方を取り入れるばかりではなく、ホテル經營の工夫をいくつも輸出した。その中でも有名なのは彼の發明になるサービス料十パーセントシステムである。これはあの煩《わづら》はしいチップ制を全廢して、その代りに勘定の十パーセントをサービス料として加算して支拂つてもらひ、それをホテル側が全從業員に給料の一部として支給するといふやり方だが、この犬丸方式をいま世界中の一流ホテルが競つて採用しようとしてゐる。

「……犬丸支配人を指揮官として全從業員打つて一丸となつて努力した結果、當ホテルは世界でも五指に數へられる一流ホテルになつたのであります。一流である證據はいくらでもあげることができますが、たとへば女給仕面接の日に當ホテルの裏口へ立つてごらんなさい。採用者五、六名のところへ千人以上の志願者が行列をしてをります。どんなに少いときでも千人を割ることはない。これほど多數の志願者が集つてくるのですから二流といふことはない。一流であればこそかくも大勢の志願者を集めることができるのです。選考基準は、一が心根、二が容姿、と聞いてをります。さて、その心掛けがよくて美人揃ひの女給仕が宴會場でお客様方をお待ち申し上げてをります。どうぞそちらへお移りください。本日はまことにおめでたうございます」

とこんな風に締め括って夢聲が引っ込んだことを憶えてゐる。

「なにか勘ちがひをなさってゐるんぢやありませんか」

さっきの沖田さんが入口からこっちを窺ふやうにして見てゐる。

「山中文子、山中武子、牧口可世子、そして黑川芙美子、この中に一人として當ホテルで働いてゐる者はをりませんが」

「まさか」

「出勤簿を調べてきました。その中にさういふ名前の者はをりませんな」

「そんなばかな……」

「念のために總務へも當ってみましたがね、答は同じでしたよ」

「四人とも、帝國ホテルへ行ってきます、といって家を出てゐるのですが。昨夜は夜勤ださうで歸ってきませんでした」

「何を探りに見えたのです」

「はあ?」

「うちの娘たちがここで働いてゐる、一寸顔が見たいといふのは口實でせう。ここへ入り込む口實でせう。さきほども申しましたが、このホテルは聯合軍の管理下にあります。調べることがおありなら、それなりの手續きをとっていただきたいものですな。それも正面から堂々と。若しもこれ以上、あれこれと口實を設けて粘らうとおっしやるのならこちらにも考へがありますがね。さつきのモーリス氏は米軍の陸軍中尉ですよ。ホテル委員會の幹部委員ですよ。聯合軍參謀部の直屬なんですよ」

參謀部か。帝國ホテルはいやに「參謀」といふものと因縁が深いんだなあと、自分はその場の成行きと全く關係のないことを考へてゐた。沖田さんの報告が餘りにも豫想外のものだつたので、瞬間的な痴呆状態に陷つてしまつたらしい。二・二六事件の際、帝國ホテルが反亂軍と鎭壓部隊との境界線になつた。日比谷公園から赤坂あたりまでを反亂軍が制壓し、その東の前線は帝國ホテルを指呼《しこ》の間に臨んでゐた。一方、鎭壓部隊の前線は帝國ホテルと省線線路との間の空地にあつた。そこへ千葉佐倉から驅け付けた一個大隊五百名が野營してゐたのである。簡單にいへば、帝國ホテルを間にはさんで反亂軍と鎭壓部隊とが睨み合つてゐたわけだ。勢ひ帝國ホテルは重要な政治會談の場所となつた。反亂軍將校と參謀將校たちが足繁く出入りした。事件は反亂軍將校の降伏で幕をおろしたが、參謀將校が帝國ホテルを愛用するやうになつたのはこのときからだといふ。とすればこの國の運命は帝國ホテルの中のどこかの部屋で決まつたのかもしれないし、これからの日本の運命もこの中のどこかで決定するかもしれない。突然、呼吸《いき》が苦しくなつた。

「このホテルから外へ出してください」

「いはれるまでもなく出口まで御案内しますよ」

戸外《そと》へ出て呼吸を整へてゐると、自分の傍を急ぎ足で通り拔けて通用口へ行かうとしてゐた派手な身なりの若い女性が急に足を止めた。見るとそれは牧口可世子だった。家にゐるときは小娘《こむすめ》然としてゐるのに、目の前に立ってゐる可世子は甚《はなは》だ艶然として見える。衣裳がモンペからダンサーが着るやうなものに變ってゐた。唇は赤く濡れてゐる。

「をぢさま、こんなところでなにをなさってゐるの」

口のききやうも家にゐるときの最低三倍は輕《かろ》やかだ。

「ほんたうに驚いたわ」

「驚いたのはこっちの方だ。君たちは嘘を吐《つ》いてゐるね」

「君たちって」

「文子に武子に芙美ちやん、そして君、この四人のことだよ。をぢさんはたったいま、支配人室の沖田さんと別れたところだがね、沖田さんはかういってゐたよ。『おたづねの四人は帝國ホテルの從業員ではありません』とね。いったい君たちは何を隠してゐるんだ。君たちのほんたうの勤め先はどこなんだ。文子や武子はなにをしてゐるんだ」

「ここで大聲は禁物よ、をぢさま」

可世子は通用口の憲兵《エム・ピー》に手を振った。こっちを見てゐた憲兵《エム・ピー》も輕く手をあげて可世子に應へた。

「大聲の問答にはかならず憲兵《エム・ピー》が割り込んでくるから氣を付けてね。立ち話ぢや埒が明かないから、内部《なか》でコーヒーでも飲みませうか」

「内部《なか》といったって、可世ちやんはここの從業員ぢやないんだらう」

「ううん、これでもちやんとした従業員なの。コーヒーを飲みながら説明しますわ、をぢさま」

可世子は再び憲兵《エム・ピー》に手を振りながら通用口を入つた。憲兵《エム・ピー》が「ハーイ、カヨチヤン」といつた。可世子が案内してくれたのは三階の歩廊である。大谷石とスクラッチタイルで築き上げた凸凹の多い壁面のところどころに立派な椅子と小テーブルが置いてある。最上階なのであまり混んでゐない。隣りの小テーブルに熱心に本を讀むアメリカの民間人がゐるぐらゐなものだ。その民間人も、コーヒーを持つてくるといつて可世子が去つてすぐ、男給仕の、「ミスター・ガルブレイス！　ミスター・ジョン・ガルブレイス！」と呼ばはる聲に、「ヤア」と答へて席を立つてしまつた。彼にだれか訪ねてきたらしい。間もなく可世子がコーヒー茶碗を二つ、お盆にのせて戻つてきた。お盆はいまどきには珍しい眞鍮製である。お盆の底には角砂糖が四個。眩しくなるほど白い。茶碗を受け取つて純コーヒーの香りを嗅いだとき、琥珀色の液體の表面に京橋宗十郎町のカフェー・パウリスタの壁に掲げてあつた標語が映つて見えたやうな氣がした。惡魔の如く黑く、地獄の如く熱く、戀の如く甘く……。

「文子さんも武ちやんも、それから芙美ちやんも疲れて眠つてゐるから起しちや可哀相、だからわたしが皆を代表して説明するわね」

「……？　いまなにかいつたかい」

「いやだな、をぢさまは。すつかりコーヒーに氣をとられてしまつてゐるんだもの。文子さんたちは假眠室でまだ眠つてゐるから、わたしが三人を代表して事情を話しますといつたのよ。この帝國ホテルで働いてゐる日本人には二種類あるのね。先づ帝國ホテル従業員。女給仕に男給仕、それからルームメード、みんなお仕着せの、ぼろぼろだけど、とにかく白い給仕服を着てゐます。もつとも事務系統の人は背廣だけど。もう一《ひと》種類は、ここにはアメリカ人によるホテル委員會といふのがあつて……」

「その委員會のことは沖田さんから聞いたよ」

「それは手つ取り早くてよかつた。委員會に雇はれてゐる日本人もここには大勢ゐるのね。たとへば調理場。ホテルの食糧の仕入先はいまのところアメリカの陸軍野戦口糧部しかないの。いはばアメリカ軍がここを成り立たせてゐるわけね。そこで調理場の主任さんはアメリカの兵隊《ジー・アイ》なの。賄係も兵隊《ジー・アイ》よ。その中に混じつて料理をつくる日本人のコックさんはほとんどが委員會の雇人《やとひにん》……」

「アメリカさんはもとから帝國ホテルにゐた人間をあまり信用してゐないんだね」

「さうかもしれない。アメリカ人たちは帝國ホテル側から、『このホテルでは昔からさういふやり方はしてをりません』と釘をさされるのが嫌なんぢやないかしら。それで帝國ホテルと關係のない日本人を大勢雇つて、ここを自分たちの趣味に適ふホテルにつくり變へようとしてゐるのだと思ふわ。もう一つ、帝國ホテルの従業員だけではやつて行けないのね、手が足りないもの。南館や宴會場を爆彈でやられてから休業同然の状態だつたでせう。それで従業員が散り散りばらばらになつてしまつた。集れ、と號令かけてもなかなか戻ってこない。當然、ほかから人手を集めなくちゃならない。その人集めを委員會が擔當したわけね」

「君たちもその委員會といふのに雇はれた口なんだね」

「さう」

「それでどんな仕事をしてゐるのだね」

「コンパニオン」

「なんだって？」

「日本にはない仕事だからお判りにならないだらうけど、さうね、女家來ってとこかしら。この帝國ホテルに泊れるのは大佐以上なの。でもただの大佐ぢや駄目。聯合軍司令部の各課の長か主任でないと、たとへ大佐であってもオフリミット。さういふ偉いをぢさま方のお世話をするわけね。湯加減をみる、靴を磨く、ズボンにアイロンをかける、お休みのときは東京を案内する、もう仕事は山ほどあるわ」

「さうだったのか。大變な仕事をしてゐるんだねえ。しかし四人とも英語ができないだらう？」

「身振り手振りで結構、通じるものよ」

「なるほど」

茶碗の底の純コーヒーを一氣に飲み干した。

「純コーヒーをたかりにときどき寄せてもらっていいかな。これがわたしの大好物でね」

「いいわよ。でも、四五日前から豫約が必要ね。それからわたしたちの仕事のこと、御近所へは内緒よ。仕事の中味が知れると、司令部へこねをつけようとして、いろんな人が押し寄せてくるでせう」

「判つてゐる。ぢや、ほかの三人によろしく。ごちそうさま」

アメリカを怨み通すといつてゐた自分が、娘たちの仕事に理解を示したのは、考へてみれば奇妙である。しかしそれはそれでいいと思ふのだ。アメリカを怨み通すのが死者に對する自分の務めではあるが、彼女たちには彼女たちの人生がある。彼女たちの氣持をこつちへ引き付ける必要もなければ、自分の生き方を彼女たちのそれと合せることも要《い》らぬ。有樂町驛に向つて歩きながら自分は思はず〽一杯のコーヒーから、と口遊《くちずさ》んでゐた。


（六日）

本日は日曜日、警視廳官房文書課分室は休みである。存分に朝寝をたのしみ、甘藷の雑炊で腹拵《はらごしら》へをしてから、妻と二人で疊を日向《ひなた》へ出した。このところの雨で疊が汁《しる》に浮いた麩《ふ》よろしく水氣を吸ひ込んでゐる。絞れば水が滴《したた》り落ちさうなぐらゐ濕つてゐるのである。雨漏《あまも》りのする個所をなにかで塞《ふさ》がなくてはと思つてゐるのだが、そのなにかが手に入らない。いま、確實に入手できるのは毎朝配達される新聞紙ぐらゐなものだが、新聞紙では屋根の穴を塞ぐことはできない。さういふ次第で、晴れた日の疊干しはこれからしばらくの間、東京都民の仕事の一つになるだらう。それにじつのことをいへば、新聞紙には便所の落し紙になるといふ重要な任務がある。とても他のことに新聞紙を流用するわけにはまゐらぬ。

疊を日向に出し終へて一息入れてゐるところへ町會長の青山基一郎氏が顔を出した。

「うちの永和荘の店子《たなこ》の一人が、東京都の簡易住宅を申し込むといふので後學のために區役所まで付き添ってきましたが、いやはやひどいものです。お話にもなりやしません」

さういひながら町會長は店の板の間へ上り込んだ。

「東京都が自信を持ってお世話できるのは屋體骨となる材木十二本と板材が二十枚です、といふのが區役所へ出張《でば》ってきてゐた都《と》の住宅課員の言ひ草なんですな。屋根は自分で葺《ふ》け、疊も自分で都合しろ、障子紙やガラスも都にはない、とかうです」

「しかし大工さんは都から派遣してくれるのでせう」

東京都の人口が戰前の八百萬人から、その三分の一の、二百八十萬人前後まで減ってしまってゐることは、誰もが知ってゐる。この都人口の激減に歩調を合せて職人衆も減った。東京で大工さんを見付けるのは、電車や汽車の中で空席を見付けるよりも難しい。

「大工さんは都で手配してくれるらしいですな」

「それなら上々吉ではありませんか」

「ところがねえ」

町會長は澁い顔をして、

「よく聞いてみると、その大工さんといふのが即席の間に合せ、半人前の俄《にはか》大工さんなんですな」

　とまたいつもの講釋をはじめた。それによると、都の住宅課と住宅營團は復員者を集めて、速成大工講習會なるものを開いてゐるところだといふ。講習期間は十五日間で、この五日に一期生がその講習を終へたが、これらの俄大工に仕事を與へるための簡易住宅希望者募集らしい。

「住宅を建てるために大工さんが要《い》るといふのではなくて、大工さんに仕事を與へるために住宅を建てようといふわけだから話が逆立ちしてゐる。しかもその家といふのが屋體骨に板が少々。逆立ちしてゐる上にちよつと捩《ねぢ》けた話なのですよ」

「それで町會長の店子さんはどうしました」

「住宅課員に『そんな俄大工の建てた家で、風の強い日など大丈夫でせうか』と訊いてゐた。住宅課員が答へて曰く、『保證できません。心配なら自力か顔によって本物の大工をお探しになることです』。そこでうちの店子は……」

「諦めた？」

「申し込み手續をすませるやう、この私がすすめましたよ。屋體骨の材木と板は公定價格だから安い。風で倒れたら薪にして賣っても損はない」

「なるほど」

世間話をしてゐるうちにふと、町會長に意地悪をしてやりたくなつた。この老人から自分はひどい仕打ちをされてゐる。そこでささやかな意趣返しを企んだのである。

「昨夜七時のラヂオ報道を聞いてぞっとなさったでせう。背筋のあたりがぞくっとしませんでしたか」

町會長は木菟《みみづく》のやうに目を光らせて、こっちを見た。

「幣原《しではら》喜重郎男爵に組閣の大命が下ったでせう。幣原男爵はさっそく今日《けふ》から閣僚の銓衡に取り掛るとラヂオ報道が言ってゐました。となればこの一兩日のうちには幣原内閣が誕生し、もちろん男爵が首相の座につく。幣原首相は町會長から侮辱されたことをきっと覺えてゐる。そのうちに首相官邸から町會長のところへ呼び出しがかかるのではないでせうか。町會長はおそらく首相から難詰《なんきつ》されることになりますよ」

「私が幣原男爵を侮辱した？　なにをいつとられるのかな、山中さんは。向うは男爵閣下、こちらは一介の町會長。月とスッポン、金魚とメダカ、だいたい會ふ機會がない」

「ところが町會長は幣原男爵に會ってゐる」

「いっ？」

「一年前」

「どこで？」

「根津權現《ごんげん》の境内で、町會長は幣原男爵を『くたばり損《ぞこな》ひの非國民！』と罵《ののし》った」

町會長の目付きが木菟からどぶ鼠のおずおずしたそれへと變つた。がしかしまだはつきりと思ひ出せずにゐるやうである。そこで自分は一年前の防空演習のときのことを話してやつた。

それはちやうど町會長が、町會員たちの前で、「……近頃、敵機は爆彈の代りに金の指環やキャラメルを落して行くらしいから、空襲があつたら、そのつもりで待つてゐる方がいいなどといふ噂が飛んでゐるやうでありますが、いふまでもなくこれは流言であります。敵機來襲といふことがもしあれば必ず爆彈が降つてくるものと思ひ定め、火はきつと消し止めてやるといふ決意を固めて待機してゐなければなりません。また大本營の作戰では日本政府を滿洲に移し、日本本土を戰場にして徹底抗戰を試みる方針ださうだから、むしろ日本本土は焦土となつた方が後で戰ひ易い。そこで爆彈が降つてきても、火を消したりしてはいけない。防空壕でじつとしてゐる方が國策に適ふのである。と、まあ、こんな噂をしてゐる奴もある。しかしこれも勿論デマであります。これらの流言やデマに惑はされず、正しい防空意識を持つて事に當るのが、われわれ銃後の戰士の責務なのであります」と訓を垂れてゐるところへ、一人の老人が通りかかつたのである。老人は大きな鼻と口との持主であつた。そしてその鼻と口との間に半白のひげを蓄へてゐた。鐵縁の丸眼鏡の底で光つてゐる眼は、義眼のやうに大きくて立派だつた。

境内を拔けて社殿の前へ出ようとしてゐる老人を見て町會長は大好きな演說をやめた。老人の服裝が、中折帽子に背廣だつたのが、國民服にゲートル、そして戰闘帽の町會長の氣にさはつたらしいのである。悪いことにその老人は細身のステッキで敷石を叩きながら歩いてゐた。

「そのステッキの握《にぎ》りで光つてゐるのは銀ではないか」

と町會長が老人を呼び止めた。老人は立ち止まってにっこり笑つた。

「たしかに銀ですよ」

「けしからんお人《ひと》だ。なぜ供出しないのか」

「これだけは堪忍してもらつたのだよ。わしの大事な思ひ出の品なのでね。他の貴金屬はすべて供出した。だから國民としての義務は果してをる」

「果してゐない」

町會長は蜜柑箱の演壇から下りて、老人の前へつかつかと歩み寄つた。

「大事な思ひ出の品を殘すといふところが軟弱である。すこしは恥を知りなさい」

すると老人は聲をあげて笑つた。

「軟弱か。どうもわしには軟弱の二字が付いて回るやうだ」

老人の高笑ひの不意打ちに呑まれて一瞬默り込んだ町會長の袖を、新聞社の寫眞部主任をしてゐる高橋さんが引っ張つた。

「青山さん、もうおよしなさい。この御老人はどうも元外務大臣の幣原男爵のやうですよ」

なにしろ一年前は「鬼畜米英」の世の中。親米親英の親玉め、軟弱外交の貧乏神よと罵られて政界から去つた幣原男爵に向ひ、丁重に應對することなど誰も思ひ付かないやうな世の中だつた。

「まだ生きてをつたんですか」

町會長の口調は相手が男爵と知つてやや改まつたが、しかしその男爵が軟弱外交の主《ぬし》のあの幣原喜重郎とわかつて吐き出す言葉に一層毒が塗り込められた。

「とうの昔に大義を唱へる國士に襲撃されて死んでしまつたとばかり思つてゐましたよ。だいたいがどうしてこのへんをうろついてゐるんですか」

「駒込に住んでをるのでね、ときどきこのへんを散策することがある。根津から上野のお山へ抜けるのが好みの道順でね」

「背廣に中折帽といふ恰好は非國民であることの何よりの證據です。さういふ非國民にこの根津のあたりをうろつかれちや困る。ロンドンの軍縮會議では米英の言ひなりになつて、そのせゐで皇軍は今もつて苦勞してゐるのではないですか。わたしがあんたなら責任を感じて聖戰開戰當日に不忍池《しのばずのいけ》に入水してゐるところです」

「忠告ありがたう」

老人は中折帽を摘んでちよいと持ち上げて、

「だが、外交史回想錄の稿がまだ半《なか》ば、脱稿する日までは、たとひ殺されようと死ねませんな」

といひながら社殿の方へ歩み去つた。その背中めがけて町會長がいつた。

「あんたの回想録なんぞ犬に喰はれてしまふがいい。くたばり損ひの非國民め」

……ここまで説明してやると、町會長は煙るやうな目付きをして、

「そんなこともありましたなあ。なにしろあの時分は一途に思ひ詰めてをったですからねえ」

と懐しさうにいった。町會長のやうな、過去を器用に繼《つ》いだり切ったり出來る人間に對しては、意趣返しはなかなか難しい。

「それはさうと、今日はお願ひがあって寄せていただいた」

町會長は聲を低くした。

「間もなくここへ大林弓太郎といふ人間がやって來ることになってをる。彼の話を聞いてやってくれませんか」

「暇だけはたっぷりありますが、どういふお話でせう」

「話は本人から聞いてください。ただし紹介状代りに彼の境遇の一端を申し上げておくと、彼は深川區木場で材木屋をやってゐた。ところが徵用で五反田の軍需工場へ引っ張られ、泊り込みで頑張ってゐる間に、奥さんと二人の娘を失《な》くしてしまった」

「空襲で、ですね」

「さう。この三月十日、陸軍記念日の東京大空襲で直撃彈を貰ってしまったのですな。山中さんも空襲で娘さんを亡《な》くされたんでしたね」

「娘のほかに、娘の嫁《とつ》ぎ先《さき》の大半がやられてしまひました」

「話が合ふはずです。ひとつ耳をかしてやってください」

「町會長のお知り合ひかなにかですか」

「淺草橋の育英小學校で机を竝べていろはの手習ひをした仲ですわ」

町會長はズボンの隠《かく》しからピカピカ光るものを一個出して板の間に置いた。ピカピカ光るのはセロハン紙で包んであるせゐだった。セロハン紙の下に大きな赤丸が見える。

「ラッキーストライクといふ煙草です。大林と一緒に喫《す》ってください。この煙草の包装は日章旗と似てゐるのでこのごろ常用してをる」

　さういって町會長は店から出て行った。


　町會長の小學時代の同級生が訪ねて來たのは正午《ひる》すこし前だった。燻《くん》製のやうに色黑で、ずいぶん背が高い。おまけに日に灼けて變色した焦茶の背廣を着てゐるので、焼跡の電柱そっくりである。

「大林弓太郎だが、白湯《さゆ》を一杯いただけますかな。握り飯持參で伺ひましたよ」

　といひながら大林さんはズック地の防空鞄から竹の皮包みを取り出した。ぷーんと磯の香がして竹の皮には海苔の御結《おむす》びが四個竝んでゐる。大林さんが、

「二個は山中さんへの御土産です」

　と差し出したので、思はずガッと摑んでしまった。一個を古澤のおぢいさんおばあさんにお裾分けし、もう一個を妻と分けてたべた。大林さんへはお返しに甘藷の雜炊を進

呈した。

「……さて、これからお話しすることが他所《よそ》へ洩れると、私は勿論、山中さんの命があぶない。まづ決して他言しないと誓っていただきたい」

食事を終へてラッキーストライクに火をつけようとしたところへ大林さんがいきなりかう切り出したので、自分は驚いてマッチの火を消してしまった。マッチは貴重品なのに勿體ないことである。

「山中さんは空襲を憎んでおいでせうな」

「それはもう……。自分にもし翼があったら、百年かからうが二百年かからうが構はない、アメリカ全土の隅々《すみずみ》まで空から糞尿を撒《ま》いてやりたいぐらゐです」

「それならアメリカ合衆國を訴へ出ようぢやないですか」

今度はマッチの軸木を折ってしまった。びっくりして力を入れ過ぎたのだ。

「このたびの大東亞戰爭中の、アメリカ空軍による日本大空襲は、明らかに國際法違反である。濠端《ほりばた》の天皇とか僭稱するマッカーサーは、日本支配層を根こそぎ戰爭犯罪人として彈劾《だんがい》すべく何事か畫策中とのことであるが、その機先を制して、逆に連中を人道に悖《もと》る鬼畜であると訴へて出る。いかがかな」

「訴へて出るといっても、いったいどこの誰に向って訴へ出ればいいのですか」

「國際世論に訴へる」

「國際世論ですか。なんだか雲を摑むやうなお話だな」

「より具體的には、今次大戰において中立を保った國々に訴へるわけですな。われわれの悲痛な、かつ正義の訴へは中立國を介して全世界へ傳播《でんぱ》するはずだ。やがて國際世論が動き出す」

「惡いけれども、とても信じられない」

「國際法は信じるに足る」

聲は低いが、その言ひ方には五寸釘を打ち込むみたいな勢ひがある。自分は顫《ふる》へる手を激勵し、やっとのことで煙草に火をつけた。折角の上等煙草なのに動顚《どうてん》してゐるためか味が分らない。これまた勿體ないことである。

「空襲は、軍事目標主義をもって行ふべし、といふのが、國際航空法典に定める大原則なのですな。軍事目標とは、兵營、無電塔、飛行場、格納庫、軍需工場、軍用器材貯藏所、行政官廳、停車場、鐵道、市街電車等々をいふ」

「それぐらゐは知ってゐますよ」

「これらの目標以外のところへ爆彈の雨を降らすことは禁じられてゐる。昭和七年七月のジュネーヴ軍縮本會議一般委員會で、『私人、すなはち非戰闘員に對してなさるゝ空襲は絶對的禁止』と決議された。この決議のみが、ジュネーヴ軍縮本會議の到達し得た唯一の成果なのだが、これを裏返していふならば、軍事目標主義になる」

「反論しても構ひませんか」

「反論だと」

大林さんがマッチを擦り損ふ番だった。空襲でいやといふほど悲しい目に遭った人間が反論を試みるなど豫測してゐなかったらしい。

「反論は構はんが、無差別空襲が是《ぜ》であるなどと主張するやうだと、あんたの、亡くなられた娘さんが浮かばれないよ」

「軍事目標だけを攻撃し、非戰闘員を殺害してはならぬとおつしやったが、現實にはそれは不可能事ではありませんか。たとへば停車場は人口密集地にあるものと相場が決まってゐる。つまり非戰闘員が大勢生活してゐる地域の眞ツ只中に停車場といふものがある。人里離れた山奥の、そのまた山奥に停車場があるとは思はれない。行政官廳となれば尙《なほ》さうです。床屋へ三里、魚屋へ五里といふ山の中に軍需省があったのでは仕事にならんでせう。さて、いま、國際法に則《のつと》って飛行兵が軍事目標に命中するやう爆彈を落したとします。がしかしそのとき風が興《おこ》ったらどうなります。爆彈は風の影響を受け目標を外《そ》れて非戰闘員の頭上で炸裂する。この場合、誰が責められることになるのですか。飛行兵は國際法を遵守してゐる。かといってそのときの風を國際法廷の被告席に坐らせることもできない。歩兵戰なら軍事目標主義は成立しますが、空襲となると、どうでせうか。成立は難しいのではないでせうか」

「文久三年八月十五日と十六日の兩日、キューパー提督の率《ひき》ゐる七隻の英國海軍艦隊が鹿児島を砲擊した」

大林さんがまた妙なことを言ひ出した。

「この二日間に英國艦隊が發射した彈丸は合計三百五十三發。すべての彈丸は鹿兒島灣沿岸の諸砲臺を狙って發射された。ところが英本國へ凱旋したキューパー提督を待ってゐたのは英國議會からの召喚状《せうくわん》だった。といふのは、提督は鹿兒島の市街にも砲火を浴びせてゐたのだね。そこで英國議會は、『市街は非戰鬪員の居住する地域であり、そこへ彈丸を射ち込むのは、文明國間の戰爭で守らるゝべき慣習法規に反し、完全に違法である』と彈劾することにしたわけだ」

「それで結果はどうなりました」

「査問につぐ査問が續けられ、何百人もの證人が證言臺にのぼった。そして結論はかうだった。『英國議會は、キューパー提督率ゐる英國海軍艦隊がその兩日風波高き海上よりサツマの諸砲臺に應戰したといふ事實に注目する。風波高き海上からの狙ひは定まらず、そのため英艦の砲彈の內の少數が、砲臺の頭上を越して市街に落下したことは止むを得ない。またサツマの家屋が紙と竹とを以って建てられてゐたのも不幸なことであった。紙と竹の家屋は火の回りが速いからである』と」

「英國人に都合のよい結論ですな」

「それはいへる。がしかし、軍事目標そのものだけを狙ひ、その他のものは狙はないこと、その結果、ある不可抗力によって非戰鬪員の上に損害が生じても砲撃者に責任はないといふ結論が出たのは大切なことですぞ。なぜならばこのキューパー事件の結論が、その後の國際砲戰法典の根本原則になったからで……」

「しかしわれわれがいま問題にしてゐるのは空襲であつて、砲戰ではない」

「ところがこのキューパー事件の結論、すなはち軍事目標主義がさらに空襲にも適用され、國際法的法規となつた。山中さん、今次大戰に於てアメリカが行つた皇國國土への空襲はこの軍事目標主義から大きく逸脱してをりますぞ。そのもつとも分り易い例が廣島と長崎への原子爆彈投下です。直徑四粁《キロ》以内にゐた者は二度乃至三度の熱傷を受けるといふ巨大、かつ兇暴なる爆彈だが、いつたいこの世の中に直徑が四粁もある軍事目標といふものが存在しますか。直徑四粁の兵營が市街地に有り得るか。直徑四粁もある官廳や停車場や工場が市中に存在し得るか。答は否《いな》である。つまり原子爆彈そのものが軍事目標主義を無效にしてしまつたわけですな。あの爆彈の前には、もはや軍事目標地域も非戰鬪員居住地域もあつたものではない。さやう、あの化け物爆彈は國際法への挑戰なのです。アメリカがこの東京で展開した絨毯爆撃なるものも、理屈は原子爆彈と同じことだ」

「なるほど。少しは呑み込めてきました」

自分は點頭《てんとう》して煙草に火をつけた。

「よろしい。では明後日の午後八時に城東區大島《おほじま》の愛宕《あたご》神社まで御足勞いただかうか」

と大林さんは立ち上り、

「アメリカの空襲を憎む者が多數集合する豫定になつてをる」

さう言ひ殘すと風のやうに店から消えた。ラッキーストライクは十七本も殘つてしまつた。これなら一週間は保ちさうである。

（七日）

警視廳官房文書課分室でのガリ版切りの仕事はすこぶる順調である。なによりも鐵筆の運びが速くなつた。初めの頃に較べると一・五倍は速度が上つてゐるのではないか。別に腕前がにはかに上達したといふのではない。じつは文書課に備付けのヤスリ版のおかげである。文書課のヤスリ版は新品同様なので溝《みぞ》が深い。そこで鐵筆をカリカリと氣分よく踊らせてくれるのだ。また文書課には一ト壜の揮發油がある。たとへ溝が蠟で詰まってもこの揮發油がきれいにしてくれる。さう思ふと鐵筆がますます輕々と彈むのである。

もつとも能率は上つたけれども退廳時刻はこれまでと同じやうに正午前後である。仕事の量がこれまでよりもふえてゐるのだ。これまでの仕事のほとんどが、濠端《ほりばた》の聯合國總司令部から丸一日の期限で借り出してきたマッカーサー元帥あての日本人の手紙のガリ版切りだつた。ところが先週の後半から「占領軍關係治安情報」といふ題の、チラシのやうなものを切つて刷《す》る仕事が加はつたのである。たとへば今日のは以下の如き情報が三件。

昨七日（日）午後二時頃、京橋區小田原町波除《なみよけ》神社横で車夫今野芳吉（五十二）が

人力車の手入れをしてゐるところへ、眞鍮の少尉徽章をつけた米國軍人二名が襲ひかかり人力車を强奪した。米軍將校はかはるがはる客になつたり車夫になつたりしながら帝國ホテルに向ひ、二時半頃、同ホテル前で人力車を乘り捨てた。

　昨七日午後三時すぎ、淺草區小島町の主婦齋藤初江（四十二）が軒先の物干竿から洗濯物を取り込んでゐるところへ米軍兵士三名がジープで乘りつけ、初江と長女友子（二十一）の赤い腰巻を强奪し、それを首に巻き歡聲をあげながら遁走した。

　昨七日午後四時頃、四谷見附十字路でジープに乘つた米軍兵士三名が通行中の日本人娘二名をいきなりジープの中に抱き入れて市谷方面に疾走したといふ目擊者の證言あり。もつともその日本人娘たちの悲鳴はすぐに嬌聲に轉じたとの證言もあり。

　この「占領軍關係治安情報」を刷るときは、かならず文書係事務官の小林さんを呼び出さねばならない。つまり小林事務官は、この山中信介が「占領軍關係治安情報」を外へ持ち出すのではないかと警戒してゐるのだ。刷る枚數は五十枚である。

「だれが讀むのですか」

　と訊くと、

「各省の最上層部。それから終戰連絡中央事務局の最高幹部。そしてもちろん警視廳《うち》のエライ人たち」

小林事務官は刷り立てのほやほやに「極祕」のゴム印をぺたぺた捺《お》しながら答へた。

「それでこれらの犯人の捜査はどうなるんですか」

「青い鐵兜に任《まか》すしかありません」

青い鐵兜とは廳内の隱語で、アメリカ軍憲兵《エム・ピー》のことである。

「連中の鼻ッ先にそれとなくこの印刷物をちらつかせて、やんはりとネヂを巻くのが精一杯のところでせうな」

正午近くになつて頭上に久し振りに青空が覗いた。その青空につい誘はれて銀座へ出た。銀座通りはいくらかきれいになつた。空襲で燻《くすぶ》つてゐた時分の、あの陰鬱な雰圍氣とはほとんど縁が切れてゐる。通りではわれわれの同胞がうずくまつてモノを賣つてゐた。背廣姿の老人が桃の節句の人形を賣つてゐる。おばあさんが風呂敷の上に武者兜をひとつポツンと置いて買ひ手の現れるのを待つてゐる。盆栽を二つ三つ竝べてゐる國民帽の男もゐれば、色もあざやかな打掛けを賣らうといふ奥さんもゐる。みんなの目當てはもちろん銀座に繰り出してくるアメリカ軍将兵である。こんなものが賣物になるだらうかと首を捻つたのは葡萄酒や日本酒の、古い宣傳用ポスターだつた。ところがこれがよく賣れる。見る間に十枚ばかり賣り切つてしまつたのには驚いた。兵隊《ジー・アイ》たちはポスターに寫つてゐる日本娘に興味があるらしい。さつそく今夜から兵舍の自室の壁にでも貼り出すのだらうか。

向うから颯爽とやってきたアメリカの従軍看護婦が喫ひさしの煙草をポイと捨てて徳利や銚子を竝べてゐた青年の前で足をとめた。上衣もズボンも男の将校とほとんど違ひはない。右襟に少尉の徽章が光ってゐる。従軍看護婦と分ったのは、むろん左襟に赤十字のマークが付いてゐたからである。看護婦は煙草三個で徳利と銚子を一本づつ手に入れた。花瓶のかはりにでもするのだらうか。看護婦の立ち去つたあとへ中年の男が物凄い勢ひで突っ込んできて彼女の捨てた吸殻をすばやく拾ひ上げた。

四丁目の、第八軍の酒保《ピー・エックス》になった服部時計店の前に兵隊《ジー・アイ》たちが屯してゐる。事務員らしい服装の娘が二人、手をつないで兵隊《ジー・アイ》たちの前を通って行く。同僚と思はれる娘が一人、兵隊《ジー・アイ》たちの前を通る勇氣がないのか、手前で立ち止まってなにやら思案顔をしてゐる。兵隊《ジー・アイ》たちの中から聲が上つて、そのうちの一人が自分の横をしきりに指さしてゐる。「こっちへおいでよ」といつてゐるのだといふことはだれにでも分る。途端に二人の娘は抱き合つて、黄色い聲で叫ぶ。「まあ、いやだ」、「どうしよう」。そのくせ娘たちはなんとなく兵隊《ジー・アイ》たちの方へ寄って行く。じつは聲をかけてもらひたかつたの、といふ本心が透けて見えるやうな物腰である。兵隊《ジー・アイ》たちの中の數人がチョコレートだの煙草だのをかざしながら娘たちをゆっくり迎へに出る。兵隊《ジー・アイ》のだれかがなにかいったのをきっかけにどっと笑聲が上る。遠くから人垣を築いて見物してゐた百人近い日本人が——自分もその一人ではあるのだが——意味も分らずに、とにかく兵隊《ジー・アイ》たちが笑つたからそれに釣られましたといふ恰好でゴニョゴニョと笑った。例の思案顔の娘は嬌聲を上げる二人の同僚をじつに羨ましさうに見てゐた。

それにしても二ヶ月前までだれがこんな光景を想像できただらう。自分を含めて日本人といふものが分らなくなつてしまつた。

數寄屋橋から有樂町驛にかけて何組もの學生たちがガリ版の刷物を通行人に賣つてゐる。どれもみな英語會話の手引きのやうなやつである。ためしに慶應の學生たちのものを買つてみた。西洋紙にこんなことが刷つてある。

——グモニン

——ハイユ

——サンクス

——ワユゴイン

——トスク

——シーユーアフヌン

とは、朝の挨拶の一端であります。そしてその正體は次の如きものであります。

——Good morning.

(おはやう)

——How are you?

(如何ですか)

——Thanks.

（有難う）

——Where are you going?

（どちらへ？）

——To school.

（學校へ）

——See you afternoon.

（午後會ひませう）

かかるが故に今日、只今から、若し英語を始める人ありとせば、目で覺えるのが嫌なら、耳だけで結構であります。片假名を繰返し讀むだけで充分であります。仲のいい相手をお選びになつて、二人で讀みつこをして御覽なさい。何回も何回も、やつて居るうちに、舌の方が段々英語を發音するのに馴れて參ります。英字が書けない事を決して恥かしがるにはあたりません。

ウエル'Well'そこで、朝の會話を、もう少しやりませう。

——ウエキアプ

——ワタイム・イズトナ？

——イツ・ナイン

——レミ・スリプ・モー

――ノー
――エス
――ノオ！
――イズトレイン・アウサイ？
――ファイン！
――ゼン・アイルスリプ
――ワイ？
――ビコス・アイムスリピ
――ザ・ビーン・スップ・ゲテンコル
――オーライオーライ
――グモニン・マ
――グモニン・パ
――グモニン・ト・ネキスドア
――グモニン・ト・ホルタウン
さて、右の會話の正體は以下の如きものであります。
――Wake up.
（おきなさい）
――What time is it now?

（いま、何時？）

——It's nine.

（九時です）

——Let me sleep more!

（もっと、ねかせてよ）

——No.

（いけません）

——Yes.

（いいだろう）

——No!

（いけませんたら！）

——Is it rain outside?

（そとは雨かい）

——Fine!

（お天氣よ）

——Then, I will sleep.

（そんなら、もっと、ねよう）

——Why?

（なぜ）

――Because I'm sleepy.

（どうしても、ねむいから）

――The bean soup getting cold.

（おつゆがさめます）

――All right, all right.

（わかつたよ〳〵）

――Good morning Ma.

（おはやう、ママ）

――Good morning Pa.

（おはやう、パパ）

――Good morning to next door.

（お隣りさん、おはやう）

――Good morning to whole town.

（町内の皆さん、おはやう）

如何でしたか。皆さんのお舌は充分に馴れましたか。皆さんのお舌が自由に動くやうになりましたら、何でも話したい事を英語でいへるやうにお教へ致します。では、次回は晝の會話といふのをやりませう。來週また同じ所へ來てください。晝の會話のテキストを賣って居《を》りますから。その際、今回分について不明の個所がありましたら、遠慮なくおたづねください。

慶應義塾大學英會話研究會街頭普及班

これで一枚一圓は高いのか安いのか、自分には分らないが、じつによく賣れてゐるやうであつた。それにしても、と自分は再び考へる。ガリ版刷の英會話の手引きがこんなによく賣れるなどと二ケ月前までいったいだれが豫想できただらう。これほど簡單に百八十度の大轉換を行っていいのだらうか。自分にはどうもよく分らない。

夜になって雨が淋しく降り出した。その中を、隣組長の高橋さんの家へ出かけた。隣組の常會があつたのである。用件は、銃器と刀劍を屆け出ること、これ一件だけだつた。マッカーサー總司令部から、各家庭に退藏されてゐる銃器刀劍類を早急に屆け出よ、といふ指令が出たのださうだ。齒醫者の五十嵐先生が、

「そんなもの、疾《と》うの昔に供出させられてゐますよ。また、もし隱し持ってゐたところでこの御時世だ、とつくに喰ひものに化けてゐる」

といひ、皆も、その通りだと頷いて、ものの數分で常會はお開きになつた。あとは出《で》涸《がら》しの茶を啜りながらの世間話に花が咲く。高橋さんに自分は今日の晝、銀座で見聞したことを話して、どうしてこんなに簡單に世の中が變つてしまつたのか、これでいいんでせうかとたづねた。

「變つたやうに見えても、それはあくまで上《うは》ツ面《つら》だけのことぢやないでせうか」

高橋さんの答は自分には意外であつた。

「たとへば今度の幣原《しではら》内閣の顔觸《かほぶ》れを見てごらんなさい。陸相に下村定《さだむ》大將、海相に米内光政大將と、相變らず陸海相が頑張つてゐるぢやありませんか。敗戰によつて帝國陸海軍が解體したといふのに頑として陸海相を立ててゐる。底の底のところはちつとも變つちやゐませんよ。また政治思想犯の釋放問題を思ひ出してごらんなさい。敗戰を境に、それまでの我國の指導的な思想はとにもかくにも破産したのですから、本來なら敗戰と同時に彼等を日本人自身が釋放すべきでした。それが當然の筋道といふべきでせう。ところが彼等が釋放が決まつたのは、ほんの四日前のことぢやありませんか。それも聯合國最高司令官の要求があつてはじめて釋放されたわけでせう。なにも變つちやゐないのです。わたしたちにはなにを變へようといふ氣もないのです。自分たちよりも力の強い聯合國といふものが現れたので、その要求にただただ唯唯諾諾《ゐゐだくだく》として從つてゐるだけなのです。聯合國からそこのところはかう變へようと要求されない限り、なにも變へるつもりはないのです。强い者には弱い。ただそれだけのことぢやないでせうか」

高橋さんのいふ意味がうまく呑み込めずに默つてゐると、仕立屋の源さんが慰めるやうな口振りでいつた。

「山中さんちは特別なんですよ。たいへんな變りやうなんだ。だから人一倍、世の中が變つたと思へるんですよ」

これも意味が分らない。そこで自分は源さんに、

「うちが特別といふのはどういふことなのかな」

と訊いた。源さんはあっとなってこの自分を見て、それからかういった。

「特別だといふことが分らなければ、それはもうそれでいいんです」

「氣に入らないね、その言ひ方は。いったいうちのどこが特別なのだい」

と喰ひさがると、あの溫厚な高橋さんが唐突に、

「常會はこれでおひらきです」

と宣言した。

「雨がはげしくなったやうです。氣をつけてお歸りください」

家へとんで歸って妻に常會で起ったことを報告した。

「わたしが八日市場の刑務所へ叩き込まれてゐる間に、この家でいったいなにがあったのだね。なにかあったことは源さんの奇妙なものの言ひ方や高橋さんの不思議な態度からなんとなく見當がついてゐる。正直に話してくれないか」

「なにも起っちやゐませんよ」

妻は平然としてゐる。

「ただみんなで飢ゑない算段をしてゐただけですよ。夜食に玉子燒でも拵へませうか」

茶簞笥の上の乾燥卵の罐を大事さうに抱くと妻は臺所へ立った。妻よ、二十四年といふ歲月を甘く見てはいけない。二十四年も連れ添ってゐると、隱し事をしてゐる顏かど

うか、ひと目でぴんとくるのだ。自分が八日市場刑務所にゐる留守になにがあったのか、そのうちに突き止めてみせる。ちよつと派手に闇商賣でもやって經濟警察に踏み込まれたか、まあそのへんのところだらうが。玉子焼のできる頃になって雨の音が弱くなり、代りにどこかでこほろぎが鳴き出した。

（八日）

今日も雨はひっきりなしに降り續いてゐる。城東區大島《おほじま》の愛宕神社は貧相な社《やしろ》で、社務所には雨が漏ってゐた。ついこの間まで、すなはち戰爭中は神社が全盛だったはずで、こんな不景氣な社も珍しい。集ったのは十人ばかり、みんな中年の男性である。例の大林弓太郎さんが、

「雨の中をはるばる御足勞いただいて感謝してをります。さつそくではありますが、この集りの名稱を『原子爆彈をはじめとしてさまざまな嗜虐性無差別爆擊を行った米國に對し損失補償を請求する會』としたいと思っております。これに異論はございませんでせうな」

と口火を切って會がはじまった。絹子を筆頭に古澤殖產館のほとんどの人間がアメリカの爆彈によって生命を奪はれたのであるから、アメリカを憎むことにかけて自分は人後に落ちないつもりである。しかしそのアメリカは勝者であり、いま日本を占領中の聯合軍の主軸である。向うは鐵砲を持ってゐるのだ。そのアメリカに補償を請求するなぞ、

途方もなく向う見ずなことではあるまいか。自分は両手で胸を押へ動悸を鎮めようと努めた。

「わたしは東京へ出張中に家族を失ひました。老妻に長女、それから長女の生《な》した子どもが二人、都合四人を廣島に落ちた原子爆弾で一擧になくしてしまつたのです」

黒い中折れをかぶつたまま坐り込んでゐた男がいつた。中折れの下から半白の毛がはみ出してゐる。

「そんなわけでこの集りに誘はれたのだが、いつたい勝算はあるのですか」

「なければみなさんに聲を掛けたりしません」

「わたしは廣島高師で國文學を教へてゐる者で、國際法には暗いのだが、わたしどもにアメリカ政府を訴へることができるのですか」

「なにか方法はあると思ひますがね」

「わたしたちは個人の集りでせう。個人の集りはどこまで行つても個人の集りにすぎない。その個人に國際法上の權利といふものがありますか。特に條約で認められた場合のほかは、國際法上の權利を持つのは國家に限られるのぢやありませんか」

「だから、われわれの訴へを日本政府に持ち込まうといふのです。われわれの政府を動かしてアメリカ政府に損失の補償をさせようと考へてゐるのですがね」

「われわれの政府にねえ」

廣島高師の教授は低く笑つた。

「われわれの政府にそんな度胸があればいいのだが」

「敗れたりとはいへ日本は一つの國家でせう。また、間にあの八月十五日があるとはいへ、あの日以前の國家とあの日以後の國家とは連續してゐるわけでせう」

「それはさうです。敗戰國の、といふ但書がつくにしても、國家はある。ずつと存在してゐる」

「だとしたら、これがものをいふはずです」

大林さんは日に灼けて變色した焦茶の背廣の胸ポケットから新聞の切抜きを取り出した。

「こいつは八月十一日付の東京朝日新聞の第一面に載つた帝國政府からアメリカ政府への抗議文です。どなたもすでに讀んでおいでだと思ふが、これは重要なものであると考へますので、わたしがこれから讀み上げさせてもらひます」

自分は八月十一日の新聞を讀んでゐない。その時分は刑務所にゐたから讀めるはずがなかつたのだ。そこで自分は全身を耳にした。その抗議文はかうだつた。

本月六日米國航空機は廣島市の市街地區に對し新型爆彈を投下し瞬時にして多數の市民を殺傷し同市の大半を潰滅せしめたり
廣島市は何ら特殊の軍事的防備乃至施設を施し居らざる普通の一地方都市にして同市全體として一つの軍事目標たるの性質を有するものに非ず、本件爆擊に關する聲明において米國大統領「トルーマン」はわれら船渠工場および交通施設を破壊すべしといひをるも、本件爆彈は落下傘を付して投下せられ空中において炸裂し極めて廣き範圍に破壊的效力を及ぼすものなるを以ってこれによる攻撃の效果を右の如き特定目標に限定することは技術的に全然不可能なこと明瞭にして右の如き本件爆彈の性能については米國側においてもすでに承知してをるところなり、また實際の被害状況に徴するも被害地域は廣範圍にわたり右地域内にあるものは交戰者、非交戰者の別なく、また男女老若を問はず、すべて爆風および輻射熱により無差別に殺傷せられその被害範圍の一般的にして、かつ甚大なるのみならず、個々の傷害状況より見るも未だ見ざる慘虐なるものといふべきなり、抑々《そもそも》交戰者は害敵手段の選擇につき無制限の權利を有するものに非ざること及び不必要の苦痛を與ふべき兵器、投射物其他の物質を使用すべからざるとは戰時國際法の根本原則にして、それ〴〵陸戰の法規慣例に關する條約附屬書、陸戰の法規慣例に關する規則第二十二條、及び第二十三條（ホ）號に明定せらるゝところなり、米國政府は今次世界の戰亂勃發以來再三にわたり毒ガス乃至その他の非人道的戰爭方法の使用は文明社會の輿論により不法とせられをれりとし、相手國側において、まづこれを使用せざる限り、これを使用することなかるべき旨聲明したるが、米國が今回使用したる本件爆彈は、その性能の無差別かつ慘虐性において從來かかる性能を有するが故に使用を禁止せられをる毒ガスその他の兵器を遙かに凌駕しをれり、米國は國際法および人道の根本原則を無視して、すでに廣範圍にわたり帝國の諸都市に對して無差別爆撃を實施し來り多數の老幼婦女子を殺傷し神社佛閣學校病院一般民家などを倒壞または燒失せしめたり、而していまや新奇にして、かつ從來のいかなる兵器、投射物にも比し得ざる無差別性慘虐性を有する本件爆彈を使用せるは人類文化に對する新たなる罪惡なり　帝國政府はこゝに自らの名において、かつまた全人類および文明の名において米國政府を糾彈すると共に即時かゝる非人道的武器の使用を放棄すべきことを嚴重に要求す

大林さんが朗讀するのを聞きながら、なぜだか自分は濱町の長屋に居た新助老人の得意話のことを思ひ出してゐた。濱町の長屋といふのは、昔、父が持つてゐた家作のひとつである。どういふものか借り手に歌舞伎の裏方が多く、新助老人も小道具方だつた。新助老人のたつたひとつの勳章は、まだ若い時分、あの傳說的な名優五代目菊五郎に可愛がられたといふことで、新助老人は店賃を持つてくるたびに、父の奢りの茶碗酒で目の縁《ふち》を赤くしながらかう語るのが常だつた。

「……『め組の喧嘩』で、五代目扮するめ組の辰五郎が花道から戻つて來て上手《かみて》の長火鉢へすわるところがある。ところがその時の長火鉢の前に敷いてある座布團の位置がやかましくつてね。自分の思つたところにキチンと置いてないと、おれたち小道具方が叱言《かす》を喰ふ。『今日は右へ一寸寄りすぎた』だの『今日は五分ばかり後すぎた』だのと注文が細《こま》かくてかなはない。名人上手といはれる役者に案外かういふのが多いんだね。

中には名人上手でもねえ癖に恰好だけは一人前に、いろいろと注文つけてくるやつもゐる。五代目は名人上手といふ評判だが本當にさうなのか、この機會に試すのも面白いんぢやないかといふ意地の惡い考へが働いてね、或る日、物差で正確に寸法を測って、その位置を疊の上へ墨で目印をつけ、その上へキッチリ座布團をのせておいた。これへ五代目がまた文句をつけるやうなら、『なんだい、ただ當圖法《あてずっぽう》に文句をいってるだけのへボぢやないか』と蔭で笑ってやらうといふ肚《はら》さ。『旦那の注文どほり敷いたんですよ、これでもいけねえんですか』と、目印を見せて赤恥をかかせてやらうとも思ってゐた。さて、幕が閉まると、五代目がいつになく上機嫌でおれたちのところまできて、かういふのさ。『おい、今日の座布團は馬鹿によかったよ。いつもあの場所に敷いときなよ。今日はいい芝居ができて氣分がいいから、皆に酒を奢ってやらう』ってね。これが謂《い》はゆる舞臺の寸法が決まってゐるといふやつなんだね。それからは五代目の芝居を以前よりもずっと一所懸命に見るやうになったが、いつもみごとに舞臺の寸法が決まってゐるんだよ。たとへば相手役の傍へにじり寄って、相手の顔を見て、はっとしてトン〳〵と下《さが》つて、膝に大きく兩手を置いて敬ふ形で決まる、といふ芝居があるとするね。このトン〳〵と下る時、相手役の傍へにじり寄るまでお尻をのせてゐた合引《あひびき》（腰掛）の上へ、キッチリお尻が戻ってくるんだ。後を振り向いて見當をつけずとも、また後見が氣を利かせて合引の位置を變へなくとも、寸法の違ひもなく正確に元あったところへお尻が戻ってくる。それはもう尻に目玉がついてゐるんぢやないかと思ふぐらゐさ。話を戻して、小料理屋へ連れてってもらったときのことだけど五代目が突然こんなことを言ひ出した。『酒の肴《さかな》がはりにちよつと座興に壁の品書《しながき》を讀み上げてやらうか。ただ讀み上げるのもつまらない、みんなを泣かせてやらう。いいか、おれの隣りにいまはだれもゐないが、娘が一人坐ってゐると思ってくれ。おれがその娘の父親だ。父親はいま娘を吉原に賣らうとしてゐる。病ひの床に臥《ふせ》ってゐる母親の藥餌《やくじ》料や弟の學費のためにすまないが苦界に身を沈めてくれまいかと、涙ながらに掻き口説いてゐる。その感じを品書を讀み上げることで出してみよう。たっぷり山葵《わさび》を利かせて、みんなの顏をくしゃくしゃにしてやるから覺悟しろよ』。……藝ってものは恐ろしいねえ。壁の品書を抑揚《よくやう》つけて右から順に讀み上げて行く五代目の聲が、どうしても可愛い娘に因果《いんぐわ》を含めて口説く哀れな親爺《おやぢ》の科白に聞えてくるんだよ。泣いちまったね、あんときは」

　新助老人が五代目菊五郎の品書の讀み上げに泣いたやうに、自分たちは大林さんの抗議文朗讀に涙した。五代目は藝の力でごく在《あ》り觸《ふ》れた品書を哀々切々たる科白に變化させたが、大林さんは無差別爆撃で奥さんと二人の娘さんを奪はれた怒りと悲しみとで堅苦しい抗議文の文章に、何といったらよいか、さう、活《い》き活《い》きと生きてゐる肉體を與へたのである。そのうへ、彼の朗讀に耳を傾けてゐるのは空襲で肉親を失《な》くした者たちばかりだから、これは涙を零《こぼ》すなといふ方が無理である。しばらくの間、聲を發する者はゐない。十人が十人とも手拭で眼のあたりを拭いてゐる。やがて廣島高師の教授が中折れを取りながら大林さんにいった。

「最前《さいぜん》は水を差すやうなことをいってすまないことをしました。おっしやるやうに、わたしどもの熱意で日本政府を動かすやう精一杯頑張りませう。ただし事が事だけに……」

と教授は聲を落した。勢ひ自分たちは聞き逃すまいとして膝を詰め、自然に教授を圍む小さな圓陣ができあがる。

「……この會のことが外に漏れたら大變です。濠端の聯合國總司令部にでも嗅ぎつけられてごらんなさい。捕まってグアム島かサイパン島送りになるにきまってます。そして一生、强制勞働でせう。さうならない爲には祕密を守りながら着實に準備をしなければなりません」

たしかに教授のいふ通りである。自分たちは揃って點頭した。

「とくに注意しなければならないのは、この十人の中から脱落者を出さないといふことです。とかく脱落者から祕密が漏れるものです。さうだ……」

教授は鞄から藁半紙を抜き取ると、太軸の萬年筆ですらすらとなにか書きつけた。

「最初の會合が神社の社務所といふので、それにちなんで願文《ぐわんもん》のやうなものを認めてみました。これに全員が署名して脱落しないことを誓ひ合ふといふのはいかがでせうかな」

まづ大林さんが默讀し、

「さすがは國文學の教授ですなあ」

と感嘆の聲をあげた。囘つてきたのを讀むとそれはかういふ願文であつた。

「原子爆彈をはじめとしてさまざまな嗜虐性無差別爆擊を行つた米國に對し損失補償を請求する會」の發足にあたり城東區大島の愛宕神社に奉納する願文

國破れて日の變ること五十五たび、山河やうやく生氣あり。されど花は再《ふたた》びは陽《ひら》かず、奔流海《ほんりうみ》に到《いた》つて復《ま》た囘《かへ》らず。われらが親族《うから》の何處《いづこ》なるかも知らず、ただその蕭條《せうでう》たる哭聲《こくせい》を聞くのみ。泣くなかれわれらが同類《やから》の御靈《みたま》よ、嘆くなかれわれらが同胞《はらから》よ。死遲《しにおく》れたるわれらが計略《はかりごと》を聞け、然《さ》すれば千悶消亡《せんもんせうばう》すべし。やがて米國政府の心を寒からしめて倶《とも》に歡顏《くわんがん》せん、されば安らけく在《ま》せ諸諸《もろもろ》の御靈よ。

昭和二十年十月九日

自分たちは教授の萬年筆を借りて次々に署名を行つた。それから願文を神前に供へて三拜九拜した。これでもし脱落者があればその者は神と仲間とを裏切る大臆病者の破廉恥漢になることになつたのである。最後に「毎月十五日を會合の日とする」ことを決めて解散した。

龜戸から秋葉原までは教授と一緒だつた。教授の東京での宿は、四谷若葉町に焼け殘つた奥さんの實家ださうである。

總武線の上り電車は噓のやうに空《す》いてゐた。座席は一杯だが立つてゐる客は一車輛に平均十四、五名といったところで、まったく何年振りかでこんなに空いた電車に乗った。錦絲町から學帽の三人組が乘り込んできて口々にこんなことを言ひ立てた。

——聯合國總司令部はちかぢか、日本語使用禁止令を出すだらうといはれてゐます。

——日本語に代って英語が日常語になるのです。

——急にそんなことをいはれても困る、そんなに簡單に英語が使へるやうになるものかとおっしゃる方もおいでゞせう。

——たしかにその疑問はもっともですが、しかし勉强のやり方によっては英語は意外なほど覺えやすい言葉なのです。

——ここに效果的に英語の學べる教則本があります。明治大學英會話研究會編集の、この『短期決戰英會話講義錄』でだまされたと思って勉强してみてください。

——呆れるほど實力がつきます。

——ガリ版刷ではありますが堂々三十六頁で表紙つき。實費十五圓でお分けしてをります。

——ただし部數に制限があります。失禮ですが一車輛で五部と、數を限らせていただきます。

——日本語が使用禁止になるかもしれないんですよ。

學帽三人組はあっといふ間に七、八部ばかり賣り捌いて兩國驛で下車した。

「うちあたりの町會長などもマッカーサー元帥は近いうちに日本語使用全面禁止令を出

すんぢやないかと噂してゐるやうです。やはり英語が國語になるんでせうか」

教授に伺ひを立ててみた。

「有り得ないことではありませんな。ついこの間まで我國は『日本語を以て世界語とせむ』を國是にしてゐたわけでせう。それと同じことをアメリカが考へたとしてもなんの不思議もない」

教授は町會長の青山基一郎氏と似たやうなことをいった。

「とくに我國は大東亜共榮圈における標準語を日本語にしようとしてゐた。シンガポール、マレー、ヒリピン、それから朝鮮半島で日本語をそれぞれのところの國語として使はせようとだいぶ苦勞してをった。つまり自國の言葉を敗者に使はせたいと思ふのは、勝者の本能のやうなもので、なるほどたしかにアメリカは我國に英語を押しつけてくるかもしれませんな。じつを申しますと、わたしの前任地は京城府でして、官立の京城法學專門學校で教へてゐたことがあるのです。法學生に週一時間、平家物語を讀んでやってゐたわけです。それで丁度わたしのをった頃に朝鮮語が全學校の教科の中から姿を消しました。今でも憶えてゐますが、朝鮮總督府がこんな命令を出しましてね。『半島民衆をして確固たる皇國臣民たる信念を堅持し、一切の生活に皇民意識を顯現せしむる爲、悉《ことごと》く國語を解せしめ、且つ日常用語として之を常用せしむべし』と……」

「しかし、もしそれでも朝鮮語を使ったらどうなります」

「それがたとへば中學の生徒であれば、朝鮮語を使ってゐるところを職員に見つかると一回目が無期停學です。二回目で退學處分」

「きびしいですな」

「一般人なら、皇國臣民ノ誓詞を三十回は唱へさせられるでせう」

皇國臣民ノ誓詞……。どこかで聞いたことがある。

「一、我等ハ皇國臣民ナリ　忠誠ヲ以テ君國ニ報ゼン。二、我等皇國臣民ハ　互ニ信愛協力シ　以テ團結ヲ固クセン。三、我等皇國臣民ハ　忍苦鍛錬力ヲ養ヒ　以テ皇道ヲ宣揚セン。これが中學校以上の生徒および一般人のための誓詞です。いふまでもなくこれは日本語で書かれた誓詞ですよ。小學生用のもありました。かうです。一、私共ハ　大日本帝國ノ臣民デアリマス。二、私共ハ　心ヲ合セテ天皇陛下ニ忠義ヲ盡シマス。三、私共ハ　忍苦鍛錬シテ立派ナ強イ國民ニナリマス。朝鮮總督府はこの誓詞を至る所で唱へさせてゐましたね。學校は無論のこと、役所、會社、映畫館、銀行、工場、百貨店など人の集る所からはいつも誓詞を朗誦する聲が聞えてゐたものです。今度はわたしたち日本人がゴッド・ブレス・アメリカかなんかを英語で强制的に歌はされることになるかもしれません」

「ゴッドなんとかとは、なんです」

「アメリカの國民歌謠の大親玉みたいなものらしいですな。ゴッド・ブレス・アメリカ、ランド・ザット・アイ・ラブ、スタンド・ビサイド・ハー、アンド・ガイド・ハー……」

大親玉の歌詞を最後まで聞くことはできなかつた。電車が秋葉原驛に着いてしまつたからである。上野驛から根津まで雨に濡れながら歩いたが、その間《かん》、自分の頭の中を、「因果はめぐる、因果はめぐる、因果はめぐつて今度は日本人の番……」といふ言葉の列がぐるぐる驅けめぐつてゐた。

（九日）


いつものやうに濠端から借り出してきたマッカーサー元帥あての日本人の手紙と占領軍關係治安情報とを刷り終へて小林事務官に渡したところへ、

「おひさしぶりです」

と入つてきた中年の男がある。

「文書課の小林事務官といふ方が、山中さんは分室にゐる、入口まで案内してあげようとおつしやつてくださいました」

聲を聞いてゐるうちに思ひ出した。日本曹達會社の江口京一といふ總務部員だ。この六月の初め頃、この人に頼まれて中山道横川の社長別荘へ荷物を運んだことがある。

「小林さんて親切な方ですね」

「人は見かけによらぬもので、あれで特高警察の元鬼刑事なんです。しかし、わたしがここに勤めてゐることがよくお分りになりましたね」

「根津のお宅へ伺つたら奥さんが、それほどお急ぎなら警視廳へお出でなさい、と教へてくださいましたので」

「急ぎの用ですか」

「はあ。ちよつと外へ出るといふわけにはまゐりませんか」

「正午《ひる》までは無理です。どういふ用件か知りませんが、ここでお話しねがへませんか」

「弱つたなあ」

江口さんはこつちへ寄つてきて、

「じつは闇商賣の相談に上つたんですが」

「わたしは警察官ぢやありませんし、隣りは調理場、コックのおやぢさんは晝飯の準備でてんてこ舞ひ、立聞きしたくともその暇がない。階上はアメリカの憲兵隊の宿舎になつてゐますが、彼等のところまでは聲が届かない。だから安心なさい。それで相談といふのはなんですか」

「たしかオート三輪をお持ちでしたね」

「あれは沒收されてしまひましたよ」

江口さんは溜息をついた。

「ただしガソリンはだいぶ殘つてゐますがね」

「それはよかつた。それならなんとかなります。山中さん、オート三輪はわたしが都合つけてきますから、ガソリンと山中さんの運轉の技量《うで》を提供ねがへませんか。横濱の金澤文庫に海軍の燃料廠があつたのをごぞんじでせう。その燃料廠の裏山の、作りかけの薪炭《しんたん》貯藏庫の中に米が七俵、眠つてゐるのです。そいつを運び出したいのです。そして七俵のうちの二俵を山中さんが分前として受け取る。いかがでせう」

しばらく茫《ばう》としてゐた。米の闇値は一俵千五百圓が相場である。二俵で三千圓。横濱へ行つて歸つて三千圓とは夢のやうな話だ。棚から牡丹餅、天井から餡ころ餅といつたところだ。なにしろ半日働いて一ト月で貰ふ給料が二百圓足らず、じつに一年半分の給料をただの一往復で稼ぐといふことになる。これは引き受けない方がをかしい。だが同時に、話がうますぎるぞといふ警戒心も働いて、

「その米俵は、つまり海軍のものでせう。勝手に持ち出したりしていいんですか」

と反問した。

「海軍はなくなりました。ですからもはや誰のものでもないのです」

江口さんは平然としてゐる。

「しかし誰かが先にその米俵に氣づいてゐるかもしれない」

「その心配もありません。中川君が貯藏庫の入口を土壁で塞いださうですから、ちよつと見たぐらゐではどこに入口があるのか分らないとのことです。ただし目印を知つてゐる者にはすぐ見當がつく」

「中川君とおつしやつたが、いつたい何者です」

「海軍將校です。同鄕の後輩なんです。彼が貯藏庫建設作業の責任者だつたのです」

「どうも事情がよく吞み込めませんな」

「中川君が薪炭貯藏庫を作るやうに言ひつかつたのはこの七月中旬だつたさうです。そこで彼は横濱の某中學の生徒を五十名ほど回して貰ひ、裏山に横穴を掘らせた。ところがいくらも掘り進まぬうちに敗戰になつてしまつた。さうしてすぐ翌日の新聞だかに米英中の三國宣言（ポツダム宣言）の全文が載《の》つた。途端に海軍燃料廠全體が蜂の巣を突《つつ》いたやうな大騷ぎになつたといひますがね」

「なぜです」

「三國宣言をお讀みになつたことはないんですか」

「その頃、千葉の田舍の刑務所にたたき込まれてゐたもので新聞を讀むどころぢやなかつたんですよ。さうさう、江口さんの會社の社長の別莊へ荷物を運んだことがありましたね。あの二日後ですよ、國防保安法違反の思想犯人といふことで逮捕されたのは。もちろんまつたくの濡れ衣だつたんですが」

「さうでしたか」

「刑務所から出たのは先月の二十七日です。まだ二週間も經《た》つてゐないんですよ。それだものだからどうも世の中のことに疎《うと》くてね」

さういへば思ひ出したことがある。出所の挨拶のために所長室へ行くと、所長がかういつた。

「われわれの祖國は米英ソ中の聯合軍諸國の前に屈した。それも無條件で降伏したのだ。そのことをしつかりと膽《きも》に銘じて立派に更生しなくてはいかんよ」

「罪を犯してゐない人間が更生するのは厄介でむづかしい仕事だと思ひますよ」

と自分は冗談に紛《まぎ》らせて精一杯の皮肉を放つたが、そのとき頭の中を去來したのは、〈さすがは大日本帝國、立派だな〉といふ感想だつた。條件なしの降伏とは、たとへば賠償をとられるといふ條件、總大將の首を出せといふ條件、さういつた條件が一切ついてゐない降伏である、と思つたのである。つまりこれは單なる降伏であつて、兩國の國技館の土俵の上で相撲を取つて敗れた力士のやうなもの、今日は大人しく支度部屋へ下つて、明日からの土俵に捲土重來を期せばよろしい、とさう思つたのである。思つただけではなく所長にもさういつてみた。

「きみは事情をまるで正反對に解してをる」

所長は呆れ顔になつた。

「今度の無條件降伏は、勝者が敗者に何の條件もつけないといふことではなくて、その逆、敗者が勝者のすることとなすことに一切の條件なしに從ふといふ降伏なのだ」

とまあこのやうに自分は八月十五日前後の事情に疎いのである。もつともこの無條件降伏なるものを自分と同じ意味に解してゐる人間は少くない。八日市場から千葉までの車中、自分は十人ほどの乘客に、無條件降伏をどう思ひますかとたづねてみた。すると三、四人がやはりかう答へたのだ。「降伏はしても無條件で、賠償もとられないとはさすがだ」と。

ほんたうに政治の言葉はむづかしい。

「それでその三國宣言の最後の部分にかう書いてあるんですがね、それを讀んだ將兵たちが突然、泥棒に早替りしてしまったのです」

江口さんは續けた。

「日本國軍隊は完全に武裝を解除せられたる後各自の家庭に復歸し平和的かつ生產的の生活を營むの機會を得しめらるべし。さあ、武裝解除だ、さあ、家へ歸れるのだ、といふので廠内が沸き立った。なかでも徹底してゐたのはさる海軍飛行兵曹で、彼は水上飛行機で、今日は群馬、明日は靜岡と、忙しく飛び回った」

「なんのためにですか」

「彼の上官の出身地が群馬や靜岡なんですよ。つまりあらかじめ電話で上官の生家に連絡をつけておき、目印を決めておくわけです。そして彼はその目印めがけて米や砂糖や衣類を投下する。むろん落下傘付きで」

「なるほど」

「もちろん彼は埼玉の自分の生家に落下傘を落すことも忘れなかった」

「ひどい話ですな」

「この飛行兵曹なぞはまだ小物《こもの》ですよ。海軍燃料廠のある少尉どのなどは、貨車を三輛調達して千葉の自宅まで物資を輸送させたさうです。さて、中川君はといへば、トラックを運轉して故鄕の八戸へ歸った。トラックは海軍燃料廠のものです。もちろんトラックの荷臺は空《から》ぢやなかった。ガソリンがドラム罐で十本ばかり積んであった。現在、彼は八戸地方屈指の闇商人として羽振りをきかせてゐます。その彼から昨日、速達がきましてね」

江口さんはポケットから一通の封書を取り出して中味を抜くと、それをこっちへ差し出した。「海軍燃料廠」と名入りの用箋に大きな墨字が躍ってゐる。江口さんの後輩がくすねたのはトラックやガソリンだけではないらしい。

拜啓　大兄ますます御清榮の趣、お喜び申しあげます。さてまことに突然の申入れで恐縮ですが、或る情報を三千圓で買つてくれませんか。金澤文庫の海軍燃料廠の裏山に薪炭貯藏庫用の横穴の掘りかけがあります。小生、その穴の中に白米七俵を隱匿して歸郷いたしましたが、商賣に忙しくて取りに行けずにをるのです。裏山に三本松が立つてゐますが、向つて右側の松の眞下の崖に横穴があります。土壁で塞いでおきましたから、よくよく注意して御覽ください。その隱匿物資についての情報を三千圓で讓渡いたします。三千圓では安いのですが、これは大兄への恩返しのつもりでありま
す。歸郷の節は是非お立寄りください。映畫を只で觀せて差し上げる。じつは映畫館を建てました。椅子は前方三列のみ、あとはすつかり土間です。客をいくらでも追ひ込むことができます。映寫機は海軍燃料廠講堂にあつたものを拂ひ下げてもらひました。

敬具

拂ひ下げてもらつたもすこぶる怪しい。やはり映寫機も持ち逃げしたのだらう。

「やれやれ、わが皇軍の正體は持ち逃げの徒黨だつたんですな。味氣のない話だ」

溜息をつくと江口さんは封筒をしまひながらカラカラと笑つた。

「闇市へ行つてごらんなさい。さうして食料品以外の、たとへば衣類、靴、砂糖、乾パン、革ベルト、電球といつた物品をよくごらんなさい。大抵が陸海軍の横流し物資ですから。鍋や釜や辨當箱や食器は航空機用材のジュラルミンやアルミニウムが化けたもの。これも用材の横流しです。陸海軍が戰時中に〈軍需品〉といふ錦の御旗を掲げて買ひ集めておいた物資が陸海軍の將兵の手によつて持ち出され、闇市に竝んでゐるわけです。そしてこれらの物品がわたしどもの暮しを支へてゐる……」

「しかしどれもこれも高い」

「それはもう仰せの通りです。しかしですよ、山中さん、たとへどんなに高からうが、必要不可缺のものであれば手に入れなきやなりませんでせう。そして値は高くても、その必要不可缺のものが闇市の戸板の上に竝んでゐる。これはありがたいことです。戰時中は特別の縁故がない限りさういつた品物を手に入れることができなかつた。しかし今は、縁故もへちまもありやしません。闇市へ出かけて行けばちやんとそれが存在する。すてきぢやないですか。同じ横流しでも、高級軍人や巨大な軍需工場が厖大な量の物資を闇から闇へ右へ動かし左へ送りしてゐるのには腹が立ちますよ。しかしそのへんの下士官や兵隊が自分で運べる分だけの物資を適當に處分する、そしてその分だけ青空市場が活氣づき、わたしどもは便利をする。これはさう惡いことぢやないと思ふんです」

江口さんの言葉に力が籠つてゐる。これからその闇商人の一味にならうといふところだから力が入つて當然だと思ふ。

「山中さんは、いまこの日本に失業者がどれぐらゐ居るか、知つておいでですか。會社で總務の仕事をしてゐるものですからこの種の事柄について注意が行つてしまふのですが、失業者の數は確實に一千萬人を突破してゐます。正確なところは一千二百萬から三百萬といつたところでせう。人口八千萬人のうち失業者が一千二、三百萬、これはもうむちやくちやです」

軍隊が解體して、それがそつくり失業者になつたわけだ。外地からも陸續と七百萬の同胞が引き揚げてくる。この人たちにもほとんど仕事がない。加へて軍需工場がなくなつてしまつた。辛うじて動いてゐるのは食品、藥品、電氣器具、農機具、印刷などの工場だが、資材が手に入らないために次々に休業の貼り紙を出したり、人員整理に追ひ込まれたりしてゐる。そこで失業者がまたふえる。かういつたことは常識のやうなものだから自分もよく知つてゐるが、しかしはつきりと數字を示されるとただもう啞然とするほかはない。それほどの數になるとは知らなかつたのだ。

「ところがこの大勢の失業者たちがどうやらかうやら暮してゐる。なぜだと思はれますか。じつは失業者の大部分が闇屋に轉出して行つてゐるからなんですね。つまり……」

「失業者は闇屋といふ新職種に再就職してゐるのだとおつしやりたいのですな」

「さうです。闇がなければ日本は眞實、眞暗闇になってしまひますよ。ではオート三輪の都合がついたらさっそくお知らせします」

「……わかりました」

「明後日あたりならなんとか都合がつくと思ひます」

「午後からならいつでも身體《からだ》は空《あ》いてます。しかし江口さんの方は、日曜ぢやないと困るでせう」

「東京都内の會社の缺勤率は三十パーセントを超えてゐるんですよ」

江口さんはまたもや數字を持ち出した。

「月給日の翌日は缺勤率が五十パーセントにも達します。どうしてだと思はれますか」

「さて……」

「理由はただひとつ、買ひ出しのために缺勤するのですね。逆にいふと買ひ出しを理由にすればいつでも休めるわけです。では……」

「ひとつ質問があるのですがね。白米運び出しの役をどうしてこのわたしに割り振ったのですか。日本曹達會社といへば大會社でせう。社内にいくらでも組む人がゐるはずでせうが」

「社内の人間と組むのは會社の仕事のときだけでたくさんです。いつぞや仕事をおねがひしたときに、山中さんは手際よくこなしてくださつた。そのことを思ひ出して、この人しかないと考へたわけです。よろしく頼みます」

江口さんは丁寧に頭をさげた。

夕飯のあと、妻にこのことを話すと、自分が豫想してゐたほど喜ばなかつた。それどころか、

「危いことはおよしになつたら」

と醒《さ》めた答を返してきた。

「このところ家計簿は赤字續きなんぢやないのかい。その赤字をお前は着物を賣つたりして埋めてゐるはずだ。今度の儲けで當分、やりくりとは緣が切れるよ」

「家計が赤字かどうかよく分りませんわ。ずつと帳簿をつけてゐませんから」

さういふと妻は清の部屋へ入つてしまつた。清は、今日の正午、腹痛で學校を早退してきた。いまもウンウン唸つてゐる。ただ、妻が腹をさすつてやると唸るのをやめる。普段なら、その言ひ方はなんだ、と怒鳴るところだが、清を巻き添へにしても始まらぬ。そこで氣を鎭めて日記をつけはじめたわけである。

それにしても妻の態度は不審である。現在、この山中家には十二名の人間が住んでゐる。もつとも家計はふたつに分れてゐて、ひとつは角《かど》の家の組、そこには美松家のお仙ちやんを中心に、取手の山本酒造店の未亡人ともゑさん、古澤の時子さん、牧口可世子と黑川芙美子、それに文子と武子で都合七名が暮してゐる。角の家の組は全員が働いてゐる。お仙ちやんとともゑさんと時子さんの三名は日本水道株式會社清算事務所に職を得てをり、あとの四名は帝國ホテルに女給仕として入つてゐる。全員に仕事があるのだ

から角の家の組はなんとか赤字を出さずにやって行けるはずだ。

問題はこの家の家計である。古澤のおぢいさんとおばあさん、府立五中生徒の清、そして自分たち夫婦の五名のうち、働き口のあるのは自分ひとりしかゐない。それも働きはじめたばかりでまだ一度も給料を貰ってゐない。ここは赤字しか出ない家なのである。にもかかはらず妻のあの恬淡たる態度はどうしたことか。簞笥の底に打出の小槌でも隠してあるのだらうか。

（十日）

前夜、日記を認めてゐる最中、清の腹痛がますますひどくなったので、途中でペンを擱《お》き、リアカーに乗せて順天堂病院へ連れて行った。若い當直醫の診斷は急性蟲垂炎といふことであった。つまり盲腸炎である。入院手續をとって、妻を病院に殘すことにした。歸りがけに醫局の前の便所で小用を足してゐると、そこへ當直醫が入ってきた。

「手術といふことになるんでせうね」

と訊くと、當直醫は便所の電燈のやうなぼんやりした口振りで、

「できるだけ散らすやうに仕向けます」

「原因はなんでせうか」

「さあ、モンターク・アペンディツィティスかな」

「なんですか、それは」

「月曜日蟲垂炎といふ意味ですよ。急性蟲垂炎のことを、ドイツの醫者は洒落《しゃれ》てさう呼ぶ。その心はですね、日曜日はお休みだからつい暴飲暴食をしてしまふでせう。そのつけが翌日に回ってきて、月曜日に蟲垂炎になる。過勞に暴飲暴食が重なると蟲垂炎を起すことがあるんですよ」

「いまどき暴飲暴食は有り得ないでせうが」

どうもヤブらしいと睨んだから、それ以上ものをたづねるのはやめた。それにしても順天堂にヤブは珍しい取り合せである。

今日の正午、警視廳から順天堂病院へ直行した。病室前の廊下の腰掛で居眠りしてゐた妻を起して、

「どうだ、手術はすんだのか」

とたづねた。妻は首を横に振った。

「先生が、散らせるものなら散らしませう、とおっしやってゐました」

「それでうまく散るのか」

「それが散らないんですって」

「要領を得ない病院だな。散らないのなら切るほかないだらうが」

「先生も、はやく切りたいとおっしやってゐるんだけど……」

「どうもよくわからん」

「燃料不足なんですってよ。だから消毒ができないさうなの。手術には、たくさんの熱湯が入り用らしいのよね。手術具でせう、手術衣でせう、繃帯にガーゼでせう、それからシーツでせう。さういつたものを消毒するために熱湯をふんだんに沸かさなきやならない。ところが肝心な石炭がない」

「それで清の盲腸はどうなるんだ」

「來週の月曜に石炭の入るあてがあるさうよ。そのときまで散らして散らして散らしぬく作戰だつて」

「そんな作戰があるものか」

「でも順天堂はまだいい方なんださうよ。東京帝大附屬病院なんかぢや入院患者に食事も出せないらしいわ。病院の敷地内の古い木造の建物を次々に壊して燃料にしてゐたのが、つひに種が盡きてもうなんにも焚《た》くものがなくなつてしまつたわけね」

　疲れて自制心が弱くなつたせゐか、妻は珍しくよく喋る。

「それから清はどうも食べすぎらしいわね。一昨日《をとつひ》、高橋さんとこの昭一君と帝國ホテルへ文子たちをたづねて行つたんですつて。それで社員食堂に入れてもらつてアメリカさんの食べ殘しを鱈腹《たらふく》に詰め込んだみたいですよ」

「さうか。やはりモンタークだつたか。つまり順天堂にヤブはゐなかつたつてわけだ」

　隨分疲れてゐる樣子なので妻を家へ歸すことにした。その際、文子か武子に辨當と日記とを持つてこさせるやう言ひつけた。ところが夕景近くにやつてきたのはともゑさんだつた。

「文子さんも武子さんも、また夜勤なんですよ」

「……どうも」

この女《ひと》の前に出ると、自分は口がきけなくなつてしまふ。しかし默つてゐるのにも耐《た》へられず、

「お勤めの方はいかがですか。もう慣れましたですか」

つい月並みをいつてしまふ。

「子どもたちの顔が見たいと思ふときが、日に何度かありますわ。そのたびに切《せつ》なくなりますけど、ほかのときはもう平氣……」

ともゑさんのお子さんは二人とも小名濱にゐる。實の兄さんのところへ預けてあるのだ。月に百圓の仕送りをしてゐるらしい。ほかに亡夫の父親が市川の精神病院に入つてゐる。こちらにもお金を送つてゐるさうだからなかなか樂ではない。

「會社に泊り込むことが多いやうですな。忙しいんですか」

「ええ。目が回りさうですわ」

「夜勤料のやうなものはつくんですか」

「それはもうたつぷり……」

「それなら泊り甲斐もあるといふものですな」

「ええ、まあね」

「思ひ切ってお子さんをこっちへ引き取ってはどうです。古澤のおぢいさんおばあさんがよろこびますよ。孫が授かったといって大事にしますよ。うちの家内も子どもが大好きですし、是非さうなさい」

「いけません」

ともゑさんは石壁のやうに硬くなり、

「そんなこと、できません」

そのまま後退《あとじさ》りして去つた。ともゑさんの前でお子さんの話は禁物らしい。悪いことをしてしまつた。追ひかけて詫びようと思つたが、そのとき清の唸り聲がしたので、自分はともゑさんを追ふのは諦め、代りに看護婦詰所へ走つた。


（十一日）


日本曹達會社の江口京一さんは約束の時刻の一時間も前に文書課分室へやってきた。占領軍關係治安情報は祕密裡に製版し印刷するのが建前なので、分室で待ってゐてもらふといふわけにはゆかない。「正午に、お隣りの内務省の前で」と、もう一度、約束を確認して、部屋から出てもらつた。江口さんはすぐ引き返してきて、「ガソリンは持つてきていただけたでせうな」と訊いたから、自分は机の下に置いておいた一升壜二本を鐵筆の尻で叩いて、「三リットルは充分にありますよ」と教へてあげた。

今日の情報は煙草の闇賣りについてのものが大半であった。占領軍將兵が銀座の裏通りなどで日本人の買ひ手に洋モクを賣りつけるといふ小事件が多發してゐるらしい。占領軍將兵が煙草を賣りたがるのは勿論お金が欲しいからであつて、彼等はお金を摑むと慰安所へ直行するもののやうである。

聯合軍當局も將兵のかかる行爲は嚴重に取締ると言明してゐる。そこでわれわれ警視廳としても日本人の買ひ手に對して立件送致などの峻嚴なる處斷で臨まねばならない。

情報群の末尾に右のやうに付記してあつた。毛色の變つたところではこんな情報があつた。

昨十一日（木）午後三時頃、淺草區の淺草寺《せんさう》に聯合軍總司令部民間情報教育部の將校一名が日系二世の通譯官を伴つて現れ、いきなり寺の解體を命じた。驚いてその理由を質《ただ》すと、通譯官が「淺草寺」を「戰爭寺」と譯したのを聞き、將校が「軍國主義でけしからん」と立腹したものと判明した。將校はおみくじを引いたあと、四時前に引き揚げた。

正午過ぎ、內務省の前から橫濱に向けてオート三輪を發進させた。ひさしぶりの全天

青空である。しかも今日の駄賃は米二俵である。思はず歌を口遊んでしまふ。運轉臺の横にしがみついてゐた江口さんも、

「これでわが家も冬が越せます」

と歌ふやうにいふ。聞くと江口さんのところは七人家族ださうだ。配給だけでは一日に茶碗二杯の御飯しかたべられない。その配給も、十日おくれ、二十日おくれはざらである。そこで月に三、四十貫もの闇さつまいもを買ってどうやらしのいでゐる。朝はさつまいも御飯、晝はさつまいものお辨當、夜はさつまいもを混ぜた雑炊で輕く茶碗に一杯。これがこのところの江口家の獻立だといふ。なかなか立派な食生活だと思ふ。

「いまの東京で、とにかく三食なにかたべてゐるといふ家庭は、さう多くないと思ひますよ」

「大映で事務員をしてゐる長女が給料を全額、家に入れてくれるので助かります。それに妻が自分の着物を手放すのが割合平氣でしてね、これも助かります」

「大映におつとめとは羨ましい。好きなだけ映畫を觀ることができるんでせう」

「忙しくてその暇がないらしいですよ。新人俳優募集の係をやってをりましてね、一日に二百人も應募してくるさうです。大部分が復員兵か失職中の男女工員だとかいってをりました。中には面白い應募者もゐて、元陸軍少尉で血書を認めてきた者がある。その血書の末尾に曰く『萬一不採用の節は男子としてこの上の恥辱之なくよって同封の履歴書及び寫眞を速かに御燒却のほど切願に候』。そしてマッチ棒が二本とマッチ箱の側が

ない樹木が無殘に立つてゐる。

と瓦礫の燒野原がひろがつてゐた。ところどころに奇怪な恰好にへし曲つた鐵骨や葉の

他愛のないことを喋り合つてゐるうちに六郷橋を渡つて川崎に入る。燒け崩れた壁土

「さあ、燃やし損つたときの用心に一本餘計に追加したんぢやないんですか」

「なぜマッチ棒が二本なんでせうな」

添へられてゐたさうです」

「さうさう、女優の應募者の中に神奈川縣廳の元女子雇員といふのが目立つて多いんださうです。十五、六人もをつたといふんですな。會社が不思議に思つて調べてみると、これが敗戰のせゐなんですな。八月十六日に縣廳のある部長が、婦女子を避難させた方がいいと言ひ出した」

「占領軍兵士が婦人や娘に暴行を働くにちがひないといふデマが飛び交ひましたが、それですね」

「ええ。その部長は南支前線で戰つたことがあつて、『そのときの經驗から推《お》しても兵士はかならず占領地域の婦女子を凌辱するものである』と言ひ張つた。その會議は非常に揉めたらしいんですが、結局は部長の意見が通りました。神奈川縣藤原孝夫知事は縣廳の女子雇員全員に三ケ月の給料を與へて强制的にやめさせました。知事はそのとき女子雇員にこんな演說をしたさうです。『いろいろと家庭の事情もあると思ふが、退職後はできるだけ占領軍兵士の駐屯してこない田舍で第二の人生をはじめてもらひたい。さ

うして大和撫子の貞節を立派に守り貫いてほしい』とね。ところが進駐してきた占領軍兵士の行状を怖怖《こはごは》観察してゐると、彼等は大旨《おほむね》、紳士的である。噂ほど粗野ではない。そこで元女子雇員たちは隠れ穴からぞろぞろ這ひ出してきた」

「なるほど。そしてその一部が新人俳優募集に應じてきたといふわけですか」

「さういふことですな。實際、神奈川縣は不思議なところですよ。浦賀のペルリ上陸記念碑事件のことはご存知ですか」

「なんですか、それは」

「今度の戰爭の終り頃、藤原孝夫知事のところへ横須賀市の大政翼贊會壯年團團長が、『なぜあんなものをありがたさうに立てておくのか』と怒鳴り込んだのが發端です。ペルリなぞ日本に無理矢理開國を強ひた不逞のアメリカ海軍提督、そいつの上陸をありがたがつて記念してゐていいのか、といふわけですな。知事は『おつしやることは一々ごもつとも』と同調して、横須賀市大政翼贊會壯年團の手を借りてその碑を倒させ、あとには、徳富蘇峰に國民精神振起之《の》碑と揮毫してもらつて新しい碑を建てた。ところがそこへ敗戰といふ新事態がおこつた。縣廳のお役人も壯年團も蒼くなつてしまつた。關係者全員が、これは縛り首になるかもしれないと震へ上つた。さてこの結着はどうついたか。ある夜、縣上層部の意向を受けた横須賀土木出張所長がこつそり碑を建て直したさうです」

「馬鹿にしてやがる、滑稽至極だ、大の大人がそんなことで右往左往していいのかと、笑つてやりたいが、しかしさうも行きませんね。わたしたちも似たやうなことをしてゐますから。新聞社がいつだつたか、さう三年前の昭和十七年の秋だつたと思ふけれども、『鬼畜米英』といふお札のやうなものを配りましてね、そいつを茶の間の柱に貼つておいた。自分は八月十五日に家に居ませんでしたが、玉音放送のあと、妻が最初にしたことは、そのお札剝しだつたさうです。家に居たら自分も妻と同じことをしたと思ふ。わたしどもも神奈川縣廳のお役人と同じなんです。わたしどもはどうも大勢に合せて生き方や考へ方をころころと變へる癖があるらしい」

「器用なんですな」

「さうかもしれない。しかしこれからはそんなことではいけないのぢやないかと思ひましてね、自分は、當分の間、米英を恨み續けるつもりでゐますよ」

江口さんはオヤといふ顔になつてこつちを見た。例の「原子爆彈をはじめとしてさまざまな嗜虐性無差別爆撃を行つた米國に對し損失補償を請求する會」について話すことができれば江口さんのオヤがナルホドとなるにちがひないのだが、願文を城東區大島《おほじま》の愛宕神社の神前に供へて祕密嚴守を誓つた手前、それはできない。そこで自分は、

「それでその壯年團長はその後どうしてゐるんでせうね」

と話題を轉じた。江口さんは、

「有卦に入つてゐるやうです。占領軍兵士相手に土產物店をはじめたんですが、これが大當りしました。じつをいひますとこの團長はわたしの從兄弟《いとこ》でしてね」

と答へて頭を掻いた。

横濱も空襲で手ひどくやられてゐる。ただし棧橋付近は思つたほどではない。ビルが隨分、殘つてゐる。その一帶には米兵歩哨が銃を構へて警備についてゐた。關内全體を取り圍むやうに歩哨が配置されてゐるのである。

「港には、わざと爆彈を落さなかつたんでせうか。つまり相當前から自軍が勝つことを見通してゐて、やがて自分たちが使ふことになる施設や建物を燒かずにおいたんでせうか」

と自分がひとり言のやうにいふと、江口さんも、

「計畫的ですな、頭がいいですな」

とひとり言のやうに呟いた。

伊勢佐木町の裏通りへ入らうとしたら警官が飛んできて、

「今日から向う二週間、ここは通行止めだ。向うを回れ」

といふ。聞くと、アイケルバーガー中將率ゐる第八軍が飛行場をつくつてゐるのださうだ。思はず、

「飛行場が二週間で出來ますか」

と訊き返したが、自分の口調には、そんなことが出來るものかと詰問するやうな棘が含まれてゐたらしく、警官は、

「どいつもこいつも近頃は警官を馬鹿にしをつて。お上が二週間で出來るといつてゐる

のに、お前達はなぜそれを信じないのだ」

と凄い目付きで睨みつけてきた。自分は謝ってオート三輪を後退させた。

平屋《ひらや》の住宅街を抜けると、左手に金網を張りめぐらせた巨大な施設がある。それが舊海軍金澤文庫燃料廠だつた。米兵歩哨が四、五十米おきに立つて銃口をこちらに向けてゐる。すでに占領軍施設になつてしまつてゐるらしい。これと二百米ばかり間をおいて高さ十四、五米の丘がある。これが江口さんのいふ「裏山」だつた。施設と裏山との間は一面の草野原だ。子どもが四、五人、手拭を縫ひ合せた袋を持つてあちこちをうろうろと歩き回つてゐる。

「蟋蟀《こほろぎ》や飛蝗《ばつた》を捕つてゐる。

江口さんは二、三度下見に來てゐるので、的確に方角を指示してくれる。

「干して煎《い》つて粉にしてカルシュウム源にするわけですな。近くにかういふ原つぱがあるといいですね、蟲が食へて」

と自分は江口さんの指示したところへオート三輪を停めた。そこは丘がひとつもふたつも内側へぐいと引つ込んだところで、うまい具合に歩哨の姿は見えない。といふことは歩哨の方からもこつちが見えないわけで、これはしめたと思つた。安心して仕事が出來る。江口さんは荷臺から木製のスコップを取つて、丘の、急な斜面の、黑土の露呈したところへ近寄つて行つた。自分も荷臺から丸太ン棒をおろした。これで土壁を突き破らうといふわけである。

作業は三十分足らずで終了した。邪魔は入らなかつた。一度だけ子どもたちが覗きに來たくらゐである。

「いまにここへ大きな洞穴が出來るからね、雨降りのときでもみんなで遊べるよ。だからあつちに行つて蟲を捕つてゐなさい」

と追ひ返した。ところがこの子どもたちがそこから家へ歸つて、裏山に怪しい二人組がやつてきて丘の斜面を掘つてゐると報告したらしくて、歸途は散々な目に遭つた。じつをいふと邪魔が入らないどころではなかつたのである。

荷臺に米俵を七俵積んで上から筵をかぶせ、さらに藁繩でしつかり固定してからオート三輪を發進させたのだが、草野原を抜けて住宅街を走つてゐると、突然、道の眞ン中に丸太ン棒に風呂敷をかぶせたやうなものが進み出たのである。思ひ切つてブレーキをかけてよく見ると、それはおばあさんだつた。おばあさんは猫に追ひかけられた牡鶏《をんどり》のやうにふかふかひよこひよこした足どりでオート三輪の眞ン前に寄つてきて、

「子ども等から聞いたぞ」

と紙を揉むみたいな嗄《しはが》れ聲を發した。

「荷臺に載《の》つてゐるのは裏の丘から掘り出した隱匿物資だらう。隱し米《ごめ》だらう」

近くの家々から女たちの出てくるのが見えた。その數はざつと十人、二十代の女は一人もゐない。どれも三、四十代である。

「全部ここに置いて行きなさい」

女たちの中から聲が上つた。

「泥棒」

「泥棒はそつちでせうが」

と江口さんは大聲になつた。

「荷臺の米には相當の金が拂つてあるんだ。所有權はわたしにある。それをいきなり、置いて行けなどは泥棒の科白だね」

「それぢや交番へ行くかい」

おばあさんが澁紙を貼つたやうな顏を正面からぬつと近付けてきた。

「交番へ行けるやうな出所の正しい米ぢやないだらうが」

「置いて行けだの、交番へ行かうだの、いつたい何の權利があつて、そんな勝手なことがいへるんだ」

「あたしらはこの西大柴地區の市民食糧管理委員會の委員なんですよ」

汚れた手拭を姉樣被りにしたをばさんが胸を反らせながら前に進み出た。

「隱匿物資をあたしらの手で摘發してやらうと、手ぐすね引いて待つてゐたんですよ。このへんには舊海軍の施設が多いから、きつと何かしら隱してあるにちがひない、さう思つてそれとなく目を光らせてゐた。隱匿物資を沒收したら、そいつを公定價格でこの西大柴地區の皆さんに分配するといふ申し合せもしてあります。賣上金は一錢たりとも私《わたくし》せず、國庫に納めます。ね、筋が通つてゐるでせう。あたしらは泥棒なんかぢやありませんよ」

数日前の新聞で、横須賀の久里濱地區にも市民食糧管理委員會なるものが結成されつつあるといふ記事を讀んだことを思ひ出した。それによると、市役所筋がこれを喜ばず、話は一應立ち消えになつたとのことだが、市民の中には「今年中にもう一度、機會を狙つて皆さんに働きかけてみます」と、執念を燃やすもの多數あり、と書いてあつた。その不思議な組織がここ金澤文庫にもあつたとは。まつたく神奈川縣とはいろんなことのある縣だ。自分は江口さんに小聲でいつた。「愚圖々々してゐると騒ぎが大きくなります。一俵だけ置いて行きませう。全部置いて行くといふ風な素振りで、まづ一俵、荷臺から投げおろしてください。その瞬間に發進させます。荷臺から落ちぬやう注意して。それからほかの米俵が落ちぬやう、そこんとこ、よろしく」

江口さんは運轉臺の斜めうしろから荷臺へ軀を移しながら、

「仕様がありませんな。わたしといふのはどうしてかう運が惡いんだらう」

聞えよがしにいひ、藁繩を解きはじめた。自分も手傳ふ振りを装つて運轉臺からおりた。釣られて車止めの役をしてゐた澁紙ばあさんが荷臺の方へ寄つて行つた。かういふ時節だからだれだつて米俵の中味が見たい、出來れば中味に觸《さは》りたい、もつといへばお米を數粒口に含んで前齒でぷつんと嚙んだりしてみたい。おばあさんもさう思つたにちがひない。自分にしても立場が逆ならきつと持ち場から離れたらうと思ふ。江口さんは兩手で荷臺の兩側をしっかり摑まへ、米俵を足で蹴落した。米を足蹴にしたりして罰が當るだらうが、急發進に備へなければならないのだから、これは仕方がなからう。女たちが米俵に群らがるのを見て、自分は運轉臺に飛び乘つた。

一俵の損は自分が被《かぶ》ることにして、駄賃の一俵を根津の我が家におろしたのが午後六時過ぎ、赤坂の日本曹達會社社員寮に辿りついたときは七時の報道が始まつてゐた。さつまいもの雜炊に呼ばれながら、自分はずつと氣になつてゐたことを口に出した。

「あのをばさんたち、オート三輪の番號を警察に屆けたりしないでせうな」

「持主にも米を二斗進呈することになつてゐます。うまく口裏を合せてくれますよ」

「口裏といふと」

「これから打合せてこようと思ふんですが、さう、警察が持主のところへ『この十月十二日の午後、お前のところのオート三輪を何に使つた』と訊きに來たとして、そのときは持主にかう答へてもらひますよ。『十月十二日といふと、さうだ、オート三輪が盜まれた日だ。でも奇妙なことに、その晩、家の裏に置いてあつたんで。何に使つたかは知りませんが、いつたん盜んだものを用が濟んだら返して寄越すなんて正直な泥棒もゐたものです』とね。いかがです」

「策士ですなあ」

先達《せんだつ》て、今年は明治三十八年（一九〇五）以來、じつに四十年ぶりの大凶作で、それに加へて外地から何百萬もの同胞が引き揚げてくるといふのに政府は何の對策も用意してゐない、政府の責任を問ふ、と記者團から詰め寄られた農林大臣は、「ひと口にいへば農民に頭を下げること、さうすれば出してくれるかもしれぬ」と答辯して國民の激怒を招いた。大凶作のせゐで賴みの綱の農民も米不足だからこそ、さういふ質問が出たのにちつとも分つてゐない。あれ以來、これはよほどしつかりせぬと冬が越せないぞと自分に言ひ聞かせてゐる。とくに東京ではすでに一日平均十人の餓死者が出てゐる。自分も江口さんのやうな策士にならねばだめだ。

そのうちに大映につとめてゐるといふ江口さんの長女が歸つてきた。事務室より撮影所の大部屋にゐる方がふさはしさうな別嬪さんである。挨拶を終つてにつこり笑ふと隣室に入つた。赤い林檎がどうしたとかかうしたとか歌つてゐる。

「なに、その歌」

妹たちの一人が訊いた。

「主題歌よ、映畫の。『そよかぜ』つて映畫の中で並木路子といふ新人女優が歌ふのよ。今日、觀てきたんだ。素敵な歌でせう」

「その映畫、お姉さんの會社の映畫なの」

「殘念ながら松竹さん」

八時の時報を潮《しほ》に江口さんの家を出た。米二斗と江口さんを乘せて一ッ木の六地藏の前まで行つた。

「この八百屋のオート三輪なんです。今朝はここの親父さんが内務省まで乘せてつてくれました。あ、裏へ乗り捨てて行ってください。本當に助かりました」

丁寧に頭をさげると江口さんは八百屋へ入って行った。オート三輪を裏へ回してから赤坂見附の地下鐵驛まで歩いた。僅か一町か二町歩く間に、江口さんのお嬢さんが口遊んでゐた赤い林檎がどうしたとかかうしたとかいふ歌をうたつて通る人に三人も出合つた。赤い林檎に唇よせて、か。世の中全體が腹を空《す》かせてゐる。


（十二日）


起きて雨戸を繰り開けると、外は朝霧深く立ち籠めて、お向ひの家の軒端さへ判然としない。その霧が一時間後には嘘のやうに消えて高々と澄みきつた青空になつた。空を見上げてゐるだけで氣が爽やかになる。古澤のおぢいさんを誘つて根津權現の境内へ散歩に出かけた。

「こんなにやさしくしてもらつて、罰が當りさうです」

「散歩に誘ふぐらゐなんでもありませんよ。それよりもおぢいちやん、千住にゐた時分、懇意にしてゐた農家が、どこかありませんか」

「そりや古澤殖產館は農器具を扱つてをりましたから、農家は星の數ほど知つてゐますが、なぜまたそんなことを聞きなさるのかね」

「食糧の買ひ出しですよ。一本か二本、しつかりした命綱をもつてゐないと、この冬が越せないやうな氣がします」

古澤のおぢいさんはしばらく考へてから、

「その必要はないでせうねえ」

と嬉しいのか悲しいのかよくわからない奇妙な聲でいつた。

「文子さんや武子さん、それから時子などの帝國ホテル組がよく頑張つてくれてゐるもの。歸つてくるたびにバターだの砂糖だの乾燥卵だのを持つてきてくれるぢやありませんか。どれもこれも貴重品だから物々交換ですぐ米や野菜に化けてくれますよ」

「所詮はホテルの女給仕でせう。そんな持出しがさういつまでも續くとは思へませんがね」

「さうかもしれん。いつ露見するかもわからない」

古澤のおぢいさんはここで一ト息も二息も間をあけてから、

「だれも時には勝てませんものな。どんなに巧みに嘘をついても通用するのはほんの一刻、時が經てば自然に嘘の下から本當のことが現れてくる」

とわけのわからないことをいつた。あんまり重々しい言ひ方なので一寸仰天して古澤のおぢいさんの顏をまじまじと見てゐると、

「柏によく知つてゐる農家があつた。あとで名前と所書きを書いておきますよ」

と普段の口調に戻つた。このおぢいさんはいつたい何がいひたかつたのだらう。言外の意味を探らうとして自分はなほも古澤のおぢいさんの顏を覗き込むやうに見た。

「まだつくつく法師蟬が啼いてゐますね」

古澤のおぢいさんは木々の梢に目をやりながら急ぎ足になつた。たしかにどこかでつくつく法師蟬がか細く啼いてゐる。

散歩から歸ると、三越から速達ハガキが届いてゐた。文面はかうである。

過般撮影のお寫眞此程延引ながら出來仕《つかまつ》り候《さうらふ》間《あひだ》、おついでの節にお引取りの程御願ひ申上げ候。

絹子の結婚式の記念寫眞のことを知らせてきたのだらうと思ふ。式は五月の四日であつた。寫眞一枚に五ケ月もかかつたことになるが、それだけ材料が不足してゐるのだらう。

今日の占領軍關係治安情報は、米兵の立入禁止地域についてのもので、

この十日から當分の間、警視廳管下のビヤホール、食堂、慰安所等に對する米兵の立入禁止命令がマッカーサー司令部から發せられてゐることは周知のところであるが、昨十二日、マ司令部から警視廳へ次のやうな要請があつた。「十日命令をさらに徹底したいので警視廳の協力を得たい」。そこで管下の各署は盛り場の巡邏をさらに一層密にして、立入禁止地域に米兵を發見した場合は靜かに立退きをすすめ、それでも聞き入れる様子のないときは、即刻、警視廳内の憲兵《エム・ピー》連絡室に通報すること。……

とはじまる情報が一つである。とくに目を惹かれたのは今回の米兵立入禁止令發令の理由で、それはかうである。

我々の探り得たところでは、米兵數名が酒場、ビヤホールでメチールアルコールにて失明するといふ事件が發生し、このためマ司令部はこれら惡性酒類が絶滅したとみなされるまで米兵禁足も解かない方針のやうである。また慰安所に對する營業停止の理由も明らかにされてゐないが、接待婦への檢診の不備が原因とみられてゐる。我々の調査によれば、惡性の性病にかかつた米兵は二千五、六百名にのぼるものとみられる。ちなみに禁足地域を再掲しておく。貸座敷は王子、千住、品川、吉原、新宿の五個所、營業者數五十七。接待所は新井、池袋、白山、向島、品川、澁谷、葭町、尾久、立川、調布、十二社、五反田の十二個所、營業者數二百五。慰安所は立石、寺島、新小岩、龜有、武藏新田、立川の六個所、營業者數百二十三。特殊慰安所は小町園、後樂園、日本樂器跡、福生、見晴、悟空林の六個所、營業者數六で、右娯樂施設の合計は二十九個所、營業者數は三百九十一である。なほ、帝國ホテル（GHQ士官用宿舍)、山王ホテル（米士官用ホテル)、平河町萬平ホテル（米軍佐官級宿舍)、八重洲ホテル(男子軍屬用宿舍)、丸ノ内ホテル（英聯邦軍宿舍）などに出入りする高級慰安婦には惡性性病の問題はないとされるが、大井町から有樂町にかけての驛付近に出沒するいはゆる「街娼」には注意を要する。マ司令部から示唆される前に、我々が手入れを行ふのが賢明であらう。

帝國ホテルのところで鐵筆の運びを誤つてしまつた。文子や武子たちが危険な場所で働いてゐることに思ひ當つて運筆が狂ひ原紙を損じてしまつたのである。

文書課分室からの歸りに三越へ寄つた。寫眞を受け取るとすぐ老眼鏡をかけた。階段をおりながら新郎新婦の顔を眺める。素晴しくよく撮れてゐる。忠夫くんも絹子も今にも笑ひ出しさうな顔をしてゐる。こつちが笑ひかけると何か返事をしてくれさうに活き活きと寫つてゐる。それなのに二人はもうこの世の人ではない。不思議な氣がした。續いてさぞや無念至極だらうといふ想ひが胸の底からこみあげてきた。二人の晴がましさうな顔が曇つて見えなくなつた。

手拭を目に押し當てながら横の出口から青空の下へ出た。目の前に人集《だか》りがしてゐる。背伸びして覗くと、筵の上に穴だらけの國民服を着た男が正座してゐる。男の膝の上で、二、三歳くらゐの男の子が茹でた馬鈴薯を玩具にして遊んでゐた。男にぴつたりと寄り添ふやうにして坐つてゐるのは四、五歳くらゐの女の子である。女の子は下を向いて首から下げたボール紙を弄つてゐる。ボール紙にはかう書いてあつた。

子ども。賣り⧄
勝子（四歳）八百圓

一夫（二歳）五百圓

見物の中から、

「いくらなんだつて子どもを賣るといふ法はない。恥を知れ」

と罵聲が飛んだ。自分のすぐ横からも、

「それでも親か」

と聲が掛かつた。男は、隈《くま》の貼り付いた顔をゆつくりと上げて聲のしたところを見たが、そのとき自分と目が合つた。

「ありがたうございます」

まだ涙が乾かないでゐる自分の目を見て、男は、低いがはつきりした聲でさういつた。


（十三日）

東急大井町線の玉川尾山臺へ米袋を入れたリュックを背負つて出かけた。そこの小林といふ農家へ行けば、米の一斗ぐらゐは手に入れることができるかもしれないと古澤のおぢいさんが請合《うけあ》ふので、二人で出かけたのである。古澤殖産館が御國《おくに》の指定で肥料や農機具を扱ひ大いに隆盛を誇つてゐた時分——それは遠い昔の話ではない、ほんの半年前のことだ——古澤家と小林家との間にはささやかな交際があつて、そのせゐで古澤殖産館は小林家へ鍬だの鎌だの稲扱機《いねこき》だのを横流ししてやつてゐた。

「小林さんはそれをさらに横へ流してずいぶん儲けてゐたやうです。今日は戰時中の貸しを返してもらふことにしよう」

おぢいさんは自信たつぷりにさういふ。そこで自分は文子や武子が帝國ホテルで手に入れてきたケア・パッケージから、乾燥卵の罐と石鹼と煙草を持ち出したのである。ケア・パッケージとは五十糎四方の段ボールの箱で、中には、針、絲、釦、歯ブラシ、タオル、靴下といつた生活必需品や、スープ、ビスケット、バター・ピーナッツ、チョコレート、コーヒー、砂糖といつた食料品がぎつしり詰まつてをり、娘たちが初めて箱を開けてくれたときは、思はず呼吸が止まり、全身に震へがきたほどだつた。日本を占領管理するアメリカ人のために本國政府からこの手の箱が一日に何萬箱となく屆き、現に帝國ホテル地下の水泳場には天井に支《つか》へさうなくらゐに山と積まれてゐるといふ。まつたく飛んでもない國と戰さをしてしまつたものだ。

尾山臺の驛から南に向ふ道は登り坂である。道の兩側に小さな商店街がへばりついてゐる。世田谷區は、三軒茶屋から下北澤にかけての一帶を除いて、ほとんど空襲に遭《あ》つてゐない。したがつて燒跡特有のツンと鼻孔の奥を衝《つ》く焦げ臭い匂ひとは緣がない。商店街の切れたところが坂の頂上で、そこから刃物のやうに光つてゐる多摩川まで緩やかに傾斜しながら畑地がひろがつてゐた。土手の近くは黃金色に燃え立つ稻田で、稻を刈る人の姿が胡痲粒のやうに見える。ところどころに森があり、その近くに申し合せたやうに藁屋根と竹林がある。天氣は上々、あちこちからココココと鷄の聲、繪に描いたやうな田園風景である。同じ都内の上野驛周邊では、毎朝かならず一人か二人の餓死者が出てゐるといふのに、ここは何とまあ長閑《のどか》なのだらう。半ば呆れながら坂を下るうちに一際《ひときは》大きな竹林に突き當る。鷄が七、八羽、人の氣配に驚いて竹林の奥へ走り込む。横の藁屋根の下から天秤棒を構へた老人が飛び出して、

「また來たか、この鷄泥棒め」

と自分たちの前を遮《さへぎ》つた。

この威勢のいい老人が小林家の隱居だつた。

「浮浪兒どもに鷄を釣られて往生をしてをります」

挨拶がはりにさういひながら老人は自分たちを茶の間へ上げた。餌はみみずださうである。釣針にみみずをつけて鷄を誘ふ。鷄が來て呑む。その瞬間、天蠶絲《てぐす》をすばやく手繰り込み、耳のうしろの急所へ疊針を打ち込む。それはもう電光石火の早業、今月に入つてからすでに十羽以上もやられたさうだ。老人は座敷との境の障子を開け放ち、茶の間から緣側や庭を通して竹林が見えるやうにしておいて、茶を淹れはじめた。よほど警戒してゐるらしい。窓から忍び込んでくる微風に座敷でカサコソと鳴るものがある。見ると、床の間から横へかけて百圓札の幕が張りめぐらされてゐる。

「孫娘が嫁ぐことになりましてな」

老人が茶をくれた。

「持參金ですよ。あれで丁度三百枚です。ところでご無沙汰してをりますが、みなさん、

お達者でせうな」

　古澤のおぢいさんが、息子夫婦も孫夫婦もみんな空襲で死んでしまつた、生き残つたのはばあさんと孫娘の三人だけだと答へると、老人は茶簞笥から出しかけてゐた花林糖の鉢を一寸中へ押し戻し、

「それで千住の店《みせ》は？」

　と訊いた。

「爆彈の直撃を喰らひました。店のあつたあたりには大穴が掘れて、今では雨水がたまつて池のやうになつてゐる。釣絲を垂らすと鮒が釣れるさうです」

「現在はどちらにお住ひで？」

「ばあさんや孫娘ともどもこちらの山中さんの居候になつてゐますよ」

「それは災難でしたな」

　老人は花林糖の鉢を奥へ押し込むと、ぴしやりと音たかく茶簞笥の戸を閉めた。その音に怯むことなく古澤のおぢいさんは膝を進めて、

「米でも野菜でも何でも結構、なにか賣つてくださらんか」

　と頭を下げた。自分も百圓札を七枚、卓袱臺の上に扇形にしてひろげた。

「上野の闇値は一升七十圓、それが相場です。何とか一斗、譲つていただけませんか」

　老人は座敷のお札の幕へちらつと視線を泳がせて、

「ありがたいことに今のところ金には困つてをりませんのでねえ。だいたいが倅に無斷

で米や畑の作物《もの》を動かすと、あとでうるさいことになる」

「乾燥卵の罐詰をつけませう」

「鶏が二十羽近くをります。なにも乾かした卵を喰ふこともないわけで」

「アメリカの煙草をつけます」

「わしも倅も刻《きざ》みしか喫ひません」

「石鹼ならどうです」

自分は化粧石鹼を卓袱臺の上へ叩きつけるやうに置いた。

「これなら文句はないでせうが」

「石鹼なら賣るほどある」

老人は座敷へ立って行くとお札の幕の裾をまくってみせた。床の間に、棒状の洗濯石鹼が五、六本、紐で括って投げ出してある。その横に新品のミシンの脚も見えてゐた。

「嫁にやるのもこれでなかなか樂ぢやない。ときに古澤の御隠居さん、鍬とか鎌とかいったやうなものが手に入りませんか」

老人が卓袱臺の前へ戻ってくると莨入《たばこい》れから煙管を抜き出した。雁首は眞鍮だが、吸ひ口は銀である。

「寒くなるにつれて米も畑の作物《もの》も値上りすると分ってゐるのに、今、手離さうだなんていふ馬鹿はをりませんよ。ただし鍬や鎌と交換といふことになれば、話はまるで違ってきますがね」

煙管を吸ひつける老人の咽喉もとに七面鳥よろしくこまかな皺が寄つてゐる。どういふ連想によるものか、そのとき自分は數日前の新聞の記事を二つ思ひ出してゐた。一つは、給料取の預貯金が激減してゐるのにくらべ、農民の預貯金はぐんぐん増加してゐるといふ遞信省の調査結果、もう一つは、稅金の課せられる十圓以上の飮食をする者は、都會地一に對して農村地域が三の割合で、斷然、農村地域に多いといふ大藏省の發表である。

「信介さん、今年五月の、孫の忠夫と信介さんところの絹子さんの婚禮をおぼえてゐますか」

古澤のおぢいさんが自分に訊いた。とつさのことなので思ひ出せないでゐると、

「宴會は米澤肉の鋤燒を食べ放題、煙草は光を吸ひ放題、さうして用意したビールが約百本。引出物は、電球が二個にするめ一束、乾燥芋一袋……」

「さう、それから洗濯石鹼が一本」

「それで正直なところ、あの婚禮をどう思はれましたかな」

「それはもう豪華絢爛といふか、何といふか……」

「いや、成上り者の惡趣味としか言ひやうのないものだつた」

古澤のおぢいさんは座敷のお札の幕を熟《じつ》と見てゐる。

「あれを拜見してゐるうちにさう思ひ當つた」

「餘計なお世話ですわい」

老人が煙管で火鉢の縁を叩いた。

「自分のところの稼ぎで立派に嫁に出さうといふんだ。他人様《ひとさま》からあれこれ文句をつけられるやうな弱い尻を持っちやをりません。それにわしらは、このところずつと、米はもちろん息子や孫まで上《うへ》から召し上げられてきたんです。やっと巡ってきた春を少しばかり樂しむのがどうして惡いんですか」

古澤のおぢいさんはもう庭へ出てしまってゐる。自分は卓袱臺の上に竝べたものを急いでリュックの中へ搔き落した。

「手ぶらで歸しちや氣の毒だ。お土產がはりにいいことを敎へてあげる」

下駄を突っかけようとして焦ってゐるところへ老人が聲をかけてきた。

「バッタやコホロギを捕へながら驛へ行きなさるがいい。このへんのは結構たべられるよ。都心から捕へにやってくる人がずいぶんゐる。わしらはたべないから、自由に獲《と》って歸りなさい……」

自分は返事もせずに庭へ出た。竹林を拔けたところで古澤のおぢいさんに追ひついた。おぢいさんは妙にふくらんだ米袋を抱へてゐる。袋の中味がコココと鳴いた。

「人なつツこいやつでね、わしのあとをどこまでもついてくるんだよ。そこで、こいつで戰時中の貸しを返してもらふことにした」

歸りの電車で一騷動あつた。鷄が電車の音に驚いたのか突然、暴れ出したのだ。おぢいさんがびつくりして放り出したはづみに袋の口から足を出し、そのへんを右へ左へかけまはつた。乗客は袋がかけまはつてゐるとしか見えないものだから、もつとびつくりしてゐた。日曜日の正午《ひる》前で大井町線の電車に空《すき》があつたからよかつたやうなものの、人でごつた返す澁谷や上野あたりで飛び回られたのではたちまち盗《と》られてしまふだらう。なにしろ上野で盗まれた自轉車が二時間後には青いエナメルで綺麗に塗り直されて新橋の闇市に出てゐたり、新宿で引つたくられたダブルの背廣が三時間後にはシングルに仕立て直されて淺草の人ごみで賣られてゐたりといふ事件が、日に何十件も發生する御時世である。鷄なぞは五分も經《た》たぬうちに、うどんに入れられ客に供されることになるにちがひない。可哀相だが仕方がない。尾山臺の次の九品佛で降り、驛前のお寺の裏で絞《し》めた。

家に歸るとすぐ解體にかかつた。漬物石を臺にして木槌で骨付肉を丹念に叩いてゐると、例によつてアメリカ空軍の四發大型機が約五百米の高度で、淺草と本郷の高臺とを直徑にしてゆるゆる旋回しはじめた。その尾部に取り付けられた大きな擴聲器から、爆音と一緒に音樂が降つてくる。一昨日は「未完成」で、昨日は「田園」、今日は「天國と地獄」である。荒廢せる人心を美しい旋律で慰めてやらうといふアメリカさんの厚意はかたじけないと思ふが、つい先頃まで四發大型機の爆音には、あの不吉な、無數の笛が一齊に鳴り渡るやうな燒夷彈の落下音が付き物になつてゐた。自分などは心が慰められるより怯えが先立ち、防空壕のあつた上野公園の方へ驅け出したくなつてしまふ。正直なところ有難迷惑な贈物である。それはそれとして、空では妙なる音樂、地べたでは未曾有の食糧難、「天國と地獄」とはなかなか皮肉な選曲だ。

（十四日）

今朝も鷄團子の御汁《おつゆ》であつた。昨夕から二回續きの鷄團子汁、かういふ時代だからありがたい話だが、御汁が餘つたのは女性軍が勤務先へ泊り込み歸宅しなかつたのが原因で、それが少々氣がかりである。文子、武子、牧口さん、黑川さんの帝國ホテル組、お仙ちやん、ともゑさん、古澤の時子さんの水道會社の清算事務所組、ともに忙しいらしいが、折角、家があるのだから、無理をしてでも毎日、通勤すべきだ。さうむやみに勤務先へ泊り込んだりしてはいけない。

「とりわけ、牧口さん、黑川さん、古澤の時子さんの三人については、私達が親代りをつとめてゐるのだから、お前からもびしびし注文をつけなさい」

出掛けに妻に注意した。

「私達には、二人の娘とあの三人の日常を監督する義務がある。それぞれがふさはしいところへ片付くまでは氣を拔いてはいけませんよ」

「みんな大人なんですから、好きにさせときませう」

妻はさらりと答へてさつさと食卓の後片付けをはじめた。婦人參政權といふ新思潮が新聞やラヂオで取り上げられることが多くなつたが、それにつれて、妻の娘たちとの對し方に或る緩みが目立つてきたやうに見える。このことについては近いうちに妻とじつくり話し合ふ必要がありさうだ。

警視廳官房文書課分室に着いてヤスリ版の溝に詰った蠟を古齒刷子《ブラシ》で落してゐるところへ、小林事務官がマッカーサー元帥あての日本人の手紙と占領軍關係治安情報を持って入ってきた。

「いつもより小さな字でガリを切ってくれますか」

「やって出來ないことはありませんよ。しかし、どうしてです？」

「紙不足なんですよ。小さな字で切って原紙一枚にをさめてください」

小林事務官は小脇にはさんで來た藁半紙の束を百圓札でも扱ふやうに大事さうにかぞへ直した。きっちり五十枚、机の上に丁寧に置いて、

「當分の間、一枚の刷り損じも許されませんよ」

「當分の間、といふと？」

「經濟警察官がどこかの倉庫に踏み込んで闇の藁半紙の摘發に成功するまで、といふことです」

「心細い話ですね」

「まったく情けない。文書課に紙がないんぢゃお手上げだ」

「じつは今日あたり、藁半紙を二、三十枚、おねだりしようと思ってゐたところだったんですがねえ」

「不可能ですな。しかし藁半紙をどうなさるんです？」

「絲で綴じて日記帳を拵《こさ》へます。日記をつけるのがたつた一つの趣味なんですよ。この五月から一日も缺かしたことがない。……あ、小林さんに捕まつて千葉縣の八日市場刑務所に叩き込まれてゐた期間は別ですよ」

「さぞかし、私に關する惡口がびつしり書き連ねてあることでせうな」

「門外不出。それどころか妻に讀ませたことすらない。死ぬときはお棺に入れてあの世へ持つて行くつもり。だから心配なさることはありません。それにあなたのことを褒めてゐる個所もあるんですよ」

「こつそり物を書いてゐる人といふのは、なんだか薄氣味惡い……」

小林事務官は鹽を嚙んだやうな苦い顏になつて部屋から出て行つた。自分も藁半紙のあてが外れたので、澁でも飲んだやうな氣分でヤスリ版の上に原紙をのせた。今日の占領軍關係治安情報はかうである。


十三日土曜の午後八時頃、有樂町驛近くの路上で街娼と談笑してゐた米兵のジープ荷臺から、段ボール箱に入れてゐた煙草や罐詰を、箱ごとくすねようとした子どもがある。氣付いた米兵が追ひかけて捕まへ、二つ三つ毆つてから、放してやつた。十數分後、街娼との話を終へた米兵がジープを始動させようとしたところ、エンヂンの調子がどうもをかしい。調べてみるとガソリンタンクの蓋がなくなつてをり、ガソリンには小便が混つてゐた。この週末、類似の事件が新橋、上野、澁谷、新宿などでも發生してをり、いづれも浮浪兒の仕業であると思はれる。總司令部民間情報教育局高級參謀副官補アレン陸軍大佐からも、「日本國政府はいつまで浮浪兒を放置しておくつもりか」との下問もあり、早急に狩込みを行ふ必要がある。

濠端の天皇あての日本人の手紙も一通だけ。しかし長文である。

閣下。謹《つつしみ》てマックアーサー元帥閣下の萬歲を三唱し、併《あはせ》て貴國將兵各位の御健康を御祈り申上げます。さて下拙《げせつ》は名も無き一人の老人ですが、唯一つ誇り得るものを持つてをります。それは何かと申せば姓名學の知識でありまして、先夜、試みに閣下の御姓名を判定いたしましたところ次の如き結果を得ました。幸に御笑覽の榮を賜りますればこの上ない仕合せであります。

マックアーサー元帥の御姓名を日本の文字に直しますと「松《マツ》・久《ク》・朝《アサ》」の三文字を得ます。「松」は本邦に於ては芽出度いことの象徵とされ、例へば正月にはこれを飾つて新しい年の到來を慶びます。また結婚式その他の慶事には床の間や目立つ場所に松を飾りますが、これはその常綠の葉が操や長壽を表すとして古來から尊ばれてきたからにほかなりません。戰爭の前、市中には庶民のよろこぶ鰻屋といふものがあつて、そこでは鰻料理の質を表はすのに「松《まつ》・竹《たけ》・梅《うめ》」なる順位が用ひられてをりました。申すまでもなく松が最上位でした。さらにさかのぼれば、江戸時代の遊女ハウスで

「松」と申せば、最高級の女性のことでありました。このやうに、松は芽出度さ、節操のかたさ、長壽、上質、最高といふ意味を表す文字なのであります。

つづいて「久」には、長時間そのままに保たれてゐる、といふ意味があります。おしまひの「朝」には、推古朝、桓武朝といつた言ひ方からも察せられるやうに、一人の天子の在位する期間を表します。したがつて「松《マッ》・久《ク》・朝《アサ》」は、

マックアーサー元帥閣下こそは最高、最良の統治者、その王朝は永遠に續き、榮えるであらう――


といふ預言的眞理を含んだ御姓名であらうと判斷することが出來るのであります。

讀み進むにつれて自分は「やれやれ、またもや語呂《ごろ》合《あは》せによる偏痴氣論《へんちきろん》か」と呟いて缺伸《あくび》をしかかつた。とくに最近、これと同じ論法を用ひてマッカーサーにおべんちやら一杯の手紙を送りつけてくる手合ひが多いのだ。現に先週も署名の上に「岐阜縣會議長」といふ肩書を振つたおべつか手紙を鐵筆で切つたばかりである。縣會議長はマッカーサーを「松・嘉・佐」と讀み替へてゐたが、その後の文意の展開はこの手紙と、おほよそは同じ、ほとんど瓜二つであつた。この種の讀み替へは戰前にも、そして戰時中にも大いに流行したもので、今でも立ち所に二つや三つは思ひ出すことができる。とくに

印象が深いのは四年前の昭和十六年秋、ラヂオの「時局精神講話」で文部省のお役人の小田切信夫といふ先生の語つたルーズベルトの讀み替へである。

「ルーズベルトとは、ゆるふんといふ意味です。なんとなればルーズベルトをloose-beltと綴ることが可能だから、さうなるのです。looseとは、緩いとか、締まりがないとかいふ意味、beltとはベルトや帶のこと、したがつて意譯をすればゆるい褌、すなはち、ゆるふんとなるのであります。ですからゆるふん大統領に率ゐられた米國なぞ少しも恐るるに足らずと言ひ切つて構はんのです」

なぜ、こんなことを憶えてゐるかといへば、このラヂオ講話の後半が凄かつたからで、文部省のお役人が突然、甲高《かんだか》な聲になり、かう怒鳴り出したのだ。

「先頃、私は思ふところがあつて府立五中へ出向き、第一學年の生徒五十名に國歌君ケ代の歌詞を書かせてみた。その結果たるやまことに驚くべきものであつて、完璧に書いた生徒は半數にも滿たない二十三名といふ有様、帝國の未來を擔ふ少國民がこれではいかんのです！　とりわけ『さざれ石の巖《いはほ》となりて』といふ個所に、想像もつかないことを書いてをり、そのうちの二三を披露すれば、或る者は、『祝ふとなりて』と書いた。『岩穂となりて』とした生徒もあるが、岩から穂なぞ出ますか。『岩程なりて』とか『岩音鳴りて』とかいふのもあつたが、これはまだ許せる。しかし斷じて許せないのは、『庭音鳴りて』とした者が五名もをつたことです。庭が音を出しますか。庭が鳴いたりしませうか。しかし私は府立五中の生徒諸君に苦言を呈するためにマイクロホンの前に立ったのではありません。ラヂオの前の大《だい》の大人であるあなた、大日本帝國臣民であるあなたが、國歌君ケ代の歌詞を正しく知ってゐるか。それを問ふべくマイクロホンに向ってゐるのであります。君ケ代の歌詞の意味は、『我が天皇陛下の御治め遊ばす御代は、千年も萬年も榮えます様に。あの小さな石が成長して大きな岩となり、またそれに苔の生えるまでも幾久しく榮えます様に祈り奉ります』といふことであります。『千代に八千代に』と歌ったゞけでもすでに限りなき時間が表現されてゐるに拘《かかは》らず、『いや、それではまだまだ言ひ足りない』との心から、『さざれ石の巖となりて』を歌ひ足して目に見えぬ程の小石が巖になるまでの無限の時間を加へ、さらに『苔のむすまで』と歌ひ添へて心一杯の赤誠《せきせい》をこめたこの歌を私は感動の涙なしに歌ふことが出來ないのであります。君ケ代は天皇陛下の御代萬歳をことほぎ奉る歌ではありますが、我が國に於ては天皇陛下と國家と國民とは別々に離しては考へられない。この三位は一體なのであります。天皇陛下の御榮は、我が國の榮と同一であり、我が國の榮は我等國民の眞《しん》の榮である。故に我が國體に於ては、大君に對し奉る赤誠は、同時に國運の隆昌を祈る國民の赤誠でもある。古來常に忠君卽ち愛國である。――この萬代不易の大精神が君ケ代には滿ち充ちてゐるのであります。しかしこの大精神も歌詞を正確に記憶してはじめて會得されるのであって、『庭音鳴いて』などと覺えてゐたのでは何にもならんのであります……」

翌日さっそく根津宮永町會長から、「隣組の常會では國歌暗唱に精勵されたい」といふ布令が回ってきた。常會で隣組長の高橋さんが、「一應、私達も國歌の歌詞を紙に書いてみませうか」といひ、その結果については町會長には祕密といふ條件つきで、全員が鉛筆を握ることになつた。成績はまづまづといつたところ。仕立屋の源さんが「苔のむすまで」を「苔の無數まで」と誤つて覺えてゐたのが問題といへば問題であつた。もつとも源さんのこの思ひ違ひを一概に間違ひであるといへるかどうかは疑問だ。源さんの「天皇陛下の御代だ、巖に苔が無數に生えるまで幾久しく榮えます樣に」といふ解釋の方が、本來の歌詞よりもはるかに赤誠の眞心に溢れてゐると思ふからである。

話の筋が少し逸《そ》れたけれども、戰時中はマッカーサーを「眞苦鏖詐《マックアサ》」、チャーチルを「茶散《チヤチル》」などと讀み替へるのも流行《はや》つた。敵の大物の名前に、出來るだけ不吉で嫌な漢字を當て嵌めて、相手を輕んじてやらうといふ論法である。そしてこの論法が發展して巷にたくさんの「故事付《こじつけ》戰勝論」が氾濫した。曰ク「夜戰を心掛けてゐる限り、日本兵は米兵より強い。何故なら米兵は色白だから容易に鐵砲で射《う》てる。ところが日本兵は肌に色がついてゐるので闇に溶けてしまひ、米兵はどこへ鐵砲を射つてよいか分らない」。日本人は理想的な短足である上に、毎朝、便所でしやがんでゐるから狹い操縱席でもらくらく平氣の平左。ところが足が無駄に長い白人は狹いところに長時間坐つてゐるのは苦手。日曰ク「空中戰に於ても日本が斷然有利である。彼我ともに飛行機の操縱席は狹い。日本人は理想的な短足である上に、毎朝、便所でしやがんでゐるから狹い操縱席でもらくらく平氣の平左。ところが足が無駄に長い白人は狹いところに長時間坐つてゐるのは苦手。空中戰ではこの差がはつきり出る筈である」。この種のことを情報擔當の參謀本部員や軍令部員が毎日のやうにラヂオや新聞で公《おほや》けにしてゐたから、これは流行つて當然だつた。自分などもこれらの故事付戦勝論にいちいち膝を打ち、他人《ひと》にも吹聴して回つてゐた一人だからあまり大きな口は叩けないが、しかし八月十五日以降は自分なりに語呂合せによる偏痴氣論や故事付論とは縁切りだと密かに覺悟を決めてゐる。ところが同じ手を使つて今度はかつての敵の總大將に胡麻《ごま》を擂《す》らうといふ日本人が、それもかなり高い地位にある人が少くない。譬《たとへ》は惡いが、安白粉を壁土よりも厚く塗つて嬌聲をあげ、客に媚《こ》びを賣り、色氣を放《こ》いてゐる婆ア藝者より、これははるかに醜いと思ふ。自分は、現今の國民病といはれてゐる疥癬蟲《かいせんちゆう》に下腹部全體を占領されてしまつた時のやうな不快さを感じながら鐵筆をはこんだ。手紙は後半に至つてにはかに調子が高くなる。

下拙の姓名判斷によつて明かになりました如く、閣下は名君の中の名君であらせられます。そこで下拙は、世界の英雄とも申すべき閣下と、閣下を生んだアメリカ合衆國とにこの日本國を支配し差配《さはい》して戴くことが出來たなら、どれほど日本國民は仕合せであらうかと考へる者でございます。米日合併であらうと、貴國への屬國化であらうと、その方法は下拙の問ふところではございません。もとより下拙は國を賣らうといふ氣持で申してゐるのではなく、心より國を憂《うれ》ふがために、合併、或は屬國化の手段を以て、疲弊し、道德地に墮《お》ちた日本人をお救ひ頂きたいと念じてゐるのでございます。閣下及び貴國の支配下に入ることが出來ますならば、現下の食糧難、燃料危機、交通地獄、人心の退廢、共産黨の跳梁などの難問は一擧に解決をみることでございませう。天皇制などは二の次三の次の問題でございます。閣下に天皇になって戴けばそれで片がつくことでございます。天皇制がどうのかうのといふよりも生活の安定の方が優先いたします。閣下よ、日本人をお憐みください。こんなことを申しあげてはお叱りを受けるかもしれませんが、日本國をこのまま放置しておきますと共産主義に染まつて眞ッ赤になることは必定でございます……

ここで便箋は最後の一枚を殘すのみとなつたが、その最後の一枚の、末尾に認《したた》めてあつた差出人の住所氏名を見て、自分はすぐ傍に爆彈を落されたやうに驚いた。「本郷區根津宮永町　青山基一郎」とあつたからである。骨の髓からの皇國主義者のあの町會長が濠端の天皇にあててこんな手紙を書いてゐたとは！　自分は鐵筆を放り出し、ずいぶん長い間、どす黒く變色した血判に目を据ゑたまま呆然としてゐた。

「原紙切りはすみましたか」

小林事務官の聲で吾《われ》に復《かへ》つた。どこかで四發大型機の爆音がしてゐる。

「……あと五分もあれば終ります」

「ほう、今日はゆつくりですな」

「ちよつと考へごとをしてゐたものだから。どうもすみません」

「ここで待たせていただくとするか。さうさう、文書課の書棚の奥から紙を見つけてきたんだ」

小林事務官は上衣の内隠しから藁半紙を三枚、取り出した。少し黄ばみ、そして大いに皺が寄つてゐる。

「書類綴に押されて棚の奥でくちやくちやになつてゐたんです。これで十日は保《も》つでせう」

「いや、三日でせうか」

「ずいぶんたくさん日記を書くんだな」

「ほかに樂しみがないんですよ。遠慮せずに戴いておきます。助かりました」

禮をいつて鐵筆をとりあげたとき、近づきつつあつた爆音の中からベートーベンの「運命」が降つてきた。階上の憲兵連絡室宿舍が急に賑やかになつた。拍手、口笛、足踏み。ちよつとしたお祭り騒ぎである。

「アメリカさんはあの第五がよほど好きなんだな」

小林事務官は苦笑しながら天井を見上げた。

「四回に一回は必ず第五を流しながら飛ぶ」

「理由があるんだよ」

琺瑯《はふらう》引きのコーヒーカップを載せたお盆を持つて、憲兵連絡室宿舍のコックをしてゐる本郷バーの主人が入つてきた。

「第五の出だしのタタタター、タタタターつてやつなんだがね、あれは電信符號のVと同じなんだつてさ。Vはヴィクトリーの頭文字だ。つまり第五は奴《やつこ》さんたちにとつては

『勝利の曲』ってわけだね。だから第五がかかるたびに階上《うへ》が陽氣になるんだよ」
コーヒーには砂糖がたつぷり入つてゐた。その甘味に勵まされて、自分は町會長の手紙をどうやら原紙に刻み終へた。

（十五日）

今日の仕事は半時間で終つた。占領軍關係治安情報が左の二件しかなかつたからである。

先月二十日、マッカーサー司令部から警視廳へ高級乘用車五十輛を提供せよとの命が下つた。そこで警視廳では輸送課に自動車供出といふ窓口を設け、連日、二、三十車輛くらゐづつ受検を行つてゐるが、五體滿足な車輛は少く、よい日でやつと一、二輛が及第といふ有様で、十三日現在で確保に成功したのは辛うじて十三車輛である。司令部側はこれに不滿を抱き、昨十五日、「街には百輛もその上もよい車が走つてゐるのにどうしたことだ」と強く申し入れてきた。それを受けて警視廳では本日より都内の街々へ六組の高級車逮捕隊を派遣することになつたが、各自においても登廳下廳の途中、道路上を疾驅する自動車に鋭い觀察の目を注ぐやう努められたい。そして高級車を目撃した場合は即時その車輛番號を輸送課へ申告されたい。その高級車が五體滿足で司令部へ上納できるものであつたときは、輸送課から申告者へ、干《ほし》うどん、あるひは干《ほし》スルメが褒賞品としておくられる。

熊谷地區進駐三百八十六聯隊民政官ベクター・クラーク歩兵少佐は十四日熊谷警察署に乗りつけ、諸車の右側通行を即時實施する旨縣民に通達するやう傳達、また進駐兵の煙草販賣は處分しない旨つぎの通り申し渡した。

今後進駐兵の自動車は速力を倍加するとともに米國式に右側通行を行ふ。よつて日本の諸車（自轉車も含む）もこれに準ずるやう、ただし歩行者は從來通り左側通行とする。これによつて生ずる衝突は目と目で互ひによけあつて避けることとする。

進駐兵の煙草販賣は私物の販賣であるから、隊ではこれを處罰しない。ただし米國政府の品目であるガソリン、タイヤ、被服、食料品（菓子も含む）の販賣は處分する。

——右の通達のうち米國式の右側通行については東京都内でも採用される可能性が高いので、不意に申し入れられても周章狼狽することのないやう關係諸方面各位においては今から對處策を練られることを望む。

くすくす笑ひながら原紙の上にローラーを轉がしてゐるところへ小林事務官がやつてきた。

「車は右側、歩行者は左側、これによつて衝突が起きさうなときは目と目で互ひによけあつて避けることとする……。この『避けることとする』といふところがおもしろいですな、なにか、かう樂天的で、さう決めておけば衝突なぞ起るわけがないと信じ込んでゐるやうなところがあつて、そこが明るくていい。しかし戰さが終つたといふのにちつとも世の中は變つてゐませんね」

「相變らずみんな空きッ腹だものね」

刷《す》り上つた占領軍情報日報に點檢の目を走らせながら小林事務官は御座なりを言つた。

「物價は上るばかり。その傾向も變つてゐない」

「さうぢやなくて、自動車の强制供出のことをいつてゐるんですよ。半年前、警視廳はわたしのおんぼろオート三輪にまで狙ひをつけてゐた。あいつを召し上げようとして特高刑事をつかはしてわたしを刑務所へぶちこんだ」

その特高刑事とは勿論この小林事務官である。

「戰さが終つても依然として警視廳は車を物色してゐる、戰爭中は天皇のために、そして今はお濠端《ほりばた》の天皇のために」

「地下の倉庫に行つてゐてください。日報を配つたら私もすぐ行きますから」

小林事務官はこちらの放つた皮肉には答へず日報を抱へて出て行つた。

本館の地下の薄暗い倉庫の中で、鼻と口を手拭で覆つた男が兩手に一册宛持つた本をポンポンと勢ひよく叩き合せてゐた。そのたびに明取り《あかりと》の小さな高窓から射し込む光の帶の中で埃が煙のやうに舞ひ上る。男は頭にも手拭を被つてゐた。すぐ目が慣れた。小學校の教室を二つ合せたぐらゐはありさうな倉庫に、紐で括つた本の束が山と積み上げられてゐる。

「神田の近藤書店です。このたびは御贔屓をいただきまして」

マスクがはりの手拭を取って挨拶する男の口に金歯が眩しく光ってゐる。薩摩芋のやうにいびつに赤肥《あかぶと》りした大きな顔である。小林事務官に言ひつかって書まで手傳ふことになつたと告げると、

「それぢや一緒に仕分けをしてくださいますか」

と浮き浮きした聲でいふ。

「マルクスはここ、野呂榮太郎はそこ。レーニンはこっち。簡單な仕事です」

「アカ關係の本ですな」

「ここにあるのはみんなアカです。今月はじめマッカーサーの鶴の一聲で三千人からの政治犯や思想犯が釋放になったでせうが。その日から神田に、マルクスはないか、河上肇が讀みたい、三木清がほしいと、どっとお客が押し寄せてきましてね。その傾向の本があるとすれば、警視廳か、燒け殘った警察署だらうと狙ひをつけてお百度を踏んだわけで」

近藤書店の主人はここで書庫の中をひとわたり見回して、

「これだけあれば神田の古書街、まず半年は喰へますな」

なるほど、それなら聲も彈むわけだ。

「するとここにある本は思想犯といった人たちの……？」

「さう、思想運動で検擧された人たちから沒收したものなんですな。正確にはその一部」

「その一部といふと？」

「警察官は容疑者が持つてゐた本を手あたり次第なんでもかんでもかき集めて沒收してしまふわけです。その中にはアカと關係のない純粋の文學書や詩集、それから自然科學書なども混つてゐる。いや、アカと關係のない本の方が多いでせう。で、その種の本は疾《と》うの昔に賣り拂はれてゐる。うちのお得意さんのさる思想檢事などは、月に一度の割合で、オート三輪一臺分の本をお賣りくださいましたな。ここに殘つてゐるのは、だからこれまで店頭に出せなかつたものばかりですよ。おや、またマルサスだ」

　主人は手の上にあつた本の表紙をふつと吹いて、

「特高の刑事さんときたらマルクスとマルサスの區別もつかないんだから厭になつちまふ」

「その兩者、相當に違ひますか」

「マルクスはアカの總本山、マルサスは社會主義思想の批判者、まあ、雪と泥、西と東ほども違ひますな。この頃ぢやマルサスは商賣になりません」

　そのマルサスの、『人口の原理』と表紙に金箔で捺《お》した本をぽいと放り出した古書商は續いて次の山へかかつたが、そのうちに不意に動かなくなつた。黑表紙の本の見返しを凝《じつ》と睨んでゐる。

「仕分けをしろといはれてもこっちは素人です。自分は埃を拂ふ方に專念しますよ」

さう聲を掛けて自分は目の前の山から一册取ってぷうぷう埃を吹きはじめたが返事はない。掘出物にでも當ったのだらうと思ひ二册目にかかってゐると、主人が俄かにぶるぶる震へ出した。

「……先生の筆蹟だ」

顏の色が死人とでも出逢ったやうに靑ざめてゐる。今し方までの上機嫌が噓のやうだ。

「見てくださいよ、この字」

その本の見返しに二百字詰の原稿用紙がはさんであった。三行空けて、四行目から、かう書きつけられてゐた。


親鸞の思想の特色は佛教を人間的にしたところにあるといふやうに、しばしば考へられてゐる、この見方は正しいであらう、だがそれ

さうしてここでお仕舞ひ。全體を大きなバッテン一個で消してある。偏《へん》も旁《つくり》も冠もすべて鋭い直線で、どの字もタテ長、下手といふよりは幼稚な筆蹟といった方が早からう。左側の餘白にかなり大きく次の一行。

人間はいづれ歸るべき所へ歸るのだ。

原稿用紙の左下に小さく「三木清用紙」と刷《す》つてある。自分もこの名前には心當りがあつたから思はずアッと唸つてしまつた。哲學などとはおよそ縁遠い自分ではあるが、この名前だけは知つてゐる。新聞に定期的に寄稿してゐたし、自分がよく讀む「文藝春秋」にも社會時評を寄せてゐた哲學者だ。だいぶ前の「文藝春秋」で小説家の横光利一の小災難を話のマクラに振つて警察や役所をやりこめた文章は痛快で、妻に「お前もこれを讀むといい。サイダーを飲んだときのやうにすつきりすることは請け合ふぞ」とすすめたことまで覺えてゐる。或る夜更、青年たちの憧れの的であり、「小説の神樣」といふ異名さへある横光利一が折柄の警戒に引掛り、名前を告げたが通して貰へない。そこで「自分は明治大學の教師でもある」と申し立てたところ通行を許されたといふが、横光利一が優秀な小説家であることは天下周知の事實、一方同氏が大學教師であることは恐らくそれほど知られてをらず、また同氏の本質的な仕事にとつてあまり關係のないことである。しかし警察へ行けば、前の百の事實よりも後の一つの事實の方が物をいふ。日本の文化に實質的にどれほど貢獻してゐるかといふことよりも位階勳等の方が大事なのである。場合によつては私立大學教授といふことも役に立たない。それよりも官廳の一事務官でもある方が有力なことが多い。このやうな官尊民卑の風潮や目下大流行の金力萬能の思想を一掃しないうちは「擧國一致」など畫にかいた餅だ——といふ論は、常日頃、警察や役人に小突き回されてゐる自分たちの鬱憤を充分に晴らしてくれるものであつた。そしてこの十月に入つてから三木清の名前が新聞によく載るやうになつた。終戰後四十日も經《た》つた九月末、この哲學者は豊多摩刑務所で死んだ。それも疥癬が昂じての急性腎臓炎で。發見されたのは午後三時、眞赤に染まつた着衣の前をはだけたまま床に轉がり息絶えてゐたと新聞にはあつた。疥癬を劇《はげ》しく搔くので血が吹き出し、それで着衣が赤く染まつてゐたといふのだが。

「先生がおいでになつた後は、うちの本棚が隙間だらけになりましてな、それほど本のお好きな方だつた。文化學院での哲學講義や岩波書店でのお仕事の歸りにはきつと寄つてくださいましたよ。岩波文庫が先生の發案で出來たことは知つておいでですか」

　知らなかつた。自分は首を横に振つた。

「さういふ出版企畫にも冴えた勘をお持ちだつたらしい。もつともよくうちの店《みせ》でぼやいておいでだつたな。僕はお調子者で祭の神輿ぢやないがいつも周圍から擔がれてばかりゐる。出版社の智恵袋みたいなことはやめて書齋に立て籠りたいつてね。うちでそばの出前を待つ間、よくさうおつしやつてゐた。力うどんと注文がきまつてゐましたな。力うどんを啜りながら、僕には力がある、自分の力を信じて頑張らねばならぬ、といつてをられた。暗いお顏、陰氣なお聲、おいしいから食べるといふのぢやなくて、燃料補給のために無理をしてでも詰め込まねばならぬとでもいつたやうな切羽詰つた召し上り方、智恵を絞る商賣といふものは、ありや地獄ですな」

　主人は表紙をそつと閉ぢると、その本を捧げ持つて頭《かうべ》を垂れた。本の題名をたしかめると、それはナントカ・ボルケナウの『近代世界観成立史』といふ本である。もとより自分などには初めてお目にかかる難解さうな本だ。

「お嬢さんにお渡しすることにしますよ」

主人は目頭のあたりを手拭でちよつと押へた。

「お父上の遺品をお渡しすれば、お嬢さんの涙の種がまたふえることでせうが、しかし仕方がない」

「ひとことでいつて、どういふお人だつたのですか」

「二度も奥さんをなくして、家庭の淋しい人でした。その上、お嬢さんはまだ女學生。さぞかし思ひが殘つたことでせうな」

それはさうに違ひない。偉い哲學者と肩を竝べようとしていふのではないが、八日市場刑務所で自分を支へてゐたのは唯ひとつ、もう一度、文子と武子の顔が見たいといふ思ひであつた。清は男子であるから自分の始末を自分でつけることもできるだらうが、娘たちにはとにかくよい伴侶を見つけてやらねばならぬ、その前にどうでも死ぬものかと思ひ續けて生きてゐた。だがもしも體力、その他の諸條件で娘たちの先行きの見通しも立たないまま命を斷たれるとしたら、中年男の幽靈なぞ流行らないが、それでも自分は靈となり娘たちを守らうとしてこの世をさ迷ふことになるだらう。疥癬の瘡蓋《かさぶた》を搔き毟りながら必死で娘の身の上を案じてゐたにちがひない獄中の父親の胸中を思ふと、なんだかひどく氣が萎《な》えて自分はその場に腰をおろして默り込んでしまつた。

それにしても哲學者の書き殘した「人間はいづれ歸るべき所へ歸るのだ」といふ一行にどういふ意味がこめられてゐるのであらうか。捕まる前から死の豫感のやうなものがあつたのか。この一行をお孃さんへの言ひ殘しと解釋するのはあまりにも安直すぎやうが、自分はお前の母の所へ行く、だからお前もやがて自分たちの所へ歸つておいで、それまで充分に生をたのしむがよいといふやうな思ひがこめられてゐるのだらうか。

今日一日、そんなことをあれこれ考へて過したが、勿論、答へが出せるやうな事柄ではない。ただ、彼の哲學者は終戰のすぐ後で釋放されるべきだつたし、さうだつたら疥癬で死ぬこともなかつただらうと判つたのはたしかである。戰さが終つたあと四十日間も、哲學者の友人たちはなにをしてゐたのだらう。彼に原稿を依頼してゐた新聞や雜誌は、なぜ、釋放要求をしなかつたのだらう。もつとも誰もが自分のことで手が一杯だつたからと言ひ返されれば、ひとこともないけれど。

（十六日）

晝過ぎ、警視廳から歸つてくると家の前で新聞社の寫眞部へ出ておいでの高橋さんとすれちがつた。挨拶がはりに、

「お仕事の方はいかがですか」

と聲をかけると、返つてきたのはきまりの惡さうな苦笑ひ。

「この間まで出撃前の特攻隊を撮《と》つてゐたのが、今は共産黨ばかり、毎日のやうに釋放

共産黨員を先頭に立てた街頭行進とつき合つてゐますよ。八月十五日を境に人びとの英雄が特攻隊員から共産黨員にかはつたやうですねえ。私にはなかなかその切り換へがうまく行かないので困つてゐます」

「そんなに悩まないで面白い紙面をつくつてくださいよ」

たとへば清の行つてゐる府立五中では、全員が、學校へは出來るだけ惡い下駄をはいて行き、脫ぐときは片方宛、飛んでもない所に遠く離して置くのださうで、これだけが今のところ下駄の盗難を防ぐ唯一の方法だといふ。かういふ記事が面白くて爲になる。それからこれは文書課分室隣りの厨房で憲兵《エム・ピー》の食事をつくつてゐる本郷バーの主人の話だが、あちこちで自轉車泥棒が流行つてゐて、その手口が小憎らしいものであるらしい。自轉車を乗り逃げしてそのまま葛飾や世田谷の奥へ走つて行つてしまふ。足に自信のある者は千葉縣や埼玉縣の農村までピクニックを行ふ。そして農家で自轉車を食糧と交換して歸つてくるのださうだ。かういふことを書いてくだされば有益でもあり興味深くもある。慰めるつもりでそんな話をすると、高橋さんが突然、

「じつは辭《や》めようかと思案してゐるところなんです」

と言ひ出した。立ち話ではすみさうもないと見て高橋さんをうちの玄關へ誘ひ、妻にコーヒーを言ひつけた。高橋さんはなにか悩みごとを抱へてゐるやうだが、それを慰めるにはこの人の大好きなコーヒーがよからう。占領軍兵士用ケア・パッケージのコーヒーは自分の寶物だけれども今それを惜しんではならない。自分はこれまでに何回この人

に相談を持ちかけたか知れやしない。今度はこつちがお返しをする番だ。

「朝日の上層部がごつそり交替することになると思ひます」

　高橋さんがいつた。

「社長、會長、全重役、それから編集總長に局長に主幹、そのへんまで總辭職といふことになるでせう。私も寫眞部を預かつてゐた一人だから責任がある……」

「責任て、なんの」

「戰爭の、ですよ。軍閥だの財閥だの政治家だの官僚だの、さういつた連中の戰爭責任を明確にしようとするならば、先づ自らを裁かないといけません」

「新聞は頑張つた方ぢやないんですか。そりや第一面については責任があるかも知れませんよ。でもね、第二面を凝と睨んでゐると、小さな記事が、『この戰さはをかしいですよ』、『大本營發表は噓くさいですよ』、『負けるかもしれませんよ』と低い聲で叫んでゐた。今になつてみるとそれがよく判ります。なんでしたら實例をあげてみませうか」

「小さな記事でこつそり批判しても仕方がない」

　高橋さんはきつぱりといつた。

「とにかく近衛新體制運動以後は政府とべつたりでした。大戰の直接の原因のひとつとなつた日獨伊の三國同盟の成立、批判をするならあそこが最後の機會だつたでせうが、私どもは一度《と》も反撃できなかつた。だから責任をとらないと……。私なども調子のいい寫眞ばかり撮りすぎました。それが祟つて、たとへば共産黨の街頭行進の寫眞を私が撮ると、焦點がぼやけたり、全體に、かう、ぶれたりしてしまふんです。どういったらいいか、顧《かへり》みて忸怩《ちくぢ》たる氣持がシャッターを押す指を狂はせるといふのか、とてもこれ以上、新聞の寫眞を撮ってはゐられない。その資格がない……」

「しかし辭めた後はどうなさいます？」

「當分は機材を賣って喰ひ繋ぐしかないでせう。アメリカ兵相手の街頭寫眞屋も惡くはないが、この指が果して正確に働いてくれますかどうか」

高橋さんが溜息をついたところへコーヒーが來た。妻にも聞えてゐたやうで、自分の横に坐って肩を落してゐる。

「いい匂ひだ。私も招《よ》ばれたいな」

玄關先へ顏を出したのは宮永町の町會長の青山基一郎氏である。

「おや、高橋さんもおいでとは馬鹿に都合がいい。お二人に話があってきたんですがね、これは手間が省けた」

町會長は外に出しておいた木製の丸椅子を持ち込んで、三和土《たたき》に据ゑた。妻が臺所へ立った。町會長は御時世に合せて生きるのが器用な二股者《ふたまた》、コーヒーよりも高橋さんの爪の垢を煎じて飲む方が先ではないのか、胸の内でさう毒づきながら、

「それでお話とは？」

と訊いた。

「山中清くんと高橋昭一くんの二人はどうしてからも怪文書が好きなんでせうな」

町會長は上衣の隠しからノートの切れッ端《はし》を出して、

「これで三度目ですぞ」

高橋さんと自分との間にひろげておいた。

「町會事務所のガラス戸に貼ってあったんですがね」

一讀してそれは「教育ニ關スル敕語」のもぢりであることが判った。後日のためにここにその全文を寫しておく。

町民惟《オモ》フニ我カ町會長　町費ヲ集ムルコト熱心ニ　配給ヲ絶《タ》ツコト深刻ナリ　我カ町會長　克《ヨ》ク喰《ク》ラヒ　克ク喋リ　コツソリ町費ヲ掠《カス》メ取リ　世々《ヨヨ》　其《ソ》ノ非ヲ爲《ナ》セルハ此《コ》レ我カ町會ノ精華ニシテ　頽廢《タイハイ》ノ淵源《エンゲン》亦《マタ》實《ジツ》ニ此《ココ》ニ存《ソン》ス

町内ノ貧民　父母ニ別レ　兄弟《ケイテイ》ニ離レ　夫婦野合《アヲカン》シ　朋友相ヒ取引シ　狷狹《ケンケフ》己《オノ》レヲ持シ　汚穢《ヲワイ》衆ニ及《オヨ》ホシ　學ヲ捨テ　闇ヲ習ヒ　以《モツ》テ智能ヲ輕薄ニシ　賭博ニ狂ヒ　進《スス》テ盗癖ヲ弘《ヒロ》メ　警官ヲ逃レ　常ニ筋力《キンリヨク》ヲ貯《タクハ》ヘ　リュックヲ重クシ　一旦緩急アレハ　線路ヲ走リ　以テ天井知ラスノ　インフレヲ扶翼《フヨク》シ　女房ノ衣裳ヲ賣リタルノミナラス祖先ノ衣服ヲ賣リ飛ハス等《ナド》　スヘテ町會長ノ所爲《セヰ》ナリ

血《チ》ノ道《ミチ》　我カ町會長ノ細君《サイクン》ノ持病ニシテ　豫《カネ》テヨリ彼《カレ》ノ敬遠スル所　彼之《コレ》ヲ不滿トシテ妾君《セフクン》ヲ蓄《タクハ》ヘ　之ヲ町外ニ圍《カコ》ヒテネンコロニス　或日　妾君ト倶《トモ》ニ　ジヤンケン等《ナド》シテ遊ヘハ　細君ニ見ツカツテ　許シテ呉《ク》レト冀《コヒネガ》フ

昭和二十年十月十七日
虚名《キヨメイ》護《ゴ》持《ヂ》

妻が小さくなつて手渡した湯呑からコーヒーを音高く啜りながら、町會長は目を細め何度も舌鼓を打つてゐたが、そのうちにひよいと舌鼓を舌打ちへと切り換へた。

「水戸高等學校、埼玉縣立秩父農林學校、靜岡縣立藤枝農學校、神奈川縣立横濱商工實習學校、道立小樽工業學校……。十月に入つてから以上の五校でストライキが發生してをりますな。おつと、大變な大物をひとつ忘れてゐた。學校農園でとれた作物《さくもつ》を校長が勝手に處分したのがケシカランといつてストライキを打《ぶ》つてゐる直《す》ぐそこの私立上野高等女學校を入れると六校だ。信じられますか、女學生までがストをやつてゐるんですよ。末世も極《きは》まりましたな」

ここで町會長は空《から》にした湯呑を天地ひつくりかへして手の平に輕く叩きつけ、コーヒーの滴《しづく》を受けたその手の平をペロリと舐めた。町會長がこの種の芝居氣たつぷりな仕草をするときは氣をつけろといふのが町内の合言葉、次に爆彈が炸裂するお約束になつてゐるからだ。果して、

「この町内からその女學校のストライキの應援に出かけた愚かな中學生が二人をる。それが淸くんと昭一くんです」

と聲が甲高《かんだか》になつた。

「女學生どもが學校農園を取りかこみピケットラインとかいふわけのわからんものを張りながら女學生向きの唱歌をうたってゐる。と、その歌聲にハーモニカで伴奏をつけてゐるのが麻布中學生徒で、そばで赤旗を振ってゐるのが府立五中生徒ださうです。調べてみると、昭一くんは麻布中學へ五日間も登校してをらない。清くんは府立五中を四日も休んでゐる。このことを御存知でしたかな」

自分は妻を見た。妻は微かに首を横に振った。高橋さんはきつとなつて町會長を睨みつけ、

「調べてみると、といはれましたね。町會事務所がそこまでする必要がありますか」

と逆ねぢを喰はせた。

「それぢやまるで特高刑事ではないですか。申し上げておきますが、特高課はもう廢止になつてゐるんですよ」

「町内のお子さんたちが道を踏み外さぬやう、なにくれとなく氣を働かせておくのも私どもの務《つと》めでしてね。ま、しかしなんですな、清くんも昭一くんも根は惡い子ぢやない。ただ、ちよつとだけお調子者で、だから女學校のストライキの應援をしてみたり、こんな怪文書を貼り出してみたりするんでせう。そのへんを勘定に入れて監督なさつてくださいよ。いい機會だから申し上げておきますが、私にお妾さんなんて結構なものがゐるわけありません。たしかに私は三日か四日に一度、駒込千駄木町のアパートにさる御婦人を訪ねますが、この方は私の恩師のお嬢さんで、旦那さんを南方戦線で失ひ、かつま

た、お子さんを空襲でなくされたといふお可哀相な身の上……」

町會長は、ふと、煙《けむ》るやうな目つきになつた。目の縁《ふち》が薄紅色に染まつてゐる。百人一首の、しのぶれど色に出《いで》にけりといふやつだ。

「……思ひがけず入手した闇物資を玄關先に置いて歸つてくるだけのことです。とにかくもう一度こんな怪文書を書くやうなことがあれば、そのときは出るところへ出ますよ」

「清には強《きつ》くいつておきますから」

妻が低頭して湯呑を引き取つた。妻の低頭に便乘して自分も少し頭を下げた。高橋さんは例のズック地の防空鞄をひとゆすりして立ちあがり、自分たち三人に等分にお辭儀をしてから、

「私には子どもを叱る勇氣がない。町會長さんは世を末世と見ておいでのやうだが、さういふ末法の世の中にしたのが私たち大人どもですから、子どもにあれこれいふ資格がないと思つてゐるんですよ」

と低い聲で言ひ、それから足數でも算へてゐるかのやうに俯いてゆつくりと表へ出て行つた。

「インテリさんはすぐ自信をなくすから、我が子にまで舐められるんですよ」

町會長はラッキーストライクを出して火をつけた。妻が灰皿を持つてきた。その灰皿へ燐寸《マッチ》の燃えかすを投げ込んで、

「ところで奥さん、例の話、氣に入っていただけましたかな」

「はあ、結構なお話でしたけれども、その……」

「まさか、乘れないとおつしやるんぢやないでせうな」

「それが、そのまさかなんでございますよ」

「そんな馬鹿な。あなた、もつたいない」

「只今、御寫眞を持つてまゐります」

妻が茶の間へ立つた。町會長は色をなして、

「信介さん、もう一度、娘さんたちにすすめてみてはどうですか。相手は世田谷の地所持ちの總領なんですよ。家の建坪は五十坪。焼跡にバラックか壕舍、よくてアパートの四疊半が相場のこの東京で、五十坪の家なんて御殿のやうなものだ。それだけでも玉の輿のところへ、その青年は大學出、しかも食糧營團のお役人ときてゐる。ご存知のやうにここは政府が農家から買ひ上げた米や麥を一手に扱ふところ。三度の食事が白米で當り前、おやつもお夜食もぴかぴかの白米、さういふ榮耀榮華も夢ぢやない……」

と一氣に捲《まく》し立て、

「さういいい話をどうして斷《ことわ》るんですか。私にはどうもよく判らない」

煙草を勢ひよく灰皿に突き立てた。

「私にも判りませんな」

と自分もいつた。

「そもそもが私には初耳なんですよ」

「……初耳？」

町會長は前へ突ンのめりさうになつた。

「主人に默つて縁談を斷る？　そんなことがあつていいんですかね」

「文子はまだ結婚しようとは思つてゐないやうで……」

妻が葉書大の寫眞を持つて來た。それを横合ひから奪ふやうに取つて一瞥《いちべつ》するに、男前も上ノ部である。佐分利信を若くして男前の度合ひを三割方差ッ引いたらこんな顔になるかも知れない。

「しかし相手方は文ちやんに一目惚れなんですがねえ。日比谷で文ちやんとすれちがつて、そのままここまで後をつけてきて、町會事務所に飛び込んで、町會長の私に仲介を頼んだぐらゐだから相當なお熱なんですよ。文ちやんが首をひとつ縦に振れば、明日にもまとまる話なんだがねえ」

「なんとも申し譯ございません」

「それともなんですか、文ちやんにはなにか結婚できない特別な理由でもあるんですか」

町會長の目が細く鋭くなつた。驚いたことに、妻は、その詮索《せんさく》するやうな視線を眞正面から睨み返し、

「ございません」

冷やかな氷のやうな言葉で二の矢を射た。妻のこんな姿を自分は初めて見る。町會長が引き揚げた後も自分はただ呆《ぼう》となって妻を見てゐた。

「なにも心配なさることはないんです。文子がいやだといふんだからどうにも仕様がない。……ただ、あなたにお話ししなかったのはいけなかったわね。許してください」

湯呑を片付けはじめた妻は普段の姿に戻ってゐた。

「この頃、家の中がどうなってゐるのかさっぱりわからん。とにかく一度、文子と話しあってみよう。あの子、今夜は歸ってくるのかね」

「お宿下りは明日ですよ」

食器を竝べる音の間を縫って妻の聲が返ってきた。


（十七日）


これを記してゐる年月日及び時刻は、昭和二十年十月十八日木曜日の午後七時である。家には自分以外誰もゐない。妻も古澤の老人夫婦も、そして清までも今夜は角《かど》の家に泊るといってゐた。

聞えるのは木ッ端《こば》葺きの屋根を時折叩いては通り過ぎて行く雨の音と、かうして西洋紙をガラスペンで引ッ搔く音ばかり、至って靜かである。だがしかし靜かに見えるのは外見だけであって、自分の心は難破寸前の小舟のやうに劇しく搖れてゐる。自分は今、文机の横に水を入れた土瓶を置き、一分おきぐらゐにその口から水を呑むのを繰り返してゐる。さうやって冷してゐないと危いと思ふ。自分の心の中でまだ怒りの炎が燃えてゐるからだ。冷してゐないとまたすぐにも爆發して、角の家へ火の玉となつて飛んで行き、妻と娘たちを毆つてしまひかねない。そして止めに入るだらう清ともう一度取ッ組み合ひをしかねない。右手が痛んでうまく字が書けない。妻や娘たちを毆つた酬いだらうか。後頭部がずきずきする。清に突き飛ばされ引ッ繰り返つた拍子に七輪で打つたあとが痛んでゐるのだが、この瘤は何の報いか。とにかく山中家は今日、敗戦の年の十月十八日をもつて滅びた。これから書くことは、或は日記の範疇をこえてゐるかもしれない。だがそれでも自分は書かねばならない。なぜならば、この日記が自分だからだ。この百數十枚の西洋紙の束が山中信介だからである。自分に向つて嘘を吐くわけには行かないではないか。

今日一日のことを出來うる限り正確に書いてみることにしよう。自分はいま、明日から何に縋つて生きて行つてよいかわからぬといふ混亂の中にゐるが、今日を克明に書くことでひよつとすると明日からの、生きるための指針のやうなものが得られるかもしれない。少くともいままでは日記を綴ることで混亂の中に隱されてゐた秩序や法則や原理に氣付かされることが再々《さいさい》であつた。今日もまたさうであることを祈りたい。

朝七時前、いつものやうに妻から蒸《ふ》かした甘藷を三本貰つて家を出た。甘藷をたべながらのんびり歩くと丁度八時十分に警視廳の官房文書課の分室に着く。分室は、廳内に進駐するアメリカ騎兵第一師團憲兵隊宿舍の一階の片隅にあつて、薄い板壁を隔《へだ》てた隣りは憲兵たちの食事を拵へる厨房だ。その厨房に顔を出し料理番のおやぢさんから水と憲兵たちの飲み殘しのコーヒーを貰ひ、運がよければラッキーストライクも一、二本。それから伏せて置いた湯呑茶碗の糸底で鐵筆の先を研ぎ、古い歯刷子《ブラシ》でヤスリの溝の蠟を落してゐるうちに小林事務官がその日の仕事を持って入ってくる。――以上が近頃のきまりである。根津から櫻田門まで歩くことにしたのは、朝のあの混雑電車を避けるためだ。混み合ふのはお互ひ樣みたいなものだから一向に構はないが、眼鏡を彈《はじ》き飛ばされでもしたら一大事だ。眼鏡など何處にも賣ってゐないし、たとへ賣ってゐたとしても、それを手に入れるには米を何斗も積まなければならないだらう。それで大事をとって朝は歩くことにしたのだ。自分の眼鏡の蔓は右側が破損してゐて靴紐で代用してゐる。だから混雑電車に乘るのは非常に危險である。

さて今朝のこと、二本目の甘藷を食べ終へて湯島切通町へさしかかったとき、御徒町《おかちまち》方面から一臺のジープが華やかな嬌聲を乘せて近づいてくるのが見えた。若い頃からオート三輪や自動車が好きで――だからこそ戰爭末期の一時期、小運送業で生計を立てようとしたわけでもあるが――さういふものが走ってくるときまって立ち止まりいつまでも見送る癖がある。とくにジープには深大な興味を抱いてをり、ぬかるみだらうが急坂だらうがものともせずに走り回るこの四輪驅動の小型自動車を見るたびに、戰爭に負けた理由がすっきりと腑に落ちる。荒っぽいことをいへば、大日本帝國は、B29爆撃機と原子爆彈とこのジープとの三種の武器に敗れたのではないかと思ふぐらゐである。この三種の兵器の前では、三種の神器なぞは借りてきた猫より大人しい。いつものやうに頭の隅でそんなことを考へながら、ジープの近づいてくるのを待ち構へてゐると、

「をぢさん、おはやう」

といふ聲とともに、目の前にジープが急停止した。運轉してゐるのは兵士《ジー・アイ》ではない。シャツの右腕に上向きの矢印のやうな略章を三つも付けてゐるところを見ると階級はもつと上にちがひない。

「これ、お肉よ」

助手臺にふんぞり返つて煙草をふかしてゐた女がこつちへ紐で括つた紙包みを突き出してぶらんぶらん振つた。見ると美松家《みまつや》のお仙ちやんである。後部座席から古澤の時子さん、牧口《まきぐち》可世子《かよこ》さん、そして黑川芙美子さんの三人がそれぞれ口許や目許に微かな笑ひを漂はせながら自分を見てゐる。その笑ひだが、驚きが三分に照れが三分、しまつたが二分に敬愛が二分といつた風の、複雑なものだつた。

「お兄さん、お歸りは何時？」

とお仙ちやんが訊いた。彼女の旦那は燒夷彈の直撃を喰つて死んだ角《かど》の兄である。その縁で自分を「兄」と呼ぶのだが、これが困る。お仙ちやんは派手な顔立ちの三十代前半、引きかへこつちは蔓の切れた眼鏡に半白《はんぱく》の初老、かならず人が振り返る。

「いつもと同じだよ。さう、一時半頃かな」

「ぢやあ、鋤燒は三時からつてことにしよう。おなかをうんと空《す》かせて歸つてらつしや

いな」

「こんな御時世だ。おなかはいつだつて空いてゐるさ」

「そのへんでつまらない雑炊やシチューをたべたりしちや駄目よ」

「わかつた。樂しみにして歸るよ。しかし帝國ホテル組と清算事務所組とが一緒に御館とはどうしたわけだね」

娘の文子と武子、それに可世子さんと芙美子さんが帝國ホテル勤めである。もつと正確にはホテル委員會勤務のコンパニオン。一方、お仙ちやんと時子さんは日本水道株式會社の銀座清算事務所に雇はれてゐる。もう一人、山本ともゑさんもこつちの組だ。別々のところに勤めてゐる四人がなぜ一臺のジープに乘り合せてゐるのだらうか。

「朝御飯にありつかうと思つて帝國ホテルの從業員食堂へ寄つたのよ」

こつちの胸の内をお仙ちやんが讀み當てた。

「ともゑさんは清算事務所へ戻つたわ。あのひと十日ほど事務所を空《あ》けるのでやつておくことが山のやうに殘つてゐるの。そんなもの私たちに任せてさつさと小名濱へ子どもの顏を見に行つてらつしやいといつてあげたんだけどだめ。ともゑさんてほんたうに堅物なんだから」

「あと十日も待てばいいのに」

今月の二十五日から列車の切符が買ひやすくなるといふ報道が頭にあつたので、自分はさういつた。戰時中、「重要旅行者の輸送を確保する」といふ名目でいろんな旅行統制が行はれて來、それがそのまま現在に及んでゐる。その統制の一つである「旅行詮議制」などはまるで驛の出札係に、玩具にされてゐるやうでまことに不快だ。「どこへ行きたいの？」といふ客を子ども扱ひした質問から始まつて、目的地では誰と會ふのか、その誰かには娘がゐるのか、娘は美人か、身持ちは堅いかなどと妙なことを次々に訊いてくるから、そのうちに切符を買ひに來たのか、警察で調べられてゐるのか、わけがわからなくなつてしまふ。かうした恥辱にあつても切符が入手できるならいい。たいていは「その程度の用なら郵便で間に合ふだらうが。それぐらゐのことで我々の手を煩はせるんぢやない」と追ひ拂はれるのが落ちであつた。ところが、近頃、占領軍の「なんでも民主化」の掛け聲が東京鐵道管理局のお偉方の頭へも染み入つたらしく、「終戰後の現在においては、戰爭中のやうな〝重要旅行者〟なるものは全く居なくなつた。今や旅行者の總てが要務を持つものである」といふよくわけのわからない前書き付きで、旅行詮議制も廢止されることになつた。これまでと較べるとまるで嘘みたいに切符が買ひやすくなるらしい。前日申告制も列車指定制もなくなつて、とにかく驛へ行つてまづ乗車券發賣票の交付を受け、この發賣票を出札窓口に示して切符を買へばよろしいといふのだから世の中も便利になつたものである。

「それでともゑさんは切符を手に入れることができたのかな」

「裏から手を回したから大丈夫」

といつてからお仙ちやんは頰の肉を蒟蒻《こんにやく》のやうに震はせて含み笑ひをした。

「兄さんたらとも ゑさんのことになると、いやに氣になるみたいねえ」

「つまらぬことをいふものではありませんよ。それでうちの娘《こ》たちはどうした？」

「お仕事がまだ終ってゐないみたいでした」

可世子さんがいった。

「でも、晝までには歸れるんぢやないかしら」

「わかった。ところでお願ひがある。宮永町へジープで乘りつけるのは遠慮してくれないか。隣近所への聞えといふものがある。わかるだらう」

「わかってますよ」

運轉臺のアメリカ軍人と何か手振りをまじへて話をしてゐたお仙ちゃんが、こっちを向いて小さな包みを放ってきた。

「いつも不忍池のところで降ろして貰ってゐるのよ。それぐらゐ心得てます」

「をぢさん、今日は鋤燒ですからね」

勢ひよく飛び出したジープの上から時子さんが手を振った。自分も手を上げてそれに應へたが、そのとき手に持ってゐるものがラッキーストライクであることに氣づいて大いに驚いた。ガリ版切りを業とする者には煙草も大切な仕事道具のうちの一つである。鐵筆を持ったことのある人ならたいてい知ってゐるが、書き損じの原紙を元の狀態に戻すときに煙草の火が役に立つ。まづ書き損じの個所に鐵筆の柄尻の丸い部分を宛てがって丁寧に潰し、そこへ煙草の火をそっと近づけて行って蠟を溶かす。さうすると書き損じの個所へふたたび蠟が染み込んで、新たにその上へ文字が書けるやうになるのである。だからガリ版切り屋は書き損じを仕出かすたびに煙草を咥へるのだ。ところが昨今の、吸殻をほごして巻き直した再生品のシケモクは火保ちが惡く、原紙に近づけて行く間にもう消えてしまつてゐたりして、とかく仕事の調子を狂はせる。そこへ行くと洋モクは立派な原紙訂正器だ。一口吸ひつけて蠟を溶かし、火を揉み消す。洋モクならばこれを一本で十回ぐらゐは繰り返すことができる。ラッキーストライクをありがたく押し戴いてから國民服の隠しにをさめ、昌平通を南へ向つた。焼野原の中の一本道を歩きながら、この前、鋤焼を喰つたのはいつだつたつけと考へた。この五月四日の絹子の結婚式で食べたのが最後だつた。さらにその前は、と記憶を辿つて行くうちに、

「その前は一昨年《をととし》の秋だつた」

と思ひ當つた。

あのときはたしか同じ隣組の仕立屋の源さんが、銀座六丁目松坂屋裏のスヱヒロで鋤焼を喰はせるといふ噂を仕入れてきたのだと思ふ。さつそく二人で驅けつけたところ、午後五時の開店までまだ一時間半もあるといふのに、もう十五人ぐらゐ竝んでゐた。あの頃の男どもには、たとへ用事がなくとも日に一度は外出してあちこち歩き回るのが、大切な仕事になつてゐた。忠實《まめ》に歩いて食べもの屋を見つけ、おなかに何かしら入れて歸ることができれば、自分の分の配給食糧が浮く。つまり男が外でどれだけ食べてこれるかに、家族の生命《いのち》がかかつてゐた。もつとも事情は今でも少しも變つてゐないが。い

や、今の方がずっと事情が切羽詰ってゐるかもしれない。あの頃より配給の遲れはひどく、今や女子どもまで食べものを求めて彷徨《さまよ》ひ歩くやうになつた。が、それはとにかく、スヱヒロの行列は五時前には二百米近くにも伸びた。五時、開店と同時に小さな暴動がおこつた。店員が、行列のうしろから店内に入るやうに指示したからである。前の方の連中が、

「こつちは二時間近くも待つてゐたんだぞ」

と怒鳴つた。もちろん怒鳴つた連中のなかに源さんも自分も入つてゐた。前の方の連中が怒鳴るだけでは足りず表の板壁を打つたり蹴つたりしてゐると汚れた割烹着の男が出て來てかういつた。

「二時間近くも前から待つてゐたことが自慢になりますか。仕事もせずにのらくらしてゐるから、長い間、竝ぶことができるんぢやありませんか。それに引きかへ開店間際に驅けつけなさつた人たちは、今日一日、お國のために働いておなかを空《す》かせていらつしやる。私はさういふ方々に自分のつくつたものを食べてもらひたいと思つてゐる。働かざるものは喰ふべからず、これがスヱヒロの考へ方なんです」

この筋の通つた一言で騷ぎはそこまででをさまつた。鋤燒は諦め、歌舞伎座の向ひの吉野鮨で代用壽司を一皿つまんで歸つた。うどんを混ぜたシャリをもつちやりと握つて、その上に澤庵や酸茎《すぐき》をのせた漬物壽司だつたが、思つてゐたよりおいしかつた。翌日は ゆつくり出かけて五時ちよつと前に行列の尻尾へ付いた。前日、起つたことがまた起り、

源さんと自分は噂の鋤焼にありついた。腐つたやうな肉一片と豆腐一切れに絲蒟蒻が五、六本絡みついてゐるだけの、御世辭にもおいしいとは言ひかねる代物であつた。口直しに七丁目のモナミで十錢のコーヒーを飲むことにしたが、あのコーヒーも面妖だつた。十錢拂つてコーヒー茶碗を受け取り、奥に置いてあるバケツから客が自分で勝手に汲み取つて飲む仕組みになつてゐたが、バケツに入つてゐるのは、色だけは茶色の、ただ苦いお湯だつた。ところが柄杓がない。「柄杓は？」と訊くと、「茶碗で直《ちか》に汲んでください」といふ答が返つてきた。柄杓がないぐらゐだから、サッカリンも紫蘇《しそ》糖もあるわけがない。色だけは一丁前に珈琲色をしたぬるま湯を苦い顏でただ啜るばかりである。こんな珈琲にさへ行列ができてゐたのだから當時はよほど飢ゑがひどかつたのだ。いや、これまた事情はまつたく變つてゐないか。

　それにつけても仕立屋の源さんとはよく連れ立つて街へ食物や酒を探索に出かけて行つたものだ。どこへ行つても長蛇の列で、だれもが行列するために生きてゐるかのやうであつた。とりわけ長い行列は雜炊食堂か國民酒場のそれで、自分も源さんと竝んでよく開店を待つたものである。二人の行きつけは五丁目の西側の裏通りにあつた銀座國民酒場で、よそのお通しは鹽がひとつまみなのに、ここでは手の平に一箸、菜ッ葉の鹽漬をのせてくれる。それに場所柄もあつて餘計に割當があるのか行列の四百番臺に入ればなんとか酒にありつくことができた。他の國民酒場だと三百番臺の前半でもう、

「はい、ここまでです」

と打ち切られてしまふ。そこで午後になると自然に銀座五丁目の方へ足が向いてしまふのである。店開きは午後五時半ときまつてゐたが、その開店前の一時《いつとき》はちよつとした昂奮だつた。店の表戸が開《あ》く。四列縦隊の客の列の上を緊張の二文字が電流のやうに走つて行く。とやがて「ここまでです」と記した柄つき板《プラカード》を持つた酒場委員、つまり店員が出て來て客の數をかぞへ始める。やがて酒場委員の足が止まつて、

「はい、ここまでです」

といひ、客の一人に柄つき板を手渡し、そこから後の客の列に、

「本日の割當はビール五百二十本となつてをります」

と告げる。

「お氣の毒ですが、どうか他所《よそ》の酒場へおいでください」

柄つき板の後の四本の行列が一齊に深い溜息をつく。とたちまち行列が崩れて四方八方へ人が散る。萬に一つの僥倖《げうかう》を願つて京橋や新橋、築地や日比谷の國民酒場へ驅けつけようといふのだ。中にはしばらく茫然と立ち盡し、やがて、

「おれは常にかうなんだ。幼いときから運に見放されてゐるんだ」

と呟いて肩を落しながら有樂町驛の方へ歩き去る者もある。その崩れかかつた行列の波を勢ひよく搔き分けて、五、六人、ときには十人ぐらゐの男たちが肩で風を切つて酒場へ入つて行く。これも毎夕お馴染みの光景である。いつだつたか、かういふ連中が一人一本といふ規則をよそにビールを二本三本とがぶ飲みしてゐたので、酒場委員に、

「誰？」と訊いてみたことがある。酒場委員は、「警察の人」と答へ、菜ッ葉の鹽漬をてんこ盛りにしてくれた。鹽漬は口止め料のつもりらしかつた。何度も通つてゐると面白いことにも出會ふ。今年の二月、例によつて行列してゐたら、なんと自分の横にゐた源さんが「ここまでです」といふ例の柄つき板を持たされることになつたのである。

「ぎりぎりのところでしたね、信介さん」

「うん、二人とも日頃の行ひがよほどいいらしいね、源さん」

　にこにこしながら詰らぬことを言ひ交してゐると、背中でそつと囁く者がある。

「その板、十圓で買ひ取らせてください」

　振り返ると、ひどく目立つた身なりの男が小さく折り疊んだ十圓札を源さんのお尻のあたりに押し付けてゐる。年恰好は自分と同じぐらゐか。きつちりとネクタイを締め、その上から駱駝色の暖かさうな外套を羽織つてゐる。カーキ色の國民服に戰鬪帽、上に黑つぽい古外套といふのが男子服裝の通り相場だから目立つ。烏の群の中に降り立つた金の鳶といつたところだ。

「ほほう、カシミア地ではないですか」

　十圓札よりも外套の生地の方へ興味を持つたところは、さすが源さん、仕立屋だ。

「かういふ生地を斷《た》つたり縫つたりしてみてえな」

「今夜は飲まずにゐられません。息子の遺骨が今日、屆いたんですよ」

「それならあなたには飲む權利がある」

源さんはカシミア外套氏に柄つき板を持たせた。

「お金は仕舞ってください。二圓五十錢のビールを飲むのに十圓も餘計に拂ふことはありませんや」

順番を待つ間に、カシミア外套氏から、古川綠波がひそかに書いた「行列」といふ題の詩を敎はつた。ちなみにカシミア外套氏は古川綠波一座の副頭取をしてゐるとのことだつた。さて、その「行列」とはかういふ詩である。

ならんでる
ならんでる
默々としてならんでる
雜炊食堂の前に
男・女・こどもがならんでる
あり得ない！
この行列の中に一人でも
きげんのいい人間がゐるといふことは
戰爭はここまで來た
ならんでる
ならんでる

銀座國民酒場で源さんと自分とで探検したやうな柄つき板の買收は、今年の初めあたりから方々の酒場で流行《はや》りだしたことらしいが、間もなく酒場側が飛切りの防衛策を發明し、買收の動きを封じ込めてしまつた。酒場側が柄つき板の持ち手にビールや日本酒の特別配給を行ふやうになつたのである。柄つき板をきちんと持つてゐれば天下晴れて堂々と他人の二倍も三倍も酒が飲めるわけだから、十圓や二十圓ではその權利を讓らうとしなくなつた。さすがは酒場の經營者たちである。彼等は、一滴でも餘計に飲みたいといふ左黨の氣持をよく知つてゐた。

時子さんの「今日は鋤燒ですからね」といふ一言が誘ひ水となつて、ここ一、二年の食べものや酒についての記憶が次から次へと吹き上げて來、おかげでちつとも退屈することなく警視廳に着くことができたのだが、晝すぎ、印刷物を受け取りに來た小林事務官の愚痴まじりに放つた一言が、今度はお仙ちやんの「いつも不忍池のところで降ろして貰つてゐるのよ」といふ言葉と結びついて、自分は耳の端《はた》で大砲を擊たれたやうに驚き、思はずアッと聲を放つた。小林事務官はかうぼやいたのだ。

「帝國ホテルが高級パンパンの巣になつてゐるといふので、憲兵《エム・ピー》さんたちの機嫌が惡くて困る。なにも警視廳に當り散らすことはないと思ふんだけどねえ。あそこはもう日本ぢやなくて、アメリカ本國みたいなんだし……」

途端に、九月末に八日市場刑務所を出て根津宮永町へ歸つてからの二十日間、毎日のやうに心の底に積み重なつて行つてゐた小さな疑問がみるみるひとつに固まつて大きな塊になつたのだ。

「帝國ホテルがパンパンの巣ですか」

「さうなんだ」

「しかしあそこへは普通の娘さんは近づけないでせうが」

「たとへば女給仕や部屋係にお手がつくわけ。女子從業員がいつの間にか高級娼婦になつてゐるといふ例が多いさうですよ」

「しかし帝國ホテルを宿舍にしてゐるのは、立派な連中なんでせう。軍人であれば、將軍に佐官級、役人ならば國務省から派遣されてきた高官、それからアメリカ本國から遣はされた各種調査團々員。宿泊者は皆、地位もあれば分別も備はつた人たちぢやないですか」

「臍から下には人格がないつてやつですよ。古川綠波の唄ぢやないですが、お殿樣でも家來でも風呂に入るときや皆はだか、です。將軍であれ高級役人であれ、ズボンを脱げば、ただもうひたすら男性になる」

「しかしさう見るのも一方に偏りすぎてゐるんぢやないですか。たとへばこの私ですが、結婚してからただの一度も妻以外の女性と二人きりになつたことがない。いや結婚前にしてもさうだ。遊びで女性とねんごろになつたことはありません。たしかに妻以外の女性を好ましいと思ふときもありますよ。がしかしいつも、水に寫つたお月樣、手に掬ひ取らうと思つちや間違ひだと諦めることにしてゐます。それぢや辛からうといつてくれる人もないではないが、じつはそれほど辛くはない……」

「なにがいひたいんですか」

小林事務官の目の色が、特別高等警察部時代の、さう、カイゼル髭をひねりながら自分を捕へにきたときに戻つた。剃刀で切つたやうに細くなつたのだ。

「しかししかしと、いやに逆らふぢやないですか」

「いや、帝國ホテルの女子従業員に限つて、アメリカさんの玩具になるわけがないと信じてゐたものですから、なにしろあそこは日本一のホテルですし、しかも宿泊客はテキサスあたりの田吾作ぢやないのだし……」

「たつた今、憲兵《エム・ピー》さんとあそこから戻つたばかりなんですよ、私は。事件を調べてきたんだ。そのときに女子従業員やコンパニオンとか稱する臨時雇にその種の女が多いといふことを聞いた。とくにコンパニオンの大半がさうらしい。私は作り話をしてゐるわけぢやない。聞いてきた通りをいつてゐる」

「……わかりました。それで事件といふと？」

「それがつまらん傷害沙汰でね。あそこを宿舎にしてゐるホールといふ海軍少佐がコンパニオンに玉葱を贈らうと思ひ、厨房から一箱、持ち出さうとした。そこへ帝國ホテル支配人のモーリスといふ陸軍中尉が驅けつけて、まづコンパニオンを突き飛ばした。おまへたちが食糧をねだるのが悪いといふわけだ。自分の女をそんなふうにされて怒つた言語課長が支配人の顎に鐵拳を見舞った。あとは憲兵がくるまで大亂闘……」

「言語課長といふのは、その海軍少佐のことですか」

「さう、GHQ民間情報教育局の言語課長兼言語簡略化擔當官。なんでも漢字や片假名平假名をすべて廢止して、日本語の文字をローマ字にしてしまはうと主張してゐる男ださうだ。日本語はじつに巧みなものだつたね。『女友だちのコンパニオンの名前をお教へください』と通譯を介して訊いたところ、即座に立派な日本語でかういつた。『これは私個人の問題だ。玉葱を持ち出さうとしたのも、支配人を毆つたのも、私が自分の意志でしたことだ。彼女には關係ありません』とね。立派といへば、ま、立派だね」

小林事務官が去つた後も、自分はずいぶん長い間、席を立たずにゐた。小一時間もそのまま凝《じつ》としてゐたらうか、やがて自分は意を決して立ち上り、通用門から銀座へ向つた。教文館四階の日本水道株式會社清算事務所で聞けば少くともお仙ちやんが嘘をついてゐたかどうかはわかる。

午後三時を少し回つた頃、家へ着いた。誰もゐない。すぐ角《かど》の家へ行く。雨戸が締め切つてある。肉の煮える匂ひが外へ洩れないやうに用心してゐるのである。なにしろ根津國民學校などでも兒童に體操させると榮養不良のために倒れる者が半數を越すといふぐらゐで、肉をたべてゐたと知れると、隣近所の恨みを買ふのはたしかなのだ。表戸を開けると、内部《なか》には肉と玉葱の匂ひが温氣《うんき》となつて立ち籠めてゐた。むかむかして、思はず息を詰める。茶の間に七輪が大小二つおいてあつた。どちらの七輪の上にも大きな土鍋がのつてゐる。手前の七輪で鍋の中を繕《つくろ》つてゐた妻がこつちを見て、

「ちやうど始めてたとこ」

と菜箸で招いた。

「約束の時間にちやんと帰つてこいよな」

奥の七輪に清がゐた。

「お預けを喰つたまま待つてる身にもなつてみろよ」

清の兩側から古澤のおぢいさんとおばあさんが、その口のきき方はなんですかとたしなめてゐる。清の眞向ひに坐つてゐた高橋さんとこの昭一くんがこつちへ向き直つて御辭儀をした。奥の七輪はこの四人、あとは手前の七輪のまはりを固めてゐる。ともゑさんはひろげて敷いた新聞紙に坐つて、俎の上の玉葱をざくざくと切つてゐた。

「棒杭《ぼうくひ》になつちまつたみたいだね」

妻の横から鍋の中へ肉を繼《つ》ぎ足してゐたお仙ちやんがこつちを見た。

「そのうちに兄さんの頭に蜻蛉《とんぼ》が止まるよ」

「とうさん用にもう一つ七輪を手に入れてあるのよ」

これまでこつちへ背中を向けてゐた文子が立つて勝手へ入つた。文子は左手に繃帯を厚く卷きつけてゐた。繃帯の白さがナイフのやうに鋭く自分の目へ切り込んできた。――ここからは正確な記憶がない。とにかく自分が、

「お仙ちゃんも時子さんも、それからともゑさんも清算事務所へ勤めてなんかゐないではないか」

と怒鳴ったことはたしかである。時子さんがわっと泣き出して二階へ驅け上り、ともゑさんが玉葱の上にぽたぽたと涙の粒を落しはじめたのを覚えてゐるからである。

「漢字や假名をローマ字にしようなどと企んでいる奴の玉葱なぞ誰が喰ふものか。文子、おまへの旦那はそのローマ字野郎だらうが」

と文子の運んで來た七輪を蹴ったことも覚えてゐる。その證據に、いまだに右の爪先が痛む。

「なぜ今まで默ってゐたのだ」

と妻の横面を張ったこともたしかだ。それが引金で清が、「かあさんを打《ぶ》つなんて屑だ」とぶつかって來、その勢ひを受け止めかねて仰向きに倒れ、自分は七輪で後頭部を打った。

「大法螺吹いて戰さを始めて、戰さに敗けるとマッカーサーに尻尾を振って、なんだい、とうさんたち大人のやってゐることは」

清が、自分の上に馬乗りになってさう泣きじゃくっていた。これは鮮明に記憶してゐる。

「おれたちは欺されたなんて逃げてばかりゐるけど、とうさんたちだって隣組の常會のたびに、『この戰さは聖戰ですぞ』といって氣勢を上げてたぢゃないか。いい加減なんだ。とうさんたちは安直で弱蟲なんだよ。だから姉さんたちが形振《なりふ》り闕《かま》はず頑張ってゐるんぢやないか」

日録を書き始めたときは怒り狂ってゐたのに、今日の出來事をほぼ記入し終へた今では、心の波風は殆どをさまってゐる。これはやはり文字を綴ることの效用か。或は淸の言葉がどこか深いところで效《き》いたのだらうか。いづれにせよ、わが娘《こ》をしかるべきところへ嫁《とつ》がせて平凡ながらも仕合せに暮してほしいといふ父親のささやかな願ひは叶へられなくなつたやうだ。それだけはたしかである。

（十八日）

（上巻　了）

文春文庫

東京《とうきょう》セブンローズ　上

定価はカバーに
表示してあります

2002年4月10日　第1刷

著　者　井上《いのうえ》ひさし
発行者　白川浩司
発行所　株式会社　文藝春秋
東京都千代田区紀尾井町3-23　〒102-8008
TEL　03・3265・1211
文藝春秋ホームページ　http://www.bunshun.co.jp
文春ウェブ文庫　http://www.bunshunplaza.com

落丁、乱丁本は、お手数ですが小社営業部宛お送り下さい。送料小社負担でお取替致します。

印刷・凸版印刷　製本・加藤製本

Printed in Japan
ISBN4-16-711121-7

文春文庫

エンタテインメント

（　）内は解説者

有吉佐和子
青い壺
一個の青磁の壺が製作者と再会するまでに十余年。その歳月に壺が観照した人生の断面を、皮肉とユーモア溢れる絶妙の筆で生き生きと捉え、人間と壺の有為転変を鮮かに描き出す。

あ-3-4

阿佐田哲也
新麻雀放浪記
中年生まれのフレンズ
かつてバクチの世界でならした私も、すっかり中年男になってしまった。が、ふとしたきっかけで年若い友人を得て、麻雀にバカラに久しぶりに燃えた。（沢木耕太郎）
あ-7-1

赤瀬川隼
それ行けミステリーズ
恋愛と野球には、どんな策を弄してもよい——。金言どおりに年齢不問、職業多彩の男女が集った野球チームが快進撃。めざせ、草野球の王道を！　胸熱くなるユーモア長篇。（阿川佐和子）
あ-12-7

芦原すなお
松ヶ枝町サーガ
一九五八年秋、西鉄ライオンズが日本シリーズで優勝し、ぼくは十歳になった——四国の町で暮らす野球少年ツーちゃん。高度経済成長前夜の〝理想の少年時代〟を描く連作集。（畑中　純）
あ-35-1

浅田次郎
月のしずく
きつい労働と酒にあけくれる男の日常に舞い込んだ美しい女。出会うはずのない二人が出会う時、癒しのドラマが始まる——表題作ほか「銀色の雨」「ピエタ」など全七篇収録。（三浦哲郎）
あ-39-1

五木寛之
青年は荒野をめざす
ぼくらにとって音楽とは何か？　セックスとは？　放浪とは？　燃焼する人生を求め、トランペットかかえて荒野をめざす青年ジュンの痛快無類のヨーロッパ冒険旅行。（木本　至）
い-1-1

（　）内は解説者

蒼ざめた馬を見よ
五木寛之

近来まれに見るサスペンスドラマと評された直木賞受賞作ほか「赤い広場の女」「バルカンの星の下に」「弔いのバラード」「天使の墓場」など、渾身の短篇五篇。（佃　実夫）

い-1-2

青葉繁れる
井上ひさし

著者の精神的故郷である仙台で、少年時代に妄想ばかりしていた男の思想的半自叙伝を、すべての権威を相対化してしまうパロディ意識で描いた愉快な青春小説。（長部日出雄）

い-3-1

手鎖心中
井上ひさし

他人を笑わせ、他人に笑われ、そのために死ぬほど絵草紙作者になりたいと願っている若旦那のありようを洒落のめした直木賞受賞作に加え、「江戸の夕立ち」を収録。（百目鬼恭三郎）

い-3-3

マリコ／マリキータ
池澤夏樹

南の島で出会った風のように自由なマリコを、若者はつかまえることができるのか。「マリコ／マリキータ」「梯子の森と滑空する兄」「アップリンク」「冒険」「帰ってきた男」収録。（沼野充義）

い-30-1

南の島のティオ
池澤夏樹

南の島に住む少年ティオが出会う人々との不思議な出来事を中心に、つつましさのなかにも精神的な豊かさに溢れた島の暮らしを爽やかに描く連作短篇集。小学館文学賞受賞作。（神沢利子）

い-30-2

骨は珊瑚、眼は真珠
池澤夏樹

旅をかさね、人と世界を透徹した目で見すえ、しなやかな文体で描きつづける著者の九〇年代前半の短篇集。「眠る女」「アステロイド観測隊」「北への旅」「眠る人々」「パーティー」ほか。（三浦雅士）

い-30-4

（ ）内は解説者

池上永一
バガージマヌパナス
わが島のはなし
「この島は怠け者を愛してくれるから自分はここで死ぬまで楽をするつもりだ」ガジュマルの樹の下で呟く美少女綾乃が聞いた神様の御告げとは……。日本ファンタジーノベル大賞受賞作。
い-39-1

池上永一
風車祭《カジマヤー》
島を彷徨う少女の魂に恋した少年、九十七歳の生年祝い＝風車祭を迎えようとするオバァ、そして島を襲う危機。沖縄を舞台に生命力とユーモアに満ちた壮大なファンタジー。（与那原　恵）
い-39-2

池上司
雷撃深度一九・五
密命を帯びた米重巡洋艦インディアナポリスをグアム―レイテ線上で撃沈すべく待ち受ける海軍伊号第五八潜水艦。太平洋戦争における艦艇同士の最後の闘いが開始された。（香山二三郎）
い-45-1

石田衣良
池袋ウエストゲートパーク
刺す少年、消える少女、潰し合うギャング団……命がけのストリートを軽やかに疾走する若者たちの現在を、クールに鮮烈に描いた大人気シリーズ第一弾。表題作の他三篇収録。（池上冬樹）
い-47-1

海老沢泰久
監督
万年最下位に甘んじていたエンゼルスを日本一のチームに作りあげた監督広岡達朗は常勝ジャイアンツに対して怨念ともいえる激しい闘志を燃え立たせた。野球小説の傑作。（山口　瞳）
え-4-6

逢坂剛
水中眼鏡《ゴーグル》の女
精神科医の前に現れた女は黒く塗った水中眼鏡を決して取らなかった。瞼を開くと激痛が走るという。他に心理の暗がりを衝く「ペンテジレアの叫び」「悪魔の耳」を収める。（戸川安宣）
お-13-1

（　）内は解説者

真夏の葬列
北方謙三
二人の青年が死んだ女の故郷の海をめざしてひたすらに車を走らせる。愚かな、不条理とさえいえる行為、それが青春である。男の友情を描くハードボイルド長篇。（岡庭　昇）
き-7-1

やがて冬が終れば
北方謙三
獣はいるのか。ほんとうに、自分の内部で生き続けてきたのか。私自身が獣だった。昔はそうだった。私の内部の獣が私になり、私が獣になっていた。ハードロマン衝撃作。（生江有二）
き-7-2

一日だけの狼
北方謙三
ひたすら人の心の荒野へ向う写真家のファインダーに人生の何が映し出されるのか。一瞬のシャッターに賭けた男の過去の傷を抒情豊かに描きあげた新境地を拓く連作短篇集。（今野　敏）
き-7-3

二月二日ホテル
北方謙三
過去にこだわりながらシャッターを押し続けるカメラマンの眼に、無彩色に映る人生のアラベスク。男に、安らぎの場所はあるのか。望月カメラマンシリーズ、第二弾！（坂東齢人）
き-7-4

わが叫び遠く
北方謙三
貨物船の横転事故で電子機器の不正輸出が発覚。身代わりとして実刑判決を受けた出向社員和田はその屈辱を武器に凄まじい復讐に燃えた。ハードボイルドの傑作長篇小説。（細谷正充）
き-7-5

封印
黒川博行
大阪中のヤクザが政治家をも巻き込んで探している〝物〟とは何なのか。事件に巻き込まれた元ボクサーの釘師・酒井は、恩人の失踪を機に立ち上がった。長篇ハードボイルド。（酒井弘樹）
く-9-4

（　）内は解説者

車谷長吉
赤目四十八瀧心中未遂

「私」はアパートの一室でモツを串に刺し続けた。女の背中一面には迦陵頻伽の刺青があった。ある日、女は私の部屋の戸を開けた――。情念を描き切る話題の直木賞受賞作。（川本三郎）

く-19-1

幸田真音まいん
傷　邦銀崩壊（上下）

先送りされる不正、闇に膨らむ巨額の損失。恋人の死をきっかけに彼の勤め先の邦銀の調査をすすめる州波は、驚愕の真相を摑んだが……。元外資系ディーラーが描く迫真の金融サスペンス。

こ-25-1

佐野洋
四千文字ゴルフクラブ

コンペの日にちを間違えた男（「練習ラウンド」）。部下の査定をキャディーに頼む上司の思惑（「猪突猛進《ショートカット》」）。グリーン上に散らばる様々な人生を描く魅惑の27ホール（27話）。（伊集院　静）

さ-3-22

佐藤亜紀
1809　ナポレオン暗殺

舞台は一八〇九年、フランス占領下のウィーン。フランス工兵大尉パスキは、ウストリッツキ公爵の企むナポレオン暗殺計画に巻き込まれる。精緻に描き上げた本格西洋史小説。（福田和也）

さ-32-1

佐藤亜紀
バルタザールの遍歴

一つの肉体を共有する双子、バルタザールとメルヒオールは、ナチス台頭のウィーンを逃れ、転落の道行きを辿る。日本ファンタジーノベル大賞に輝いた、歴史幻想小説の傑作。（池内　紀）

さ-32-2

酒見賢一
語り手の事情

ヴィクトリア朝の英国。性妄想を抱いた紳士だけが招待される謎の屋敷で、日ごと夜ごと繰り広げられる奇怪な性の饗宴。鬼才が本領を発揮した怪作登場！（佐藤亜紀）

さ-34-1

文春文庫

エンタテインメント

（　）内は解説者

椎名誠
胃袋を買いに。
去年死んだ母が〝盆戻り〟で家に帰ってきた。突然、すべての文字が見えなくなった。超常異常が起こるのだ！「胃袋を買いに。」「猫舐祭」「八灘海岸」「家族陥没」他七篇。（和田　誠）
し-9-4

椎名誠
ハマボウフウの花や風
初めて女に書いた手紙、ケンカに明け暮れた少年時代、アヒルと暮した湖畔の夏……二度とない季節を描く短篇集。――表題作の他「倉庫作業員」『皿を洗う』『三羽のアヒル』『温泉問題』『脱出』。

し-9-5

椎名誠
トロッコ海岸
少年時代。輝かしく懐かしい〝ぼくらの時〟をさまざまな手法で描く、満開シーナ・ワールド！――表題作の他、「ほこりまみれ」「ポウの首」「殺人との接近」「映写会」など十篇。（池上冬樹）
し-9-10

椎名誠
黄金時代
はじめて人を殴ったのは中学三年の春――。喧嘩。青春の輝きと苦悩が弾けとぶ瞬間！　恋が、友情が、男としての自我が芽生える季節を清冽に描ききった青春文学の傑作。（池上冬樹）
し-9-15

清水義範
ムイミダス
イヤミな新語に対応するための「超・新語辞典」を筆頭に、アヤしい人名、懐かしの風俗、架空の地名まで全部、茶化して笑って解説する、辞書と事典のパスティーシュ。爆笑必至版。

し-27-3

清水義範
バールのようなもの
ニュースでよく耳にする〝バールのようなもの〟って何だろう？テッテー的に追究してみた表題作、「秘密倶楽部」「役者語り」「山から都へ来た将軍」「新聞小説」他七篇収録。（香山二三郎）
し-27-6